Hans-Joachim Wildner

Erzfeuer

Historischer Harzkrimi

Vorwort

Die letzte Schicht der Knollengrube wurde im Jahr 1925 aufgefahren. Das Zechenhaus, das neben dem Mundloch des Luttertalstollens stand, hatte keine Bestimmung mehr und wurde auktioniert. Mein Großvater Karl Räkel und sein Schulfreund August Harms haben 1936 dieses Haus ersteigert, es vom Dach bis zum Fundament sorgsam abgebaut und das Material mit einem Pferdefuhrwerk in die Lauterberger Aue transportiert. In der Uferstraße haben sie daraus ein Doppelhaus gebaut, in dem ich geboren wurde und meine Kindheit verbracht habe. Eine Doppelhaushälfte gehört heute mir und ich freue mich, dass sich noch immer eine Familie darin wohlfühlt.

Mit der Königshütte verbunden sind Kindheitserinnerungen an meinen Vater Georg Wildner, der in den Fünfzigerjahren dort als Gussputzer sein Geld verdiente. Ich sehe ihn noch lächelnd vor mir, verschmutzt vom schwarzen Formsand und Kohlenstaub, wie er mittags meine Mutter und mich vor der Hüttenschenke erwartete. Sie hatte mich oft mit dem Fahrrad mitgenommen, um ihm im Henkeltopf warmes Essen zu bringen.

Noch immer höre ich den längst verklungenen Glockenschlag der Hüttenuhr am Giebel des Formhauses, wenn ich an diese Zeit zurückdenke. Der Ton mit seinem unverwechselbaren Echo klingt mir heute noch im Ohr, und mit dem plätschernden Brunnen inmitten des Platzes scheint die Zeit stillzustehen.

Bad Lauterberg, im April 2018

Hans-Joachim Wildner

Mit der Königshütte und der Knollengrube eng verknüpft
sind Erinnerungen an meinen Vater, GEORG WILDNER,
und an meinen Großvater, KARL RÄKEL.
In Dankbarkeit widme ich beiden dieses Buch.

Bibliografische Information der Deutschen Nationalbibliothek
Die Deutsche Nationalbibliothek verzeichnet diese Publikation in der Deutschen Nationalbibliografie; detaillierte bibliografische Daten sind im Internet über **http://dnb.d-nb.de** abrufbar.

Erzfeuer

ISBN 978-3-947167-21-0

Dieser Titel ist auch als eBook erhältlich
in den Formaten ePub und MobiPocket (Kindle).

Abbildungsnachweise:

Umschlag © shestakov15 | # 91530748 | depositphotos.com
Fotos Königshütte, S. 324, 326/327, 328 © Monika Wildner
Autorenporträt, S. 330, Umschlag © Ania Schulz | as-fotografie.com

Lektorat & DTP:
Sascha Exner

Druck:
WIRmachenDRUCK GmbH, 71522 Backnang

Verlag:
EPV Elektronik-Praktiker-Verlagsgesellschaft mbH
Obertorstr. 33 · 37115 Duderstadt · Deutschland
Fon: +49 (0)5527/8405-0 · Fax: +49 (0)5527/8405-21
E-Mail: mail@harzkrimis.de

HARZKRIMIS.DE
Nichts los im Harz? Von wegen!

Nacht auf Freitag, 18. Oktober 1833
Auf der Königshütte

⚒

Die Hitze traf sein Gesicht wie Nadelstiche. Hans Röger drehte den Kopf schützend zur Seite, als er sich der Abstichöffnung des Hochofens näherte, um die ungewöhnlichen Geräusche besser hören zu können. Irgendetwas stimmte nicht. Das dumpfe Fauchen des Feuers klang anders als sonst.

Hans kannte die Stimmen der Hütte, das Hämmern der Pochstempel[1], das rhythmische Schnaufen des Gebläses und das gleichmäßige Planschen der Wasserräder im Hintergrund, schließlich arbeitete er länger als zwanzig Jahre hier. Er kannte auch das Geräusch der verglühenden Holzkohle und das Schmelzen des Erzes im Schacht des Ofens, aber dieses Brummen hatte er noch nie gehört. Erst vor Kurzem war er zum Ersten Schmelzer befördert worden und wusste dieses ungewohnte Geräusch im Hochofen nicht genau zu deuten. Der Ofen war fällig zum Abstich[2], und nun das. »Mist«, fluchte er laut vor sich hin. Beim Abstich um Mitternacht durfte keine Panne passieren. Gerade jetzt nicht, wo er sich noch bewähren musste. *Verdammt, was ist da los?*, dachte er. Ludwig Rathmann, der Hüttenmeister, würde ihn in den Boden stampfen, wenn etwas schief liefe. Er trat einige Schritte aus der Hitze heraus und blickte sich in der Halle um.

---

1 Von Wasserrädern angetriebene Stempel, mit denen Erzstücke oder Schlacke zerkleinert wurden.

2 Abstich ist das periodische Öffnen des Verschlusses eines Hochofens, um das Ausfließen des Roheisens zu ermöglichen.

»Paul«, rief er gegen den Lärm der Gießhalle an. Paul Engelmann, den alle *Eisenkocher* nannten, stand an der Frischesse[3] und stieß mit einer Eisenstange die Schlackenkruste von der glühenden Massel[4]. »Paul!« Hans winkte seinen Kameraden zu sich. Der Eisenkocher horchte auf, stellte die Stange zur Seite und kam herüber. Paul hatte ebenfalls als Pochknabe auf der Hütte angefangen und kannte sich aus. »Hörst du das auch?«, fragte Hans Röger.

Paul stellte sich dicht an den Ofen und lauschte. »Was soll ich hören?«

»Ich finde, der Ofen klingt anders als sonst. Was meinst du?«, erkundigte sich Hans.

»Wahrscheinlich hat sich eine Schichtung hart gemacht«, vermutete der Eisenkocher. »Kein Wunder, die Kohle, die in letzter Zeit geliefert wird, taugt nicht viel. Sie ist zu kleinstückig und brüchig. Aber die Herren Beamten interessiert nur der Preis«, schimpfte er auf die Hüttenleitung.

»Ja, ja«, stimmte Hans zu, »die müssen auch nicht in den Ofen reinkriechen und die Drecksarbeit machen.« Hans drehte sich um und ging auf die Treppe zu, die zur Gichtbühne hinauf führte. »Ich geh mal nach oben und seh nach, was ich machen kann«, rief er seinem Kameraden zu.

»Du kannst nur versuchen, mit der Lanze nachzustochern, aber beeil dich, wenn Georg das mitkriegt, gibt`s ein Donnerwetter«, rief ihm Paul hinterher. Georg Töpfer war Gießer auf der Hütte und für den Abstich verantwortlich. Sein Handwerkzeug hütete er wie einen Schatz, und wehe dem, der sich daran vergriff.

Hans schnappte sich das Werkzeug mit der Eisenspitze auf dem langen Holzstiel und eilte die Treppe zur

---

3 Dem Roheisen musste Kohlenstoff entzogen werden, um es schmiedbar zu machen. Das geschah mittels Herdfeuer, ähnlich einer Schmiedeesse. Der Vorgang wurde »Frischen« genannt.

4 Als Massel bezeichnet man kleinere Barren bei der Roheisengewinnung.

Möllerbühne[5] hinauf, die fast acht Meter über dem Hallenboden lag. Hier befand sich der Arbeitsplatz von Gottfried Mehmke, der als Erster Vorläufer[6] für die Beschickung des Hochofens verantwortlich war. Mehmke, ein untersetzter Mann mit Halbglatze, war einer der Dienstältesten auf der Hütte und kannte sich überall aus. Deswegen schätzte ihn der Hüttenmeister, die Kameraden allerdings weniger, der finsteren Miene wegen, die seine alltägliche Übellaunigkeit widerspiegelte. Die meisten gingen ihm besser aus dem Weg.

Hans fand die Bühne verlassen vor. »Verflixt, wo stecken diese Strolche?«, fluchte er laut vor sich hin. Körbe, Schaufeln und allerhand Werkzeuge lagen herum, als wären sie nutzlos geworden. Dicker Qualm stieg im Atemrhythmus des Gebläses aus der Schachtöffnung und verschwand seitlich im Sog des Kamins. Es roch schwefelig nach verglühender Holzkohle. Hans Röger lief die Bühne ab und hielt nach Gottfried Mehmke Ausschau. Er konnte ihn nirgends entdecken und wollte gerade wieder nach unten gehen, als sich plötzlich eine Gestalt aus dem Dunkel des angrenzenden Kohlenschuppens herauslöste. Hans fuhr leicht zusammen, erkannte aber im selben Moment seinen Kameraden Otto Wiegand. Groß, breitschultrig und mit schlürfendem Schritt kam er auf Hans zu.

»Otto!«, rief Hans erleichtert. »Hast du mich erschreckt.«

Otto Wiegand betrat die spärlich beleuchtete Bühne und sah Hans staunend an. Seine Augen leuchteten wie weiße Kreise in seinem verrußten Gesicht. Er war gut einen Kopf größer als Hans und von kräftiger Statur.

»Ha ... Hans, wollte ich nicht«, entschuldigte er sich stotternd und lächelte breit, dass seine ungleichmäßigen und lückenhaften Zähne sichtbar wurden. Otto war nicht gerade

---

5 Die Möllerbühne ist eine Plattform, von der aus der Hochofen von oben abwechselnd mit Kohle und Möller beschickt wurde.

6 Vorläufer wurden die Arbeiter genannt, die auf der Möllerbühne den Hochofen beschickten.

mit Geistesgaben gesegnet. Manche meinten, er sei reif fürs Irrenhaus. Aber die einfachen Arbeiten, die man ihm zuwies, machte er gewissenhaft und ohne zu murren. Wegen seiner Hilfsbereitschaft mochten ihn die Kameraden. Manche nutzten seine Gutmütigkeit auch aus.

»Was treibt ihr euch rum, verdammt! Wo ist Gottfried?«, blaffte er Otto an.

Otto sah ihm eine Weile in die Augen, so, als hätte er die Frage nicht verstanden, aber Hans kannte Otto und wusste, dass es in seinem Kopf arbeitete, was bei ihm etwas länger dauerte. »Da im Schuppen.« Er zeigte mit ausgestrecktem Arm ins Dunkel des angrenzenden Gebäudes, in dem Holzkohle und Erz gebunkert wurden, dann schlurfte er weiter zum Ausgang.

»Wo willst du hin? Du weißt, dass du die Bühne nicht verlassen darfst!«, wies Hans ihn zurecht, der sein Vorgesetzter war.

»Ich – ich muss mal«, sagte Otto und lief weiter.

»Zum Kuckuck, du Schnarchnase! Mach hin, ich brauche dich gleich hier«, schimpfte Hans hinter ihm her und ging rüber zum Schuppen. Er musste im Eingang einen Moment warten, bis sich seine Augen an die Dunkelheit gewöhnt hatten. Der Kohlenschuppen wurde nicht beleuchtet, wegen der Brandgefahr waren offene Flammen streng verboten.

»Gottfried, wo steckst du?«, rief Hans in die Dunkelheit. Er bekam keine Antwort. »Gottfried!« Nichts rührte sich. Nur die Wasserräder planschten im gleichmäßigen Rhythmus aus den Räderschächten, und der Ofen fauchte wie ein schlafender Drachen. Hans ging ein Stück weiter hinein, bis er vor einer steilen Wand des aufgeschütteten Kohlenhaufens stand. Diese Steilwände, die aussahen, als hätte man von einem Kegel ein senkrechtes Stück abgeschnitten, entstanden beim Abschaufeln der Kohle. Das sollte vermieden werden, dazu gab es eine klare Anweisung. Diese Wände konnten plötzlich in sich zusammenbrechen und Arbeiter unter sich begraben. Hans ärgerte sich über

Gottfried, der die Vorschrift kennen musste. »Gottfried!«, rief er jetzt energisch. Er bekam keine Antwort. Plötzlich riss ihm jemand von hinten die Lanze aus der Hand. Hans drehte sich erschrocken um und sah den Schatten einer Gestalt vor sich. »Gott ... Nein!« Das waren die letzten Worte, die Hans hervorbrachte.

*

»Wo ist die verdammte Lanze? Wir müssen dringend den Ofen abstechen«, schnauzte Georg Töpfer durch die Halle. Alle, die ihn gehört hatten, schauten zu ihm rüber und zuckten mit den Schultern. »Das gibt`s doch nicht«, maulte er vor sich hin. Dann sah er Paul Engelmann, der an der Frischesse stand, und ging zu ihm. »Paul! Hast du die Stichlanze weggenommen?«

Paul Engelmann wischte sich mit dem Handrücken den Schweiß von der Stirn. »Was sollte ich mit dem Ding? Hans wollte damit nach oben und die Schichtung im Ofen lockern«, erklärte er.

»Himmel! Muss man denn hier alles festnageln? Wenn ich den zu fassen kriege, kann er sich warm anziehen«, schimpfte er und lief wütend die Treppe zur Bühne hinauf. Gottfried Mehmke stand mit der Schubkarre vor der Gichtöffnung und kippte die Ladung Möller[7] in den Schacht. Staub wirbelte auf und zog in den Kamin. Otto Wiegand schaufelte aus einem Holzverschlag Kohle in eine Karre.

»Gottfried hast du Hans gesehen?«, rief Georg ihm noch auf der Treppe stehend zu. Mehmke kam näher heran und schob die leere Karre mit einem schwungvollen Stoß vor den Verschlag mit dem Erzvorrat. Er antwortete nicht. »Gottfried?«, setzte Georg Töpfer ärgerlich nach. Gottfried Mehmke sah ihn mit sturem Blick an, als wäre ihm gerade der Teufel

---

7 Möller ist ein Gemisch aus verschiedenen Erzsorten und Zuschlagstoffen (Kalk), mit dem der Hochofen beschickt wurde.

begegnet. »Krieg ich nun eine Antwort?«, knurrte Georg ihn an.

»Ich hab August gesucht. Der muss die Möllerkarre reparieren, die ist schon wieder kaputt«, fauchte Mehmke zurück. Er stand da und hielt krampfhaft seine Hände fest.

»Quatsch nicht rum. Wo ist Hans? Wir müssen abstechen«, gab Georg scharf zurück und wunderte sich über Gottfrieds zittrige Hände. Er antwortete nicht. »Gottfried, bist du ...?«

Gottfried Mehmke schnitt Georg das Wort ab. »Was ist denn noch?«, blaffte er ihn an.

»Du zitterst, fühlst du dich krank?«, fragte Georg Töpfer besorgt.

Gottfried warf ihm einen bissigen Blick zu. »Was denkst du? Draußen ist es kalt, und außerdem, was geht das dich an?«

»Dann zieh dir die Jacke über«, riet Georg.

»Hau endlich ab und lass mich meine Arbeit machen«, brüllte er außer sich.

Was ist nur mit dem los?, fragte sich Georg. *Grämte es ihn immer noch, nicht selbst zum Ersten Schmelzer ernannt worden zu sein, was ihn derart aufbrachte?* »Lass deinen Frust nicht an den Kameraden aus«, entgegnete er.

»Du solltest besser den Ofen abstechen, bevor Rathmann erfährt, dass die Schmelze schon überläuft«, drohte er unterschwellig.

»Willst du mich bei ihm anschwärzen? Nur zu, wirst schon sehen, was du davon hast«, konterte Georg.

»Hau ab und lass mich in Ruhe«, fauchte er verächtlich und drehte sich zur Seite.

Georg wandte sich an Otto, der mit offenem Mund dastand und dem Gespräch zugehört hatte. »Otto, weißt du, wo Hans sein könnte? Denk mal nach, auch wenn es dir schwerfällt«, fragte Georg.

»W ... Weiß nicht. Da ist einer zum kalten Born raufgegangen«, stotterte er und blickte dabei Hilfe suchend zu Gottfried.

»Hans? Zum kalten Born?«, fragte Georg nach.

»W ... weiß nicht«, antwortete Otto.

Gottfried tippte sich an die Stirn. »Da hörst du`s. Der hat nur Stroh im Kopf.« Er winkte mit einer abfälligen Handbewegung ab. »Weiß der Kuckuck, wo Hans steckt.« Mehmke hob die Schultern und bemerkte beiläufig: »Wie kann man so einen unzuverlässigen Mann zum Ersten Schmelzer machen?«

Georg ging nicht auf seine Anspielung ein. Jeder auf der Hütte wusste, dass Gottfried sich gern auf Kosten anderer bei seinen Vorgesetzten anbiederte, um sich zu profilieren. Die meisten versuchten, sich mit ihm gutzustellen, um nicht von ihm angeschwärzt zu werden oder aufzufallen.

»Es ist höchste Zeit für den Abstich. Habt ihr den Schacht schon nachgestochert? Ich brauche die Lanze, verdammt noch mal«, wetterte Georg.

»Nein, Otto hat sie zerbrochen. Wenn der so viel Kraft im Hirn wie in seinen Armen hätte«, meinte Gottfried und tippte sich an die Stirn.

»Das darf doch nicht wahr sein. Holt sofort eine neue aus dem Magazin und schickt mir Hans runter. Ich brauche ihn. Los jetzt!«, schrie Georg ärgerlich und wollte gerade gehen, als August Fricke, der Grabenwärter[8] von draußen hereinkam. Es gehörte mit zu seinen Aufgaben, die Zulaufrinnen vor den Wasserrädern von angeschwemmtem Unrat zu befreien. Augusts Jackenärmel trieften vor Nässe.

»In dieser Jahreszeit würde ich auch gerne am Ofen arbeiten«, sagte er und rieb sich die Hände warm. Ein Hauch von Alkoholgeruch umgab ihn. »Hoffentlich hört der Regen bald auf. Ich weiß sonst nicht mehr wohin mit den Wassermassen und dem Gestrüpp. Das verstopft uns noch die Räder«, befürchtete er und steckte seine Hände tief in die Hosentaschen.

---

8 Der Grabenwärter war für die Unterhaltung des Betriebsgrabens und den freien Zulauf des Wassers zu den Wasserrädern verantwortlich.

»Ist dir Hans zufällig begegnet?«, fragte Georg. August wartete einen Moment mit der Antwort, fixierte Gottfried und sagte, ohne den Blick von ihm abzuwenden: »Mir ist was anderes begegnet«, sagte er nachdenklich.

»Was denn nun?«, fragte Georg nach, »hast du ihn gesehen oder nicht?«

»Kann sein. Irgend eine Gestalt schlich um den Schuppen«, sagte er verunsichert.

»Was für eine Gestalt? War es Hans?«, drängte Georg ihn zum Reden.

»Vielleicht – kann ich nicht genau sagen«, antwortete August.

»Ich glaube, der Schnaps hat deine Sinne vernebelt, du Saufkopf«, warf ihm Georg vor.

»Meine Sinne sind in Ordnung, aber ihr scheint taub zu sein. Habt ihr vorhin das Scheppern nicht gehört?«, fragte August.

»Welches Scheppern?«, erkundigte sich Georg.

»Der Kohlenhaufen ist zusammengefallen. Vielleicht liegt Hans da drunter«, sagte August.

»Mann«, brüllte Georg schockiert, »warum sagst du das nicht gleich, du Schnapsheini? Los in den Schuppen!«

»Ich wusste doch nicht, dass jemand vermisst wird«, verteidigte sich August. Sie griffen sich Schaufeln und rannten sofort in den Kohlenschuppen.

Gottfried Mehmke blieb. »Ich hole die neue Lanze«, rief er den anderen nach.

Georg wollte ihn noch zurückpfeifen, aber es war jetzt keine Zeit, sich mit ihm anzulegen. Wenn Hans tatsächlich unter der Kohle lag, zählte jede Minute. Sie schaufelten wie besessen den zusammengerutschten Kohlenhaufen auseinander, aber sie fanden nichts. Abgekämpft und mit hängenden Köpfen schlurften sie zur Möllerbühne zurück. Georg ging wieder nach unten.

Vielleicht war Hans vom Gichtgas[9], *das man auf der Bühne unweigerlich einatmete, unwohl geworden, und er hatte sich in die Butze verkrochen,* mutmaßte er. Butze nannten die Arbeiter eine versteckte Nische hinter dem Formsandlager, wo fast nie ein Vorgesetzter hinkam. Dorthin zogen sich diejenigen heimlich zurück, die am Abend zuvor zu viel Branntwein getrunken hatten oder die krank waren und eine zusätzliche Pause brauchten. Wer arbeitsunfähig zu Hause blieb, bekam die Zeit vom Lohn abgezogen, und deshalb gingen sie oft sogar mit Fieber zur Arbeit und versuchten über die Runden zu kommen.

In der Butze war niemand. Georg war ratlos. *Man kann sich doch nicht einfach in Luft auflösen,* ging es ihm durch den Kopf. *Und während der Arbeit abhauen, war nicht Hans` Art.* Als Letztes befragte er noch hinter vorgehaltener Hand die anderen Kameraden. Seinen Arbeitsplatz unbefugt zu verlassen, wurde von den Hüttenbeamten mit bis zu einem halben Wochenlohn geahndet. Deswegen hielten die Hüttenleute zunächst dicht und fragten untereinander weiter herum – jedoch ohne Ergebnis. Alle schüttelten mit dem Kopf. Es half nichts, Georg musste den Hüttenmeister Ludwig Rathmann informieren. Wenig später erschallte das Alarmgeläut der Hüttenglocke über den Hof. Bald darauf begann eine offizielle Suche, die erst zum Schichtende eingestellt wurde. Hans Röger blieb verschwunden.

*

Als Otto Wiegand nach verfahrener Nachtschicht am frühen Morgen die Gießhalle als einer der Letzten verließ, sah er von Weitem, wie jemand etwas auf die heiße Schlacke warf. Es war ungewöhnlich, dass Arbeiter etwas wegwarfen. Selbst Arbeitskleidung, die durch Metallspritzer oder Funkenflug durch-

---

9 Gichtgas nennt man die Abgase des Hochofens.

löchert war, wurde mit nach Hause genommen, um sie als Putzlappen oder Flicken weiter zu verwenden.

Otto wunderte sich, trat an den Rand der Grube und sah hinein. Die Hitze, die ihm entgegen strahlte, fühlte sich in der kalten Morgenluft wie ein wärmender Ofen an. Auf der Schlacke sah er einen Lappen mit glänzenden Metallteilen daran, der soeben Feuer fing. Otto liebte alles, was glitzerte und funkelte. Zuhause im Schuppen hatte er ein Versteck, wo er seine Schätze aufbewahrte. Murmeln, Knöpfe und bunte Steine. Otto hangelte mit dem Holzstiel, den er von Gottfried bekommen hatte, nach dem Stoffteil, hob es heraus und erstickte die Flämmchen. Er knüllte den Fetzen zusammen, klemmte ihn unter seinen Arm und nahm ihn mit. Am Ausgang des Hüttenplatzes kam ihm gerade Johannes Klapproth entgegen. »Steig auf, Otto«, rief er ihm zu. Otto stieg mit einem Satz auf den Fuhrmannsbock und ließ sich das kurze Stück bis nach Hause mitnehmen. Dort sprang er vom Bock herunter, eilte zum Schuppen und die Treppe zum Heuboden hinauf. Hinter einem alten Schrank holte er einen Kartoffelsack hervor, in dem er all seine glitzernden Kostbarkeiten aufbewahrte. Er stecke den Stofffetzen in den Sack und schob ihn hinter den Schrank zurück.

Freitagmorgen, 18. Oktober 1833
Auf dem Weg zur Knollengrube

⚒

Das konnte nicht gut gehen. Karl sah das Unheil kommen. Aus dem Rohr schoss das Wasser in dickem Strahl auf die Schaufeln des Rades, das von einem Gehäuse umkleidet war. Ein solches Wasserrad hatte er noch nirgends gesehen. Die Kurbel drehte sich schneller und schneller und war bald nur noch als rotierender Kreis zu erkennen. Durch die Wucht hatte sich die eiserne Schubstange vom Kurbelzapfen gelöst, der in rascher Folge dagegen schlug. Das Wasser musste aufgehalten werden, damit die schwere Stange nicht durch die Radstube[10] geschleudert wurde. Sie würde alles zerstören. Karl versuchte das Rohr zu verschließen, aber der Schieber saß fest. *Warum ließ er sich nicht bewegen? Wir müssen raus,* war sein nächster Gedanke. Bim, bim, bim schallte das klingende Eisen unheilvoll durch die Stollen und Schächte der Grube. Er musste das Wasser stoppen, er musste das Unglück verhindern. Bim, bim, …

»Karl!«, hörte er eine Stimme und jemand tippte ihm auf den Rücken. Er wandte sich um, aber da war niemand. »Karl?«

Er schlug die Augen auf. Vor seinem Bett stand Clara, seine kleine Schwester, die im selben Zimmer schlief. »Ach du bist es, Häkchen«, sagte Karl müde und wischte sich die Augen.

»Kann ich zu dir kommen, mir ist kalt?«, fragte sie mit zittrigen Lippen. Karl schlug seine schwere Wolldecke auf, Clara kroch an seine Seite und drückte sich an ihn. Ihre Füße fühlten sich wie Eiszapfen an. »Hörst du die Glocke?«, flüsterte Clara.

Karl lauschte. Er hatte geträumt, aber das Geläut war Wirklichkeit. »Ja. Auf der Königshütte muss wohl etwas passiert sein«, flüsterte er zurück.

»Hoffentlich ist Otto nichts zugestoßen«, sagte Clara und klammerte sich fester an Karl.

»Sicher nicht. Schlaf weiter.« Karl stieg aus dem Bett, wickelte Clara in die Decke ein und strich ihr über das dunkelblonde Haar. »Ich muss bald zur Arbeit.«

10 Radstube nannte man den Raum, in dem ein Wasserrad lief.

Clara antwortete nicht mehr. Karl klemmte seine Sachen unter den Arm und verließ auf Zehenspitzen die Kammer. Die Dielen knarrten unter seinen Schritten.

Am Küchentisch saß bereits sein Vater Wilhelm mit der Pfeife im Mund und schnitt dabei eine Scheibe von dem Brotlaib ab. Auf einer Schale lag ein rundes Stück Käse, mehr nicht.

»Habt ihr den Alarm gehört?«, fragte Karl, legte seine Sachen auf die Bank unter dem Fenster und zog sich an.

»Ja. Ein Feuer scheint es nicht zu sein, es war jedenfalls nichts zu sehen«, antwortete sein Vater. »Vielleicht ein Unfall«, mutmaßte er.

»Ich mach mir Sorgen um Otto«, sagte seine Mutter, die am Herd stand.

»Otto ist nicht der Hellste, aber er kann gut auf sich aufpassen«, meinte Wilhelm.

»Das Teewasser kocht gleich«, sagte Karls Mutter und schob zwei Holzscheite hinein.

»Sei sparsam mit dem Holz, Frieda. Es soll einen langen Winter geben«, mahnte Wilhelm.

Im Kessel blubberte das kochende Wasser. Frieda goss es über das Teesieb in eine Kanne. Der Duft von Brennnesseltee breitete sich in der Küche aus.

»Wenn wir das Ofenrohr verlängern, bleibt mehr Wärme im Haus. So können wir Holz sparen«, schlug Karl vor.

Wilhelm sah seinen Sohn missmutig an. »Du scheinst noch zu viel Zeit für deine verrückten Ideen zu haben, anstatt dich nützlich zu machen. Selbst wenn du recht hättest, wer soll das Ofenrohr bezahlen? Mach dir lieber Gedanken darüber, wie wir zu mehr Holz kommen«, wetterte sein Vater.

»Wir könnten auch das Haus besser abdichten und alle Ritzen ...«

»Schluss jetzt! Ich will nichts mehr davon hören. Du bist zweiundzwanzig Jahre alt und immer noch ein Kindskopf.«

Karl erwiderte nichts darauf. Sein Vater war ein Sturkopf und schwer zu überzeugen. Als gottesfürchtiger Mann und standesbewusster Bergmann hatte er seine Prinzipien, an denen nicht zu rütteln war. Die Mutter hatte inzwischen die Brote mit dem hausgemachten Käse belegt, den Tee in Flaschen gefüllt und alles in die Rucksäcke verstaut. Die Glocke der Kirchturmuhr schlug vier Mal.

»Wir müssen los«, sagte sein Vater, stopfte die Pfeife mit dem Finger nach und verließ die Küche. Karl folgte ihm in den Flur hinaus. Dort nahmen sie die warmen Jacken vom Haken, setzten die Mooskappen auf und steckten ihre Tscherpermesser in die Koppeltaschen. Bis zur Knollengrube im Luttertal hatten sie noch einen eineinhalbstündigen Fußmarsch vor sich. »Glückauf«, sagten Karl und sein Vater, bevor sie das Haus verließen. »Fahrt glücklich«, erwiderte die Mutter den Gruß. Feuchtkalte Luft wehte ihnen entgegen. Die letzten Oktobertage des Jahres 1833 waren kühl. Es hatte einige Tage zuvor ausgiebig geregnet. Als sie vor die Haustür traten, sagte Frieda: »Wilhelm? Karl?« Sie schauten zurück. »Gott schütze euch«, sagte sie ehrfürchtig und hob eine Hand, so, als würde sie die beiden segnen wollen. »Die heilige Catharina ist an unserer Seite, Frau«, antwortete Wilhelm.

Karl sah seine Mutter einen Moment lang an. *Ein zartes Persönchen, aber eine starke Frau,* kam ihm bei ihrem Anblick in den Sinn. In der bunten, selbst genähten Schürze über dem schlichten Kleid und dem Kerzenlicht in der Hand sah sie selbst aus wie eine Schutzpatronin. Ihre nach hinten zusammengebundenen krausen Haare gaben den Blick auf ihre Stirn frei, die von zwei Furchen durchzogen war. Das harte und entbehrungsvolle Leben konnte man aus ihren Gesichtszügen ablesen. Trotz ständiger Sorge um Wilhelm und Karl, die täglich den Gefahren des Berges ausgesetzt waren, bewahrte sie ihre Frohnatur. Jeder kannte sie als gottesfürchtige Frau, die an das vorbestimmte Schicksal glaubte. »Gott hat jedem eine Bestimmung zugewiesen«, entgegnete sie denjenigen, die sich über das schlichte Leben beklagten. Aber wehe, wenn jemand ein schlechtes Wort gegen ihre Familie richtete, dann konnte sie ungehalten werden. »Schlag keine Wurzeln«, rief sie ihrem Sohn zu, »dein Vater ist schon ein Stück voraus.« Sie hielt ihren Kopf leicht geneigt und Ihr schmaler Mund lächelte.

Karl hatte seinen Vater rasch eingeholt. Aus den umliegenden Häusern kamen nach und nach Männer in Bergmannskleidung heraus und gesellten sich zu ihnen. Sie grüßten sich knapp und müde mit »Glückauf«. Normalerweise wurde auf dem Weg zur Grube kaum geredet, aber heute weckte der nächtliche Alarm auf der Königshütte ihre Neugier.

»Habt ihr die Alarmglocke gehört?«, fragte Ernst Müller, der zwei Häuser nebenan wohnte.

»Ein Feuer kann es nicht gewesen sein, das hätten wir gesehen«, meinte Wilhelm.

»Was mag dort nur passiert sein?«, fragte ein anderer.

»Wartet`s ab, vielleicht hat der Steiger etwas erfahren«, fuhr Wilhelm dazwischen.

Die Männer schwiegen, nur der Kies des Hüttenweges knirschte unter ihren Schnürstiefeln. Unter der hölzernen Schanzenbrücke rauschte die Oder wie ein Wildwasser hindurch. In der Dunkelheit konnte Karl nur wenig erkennen, aber das Getöse des Wassers ließ erahnen, dass das Flussbett randvoll war. *Wenn es weiter regnet, wird die Aue bald überschwemmt,* befürchtete er. Den Gedanken hatte er kaum beendet, als ein Nieselregen einsetzte. Die Männer gingen wie auf Kommando einen Schritt schneller. Sie fürchteten den Regen, der ihre Kleidung durchnässte, bevor sie in die Gruben einfuhren. Karl und sein Vater hatten einen Umhang aus grobem Segeltuch im Rucksack, der sie vor Nässe schützen sollte, aber den benutzten sie nur bei starkem Regen.

Von der Hauptstraße her stießen neun Jungen zu ihnen. Sie waren etwa dreizehn oder vierzehn Jahre alt und arbeiteten als Klauber[11] in der zugigen Klauberbucht der Grube. Ihre

---

11 Klauber waren meist Kinder (ab zwölf Jahren), die aus dem grob zerschlagenen Erzgestein die unhaltigen Beimengungen herausklaubten.

verhärmten Gesichter sahen müde aus. Die harte Arbeit hatte diese Jungen bereits gezeichnet. Wie fast alle Bergmannsknaben hatte auch Karl an den Pochtischen begonnen. Dort mussten sie das Gestein in Stücke schlagen, daraus den Eisenstein klauben und das Erz sowie das taube Gestein[12] in die Förderwagen verladen. Ein entbehrungsreiches Leben für Kinder, die zwölf Stunden täglich diese Schinderei und die Launen des Aufsehers ertragen mussten.

Von der oberen Hauptstraße kommend, stießen weitere Bergleute hinzu. Auch ihnen war die jahrelange harte Arbeit unter Tage anzumerken. Einigen hatte die Last den Rücken gebeugt, andere gingen schief oder hinkten. Hier und da hörte Karl ein verschlafenes »Glückauf«. Die Männer schlurften durch die Doktorgasse, dann keuchend den steilen Weg zum Weinberg hinauf und von dort abwärts über den Kohschießenwech ins Luttertal.

Karl hörte auf einmal hinter sich ein knabenhaftes Schluchzen. Er wand sich um und sah einen der Klauberjungen, der von der Gruppe ein Stück abgehängt worden war und nun hinterhertrottete. Karl blieb stehen und wartete. Der Junge schlurfte mit gesenktem Kopf an ihm vorüber und schien leise vor sich hin zu weinen.

»Heh, was ist mit dir?«, fragte Karl.

»Nichts«, gab er zur Antwort und zog schleimig die Nase hoch.

»Dann hör auf zu heulen. Das schickt sich nicht für jemanden, der Bergmann werden will. Heulsusen können wir im Berg nicht gebrauchen«, warf Karl ihm vor. Den Jungen beeindruckte das nicht. »Wie alt bist du?«, fragte Karl.

»Zwölf«, sagte er.

Karl betrachtete ihn genauer. Er war schmächtig und kleiner als die anderen Jungs. »Dich kenn ich doch«, meinte Karl,

12 Taubes Gestein nennt man jenes, das kein Erz enthält.

»bist du nicht Michel, der Junge von Holtzappelts Hermann?« Der Junge nickte. »Dann solltest du dir an deinem Vater ein Vorbild nehmen«, sagte Karl.

»Der schlägt mich auch«, sagte Michel und schluchzte.

»Wer denn noch?«, fragte Karl.

»Bruns, er hat es auf mich abgesehen und findet immer einen Grund.«

Bruns, der Untersteiger, war einer von der Sorte, die meinten, sie müssten die Prügel, die sie selbst früher bezogen hatten, an andere weitergeben. Wenn er jemanden auf dem Kieker hatte, hatte derjenige nichts zu lachen.

»Mit Prügel haben wir alle angefangen, und sie haben uns hart gemacht. Wenn du ein Mann werden willst wie dein Vater, dann reiß dich zusammen.« Karl gab ihm einen Klaps auf die Schulter. Michel sah ihn an, zog nochmals die Nase hoch und legte einen Schritt zu.

An der Kupferhütte, wo die Krumme und die Gerade Lutter zusammenflossen, teilten sich die Wege der Männer. Einige gingen nach rechts ins Tal der Krummen Lutter zur Grube Louise Christiane, die anderen nach links der Graden Lutter entlang zur Knollengrube. Es war stockfinster, nur das wilde Rauschen des Flusses, der ebenfalls angeschwollen war, gab ihnen Orientierung. Karl kannte die Geräusche des Wassers, das Glupschen, Plätschern und Gurgeln. Er konnte im Dunkeln daran erkennen, an welcher Stelle des Weges sie sich befanden. Aber heute hörte man keinen Unterschied heraus. Der Fluss gab nur ein gleichförmiges Grollen von sich. Seit seinem fünfzehnten Lebensjahr ging Karl diesen Weg. Tagein, tagaus, nur von Sonn- oder Feiertagen unterbrochen. Sein Vater hatte ihm beigebracht, die Stimmen des Wassers und des Berges zu verstehen.

Das Nieseln war in einen leichten Regen übergegangen. Allmählich kroch die Kälte unter seine Kleidung. Karl hing seinen Gedanken nach und dachte an seinen Traum. *Was hatte er zu bedeuten? War es die Vorahnung eines Unglückes oder beschäftigten ihn wieder seine verrückten Ideen bis in seine Träume hinein?* Ein umkleidetes Wasserrad, was so schnell rotierte, hatte er noch nirgendwo gesehen. Ihn interessierte alles, was sich drehte und bewegte, die Kunst, die Kraft des Wassers zu nutzen. Könnte er doch nur in der Hütte arbeiten. Er stellte sich vor, selbst Wasserräder zu bauen, die größer waren, mehr Leistung abgaben und Maschinen antreiben konnten. Von Dampfmaschinen hatte er auch bereits gehört, die im Kupferschieferrevier bei Mansfeld und Hettstedt Pumpen antrieben. Darüber hätte er gerne alles erfahren. Es gab Bücher davon, aber er hatte kein Geld, um sich welche zu kaufen, und die Bergschule in Clausthal schien ihm unerreichbar.

»Spinnst du dir wieder verrückte Sachen zusammen?«, fragte sein Vater, der das Schweigen seines Sohnes hinterblickte.

»Vater, ich will aus dem Berg raus«, antwortete Karl unverhohlen.

Wilhelm blieb stehen. »Du spinnst ja wirklich«, sagte er in scharfem Ton. »Vergiss deine Wurzeln nicht. Wir sind Bergleute, seit Generationen. Das ist unsere Bestimmung.«

»Ich will mein Leben nicht in der feuchten und kalten Dunkelheit der Grube fristen. Ich will Maschinen bauen«, widersprach er.

»Ich will, ich will. Mehr höre ich von dir nicht«, fauchte Wilhelm ihn an. »Aber ich will, dass du dich auf deine Aufgaben besinnst, und jetzt ist Schluss damit.«

Der helle Ton der Bergwerksglocke schallte durchs Hübichental und unterbrach ihr Streitgespräch. Sie gingen weiter. Bald erreichten sie das Bergwerksgelände. Schweigend und fröstelnd betraten sie mit den anderen das Zechenhaus. Aufgeregte Stimmen schallten ihnen entgegen. *Was ist denn los,* wunderte sich Karl. *Hatte es womöglich einen Unfall gegeben?*

Freitag, 18. Oktober 1833
Lauterberg, Ellernstraße

⚒

Johanna Röger wartete an diesem Morgen vergeblich auf ihren Vater. Die Steckrübensuppe, die er besonders mochte, dampfte schon eine ganze Weile nicht mehr. Johanna saß mit verschränkten Armen aufgestützt an dem groben Holztisch und sah auf den leeren Teller gegenüber. Auf den Rand hatte sie eine Scheibe Brot gelegt, weil die Suppe wieder einmal dünn ausgefallen war. Sie mussten selbst am Essen sparen, denn das Geld reichte hinten und vorne nicht. »Die Preise steigen schneller, als ein Pferd laufen kann«, schimpfte ihr Vater jedes Mal auf die Obrigkeit, wenn Johanna vom Wochenmarkt mit halb gefülltem Korb zurückgekommen war.

Die Glocke hatte schon sieben Mal geschlagen und Johanna erwartete den nächsten Stundenschlag. Ihr Vater hätte längst zurück sein müssen. Vielleicht gab es ja wieder etwas zu reparieren und die Männer mussten deshalb länger arbeiten.

Johanna legte den Deckel auf den Topf, stellte ihn zum Warmhalten auf den Ofenrand und verließ die kleine Dachgeschosswohnung in der Ellernstraße[13], um draußen nach ihm Ausschau zu halten. Als sie die knarrende Holztreppe hinunterstieg, ging unten im Flur die Tür auf und Franz Weber, ihr Vermieter, stellte sich ihr in den Weg.

»Na? Schönes Kind«, griente er sie gehässig an, »wann zahlt ihr denn die Miete? Es ist bald November und ich habe noch keinen Groschen gesehen.« Johanna war dieser Mann zuwider. Er war grob und ordinär.

»Mein Vater ist zum Ersten Schmelzer befördert worden und bekommt auch mehr Lohn. Er wird die Miete sicher heute noch bezahlen«, sagte Johanna und ging an ihm vorbei.

---

13 Heute: Ahnstraße

Er klopfte ihr dabei auf den Po. »Wenn du mal einen Mann brauchst, dann will ich dich gern bedienen und einen Teil der Miete erlassen.« Johanna drehte sich augenblicklich um und gab ihm eine schallende Ohrfeige. Sein Blick verfinsterte sich und er packte sie am Arm. »Alte Kanaille, kriegst doch sowieso keinen Mann, du Krüppel!« Mit der anderen Hand drückte er sie am Po an sich. Johanna trommelte mit den Fäusten gegen seine Brust.

»Lass mich, du Bock!«, rief sie.

»Franz!«, schallte es herrisch durchs Haus.

Frau Weber stand jetzt in der Tür. Er stieß Johanna beiseite, zwängte sich an seiner Frau vorbei und verschwand in der Wohnung. Herta Weber stemmte ihre Fäuste in die Hüften und stand wie ein Gurkenfass zwischen den Türpfosten. Ihr rundliches Gesicht glühte.

»Lass meinen Franz in Ruhe«, fauchte sie Johanna an. »Wenn du einen Mann brauchst, such dir einen anderen. Vielleicht findest du einen Krüppel, so wie du einer bist.«

»Kümmere du dich gefälligst besser um deinen Mann, damit er mir nicht ständig nachstellt«, konterte Johanna. »Oder hast du ihm im Bett nichts mehr zu bieten?«

»Geh mir aus den Augen, du freches Luder!«, schrie sie.

Johanna lief aus dem Haus. »Ich bin kein Krüppel«, rief sie zurück. Sie spürte, wie sich ihre Augen mit Tränen füllten. Mit dem Zipfel ihrer Schürze wischte sie sich übers Gesicht, schaute die Ellernstraße hinunter und ging ein Stück den unbefestigten Weg entlang. Sie hoffte, ihr Vater würde ihr bald entgegenkommen, aber da kam niemand. Sie lief allein durch den Regen, der dicke Blasen auf den Pfützen hinterließ.

Johanna hinkte etwas mit dem linken Bein, seit sie vor sieben Jahren einen Unfall hatte. Es war bei der Heuernte auf dem Heikenberg passiert. Die Erntezeit gab den Frauen eine willkommene Möglichkeit, etwas Geld hinzuzuverdienen, und Johannas Mutter hatte sie mitgenommen. Sie war damals dreizehn Jahre alt gewesen. Die Arbeit im Heu hatte ihr Spaß gemacht und mit den anderen Kindern hatte sie auf dem Wagen im Heu ausgelassen herumgealbert. Plötzlich knallte vom angrenzenden Weg her die Peitsche eines anderen Fuhrmannes. Die Pferde vor dem Heuwagen zogen an und es gab einen Ruck. Johanna hatte noch versucht, sich festzuhalten, aber das Heu gab nach. Sie fiel herunter und rutschte unglücklich unter den Wagen. Ein Rad überrollte ihren linken Unterschenkel und zertrümmerte die Knochen. Seitdem war das Bein etwas verkürzt.

Als Kind wurde sie deswegen oft von den anderen gehänselt. Manche glotzten Johanna an, als sei sie eine Jahrmarktattraktion und riefen »Hinkefuß« hinter ihr her. Sie hatte sehr darunter gelitten und empfand es immer noch verletzend, wenn man ihr hinterher gaffte oder sie als Krüppel bezeichnete.

Weite Strecken konnte sie seitdem nicht mehr laufen, ohne dass ihr die Hüfte und das Knie schmerzten. Sonst hätte sie das Geschäft ihrer Mutter weiterführen können, die als Kiepenfrau[14] mit Knöpfen und Schnallen aus Hirschhorn handelte. Sie war bis Osterode und St. Andreasberg unterwegs gewesen, und ihre Artikel waren begehrt. Ihr Vater streifte im Frühjahr durch die umliegenden Wälder und suchte abgeschlagene Geweihstangen. Er kannte die Stellen genau und nach Feierabend schnitzte und drechselte er aus dem Horn die gefragten Stücke. Johanna hatte ihm dabei oft zugesehen und es später selbst ausprobiert. Sie hätte geschickte Hände, hatte ihr Vater sie gelobt. Das Geschäft lief gut, und ihre beiden Brüder, Lorenz und Albin, die im Kupferhütter Stollen arbeiteten, trugen ebenfalls zum Lebensunterhalt bei. Ihre Eltern hatten ihr Auskommen und konnte sich sogar ein paar Taler als Notgroschen ansparen.

---

14 Kiepenfrauen oder Landgängerinnen zogen ein- bis zweimal die Woche ins Umland, um hauswirtschaftliche Erzeugnisse wie Käse, Butter, Strickwaren etc. zu verkaufen, oder um sich als Lasterträgerinnen zu verdingen.

Dabei entstammten die Rögers einer reichen Tuchhändlerdynastie, die allerdings im Dreißigjährigen Krieg alles verloren hatten. Oft hatte ihr Vater den Kindern davon erzählt, und von dem Geheimnis der Erzbibel, die der Graf Ernst von Honstein damals der Familie zur Aufbewahrung überließ. Gespannt hörten sie und ihre Brüder jedes Mal dieser mystisch anmutenden Geschichte zu. Er erzählte von Fremden, die »Venediger« genannt wurden und im Harz heimlich nach Erzen suchten. Sie hinterließen seltsame Zeichen auf Steinblöcken, meist Mönchsköpfe. Johanna gruselte es immer noch ein wenig, wenn sie an diese Geschichte dachte. Leider brachte das Buch, in dem reiche Silbererzvorkommen verzeichnet sein sollten, nur Unheil über die Familie. Neid, Missgunst und Habgier beherrschten fortan die Geschicke, woran das Familienband zu zerreißen drohte. Dann verschwand das Buch. »Es liegt in der Obhut des Herrn«, hatte Johannas Vater geantwortet, wenn sie und ihre Brüder neugierig danach fragten.

Johanna ging weiter und hoffte, ihr Vater würde jeden Augenblick auf sie zukommen. Doch sie war die Einzige, die durch den Regen stiefelte. *Was, wenn ihm etwas zugestoßen wäre? Unfälle passierten hin und wieder. In den Gruben und Hütten lauerten allerlei Gefahren. Unsinn, versuchte Johanna, diese Gedanken zu verdrängen, er muss länger arbeiten, wie so oft.*

Alles andere wäre ein Schicksalsschlag, wie damals, als ihre Mutter eines Tages Husten bekam. Zuerst glaubten sie an eine Erkältung, die man sich bei den langen Fußmärschen und dem nasskalten Wetter leicht einfangen konnte. Doch heißer Holundertee und Schwitzkuren halfen diesmal nicht. Der Husten hörte nicht auf. Ihr Vater hatte einen schlimmen Verdacht, der von Medizinalrat Doktor Ritscher bestätigt wurde: Schwindsucht. Der Doktor hatte sie regelmäßig zu Hause besucht und behandelt, aber er konnte ihr nicht mehr helfen. Sie starb einige Wochen später. Die Behandlung und die Medikamente hatten ihren Notgroschen aufgezehrt und die Familie fast in den finanziellen Ruin gestürzt. Das war vor drei Jahren gewesen und hatte sie tief getroffen. Johanna, nun als einzige Frau in der Familie, musste danach allein den Haushalt führen und sich um alles drum herum kümmern. Eine Verantwortung, die ihr letztendlich gut tat und ihr Selbstbewusstsein stärkte. Es dauerte einige Wochen, bis die Familie in die veränderte Lebenssituation reingefunden und sich ihr Tagesablauf neu eingespielt hatte. Das Leben ging weiter und fühlte sich bald wieder normal an. Bis vor zwei Jahren.

Gerüchte über die Schließung der letzten Kupfererzgrube machten in Lauterberg die Runde und sorgten für Unruhe unter den Bergleuten. Sie wussten selbst, dass die Erzgänge in der Tiefe von mehr als 150 Lachter[15] vertaubten und es immer schwieriger wurde, sie zu betreiben. Johannas Vater war ernsthaft in Sorge gewesen, denn das hätte auch seine beiden Söhne betroffen, auf die er so stolz war. Der Abstieg in die Armut und ein Leben als Kümmerexistenz drohten der Familie. Diese Schmach hätte Ihr Vater wohl kaum überwunden. Das Bergamt bemühte sich zwar, die Arbeiter in anderen Gruben unterzubringen, aber auch dort brauchte man keine weiteren Arbeitskräfte, da der Ertrag fast überall stagnierte.

Bald verbreitete sich die Nachricht, dass Männer und Frauen ohne Arbeit den Harz verlassen könnten. Vom Bergamt war zu hören gewesen, dass sogar Aufnahmescheine für eine Schiffspassage nach Nordamerika ausgestellt wurden. Das machte viele neugierig. Auch Johannas Brüder hörten interessiert zu, wenn auf dem Wochenmarkt oder nach dem Kirchgang sensationshungrig über Auswanderer erzählt wurde, die angeblich in Amerika ihr Glück gemacht hätten. Von Wohlstand und großen Villen mit Bediensteten wurde großmundig berichtet. In vielen Köpfen regten sich Träume und Sehnsüchte, die Johannas Vater als Hirngespinste abtat. Aber

15 Lachter war ein bergmännisches Längenmaß. Ein hannoverscher Lachter beträgt ca. 1,92m.

als er eines Tages aufwachte, waren seine Söhne in Übersee. Er hatte es ihnen nie verziehen.

Ihr Vater war immer noch nicht zu sehen. Johanna setzte sich auf einen Holzstapel am Wegrand. »Ich bin kein Krüppel«, sagte sie leise zu sich selbst, aber sie wusste, dass sie ihre Behinderung zur Außenseiterin machte. Andere Frauen in ihrem Alter waren längst verheiratet und hatten Kinder. Es lag nicht an ihrem Aussehen, denn sie war hübsch – sogar ausgesprochen hübsch – hatte ihre Mutter ihr immer wieder versichert und nicht nur zum Trost gesagt. Ihre magisch blauen Augen hätten eine fesselnde Ausstrahlung, hatte sie geschwärmt. Aber Johanna machte sich nichts vor, eine Frau, die hinkte, galt als kränklich und war für Männer wenig attraktiv. Sie malte sich oft in Gedanken aus, wie es wohl wäre, eine eigene Familie zu haben, und diese Vorstellung gefiel ihr. Genauso wie die Blicke der Männer, die hin und wieder zu ihr schielten, leider aber rasch das Interesse verloren, wenn sie Johannas Gehbehinderung bemerkten. Wieder normal gehen zu können, war ihr innigster Wunsch, irgendwann würde sie das Bein richten lassen. Sie hatte von Ärzten gehört, die solche Operationen durchführten, aber ... Johanna kam sich bei diesem Gedanken töricht vor, denn das würde sie niemals bezahlen können.

Das Klappern von Hufeisen und Klingeln aneinanderschlagender Ketten ließ Johanna aufblicken. Von Weitem, aus Richtung Odertal, kam ein Fuhrwerk auf sie zu. Johanna kannte die schweren Kaltblüter sowie deren Fuhrmann. Es war Johannes Klapproth, der an der Lutter unterhalb des Heikenberges seinen Hof hatte. Alle nannten ihn einfach Hannes. Er fuhr Erz aus der Knollengrube und Holzkohle von den Meilerplätzen im Odertal zur Königshütte. Vielleicht wusste er etwas über ihren Vater oder Problemen auf der Hütte. Sie ging dem Gespann entgegen. Hannes saß mit hängendem Kopf zusammengekauert auf dem Bock und schien zu schlafen. Die Pferde kannten den Weg zu ihrem Stall genau und die

Leute erzählten manchmal schmunzelnd darüber, wie Hannes einfach weiterschlief, während die Tiere bereits auf dem Hof standen.

»Gevatter Klapproth«, rief Johanna. Die Pferde trotteten gemächlich weiter und der rundliche Kopf des Fuhrmannes baumelte, wie an einem Band hängend, von einer zur anderen Seite. Johanna schritt neben dem Wagen her. »Gevatter Klapproth, hörst du mich?« Er schlief weiter. Johanna ging einen Schritt schneller und nahm eines der Pferde am Kopfgeschirr. »Brrr. Hooh«, sie zog dabei an dem Riemen. Beide Tiere blieben stehen, schüttelten die Köpfe und schnaubten.

Hannes Klapproth, noch ein wenig irritiert, schlug die Augen auf. »Pferd, geh weiter, wir sind gleich zu Hause«, sagte er verschlafen. Dann schaute er auf sie herunter. »Johanna? Du?« Er richtete sich auf.

»Hast du meinen Vater gesehen? Er müsste längst zu Hause sein«, fragte sie.

»Dein Vater? Dann weißt du`s wohl noch nicht«, sagte er und schien auf einmal hellwach zu sein. Seine vollen Wangen leuchteten rot wie Tomaten.

»Was?«, fragte sie und spürte, wie ihr Herz schneller schlug.

»Die halbe Nacht haben sie ihn auf der Hütte gesucht. Er ist einfach nicht mehr aufgetaucht und niemand weiß, wo er sein könnte. Weißt du es?«, sagte Hannes.

Johanna sah ihn an und war unsicher, ob sie ihn recht verstanden hatte. »Verschwunden? Einfach so?«

»Sieht so aus«, meinte Hannes Klapproth, »wenn er nicht zu Hause ist?«

»Nein. Ist er nicht«, sagte sie, ließ das Pferd los und ging, so schnell es ihr Bein zuließ, weiter. Sie wollte sich selbst beim Hüttenmeister erkundigen, was vorgefallen war. Hinter sich hörte sie noch Hannes Klapproth mit der Zunge schnalzen und kurz darauf das Knirschen der eisenbereiften Wagenräder auf dem Kiesbelag des Weges.

Johanna kannte die Hütte schon als kleines Kind. Der große Hof, der schwefelige Geruch der Rösthaufen, das Klingen der Schmiedehämmer und die rot glühende Schlacke vor der Gießhalle waren ihr vertraut. Der Hüttenbrunnen plätscherte in gewohnter Weise, unaufhörlich, als sei er das Herz der Königshütte. Johanna stützte sich auf das gusseiserne Geländer und sah ihr Spiegelbild auf der gekräuselten Wasseroberfläche. *Solange er sprudelt, solange lebt diese Hütte,* ging Johanna durch den Kopf, *und solange verdienen Männer Lohn und Brot und können ihre Familien versorgen. Aber was, wenn ihr Vater jetzt ausfiele?* Sie dachte mit Schrecken daran. Johanna hatte niemanden mehr, der sie unterstützen würde. Sie wäre auf sich allein gestellt. Ohne Vater, ohne Einkommen, ohne Zukunft. Vielleicht hatte sie Anspruch auf Leistungen aus der Büchsenkasse. *Was für absurde Gedanken,* rügte sie sich selbst. *Bis jetzt war nichts verloren, es konnte sich alles noch aufklären.*

Die Glocke schlug zur Frühstückspause. Kurze Zeit später strömten die Arbeiter aus den Toren der Gießhalle, der Formerei und den Werkstätten. Sie gingen zielstrebig auf die Hüttenschenke zu, vor der bereits einige Frauen mit Essen für ihre Männer warteten. Viele der Arbeiter, die mit rußgeschwärzten Gesichtern an ihr vorübergingen, kannten Johanna.

»Dein Vater wird vermisst«, sagte einer von ihnen.

»Ich weiß«, erwiderte sie.

Vor dem Eisenmagazin schaufelte die Frau des Kohlenvoigts die herumliegenden Pferdeäpfel in einen Eimer. Tschilpend flogen Spatzen auf, die an den Häufchen herumgepickt hatten.

»Wo finde ich den Hüttenmeister?«, fragte Johanna.

»Drüben, in seinem Kontor«, antwortete sie und zeigte auf das Faktoreihaus.

Der Mief von alten Akten, Tinte und Bohnerwachs stieg Johanna in die Nase, als sie das Gebäude betrat. Ein zierlicher Mann mit Brille und schwarzen Ärmelschonern kam ihr auf dem Flur entgegen. Johanna kannte den Mann vom Sehen, er war der Hüttenschreiber. Unter dem Arm trug er einige Aktendeckel und kaute unablässig.

»Zu wem wollen Sie denn, Fräulein?«, fragte er mit halb vollem Mund.

»Ich bin Johanna Röger und möchte Ludwig Rathmann sprechen«, antwortete sie.

Er stellte die Kaubewegung ein und schluckte. »Fräulein Röger? Gut, dass Sie kommen, der Meister hat schon nach Ihnen gefragt. Treppe hoch und dann links. Steht an der Tür.«

Johanna ging nach oben und klopfte an.

»Herein!«, schallte eine kraftvolle Männerstimme durch die Tür. Johanna trat ein. Vor dem Fenster, das zum Hüttenhof zeigte, stand Ludwig Rathmann. Er drehte sich zu ihr und sah sie einen Augenblick lang an.

»Ich bin Johanna Röger und möchte wissen, wo mein Vater ist«, sagte sie selbstbewusst.

Ludwig Rathmann kam auf sie zu. Er war von kräftiger Statur, trug einen schwarzen Kittel. Sein Gesicht war blass und die Augen blickten etwas müde, bemerkte Johanna.

»Das möchte ich auch wissen«, sagte er, »Ihr Vater wurde in der Nacht das letzte Mal gesehen. Wir haben alles abgesucht, selbst die Wassergräben.«

»Wer hat ihn zuletzt gesehen?«, wollte Johanna wissen.

»Otto Wiegand, er ist unser Schlackenpocher[16] und arbeitet zurzeit auf der Gichtbühne.«

»Kann ich mit ihm sprechen?«

»Das wird nicht viel nutzen. Er ist schwachsinnig und kann sich schwerlich ausdrücken. Außerdem wird er jetzt zu Hause sein und schlafen, er hatte Nachtschicht«, antwortete Rathmann, setzte sich hinter seinen klobigen Schreibtisch und forderte Johanna mit einer Handbewegung auf, ebenfalls

16 Schlackenpocher (niedere Arbeit) zerkleinerten die Hochofenschlacke, die noch Eisen enthielt. Dieses wurde ausgeklaubt, ausgewaschen und an Silberhütten verkauft.

Platz zu nehmen.

»Ist der Amtmann verständigt worden?«, fragte Johanna und erntete umgehend einen finsteren Blick vom Hüttenmeister.

»Der Amtmann? Nein! Warum denn?« Er war sichtlich entrüstet.

»Vielleicht liegt ein Verbrechen vor«, gab Johanna zu bedenken.

»Fräulein Röger«, sagte er empört, »auf einer fiskalischen Hütte herrschen Zucht und Ordnung. Hier ist kein Ort für Verbrechen! Wer weiß, wo sich ihr Vater rumtreibt.«

Johanna rutschte auf dem Stuhl ein Stück nach vorn. »Mein Vater ist kein Rumtreiber, und das wissen sie«, erwiderte sie scharf. »Wie kann jemand während der Arbeit einfach verschwinden?«, setzte sie noch nach.

»Ich verbitte mir diesen Ton«, fuhr Ludwig Rathmann sie an. »Sie sollten jetzt besser gehen.«

Johanna erschrak über seinen plötzlichen Stimmungswechsel, stand auf und ging zur Tür. Bevor sie das Kontor verließ, drehte sie sich um. »Mein Vater bekommt noch seinen Lohn, heute ist Freitag«, forderte sie.

Rathmann erhob sich. »Abzüglich fünf Groschen wegen Abwesenheit. Und falls ihr Vater auftaucht, er soll sich umgehend bei mir melden«, gab ihr Rathmann mit auf den Weg.

Johanna verließ das Kontor, ohne sich noch einmal umzuschauen, und ging nach unten zum Buchhalter. Sie bekam zwei Taler und fünfzehn Mariengroschen.

Die Glocke, die auf dem weitläufigen Hof zu hören war, läutete das Ende der Frühstückspause ein. Die Arbeiter quollen in Scharen aus der Schenke heraus und Johanna schaute ihnen nach, wie sie sich in verschiedene Richtungen verteilten. Ihr Vater war nicht darunter. *Wo steckte er nur, oder war ihm am Ende etwas zugestoßen?* Dieser Gedanke machte ihr Angst und sie kämpfte mit den Tränen.

Freitag, 18. Oktober 1833
Luttertal, Knollengrube

⚒

Vor dem Tresen, an dem die Bergleute zum Schichtbeginn das Rüböl für ihr Geleucht bekamen, gab es einen lauten Wortwechsel.

»Du hast zu wenig Öl eingefüllt. Das reicht nicht einmal, um einzufahren!«, beschwerte sich ein Kollege, der vor der Ausgabe stand. »Ich komme damit auch nicht über die Schicht. Willst du, dass wir im Dunkeln bohren«, unterstützte ein anderer die Beschwerde.

Friedrich Meyer, der Geleuchtwart, lief rot an. »Wenn ihr keine Festbeleuchtung einstellt, reicht es allemal. Für Verschwendung gibt es kein Öl«, erwiderte er.

Der Hauer, der am Tresen stand, schlug mit der Hand darauf. »Dann fahr selber ein und beweis es uns!«

Ein Raunen erfüllte den Raum und verstummte augenblicklich, als Walter Franke, der Obersteiger aus seinem Kontor herauskam. »Was ist der Grund dieses Aufstandes«, fragte er.

»Die Kameraden beschweren sich über die ausgegebene Ölmenge in den Fröschen[17]«, erklärte der Mann hinter dem Tresen.

»Lasst mich sehen«, forderte Franke mit ausgestreckter Hand. Er ließ sich von dem Mann die Lampe geben und öffnete den Schiebeverschluss. »Es ist genügend Rüböl darin, ihr müsst nur sparsamer damit umgehen und es nicht beim Frühstück auffressen«, sagte er. Das Gemurmel in der Ausgabe schwoll an. Der Steiger stützte die Fäuste in die Hüften. »Hat noch jemand etwas dazu zu sagen?«, fragte er in einem

---

17 Frosch nannten die Harzer Bergleute ihre einfache Grubenlampe (Geleucht), die mit Rüböl oder tierischen Fetten (Unschlitt) befüllt wurde.

Ton, der als Warnung gegen weitere Proteste zu verstehen galt.

Karl hob trotzdem die Hand. Sein Vater stieß ihm sogleich in die Seite und deutete mit einem Blick an, er solle sich aus dem Streit heraushalten.

»Was hast du zu sagen?«, forderte Franke ihn auf.

»Der Mann hat recht. Seit einiger Zeit wird die Füllung nach und nach reduziert«, stand Karl seinem Kameraden bei.

Franke schob sein Kinn etwas nach vorne. »Also gut. Ihr könnt mehr bekommen, aber ich ziehe es euch vom Lohn ab. Dann wird euch der sparsame Umgang mit der Flamme leichter fallen«, konterte Walter Franke.

Karl wurde ärgerlich. »Wenn ihr das so wollt, Steiger, dann beschwert euch demnächst nicht über steigende Unfälle und unreine Förderung.«

Ein Raunen ging um. »Das stimmt«, murrte einer aus der Mannschaft. Ein anderer maulte: »Es ist gefährlich. Auf der Firste[18] nahe der Ruschel[19], da hängen die Sargdeckel nur so.«

»Du führst ein vorlautes Mundwerk, Wiegand«, erhob der Steiger seine Stimme. »Willst du die Leute aufwiegeln?«

»Ich war nicht die Ursache des Streits«, entgegnete Karl, »aber darf ich einen Vorschlag machen?«

»Ich höre!«, sagte der Steiger.

»Nehmt meinen Frosch und stellt den Docht so ein, wie ihr es für richtig haltet. Wenn das Geleucht erlischt, bevor die Glocke die Schicht beendet, fahren wir aus und bekommen die volle Zeit bezahlt.«

»Ja! Das ist gerecht«, unterstützte ihn jetzt sein Vater. Die anderen stimmten ebenfalls nickend zu.

»Niemand fährt aus, bevor er seine Löcher vollständig abgebohrt hat«, stellte er klar. Die Leute ließen die Köpfe hängen und wollten gehen. »Meyer«, rief der Steiger, »jeder bekommt

---

18 Firste nennt der Bergmann die »Decke« eines Grubenraumes.

19 Ruschel ist eine stark zerklüftete und aufgelockerte Gesteinszone (Störung).

noch etwas Öl ins Geleucht!« Er ging zurück ins Kontor.

Die Männer klapsten Karl auf die Schulter und stellten sich erneut vor der Ausgabe an. Als die Glocke den Schichtbeginn anläutete, gingen sie nach nebenan in den Andachtsraum zur Gebetsstunde. Auf einem schlichten Holzaltar brannten zwei Kerzen. An der Wand hinter dem Altar hing ein Kruzifix aus Kunstguss von der Königshütte, zu der die Knollengrube gehörte. Es war das einzige Schmuckstück in diesem tristen Raum. Die Männer drängten sich in die drei Bankreihen, knieten nieder und murmelten, jeder für sich, ein kurzes Gebet. Der Untersteiger Gustav Bruns kam dazu. »Glückauf!«, grüßte er die Männer, die wie ein verstimmter Chor antworteten und aufstanden. Dann las Bruns von einer Liste die Namen vor und hakte sie ab, wenn sich der Aufgerufene setzte. Die Mannschaft war vollzählig.

»Lasst uns beten«, sagte er und las aus der Bibel. Zum Schluss sprach er das Gebet: *»Fahr wohl mit Gott auf allen Wegen, fahr in den Berg mit Gottes Segen, fahr wieder heil zum Tag hinauf, mit frommem Bergmannsgruß Glückauf!«*

»Glückauf«, antworteten die Bergleute. Bevor Karl die Kapelle verließ, sprach er den Untersteiger an: »Es gab heute Nacht Alarm auf der Königshütte. Weißt du etwas darüber?« Die anderen warteten gespannt.

»Nein, ich weiß nicht, was los war«, antwortete er. Die Männer murmelten vor sich hin und verließen das Zechenhaus.

Vor dem Mundloch des Tiefen Stollens wartete Friedrich Meyer mit seinem Frosch, über dessen Flamme die Männer nacheinander ihre Grubenlampen entzündeten. Der Reihe nach betraten sie den Stollen und folgten den Gleisen, die in das ewige Dunkel des Berges führten. Überall tropfte es aus dem Gestein. Der nackte Fels und die Enge bereiteten Karl Unbehagen. Obwohl er bereits seit sieben Jahren unter Tage arbeitete, wurde er dieses bedrückende Gefühl nicht los. Er hätte lieber in der Stuhlfabrik oder in der Königshütte gearbeitet, aber das ließ sein Vater nicht zu. Er war der Sohn einer Bergmannsfamilie, die seit Generationen diese Tradition pflegte und stolz auf ihren Beruf war.

Sie folgten dem Stollen weiter in den Berg hinein, der die flackernden Flämmchen der Lampen aufzusaugen schien. Nach und nach verteilten sich die Männer in den Gängen und Schächten, wo ihre Arbeitsplätze lagen.

Karl sollte mit zwei Kameraden im Hübichentaler Stollen Sprenglöcher bohren und stieg mit ihnen im nächsten Schacht eine Leiter hinunter, um dorthin zu gelangen. Ein Teilstück dieser Strecke war mit einem hölzernen Türstock ausgebaut. Karl blieb darunter stehen, weil er glaubte, ein Ächzen und Knarren aus dem Gebälk zu hören. *Wenn das Holze spricht, es balde bricht,* lautete eine alte Bergmannsregel, die man ihm schon früh beigebracht hatte. Karl wusste, über dem Ausbau lag brüchiger Fels, und davor fürchteten sich die Bergleute. Hinzu kam, dass nach dem Regen, der nun schon einige Tage andauerte, mehr Wasser durchsickerte und das Gebirge weiter lockerte. Einmal hatte er selbst einen Streckeneinsturz erlebt. Das Geräusch von berstendem Holz und donnerndem Gestein hatte er in diesem Augenblick wieder im Kopf. Mit Schrecken dachte er an die absolute Dunkelheit und die Totenstille danach. Das Gefühl, lebendig begraben worden zu sein, hatte ihn in Panik versetzt. Seine Rufe waren unbeantwortet geblieben und die Angst, sterben zu müssen, hatten seine Sinne gelähmt. Diese Angst saß noch immer tief in seinem Bewusstsein. Und was war das für ein Glücksgefühl gewesen, als nach vielen Stunden endlich ein Lichtstrahl durch das Geröll zu ihm drang und die Gesichter seiner Retter erschienen. Er hatte nur einige Schrammen abbekommen, aber über seiner Seele lag eine breite Narbe. Dunkelheit und enge Räume machten ihm seither Angst.

»Was ist los, Karl?«, fragte sein Kollege Fritz. »Hast du den Bergmönch gesehen?«

»Wartet!«, sagte Karl. Er fasste nach oben, um das Holz

zu prüfen. Die Nässe machte es mit der Zeit morsch. Es fühlte sich noch fest an, aber an der Unterseite ertastete er einige gerissene Fasern. Karl ging einen Schritt zurück. »Leuchtet mal gegen die Kappe[20]«, bat er. Sie hielten ihre Lampen höher. »Sie ist eingeknickt und muss bald erneuert werden«, meinte Karl.

»Unsinn«, entgegnete Ludwig, der andere Kollege, »ich sehe nichts davon.«

»Ich brauche eine Schnur, dann zeige ich es euch«, sagte Karl.

Fritz, der als Schießer die Sprengungen durchführte, kramte in seiner Kitteltasche und brachte ein Wirrknäuel Bindfaden hervor. »Mit einer Schnur? Wie soll das denn gehen?«, fragte er erstaunt und fummelte das Knäuel auseinander. Karl schlug währenddessen in die linke und rechte Stütze je einen Nagel unterhalb des Sturzes ein. Dann spannte er die Schnur dazwischen.

»Seht selbst«, sagte er. Die beiden Kameraden schauten aus kurzer Entfernung auf die Schnur.

»Ja, du hast recht. Das Holz hat sich leicht gebogen, aber brechen wird es noch nicht«, versicherte Fritz.

»Es ist besser, nicht darauf zu warten«, erwiderte Karl.

»Ich höre Untersteiger Bruns schon durch den Schacht brüllen, wenn er die Schnur entdeckt. Du weißt, er kann es nicht ausstehen, wenn man sich in seine Angelegenheiten einmischt«, gab Ludwig zu bedenken.

»Wenn uns das Gebirge auf den Kopf fällt, ist es unsere Angelegenheit«, konterte Karl.

»Karl Wiegand«, sagte Fritz betont, »es ist deine Sache, wenn du dich mit der Obrigkeit anlegen willst, aber halt uns da raus.« Fritz und Ludwig gingen weiter. Karl sah ihnen einen Augenblick hinterher. Er verstand ihre Bedenken nur zu gut. Der einfache Bergmann wurde rasch als Unruhestifter

20 Kappe ist das Ausbauelement zum Abfangen des Deckgebirges, ruht meist auf zwei Stempeln.

abgestempelt, wenn er Entscheidungen der Vorgesetzten hinterfragte oder eigene Vorschläge vorbrachte. Das empfanden sie als Einmischung und Missachtung ihrer Autorität. Karl musste vorsichtig sein, er galt bereits in Vorgesetztenkreisen als aufsässig und sie konnten Ungehorsam mit empfindlichen Geldstrafen belegen. Karl folgte seinen Kameraden.

Wie Hammerhiebe auf einen Amboss tönte es durch das Bergwerk, als Karl und Ludwig mit den Schlägeln auf die Meißelbohrer schlugen. Sie brauchten fast drei Stunden, bis sie die Löcher tief genug in das Erzgestein geschlagen hatten. Karl setzte sich auf die Werkzeugkiste, nahm die Mooskappe ab und wischte sich mit dem Taschentuch den Schweiß aus dem Gesicht und aus dem Nacken.

Fritz prüfte währenddessen die Tiefe ein letztes Mal und schob die Pulverpatronen hinein. Um das Zündröhrchen herum verschloss er die Öffnung mit Lettenton[21] und steckte an jedes Röhrchen ein Schwefelmännchen[22]. »Geht jetzt in Deckung«, sagte er. Karl und Ludwig liefen zurück und hockten sich in eine Nische, die als Schutzraum diente. Der Schießer rief warnend: »Brennt!« Diesen Ruf, der die bevorstehende Sprengung ankündigte, kannte jeder unter Tage und bald darauf kamen Fritz und zwei weitere Kameraden in den niedrigen Unterstand. Alle drückten sich die Hände auf die Ohren und warteten mit offenem Mund auf den Knall. Obwohl Sprengungen zu seinem bergmännischen Alltag gehörten, war es jedes Mal eine packende Anspannung, die Karls Herzschlag beschleunigte. Jede Sprengung verlief anders und barg auch nach der Explosion Gefahren in sich. Manchmal zündete eine Ladung zu spät, ein andermal brach noch Gestein nach, oder die Erschütterung löste an anderer Stelle Steinschlag aus.

21 Lettenton ist sandiger Ton mit Beimengungen von Kalk.
22 Schwefelmännchen nannte man einen in Schwefel getränkten Baumwollfaden, der als Zündschnur für die Schwarzpulverladungen diente.

Wenn das Schwefelmännchen brannte, gab es kein Zurück mehr. Karl fühlte sich ausgeliefert. Ein beklemmendes Gefühl überkam ihn.

Endlich grollte der Explosionsdonner durch den Stollen. Karl spürte die Druckwelle, die ihn wie ein Schlag auf die Brust traf. Danach klang das Gepolter aufeinander fallender Gesteinsbrocken herüber. Beißender Pulverdunst wehte den Gang entlang und kroch wie Nebel in die Schutznische hinein. Die Männer warteten hustend darauf, dass sich die Schwaden verzogen, dann ging Fritz als Erster vor Ort, um die Firste hart zu machen[23]. Sie warteten darauf, dass Fritz ihnen Entwarnung zurief. Minuten vergingen und kein Ruf ertönte, der den Alarm aufhob.

Da verließ Ludwig die Nische. »Was ist los?«, rief er in den Stollen hinein. »Warum rufst du nicht?« Es kam keine Antwort. »Fritz?«, rief er noch einmal, doch nichts rührte sich.

Karl hielt es nun auch nicht länger im Schutzraum. Er kroch aus der Nische und schaute zur Abbruchstelle. Aber viel konnte er im Stollen nicht erkennen, die Lampen waren zu schwach. Dort, wo der Lichtschein nicht mehr hinreichte, war undurchdringliche Schwärze. Karl legte seine Hände als Trichter vor den Mund: »Fritz, sag etwas!« Doch auch er erhielt keine Antwort. »Ich seh nach«, sagte er kurzerhand, »da stimmt etwas nicht.« Er ging los.

»Das ist gegen die Vorschrift. Wir müssen vorher den Steiger informieren«, rief ihm Ludwig hinterher.

»Es ist auch gegen die Vorschrift, wenn Kameraden zu Tode kommen«, widersetzte sich Karl. Er ging unbeirrt weiter in die Dunkelheit hinein, die sich im flackernden Licht vor ihm öffnete und hinter ihm wieder schloss. Es roch nach Pulverrauch. Bald tauchte im fahlen Schein der Dochtflamme der Sprengschutt auf. Davor lag ein Körper. »Fritz!«, rief Karl und

---

23 »Die Firste hart machen« bedeutete, dass der Bergmann nach dem Schießen (Sprengen) lockeres Gestein aus der Firste herunterschlägt.

lief zu ihm. Er kniete sich neben ihn und klatschte mit der Hand mehrmals auf Fritz` Wange. »Fritz hörst du mich?« Er gab keinen Laut von sich, aber er atmete röchelnd. Karl leuchtete mit der Lampe über den Körper hinweg. Er schien auf den ersten Blick unversehrt zu sein, nur am Kopf entdeckte er eine stark blutende Wunde. Daneben lag ein Gesteinsbrocken von der Größe einer Steckrübe, an dem Blutspuren zu erkennen waren. *Davor schützt auch keine Mooskappe,* dachte Karl. Es war nicht das erste Mal gewesen, dass sich nach dem Schießen noch Gestein aus der Decke löste, besonders bei diesem porösen Fels. *Wer weiß, was noch herunterfällt!* Er musste Fritz schnellstens hier wegschaffen, griff ihm unter die Arme und hob seinen Oberkörper an. Wie ein Sack Kartoffeln hing er schwer und träge in Karls Händen.

Dann stieg plötzlich der scharfe Geruch von verbrennendem Schwefel in seine Nase. Karl erstarrte für einen Moment, sein Herz trommelte Alarm. Er wusste augenblicklich um die tödliche Gefahr. Der Zündfaden einer der Sprengladungen hatte offenbar nach dem Anstecken nur geschwelt. Das konnte passieren, wenn der Faden feucht wurde. Nun hatte die Glut den trockenen Bereich erfasst und die Schnur erneut entzündet. Jeden Augenblick konnte die Ladung hochgehen. Karls Herz raste und pumpte das Blut durch seinen Körper, dass es in seinen Ohren rauschte. In diesem Moment der schrecklichen Gewissheit empfand er kaum Angst. Nur ein einziger Gedanke beherrschte sein Tun: *Weg hier.* Er ließ seine Lampe zurück und zog Fritz, der sich auf einmal leichter anfühlte, hinter sich her. *Weiter, weiter,* trieb ihn eine innere Stimme. Dann blitzte es in der Tiefe des Stollens hell auf. Kurz danach hallte die Explosion durch den Stollen. Die Druckwelle riss ihn von den Füßen und schleuderte ihn zu Boden.

Freitag, 18. Oktober 1833
Lauterberg, Polizeistation

⚒

Auf dem Heimweg kreisten Johanna tausend Dinge durch den Kopf, die sie nicht verstand und die ihr Angst machten. Sie fühlte sich leer. *Wie kann ein Mensch spurlos verschwinden? Was, wenn ihrem Vater tatsächlich etwas Schlimmes zugestoßen wäre? Wie sollte es dann weitergehen? Sie waren mit der Miete säumig und Weber nutzte schamlos ihre Not, um ihr unanständige Hilfsangebote zu machen. Nein, darauf würde sie sich niemals einlassen, sie war keine Hure. Lieber würde sie betteln gehen.*

Der Regen prasselte auf sie hernieder und kühlte ihre heißen Wangen. Vom Fuße des Scholbens hörte sie das Rauschen der Oder, die zu einem reißenden Fluss angeschwollen war und bereits einige Wiesen überflutet hatte. Die Weiden und Äcker unterhalb des Scholbens wirkten bereits wie eine Seenlandschaft. Wenn das Wasser weiter stieg, würde das Tal komplett überflutet und unpassierbar. *Nicht auch das noch,* dachte sie, zog ihr Schultertuch über den Kopf und ging, so schnell es ihr Bein zuließ, weiter. Niemand sonst war bei dem Wetter unterwegs.

Hoffentlich würde die neugierige Herta Weber sie nicht bemerken, wenn sie das Haus betrat und sie erneut auf die Miete ansprechen. Wie sollte sie die Frau vertrösten? Johanna öffnete vorsichtig die Haustür und schlich tippelnd über die knarrenden Dielen den Flur entlang. Als sie gerade ihren Fuß auf die erste Treppenstufe setzte, hörte sie hinter sich die Wohnungstür.

»Und wer bezahlt nun die Miete?«, fing Herta Weber an zu keifen. Johanna drehte sich um und wurde von einem grimmigen Blick getroffen. Es hatte keinen Zweck, ihr etwas vorzumachen, war sich Johanna bewusst, und auf Milde brauchte sie bei dieser Frau nicht zu hoffen. Frau Weber wusste offensichtlich längst Bescheid. Wahrscheinlich hatte sie Johannes Klapproth aufgelauert und ausgefragt.

»Wie viel bekommen Sie«, fragte Johanna.

»Die ausstehende Miete und die nächste Woche im Voraus. Zwei Taler.« Sie hielt fordernd die Hand auf. Johanna zog die Lohntüte ihres Vaters aus der Rocktasche heraus und gab ihr widerwillig das Geld.

»Und wie geht es jetzt weiter?«, kläffte sie die junge Frau an.

»Warten Sie es doch erst einmal ab. Es wird sich alles aufklären. Mein Vater wird sicher bald zurückkehren«, sagte Johanna, obwohl sie selbst kaum daran glaubte.

»Wenn du denkst, dass wir dich mit durchbringen, dann hast du sich gründlich verrechnet. Wer nicht zahlen kann, muss gehen«, machte sie klar.

Johanna ging nach oben, ohne darauf zu antworten. Fünfzehn Mariengroschen waren ihr jetzt noch zum Leben geblieben, für ..., ja, für wie lange? Johanna hatte keine Ahnung und hoffte inständig, dass sich alles bald zum Guten wenden würde. Wer nicht arbeitete, bekam kein Geld. Und die Knappschaftskasse zahlte nur bei Krankheit oder Arbeitsunfall. Niemand zahlte für Vermisste, deren Schicksale ungewiss waren. Eigentlich hatte Johanna keinen Appetit, aber sie fror und die Suppe würde sie wärmen. Ihre durchnässte Schürze und Strickjacke zog sie aus und hängte alles an die Herdstange. Dann legte sie einige Holzscheite nach. Sie schlürfte einen Löffel Brühe. Eine wohlige Wärme breitete sich in ihrem Bauch aus und sie fühlte sich besser. Normalerweise würde jetzt ihr Vater hier sitzen und seine Pfeife rauchen. Johanna konnte sein Verschwinden immer noch nicht begreifen. Sie starrte in den Raum und stellte sich vor, er würde gleich hereinkommen. Doch die Stube blieb leer und leblos, als wäre die Zeit stehen geblieben. Johanna goss den Rest Suppe in den Topf zurück, damit sie morgen noch davon essen konnte und schaute aus dem Fenster. Der Regen hatte etwas nachgelassen. *Dem Himmel sei Dank,* dachte sie. Ein Hochwasser könnte sie für mehrere Tage im Haus einsperren, und sie musste unbedingt morgen zum Markt, um wenigstens das Nötigste zu besorgen. Von ihren Vermietern unten hatte sie keine Hilfe zu erwarten. Sie brauchte Mehl, Kartoffeln, gern auch noch zwei Eier, falls sie günstig waren. Johanna entleerte die Lohntüte auf dem Tisch. Fünfzehn Groschen – das würde nicht lange reichen. Allenfalls lag noch etwas Geld in der Holzschachtel im Küchenschrank, wo ihr Vater das Haushaltsgeld aufbewahrte. Johanna fand noch zehn Groschen darin und legte die übrigen Münzen dazu. *Na immerhin,* dachte sie. Damit könnte sie allein zur Not einige Tage hinkommen. *Aber was dann?*

Johanna schaute erneut aus dem Fenster hinüber zum Kummel, aus dessen Baumwipfeln Nebelschleier dampften. Es regnete nicht mehr. Ein Schwarm Krähen flog vorüber und ließ sich auf den abgeernteten Feldern hinter dem Haus nieder. *Die brauchen keine Wohnung und kein Geld und finden doch ihr Futter,* dachte Johanna und im nächsten Augenblick quälte sie erneut die Frage: Wo war ihr Vater?

Jeder Winkel wurde abgesucht, hatte man ihr versichert. Es gab für Johanna nur zwei Erklärungen: Entweder hatte er das Werksgelände verlassen, wofür sie keinen Anlass sah, oder er war in einen der Gräben gestürzt und in die Oder gespült worden. Bei dem Hochwasser hätten selbst die Rechenstäbe ihn nicht zurückhalten können. Sie raffte eine Rockfalte hoch und wischte sich die Tränen ab. Wäre doch jemand da, mit dem sie reden könnte, der ihr Mut machen würde, aber sie stand allein mit ihrem Kummer vor dem Fenster und beobachtete die Krähen.

Sie musste etwas unternehmen. Mit dem Amtmann könnte sie reden, vielleicht würden die sogar eine weitere Suche starten. Die Vögel flogen schreiend auf und flatterten davon. Johanna wandte sich vom Fenster ab und betastete ihre Schürze und Strickjacke, die am Ofen hingen. Beide waren noch feucht, aber sie fühlten sich warm an. Sie zog sie über, verließ das Haus und ging die Ellernstraße entlang in Richtung Ortsmitte.

Vom Westen her lockerte die Wolkendecke auf. Johanna war froh darüber, aber sie wusste, dass aus dem Harz noch jede Menge Wasser abfloss. Die Wälder spien das überschüssige Nass noch lange aus, was die Bäche und Flüsse anschwellen lassen konnte, wie auch die Lutter, die sich nach dem tagelangen Regen wie ein wütendes, braunes Ungetüm ihr enges Bett hinunter wälzte.

Über das Pflaster der unteren Hauptstraße strömte das Regenwasser wie ein Sturzbach abwärts. Schmutz und Unrat trieben darin und verteilten sich an den Rändern. Auf manchen Höfen lagen Misthaufen von Kühen und Schweinen, die der Regen durchnässt hatte, sodass unter den Haufen die Jauche hervorquoll und in Rinnsalen auf die Straße floss. Einige Leute fegten emsig die Kloake übergelaufener Latrinen hinaus in das abfließende Wasser. Ein scharfer Gestank lag in der Luft. Johanna ging dicht am Rand, um keine nassen Füße zu bekommen und musste hin und wieder mit großen Schritten den bräunlichen Abflüssen ausweichen. Sie fröstelte in ihrer noch feuchten Strickjacke und ging einen Schritt schneller, um sich nicht zu erkälten. Am Ende der unteren Hauptstraße, ein Stück weit vor ihr, lag der Friedhof. Die Gedenksteine und Holzkreuze erinnerten sie an die vielen Bergleute, die bei ihrer gefährlichen Arbeit verunglückt waren und im Berg ihre letzte Schicht verfahren[24] hatten. Johanna dachte an ihren Vater.

Ein kurzes Stück hinter dem Friedhof lag das kleine, zweigeschossige Haus des Stadtgendarmen. Johanna blieb davor stehen und zögerte hineinzugehen. Sie hatte bisher nie etwas mit der Polizei zu tun gehabt. Man musste uniformierten Amtspersonen mit Respekt begegnen, hatte sie gelernt. Mit Herzklopfen ging sie die vier Trittstufen hinauf und trat ein.

24 Bergmannsprache für: »Unter Tage gearbeitet«

Die Amtsstube wirkte düster. Zwei Männer, mit Silberknöpfen an der Uniformjacke, saßen an ihren Schreibtischen und blickten zu ihr herüber. Johanna kannte sie vom Sehen, wenn sie durch die Ortschaft oder auf dem Markt Streife liefen.

»Wer sind Sie und was wollen Sie?«, fragte einer von ihnen mit strengem Blick, der offensichtlich der Amtsvorsteher war. Sein Gendarmeriehelm stand neben ihm auf dem Schreibtisch wie eine Trophäe.

»Entschuldigung, Herr Wachtmeister, ich ...«

»Hauptwachtmeister«, fiel der Mann ihr ins Wort. »Hauptwachtmeister Schneider.«

»Herr Hauptwachtmeister«, korrigierte sie sich, »ich bin Johanna Röger und möchte eine Vermisstenmeldung machen.«

»Wer wird vermisst?«, fragte er forsch.

»Mein Vater. Er arbeitet auf der Königshütte und ist heute Morgen nicht nach Hause gekommen«, berichtete Johanna.

Der Mann drehte seinen Kopf etwas zur Seite und blickte Johanna aus den Augenwinkeln an. »Deswegen kommen Sie jetzt schon zu uns? Vielleicht ist er nach der Schicht ins nächste Wirtshaus gegangen und hat zu viel Branntwein getrunken.«

Johanna versuchte gefasst zu bleiben und atmete tief durch. »Mein Vater ist kein Trinker und er ist immer nach Hause gekommen. Sie müssen ihn suchen«, forderte sie.

»Sie vergreifen sich im Ton, Fräulein. Was wir tun müssen und was nicht, bestimmen wir selbst!«, belehrte sie der Mann.

»Entschuldigung«, sagte Johanna, »ich mache mir große Sorgen. Das Hochwasser und alles. Ich weiß nicht, was ich machen soll. Bitte helfen Sie mir.«

»Was soll das Hochwasser damit zu tun haben?«, fragte er nach.

»Es wurde auf der Hütte alles abgesucht und nichts gefunden. Vielleicht ist er in einen der Gräben gestürzt«, mutmaßte Johanna.

Der andere Uniformierte stand auf und flüsterte dem Hauptwachtmeister etwas ins Ohr. Der nickte und sah Johanna einen Augenblick lang an.

»Fräulein Röger«, sagte er dann förmlich, »heute Morgen wurde in der Nähe von Nagels Teich eine männliche Leiche angespült.«

»Nein!«, schrie Johanna auf, schlug die Hände vors Gesicht und weinte laut.

Freitagabend, 18. Oktober 1833
Schichtende in der Knollengrube

⚒

»Karl? Fritz?« Die Stimme klang unwirklich. Karl schlug die Augen auf und sah zwei Lichter genau über sich. Er spürte, dass er auf dem Boden lag. Sein Kopf schmerzte, dazu rüttelte ihn augenblicklich ein heftiger Husten durch und er spuckte schleimigen Staub aus, der in seiner Mundhöhle klebte. Etwas Schweres lag auf seiner Brust, sodass er sich kaum bewegen konnte. Glücklicherweise befreiten ihn sogleich mehrere Hände von dem Körper, der ihm den Atem nahm, und griffen ihm unter die Arme. Sie richteten ihn in eine Sitzposition auf und hielten eine Trinkflasche an seinen Mund. Karl spülte mit dem kühlen Wasser den Staub aus dem Rachen, bevor er einige Schlucke trank. Er fühlte sich danach besser.

»Was ist passiert?«, fragte er, noch etwas benommen.

»Eine Fehlzündung – hätte euch beide beinah umgebracht«, antwortete der Kollege, der die Wasserflasche hielt.

»Was ist mit Fritz?«, fragte Karl besorgt und schaute auf den bewegungslosen Körper neben sich.

»Er lebt«, sagte der andere Kollege, der sich um den verletzten Kameraden kümmerte.

»Gott sei Dank!«, sagte Karl und versuchte auf die Beine zu kommen. Der Kollege stützte ihn dabei. Seine Knie zitterten, als er stand. Er konnte es nicht unterdrücken, der Schock saß noch tief. Wankend ging er ein paar Schritte und lehnte sich Halt suchend an die Stollenwand. Bald tauchten aus der Dunkelheit mehrere Lichter auf, die sich auf sie zubewegten. Der Steiger und zwei Helfer mit einer Bohle eilten herbei.

»Was ist geschehen?«, fragte der Steiger und schaute auf Fritz Gieseler hinunter, der vor seinen Füßen lag und leise röchelte. »Bringt ihn über Tage«, wies er die beiden Helfer an. Sie legten den Verletzten auf das Brett, schnallten ihn mit zwei Riemen fest und trugen ihn behutsam aus dem Stollen. Karls Kollege erzählte dem Steiger, was passiert war. Der hörte aufmerksam zu und sein Mienenspiel verriet, was er dachte. Karl wusste, dass er mit seinen Eigenwilligkeiten den Geduldskredit von Walter Franke längst überzogen hatte und rechnete mit einer empfindlichen Strafe. Als der Kollege mit seinen Schilderungen zum Ende kam, sah der Steiger Karl mit einem eisigen Blick an. »Nach der Schicht meldst du dich bei mir«, sagte er ohne Betonung und ging.

»Karl hat Fritz das Leben gerettet«, rief der Kollege ihm nach. Franke antwortete nicht und verschwand kurz darauf in der Dunkelheit.

Allmählich bekam Karl seine Beine wieder unter Kontrolle, nur im Kopf pochte noch ein Hammerwerk im Rhythmus seines Herzschlages. Er drückte die kalte Hand auf die Stirn, was den Schmerz linderte. Dann machte er sich mit seinem Kameraden auf den Weg zur Sprengstelle, um mit den Aufräumarbeiten zu beginnen, als Frankes Stimme durch den Gang schallte: »Jemand her zu mir!«

Karl und sein Kollege sahen sich an. »Ich gehe«, sagte Karl und eilte dem Steiger nach. Er fand ihn unter dem Ausbau des Hübichentaler Stollens. Das Wasser tropfte nicht wie sonst aus dem Fels, es rann an einigen Stellen wie aus einer undichten Dachrinne. *Das ist nicht gut,* dachte Karl, hoffentlich erkennt auch der Steiger die Gefahr.

»Kannst du mir erklären, was diese Schnur hier zu bedeuten hat?«, polterte er ihm entgegen.

»Das war meine Idee«, erklärte Karl, »ich wollte die Durchbiegung der Kappe beobachten. Sehen Sie hier.« Karl wies mit dem Finger auf die Stelle, an der das Rundholz bereits die Schnur berührte. »Er hat sich weiter eingeknickt, wahrscheinlich wegen des Wassers. Wir sollten ihn rasch abstützen und baldigst auswechseln«, schlug er vor.

Der Steiger antwortete nicht gleich und holte tief Luft. Karl konnte es bei der schwachen Beleuchtung kaum erkennen, aber Walter Frankes Gesicht schien rot anzulaufen. »Du stellst meine Geduld auf eine harte Probe, Wiegand. Wenn du kein so guter Bergmann wärst, hätte ich dich längst rausgeschmissen. Überspann den Bogen nicht. Zum letzten Mal: Misch dich nicht in Angelegenheiten ein, die dich nichts angehen!«

Karl schluckte. Es ärgerte ihn, wenn man ihm das Denken verbot. Er kannte seine Aufgaben als Hauer, aber er war nicht blind und stumpfsinnig. »Entschuldigung, Steiger«, entgegnete Karl, »aber alles, was im Berg geschieht, ist unserer aller Angelegenheit.«

»Schweig!«, fiel Franke ihm ins Wort. »Geh an deine Arbeit!«

Karl verkniff sich, darauf zu antworten, er wollte den Steiger nicht weiter herausfordern, obwohl er wusste, wenn der Ausbau einbräche, säßen sie in der Falle. Karl ging zurück, und die Angst ging mit ihm.

*

Stunden später, zum Schichtende, stellte Karl den Hammer beiseite, mit dem er die Gesteinsbrocken zerkleinert hatte, und richtete sich auf. Er drückte den Rücken durch und reckte sich. Die Kopfschmerzen waren etwas besser geworden, aber er spürte die Müdigkeit bis in die Knochen. Die anderen legten ebenfalls ihre Werkzeuge ab und wischten sich mit dem Ärmel übers Gesicht. Schweigend und mit schlürfenden Schritten fuhren sie aus. Als sie den ausgebauten Streckenabschnitt erreichten, staunte Karl nicht schlecht und schmunzelte zufrieden. Der Steiger hatte einen zweiten Türstock daneben setzen lassen und damit den unweigerlichen Einsturz verhindert.

Draußen, auf dem Vorplatz der Grube, blieben alle Bergleute stehen und atmeten die frische Herbstluft ein paar Mal tief ein. Karl empfand den Sauerstoff wie ein erfrischendes Bad von innen und als Belohnung nach einer langen, harten Schicht. Neben dem Eingang des Zechengebäudes stand sein Vater und wartete scheinbar auf ihn. Als er Karl erblickte, kam er auf ihn zu, legte seine Hände auf Karls Schultern und sah ihn besorgt an.

»Ich habe von dem Unglück gehört. Ist alles in Ordnung mit dir?«

»Mir geht es gut. Der Steiger will noch ein Wort mit mir reden.«

»Du hast dich doch nicht schon wieder in Aufsässigkeit geübt?«, befürchtete sein Vater. Karl antwortete ihm mit einem unmissverständlichen Blick und erntete ein vorwurfsvolles Kopfschütteln. Beide betraten das Zechenhaus. Sein Vater gab das Geleucht ab und Karl ging zum Kontor des Steigers.

Er klopfte an die schlichte Holztür und trat ein. Walter Franke stand mit einem Stift und Zeichendreieck an einem Reißbrett, und schien in seine Gedanken vertieft zu sein. Weiter hinten, neben dem gusseisernen Ofen, schielte der Untersteiger von seinem Stehpult herüber, und Karl glaubte, ein verstohlenes Grinsen in seinem Gesicht zu erkennen. Karl schloss die Tür hinter sich und wartete. Nach einer Weile löste der Steiger seinen Blick vom Reißbrett, sah Karl mit regloser Miene an und fixierte ihn einen Moment. Karl kannte Franke schon seit neun Jahren und wusste sein Mienenspiel zu deuten. Wenn er diesen scharfen Habichtsblick aufsetzte, so wie jetzt, musste man sich in acht nehmen. Er winkte Karl mit einem forschen »Kommen Sie her!« zu sich. Der Untersteiger beugte sich tiefer über seine Kladde, als erwartete er sogleich ein Donnerwetter – aber nichts dergleichen geschah. Karl stellte sich vor das Reißbrett neben Walter Franke. An dem Brett hing ein großes Blatt Papier, auf dem eine feine Linienzeichnung zu sehen war. Sie erinnerte ihn an eine Brücke, die ihm bekannt vorkam. Eine solche Darstellung aus Linien und Maßen hatte er noch nie gesehen. Er war fasziniert davon.

»Wissen Sie, was das ist?«, fragte der Steiger.

»Sieht aus wie die Erzverladebühne über der Wagenmulde«, antwortete Karl.

Walter Franke hob ein wenig die Brauen. »Ja, richtig erkannt«, sagte er und nickte anerkennend. »Da Sie ja glauben, alles besser zu wissen, gebe ich Ihnen eine Aufgabe mit nach Hause. Wenn Sie mir Montag eine Lösung vorschlagen können, werde ich Sie als Maschinenhelfer einsetzen, wenn nicht, ziehe ich Ihnen wegen Aufsässigkeit zehn Groschen vom Lohn ab.«

Karl stand wie erstarrt vor dem Reißbrett. *Hatte er das richtig gehört – Maschinenhelfer?* Er konnte es kaum glauben, davon hatte er immer geträumt. Sein Großvater, an den er sich kaum noch erinnern konnte, war Kunststeiger auf der Grube Samson in St. Andreasberg gewesen. Vielleicht steckte das Interesse an Mechanik in seinem Blut, was er von ihm mitbekommen hatte. Karl sah sich in Gedanken an Wasserrädern, Hebeln und Kurbeln arbeiten, alles drehte und bewegte sich.

»Wiegand? Hat es Ihnen die Sprache verschlagen?«, fragte Franke nach einer Weile.

»Danke!«, sagte Karl rasch, als hätte er gerade ein Geschenk bekommen.

»Warten Sie, bis Sie die Aufgabe kennen«, zügelte der Steiger Karls Begeisterung. »Sehen Sie hier«, fuhr er fort und zeigte mit dem Stift auf das Papier, »die Verlademulde muss verbreitert werden, damit sie mit Zweispännern befahren werden kann. Dazu muss die Bühne eine größere Weite überspannen. Und nun die Aufgabe: Wie müssen die Träger gestaltet werden, damit sie leicht, stabil und kostengünstig sind?«

Karl schaute wie gebannt auf die Zeichnung. Die Gedanken galoppierten durch seinen Kopf. Er hatte keine Ahnung von Brückenstabilität und auch nicht von Kosten, außer von knappen Kassen und wie man damit über die Runden kommt. Karl musste sich geschlagen geben, der Steiger hatte den Korb viel zu hoch gehängt. Er fühlte sich gedemütigt und ungerecht behandelt. Zehn Groschen wären Strafe genug gewesen, aber er musste Karl nicht auch noch erniedrigen. *Nur nichts anmerken lassen,* dachte Karl und schluckte den Ärger in sich hinein. »Bis Montag?«, fragte er und es sollte klingen, als wolle er sich der Aufgabe ernsthaft annehmen.

»Keinen Tag länger«, erwiderte der Steiger.

Karl nickte. »Dann bis Montag. Glückauf«, grüßte er und verließ das Kontor.

In dem engen Luttertal wurde es rascher dunkel als andernorts, aber ein schmaler Streifen des Himmels zeigte sich hin und wieder zwischen den letzten Wolkenfetzen. Endlich hatte der Regen aufgehört, doch das ungestüme Rauschen und Glucksen der Lutter begleitete Karl und die anderen Bergleute auf ihrem Weg nach Hause. Überall quoll Wasser aus dem Waldboden und floss in Sturzbächen die Hänge herunter, um sich mit der Lutter zu vereinen. Mit nassen Schuhen und Füßen erreichten sie den Talausgang zwischen Hausberg und Heikenberg. Auf der Schanzenbrücke liefen Männer mit langen Stangen hin und her und befreiten die Stützen von

Treibholz und Büschen, die irgendwo aus der Uferböschung herausgespült worden waren und zur Gefahr für die Brücke werden konnten. Es schwammen auffällig viele Meterstämme heran, bemerkte Karl. Vermutlich wurden vom Flößwehr im Odertal ganze Holzstöße von den Wassermassen mitgerissen.

Als Karl und sein Vater in den Hüttenweg einbogen, kam ihnen Clara lachend entgegen. Ihre Zahnlücke in den Schneidezähnen machte ihr Lachen seltsam drollig. »Glückauf Vater, Glückauf Karl«, rief sie ihnen von Weitem entgegen und rannte auf sie zu. Karl fing sie auf, drehte sich mit ihr im Kreis und hievte sie dann auf seine Schultern. Im Frühjahr und Sommer, wenn es länger hell blieb, wartete Clara oft an der Brücke auf sie, aber der Vater hatte ihr verboten, im Dunkeln allein die Brücke zu betreten.

»Na, Schwesterchen, warst du heute in der Schule?«, fragte Karl.

»Ja. Ich habe rechnen gelernt«, antwortete sie stolz.

»Brav, Häkchen. Aus dir wird mal eine kluge Frau«, lobte Karl sie.

»Ich hoffe, aus ihr wird eine fleißige Hausfrau«, korrigierte der Vater.

»Dann eben eine kluge, fleißige Hausfrau«, entgegnete Karl.

Clara lachte. »Wisst ihr was?«, fragte Clara nach einer Weile besserwisserisch, als müsste sie unbedingt eine Neuigkeit loswerden.

»Na sag schon«, forderte ihr Vater sie auf.

»Unten in der Aue hat man einen toten Mann gefunden.«

»Wo hast du das denn aufgeschnappt?«, fragte Karl und setzte sie vor der Gartenpforte ab.

»Von Mutter, und die hat es von Hedwig Müller gehört«, sagte Clara.

»Hab ich mir`s doch gedacht, wenn es Hedwig weiß, wissen es bald alle«, meinte Karl. Hedwig, ihre Nachbarin, war als Klatschtante bekannt.

Ein Stück weiter, kurz vor ihrem Haus, sahen sie Hedwig Müller bereits am Zaun stehen. Karl ahnte, was nun kam.

»Habt ihr schon gehört? In der Aue ist ein Toter angeschwemmt worden. Wenn das man nicht Hans Röger ist. Welch ein Unglück, erst hat seine Tochter die Brüder verloren und nun ihren Vater. Die Arme. Was für ein Unglück.« Sie spulte das in einem Redefluss ab, ohne Luft zu holen, dass Karl befürchtete, sie könne ersticken.

»Ja, Hedwig, wir haben davon gehört«, sagte Wilhelm, »aber wir müssen abwarten, wer der Tote wirklich ist.«

»So, ihr wisst es schon? Ich wollte es ja nur gesagt haben«, antwortete sie beleidigt, wandte sich ab und tippelte ins Haus.

Karl und Wilhelm blickten sich kopfschüttelnd an. Zu Hause roch es nach Essen und Karl lief das Wasser im Mund zusammen. Die Mutter stand am Herd und rührte mit einem Holzlöffel im Topf herum. Auf dem Tisch brannten zwei Kerzen, die den Raum spärlich beleuchteten.

»Zieht eure nassen Sachen aus und hängt sie an den Herd«, sagte sie. Karl und sein Vater zogen Schuhe und Strümpfe aus und Clara hängte die triefend nassen Socken über die Herdstange. Die Mutter holte unterdessen saubere aus der Wäschetruhe.

»Wo ist denn Otto?«, fragte der Vater.

»Der hackt noch Holz«, antwortete die Mutter. »Clara, sag ihm Bescheid, dass das Essen fertig ist.«

Clara lief nach draußen und kam bald darauf mit ihm zurück. Er hielt einen abgebrochenen Stiel in der Hand.

»Na, Otto, warst du wieder stärker als die Axt?« Der Vater schüttelte den Kopf und sah Otto grätig an.

»Den hat er von der Arbeit mit nach Hause gebracht und wollte ihn dir unbedingt zeigen«, erklärte die Mutter.

»Einen zerbrochenen Stiel? Was soll das denn?«, fragte der Vater. »Wo hast du den her«, wollte er wissen.

Otto reichte ihm das Holzstück. Es war nicht glatt durchgebrochen, sondern lang aufgesplittert. Die Bruchstelle sah aus wie angekokelt.

»Was ist das?«, fragte der Vater und zeigte auf die Bruchstelle. Otto nickte heftig. »Hast du jemandem wehgetan?«

Otto schüttelte aufgeregt den Kopf. »N - n, nein. Go ... Gott«, stammelte er und bekam keinen sinnvollen Satz zustande. Dann lief er plötzlich rot an und stampfte mit den Füßen auf. »Nein, nein«, rief er immer wieder und kriegte sich nicht mehr ein. Er zitterte am ganzen Körper, wie in einem Krampfzustand. Clara fing an zu weinen und klammerte sich an Karl. Die Mutter drückte Otto an sich. Der vergrub seinen Kopf in ihren Armen.

»Beruhige dich, ich bin bei dir. Es wird alles gut«, redete sie sanft auf ihn ein.

Otto schluchzte und atmete tief durch. »Das darf man nicht tun«, sagte er. »Das darf man nicht.«

»Was meinst du?«, fragte die Mutter.

»Totmachen«, sagte Otto.

Es wurde urplötzlich still in der Stube und alle blickten auf Otto.

»Wer ist tot?«, fragte Karl.

Otto blickte mit glasigen Augen ins Leere.

»Nun red schon!«, fuhr ihn der Vater an.

Ottos Lippen zitterten, aber er brachte kein Wort heraus.

»Lass ihn, Wilhelm. Vielleicht beschäftigt ihn der Arbeitskollege, der seit heute Nacht in der Königshütte vermisst wird und womöglich derselbe ist, den man heute Morgen in der Aue gefunden hat«, berichtete die Mutter. Alle schwiegen. »Meint Hedwig«, fügte sie nach einer Weile hinzu.

»Na, die muss es ja wissen, diese neugierige Pute«, wetterte der Vater und setzte sich. Die anderen nahmen ebenfalls Platz. Wilhelm wand sich an Otto und sagte mit fester Stimme: »Wenn du etwas darüber weißt, musst du das sagen. Hast du das verstanden, Otto?« Otto nickte.

»Clara, sprich bitte das Tischgebet«, bat die Mutter. Alle falteten die Hände.

»Komm, Herr Jesus, sei unser Gast und segne, was du uns bescheret hast.«

»Amen«, sagten alle im Chor. Die Mutter füllte die Teller, während der Vater jedem eine Scheibe Brot von dem selbst gebackenen Laib abschnitt.

Clara hatte als Erste aufgegessen und sah den anderen mit schmachtendem Blick zu, wie sie die Löffel zum Mund führten. Karl konnte es nicht mit ansehen und gab ihr heimlich unterm Tisch seine Scheibe Brot.

»Du gibst Karl sofort das Brot zurück, Clara. Er hat hart gearbeitet!«, fuhr der Vater sie an, der die Heimlichtuerei offensichtlich mitbekommen hatte. Clara bekam rote Wangen und reichte Karl die Scheibe über den Tisch.

»Lass sie nur, Vater. Ich bin satt«, sagte Karl.

Der Vater schlug unvermittelt mit der Hand auf den Tisch und alle zuckten zusammen. »Wir leben nicht im Überfluss und jeder isst das, was ihm zusteht, damit er bei Kräften bleibt!« Er blickte streng in die Runde. Niemand widersprach und Karl nahm das Brot zurück. »Hast du die Hühner gefüttert, Clara?«, fragte der Vater anschließend.

»Ja, Vater, und die Kaninchen auch«, antwortete sie stolz.

»Brav, mein Kind«, lobte er sie, »dann hilf deiner Mutter beim Abräumen.« Er wandte sich an Otto und sagte: »Den kaputten Stiel bringst du in den Holzstall, er kann mit verbrannt werden. Hörst du?« Ohne zu murren nahm Otto den Stiel und brachte in nach draußen.

Der Vater holte den Tabakbeutel aus dem Schrank und stopfte seine Pfeife, deren Rand schon weit angekohlt war. Er drückte nach einigen Zügen mit dem Zeigefinger den Tabak nach und blies eine weiße Rauchwolke aus. Bald darauf erfüllte ein angenehmer Duft die Stube. Karl liebte diesen Geruch und die Gemeinsamkeit zum Feierabend, wenn alle am Tisch saßen, sich etwas erzählten oder jeder einer kleinen Beschäftigung nachging. Karl setzte sich auf die Bank unter dem Fenster, von wo aus man bei Tageslicht die Oder sehen konnte.

Hier saß er gerne, wenn er über neue Ideen nachdachte und grübelte. Jetzt, in den frühen Abendstunden des Herbstes, spiegelten sich die Kerzen in der Scheibe. Er schaute durch das Fenster in die Dunkelheit und dachte an die Aufgabe, die ihm der Steiger mitgegeben hatte. In Gedanken stellte er sich eine Brücke vor, die ein weites Tal überspannte und auf der ein beladenes Fuhrwerk stand. *Was macht eine Brücke stabil? Klar, dicke Balken, das weiß jeder, aber das meinte der Steiger nicht. Es musste eine schlauere Möglichkeit geben, aber welche?* Darüber hatte er noch nie nachgedacht, aber er wollte es wissen und nicht am Montag wie ein Depp vor Walter Franke stehen.

»Willst du nicht bald zu Bett gehen?«, fragte ihn seine Mutter. Karl sah sich um und stellte überrascht fest, dass sich die anderen inzwischen schlafen gelegt hatten.

»Gute Nacht, Mutter«, sagte er und ging in seine Kammer.

Unter seiner Bettdecke lugte Clara hervor. »Darf ich bei dir schlafen, da ist es so schön warm«, bettelte sie.

»Aber nur weil Morgen Samstag ist und ich nicht arbeiten muss«, gab Karl nach und zog die Scheibe Brot aus der Jackentasche, die er für sie aufgehoben hatte. »Und wehe, wenn du mich verrätst.«

Clara griente breit und aß gierig das Brot. »Gehst du mit mir bald wieder zum dicken Baum?«, fragte sie, als Karl kurz vor dem Einschlafen war.

Karl überging ihre Frage und ermahnte sie: »Schlaf jetzt!« Nach einer Weile glaubte Karl, sie sei eingeschlafen.

»Auf den Heikenberg«, sagte sie dann.

»Nur, wenn du mich schlafen lässt und das Wetter wieder besser wird«, antwortete er.

»Hat Otto was Böses getan?«, bohrte sie weiter.

»Nein, und wenn du weiter fragst, gehe ich allein auf den Heikenberg.«

Freitag, 18. Oktober 1833
Lauterberg, Friedhof

⚒

»Es tut mir leid, Fräulein Röger, aber um Gewissheit zu bekommen, muss ich Sie auffordern, den Toten zu identifizieren«, sagte Hauptwachtmeister Schneider.

Johanna schluchzte und versuchte mit zusammengekniffenen Lippen, ihre Gefühle zu beherrschen. Sie hatte noch nie einen toten Menschen gesehen. Der Gedanke daran machte ihr Angst. Und Wasserleichen sollen besonders schrecklich aussehen, hatte sie gehört. Was, wenn es tatsächlich ihr Vater wäre? Diesen Anblick würde sie ihr Leben lang nicht wieder loswerden, und als Totenmaske wollte sie ihn nicht in Erinnerung behalten. In diesem Moment hatte sie sein Bild vor Augen mit seinen dichten, welligen Haaren und der Narbe am Kinn, die er sich als Junge bei einem Sturz zugezogen hatte. Am Vorabend, als er das Haus zur Nachtschicht verließ, hatte er noch zu ihr gesagt: »Ich würde gern mal wieder Hühnersuppe essen.« Dazu reiche das Geld nicht, hatte Johanna ihm geantwortet, aber Steckrübensuppe äße er doch auch gerne. Wenn er nur zurückkäme. Sie würde ihm eine richtig dicke Hühnersuppe kochen.

»Oh nein, bitte nicht«, flehte Johanna.

Der Hauptwachtmeister sah sie eine Weile an und schien Verständnis für ihre Abneigung zu zeigen. »Haben Sie einen Verwandten, der das für Sie übernehmen könnte?«, fragte er, »Geschwister vielleicht, oder Onkel?«

»Nur eine Tante in Clausthal, mit der wir seit einer Ewigkeit keinen Kontakt haben«, sagte Johanna.

»Niemanden sonst?«, wiederholte er überrascht und zog eine bemitleidende Miene. »Dann kann ich Ihnen das leider nicht ersparen, Fräulein Röger.«

Johanna legte die Hände vors Gesicht und ihr Herz schlug

schneller. Hauptwachtmeister Schneider kam hinter seinem Schreibtisch hervor und holte aus einem Wandschränkchen ein Schlüsselbund heraus. Dann zog er seinen Mantel über und setzte den Helm auf, der ihm ein militärisches Aussehen verlieh.

»Kommen Sie«, sagte er und hielt ihr die Tür auf. »Wir gehen zum Leichenkeller rüber«, und an seine Kameraden gewand: »Ich bin bald zurück.«

Zum Leichenkeller? Johanna lief ein Gruselschauer über den Rücken. So etwas hatte sie noch nie gesehen. Als sie noch klein war, hatten sie und ihre Freunde sich im Dunkeln manchmal Schauergeschichten erzählt, sodass sie nachts vor Angst nicht einschlafen konnten. Dass sie einmal eine Leichenhalle betreten müsste, um von Amts wegen einen Toten zu betrachten, das hätte sie nie für möglich gehalten. Ihr Herzschlag raste vor Aufregung, als sie das Polizeigebäude verließen.

Der Leichenkeller befand sich unter der kleinen Kapelle mitten auf dem Friedhof, der nur ein Stück weit vom Polizeigebäude entfernt lag. Johanna spürte ein leichtes Zittern in den Händen, als sie sich über den Kiesweg der Kapelle näherten. Von außen führte eine Treppe hinunter. Neben der Tür gab es eine Mauernische, in der ein Kerzenleuchter stand. Hauptwachtmeister Schneider fingerte aus der Hosentasche eine Schachtel Zündhölzer heraus und steckte die Kerze an. Dann schloss er die Tür auf, nahm seinen Helm ab und ging voraus. Ein kühler, süßlicher Geruch wehte Johanna entgegen, der ein Ekelgefühl bei ihr auslöste. *Riecht so der Tod,* ging es ihr durch den Kopf. Sie traute sich nicht, hineinzugehen.

Der Hauptwachtmeister streckte eine Hand nach ihr aus und sagte: »Kommen Sie.« Im Halbdunkel des Kellers und dem flackernden Schein der Kerze sah er furchterregend aus.

»Ich fürchte mich davor«, antwortete Johanna.

Er kam einige Schritte zurück und nahm sie an der Hand. »Sie müssen sich nicht fürchten. Die Menschen, die hier liegen, tun niemandem etwas«, sagte er ruhig. Die Berührung seiner Hand gab ihr Sicherheit und sie ging mit ihm hinein. Mitten im Raum stand eine Bahre. Ein weißes Laken bedeckte den Toten. Sie traten seitlich heran. Hauptwachtmeister Schneider hielt die Kerze tiefer. »Sind Sie so weit?«, fragte er. Johannas Herz schlug heftiger, sie holte tief Luft und nickte. Vorsichtig griff er das Laken und deckte den Kopf des Toten auf. Sein Gesicht war weiß-bläulich. Johanna schlug die Hände vor den Mund, schrie auf und lief hinaus. Hauptwachtmeister Schneider folgte ihr und legte seine Hände von der Seite auf ihre Schultern. »Es tut mir leid, dass ich Ihnen das zumuten musste«, sagte er. »Ist alles in Ordnung mit Ihnen?«

Johanna seufzte und flüsterte: »Das ist nicht mein Vater.«

Samstagmorgen, 19. Oktober 1833
Lauterberg, auf dem Wochenmarkt

⚒

Karls Mutter sah an diesem Morgen blass aus, wie Karl sie selten gesehen hatte, und wenn, dann war sie ernsthaft krank. Karl nahm besorgt ihre Hand, die sich kalt anfühlte, und sagte: »Du solltest dich etwas ausruhen, Mutter.«

»Ausruhen? Junge«, entgegnete sie und lächelte dabei, »noch ist nicht die Zeit für mich, auszuruhen.« Ihre blauen Augen, die mit Fältchen gesäumt waren, schauten Karl gütig an.

Wie meinte sie das, überlegte er. *Doch nicht die Ruhe im ewigen Frieden? Nein, so weit war es noch lange nicht. Sie war stark und pflichtbewusst, aber oft über ihre Kräfte hinaus. Unpässlichkeiten, wie Erkältungen und leichtes Fieber ignorierte sie, trank Kamillentee und machte ihre Hausarbeiten wie immer.*

»Ich meinte nicht faulenzen, Mutter, nur innehalten und neue Kraft schöpfen«, erwiderte Karl.

»Du musst mir keine Ratschläge geben, mein Junge. Aber wenn du heute für mich zum Wochenmarkt gehen würdest, könnte ich mich in der Zwischenzeit im Garten erholen«, sagte sie mit einem Augenzwinkern.

»Mit Hacke und Spaten, nicht wahr? Nennst du das erholen?«, entgegnete Karl.

»Ich kann mich zwischendurch auf den Spatengriff setzten und am Hackenstil festhalten, glaub mir, das ist auch erholsam.«

»Mutter, du bist eine unmögliche Frau«, gab Karl sich geschlagen, »gut, dann geh ich eben zum Markt.«

»Damit ersparst du mir den Weg und die Zeit, und das hilft mir. Ich fühle mich heute etwas geschwächt«, sagte sie. »Sieh zu, ob du Rippchen bekommen kannst, und ein paar Suppenknochen. Mehl brauchen wir auch, und Vater wollte Nägel haben.«

Der Wochenmarkt auf dem Kirchplatz war ein gesellschaftliches Ereignis für ganz Lauterberg. Man konnte das Warenangebot in seiner Vielfalt studieren, man traf Leute, tauschte Neuigkeiten aus und erfuhr von den auswärtigen Händlern, was im Umland passierte. Karls Mutter versäumte den Markt fast nie. Und wenn sie freiwillig zu Hause blieb, dann gab es einen gewichtigen Grund, wie zum Beispiel eine ernste Krankheit.

»Soll ich dir eben noch einen Tee kochen?«, fragte Karl.

»Nun geh, bevor der Markt schließt, und sieh mich nicht so bemitleidend an«, antwortete sie und schob ihn sanft zur Tür.

Karl zog seinen Gehrock an, strich den Oberlippenbart glatt und verließ das Haus. Vom Hof her hörte er die dumpfen Schläge, wie, wenn Holz gespalten wurde. Er ging ums Haus. Sein Vater stand am Hackklotz, während Otto das Stapelholz auf Ofenlänge sägte. Clara trieb die Hühner zusammen, die hinter einem hohen Zaun ihren Auslauf hatten. »Kommt! Puttputtputt«, rief sie und hatte sichtlich Spaß an der Zutraulichkeit der Tiere, die sie umringten.

»Vater!«, rief Karl in den Hof. »Welche Nägel brauchst du?«

Wilhelm Wiegand schob seine Schirmmütze ein Stück aus der Stirn. »Dreizöller«, sagte er.

Clara kam jetzt aus dem Hühnerstall. »Wo gehst du hin?«, fragte sie neugierig.

»Zum Markt«, antwortete Karl.

»Oh, ich geh mit«, rief sie und kam aus dem Auslauf herausgestürmt.

»Nein, heute nicht. Du musst dich um Mutter kümmern, es geht ihr nicht gut«, wies Karl sie ab.

»Och, schade!«, murrte sie enttäuscht.

»Geh und hilf ihr im Garten«, sagte Karl.

Auf der Schanzenbrücke standen nach wie vor die Männer mit Stangen, mit denen sie das Treibholz weiter zur Flußmitte stießen, damit es keinen Schaden anrichten konnten. Erst jetzt, bei Tageslicht, wurde Karl das Ausmaß der Flut bewusst. Es war beängstigend, wie ungestüm sich die Wassermassen zu Tal stürzten, und er hoffte inständig, dass es nicht wieder anfangen würde zu regnen. »Hoffentlich hält sich das Wetter noch eine Weile«, rief er den Männern zu.

»Ja, hoffentlich, sonst können wir die Brücke nicht halten«, antwortete einer von ihnen.

»Jedes Jahr dasselbe«, meinte Karl, »wir brauchten eine Talsperre, um die Wassermenge zu regulieren.«

Der Mann sah ihn mit großen Augen an und erwiderte: »Das sagen Sie mal der Obrigkeit. Die werden Sie für verrückt erklären.« Karl lachte und nickte zustimmend.

In der Gosse der Hauptstraße floss das Wasser wie ein Bach. Miststroh, Laub und Papierreste trieben darin und ein unangenehmer Mief hielt sich hartnäckig zwischen der Häuserzeile. Das war durchaus nicht ungewöhnlich, aber Karl konnte sich nie daran gewöhnen. Besonders in den Sommermonaten verursachten die Abflüsse von Waschküchen, undichten Aborten und Misthaufen einen penetranten Gestank. Äußerst angenehm empfand er danach den Duft von frischgebackenem Brot, Räucherwaren und Wurst, der ihn empfing, als er in das lebhafte Treiben des Marktplatzes eintauchte. Reiche Stände mit Körben und Kisten, aus denen Obst und Gemüse überzuquellen schienen, reihten sich aneinander. Wo noch Platz war, drängten sich fliegende Händler und Kiepenfrauen, die Kurzwaren, Leder und allerlei Nützliches feilboten. In den Gängen dazwischen schwatzten Grüppchen von Frauen und Männern miteinander. An den Ständen feilschten die Kunden mit den Händlern oder prüften die Angebote. Karl zwängte sich durch das Gedränge und erspähte den lichten Haarschopf von Gustav Bruns, dem Untersteiger der Knollengrube.

»Glückauf«, grüßte er, als er Karl entdeckte.

»Glückauf, Gustav«, erwiderte Karl den Gruß. »Weißt du, wie es Fritz geht?«, wollte Karl zuerst wissen.

»Doktor Ritscher und Pastor Gerstacker kümmern sich um ihn, mehr weiß ich auch nicht«, antwortete Gustav. »Ich hoffe, er ist bald wieder auf den Beinen.«

»Hast du von dem Toten gehört, der gestern in der Aue gefunden wurde?«, fragte Karl.

»Ja, der ist schon Stadtgespräch. Es heißt, er sei der Vermisste von der Königshütte. Hans Röger, ich kenne ihn flüchtig«, meinte der Untersteiger.

Zwei Männer, die das Gespräch offensichtlich belauscht hatten, kamen näher. »Es könnte auch der Köhler vom Flößwehr sein«, behauptete einer von ihnen großspurig.

»Von einem Köhler weiß ich nichts«, erwiderte Karl.

»Verschwand ebenfalls urplötzlich, hab ich gehört. Ist doch sehr mysteriös, wenn zwei Menschen einfach verschwinden, oder? Wer weiß, was dahinter steckt«, mischte sich der andere ein.

»Wir sollten abwarten, was Pastor Gerstacker am Sonntag beim Gottesdienst berichten wird, bevor wir uns in Gerüchten verlieren«, meinte Karl, der Getratsche überhaupt nicht mochte.

»Traurig, wenn ein Hochwasser sogar Todesopfer fordert«, beklagte der Großmäulige. »Man müsste endlich etwas dagegen tun.«

»Man kann nur beten, dass Petrus ein Einsehen hat. Was willst du sonst dagegen tun?«, entgegnete Gustav.

»Einen Damm bauen, der die Wassermenge zurückhält«, schlug Karl vor.

»Du mit deinen Ideen. Dann bete ich lieber«, lachte Gustav und verabschiedete sich.

Karl sah sich nach dem Viktualienhändler aus Osterode um, bei dem seine Mutter bevorzugt kaufte, aber er konnte ihn nicht entdecken. Stattdessen fand er einen anderen Händler, den er zum ersten Mal hier sah. Karl warf einen Blick auf seine Auslagen. Als der Verkäufer Karls Interesse für Mehl bemerkte, pries er eine Sorte in höchsten Tönen an.

»Kommen Sie, mein Herr«, lockte er Karl, »ich sehe, Sie verstehen etwas von gemahlenem Getreide. Ein feineres Mehl werden Sie nirgendwo sonst bekommen.« Er zeigte auf eine Kiste, die vor ihm auf dem Verkaufstisch stand. »Glauben Sie mir, damit gelingt jedes Brot, und Kuchen zergeht auf der Zunge.« Er schöpfte mit einem Holzlöffel etwas heraus und gab es Karl in die Hand. Der prüfte es mit den Fingern und stellte fest, dass es sich klumpig anfühlte. Offensichtlich glaubte der Kaufmann, er könne einem unerfahrenen Mann seine minderwertige Ware andrehen.

»Das können Sie höchstens noch zu Leim verkochen. Es ist feucht«, lehnte Karl das Angebot ab.

Augenblicklich verfärbte sich der Händler dunkelrot im Gesicht, sah Karl mit vernichtendem Blick an und brüllte:

»Was fällt Ihnen ein. Ich biete nur beste Waren an. Mein Mehl ist von höchster Qualität.«

»Dieses nicht«, sagte Karl gelassen und nahm die anderen Sorten in Augenschein. »Geben Sie mir von diesem zwei Pfund.« Er zeigte auf eine andere Kiste.

Der Verkäufer lief jetzt aufgeregt hinter seinem Stand hin und her. »Mein Mehl – feucht, dass ich nicht lache. Das hat mir bisher niemand gesagt.«

Karl wurde es zu bunt. »Hören Sie, guter Mann«, fuhr er ihn an, »wir können uns noch lange über minderwertiges Mehl streiten, aber die Zeit wäre für Sie besser genutzt, wenn Sie stattdessen ihre Kunden bedienen würden.«

Der Mann bekam allmählich seine Gesichtsfarbe zurück und wog die gewünschte Menge ab. Karl bezahlte und hatte vor zu gehen, aber hinter ihm drängten sich die Leute, die entweder etwas kaufen wollten oder schaulustig dem Streit gelauscht hatten. Er zwängte sich mühsam durch die Menschentraube. Plötzlich stieß er mit einer Frau zusammen, die an der Auslage anstand. Ihr fiel dabei eine Tüte aus der Hand.

»Passen Sie doch auf, wo Sie hingehen, oder haben Sie keine Augen im Kopf«, meckerte sie Karl an, »sehen Sie, was Sie angerichtet haben.« Auf dem Boden lag die Papiertüte, die von mehreren Füßen zertreten wurde und aus der das glitschige Eigelb herausquoll.

»Was hab ich damit zu tun? Sie hätten einen Schritt zur Seite treten können«, entgegnete Karl.

»Das ist ja wohl die Höhe«, entrüstete sich die Frau. »Darf ich Sie darauf aufmerksam machen, dass Sie nicht allein auf diesem Markt sind und deshalb etwas mehr Rücksicht üben sollten. Die zwei Eier werden Sie mir ersetzen!«

»Ich werde Ihnen gar nichts ersetzen. Für das Gedränge hier bin ich nicht verantwortlich. Jeder muss auf seine Sachen selber achten. Es tut mir leid.« Für Karl war der Streit beendet. Er wandte sich ab und wollte gehen, aber um ihn und die Frau herum hatte sich ein dichter Kreis von Schaulustigen gebildet, die begierig dem Streit lauschten.

»Bleiben Sie stehen!«, rief die Frau ihm energisch nach, »so einfach kommen Sie mir nicht davon.« Ungeachtet dessen versuchte Karl, sich durch die Menschenansammlung hindurchzuzwängen. »Herr Wachtmeister«, rief sie auf einmal aufgeregt und winkte mit dem Arm. Wie von Geisterhand öffnete sich der Kreis der Menschen und bildete eine Gasse, durch die ein uniformierter Polizist mit Schirmmütze auf die beiden Kontrahenten zukam.

»Meine Herrschaften, gehen Sie bitte weiter«, sagte er und winkte mit beiden Händen in die Runde der Umstehenden, so, als wenn er Hühner verscheuchen wollte. »Hier gibt es nichts zu sehen. Bitte gehen Sie!«, sagte er mit Nachdruck und klapste mit dem Seitengewehr an sein Hosenbein. Widerwillig wichen die Leute zurück. Einige schlichen sich davon, andere konnten ihre Neugier nicht zügeln und blieben ein Stück weiter wieder stehen. »Um was geht es?«, fragte er die Frau.

Sie wies mit dem Finger auf Karl. »Dieser Mann hat mich beinahe umgerannt, dabei habe ich die Tüte mit zwei Eiern fallen lassen, die ich gerade gekauft hatte. Sehen Sie hier.« Sie zeigte auf die Tüte am Boden mit der verschmierten Eiflüssigkeit. »Er will sich der Verantwortung entziehen und mir den Schaden nicht ersetzen, dieser ungehobelte Mensch.«

»Was haben Sie dazu zu sagen?«, fragte er an Karl gewand.

»Ich bin mir keiner Schuld bewusst«, erwiderte Karl, »zumal bei diesem Andrang ein Zusammenstoß kaum vermeidbar ist. Sie sehen ja selbst, was hier los ist.«

»Eben«, rief die Frau dazwischen, »und deshalb muss man besonders umsichtig sein und darf andere Leute nicht einfach umrennen.«

»Ich habe Sie nicht umgerannt«, verteidigte sich Karl, »vielleicht etwas angestoßen. Und wenn man Eier bei sich trägt, dann muss man sie gut schützen, das sollten Sie als Frau eigentlich wissen.«

»Das ist ja kaum zu fassen. Hören Sie sich das an, Herr

Wachtmeister«, keifte sie entrüstet und sah Karl mit glühenden Augen an. Dann geschah das Unverhoffte. Wie ein Blitzschlag traf Karl ihr Blick, der ihn gefangen hielt. Plötzlich durchdrang ihn ein Gefühl, das er bisher nicht kannte. Ihre beiden Augenpaare schienen sich aneinander fest zu klammern, als hätten sie sich untrennbar verhakt. Karl wollte ihrem entschlossenen Blick standhalten, aber ungewollt lächelte er sie an, und in dem Moment glaubte er, ein Leuchten in ihren blauen Augen zu entdecken. Karl kämpfte um Selbstkontrolle. Schließlich musste er sich gegen ihre Anschuldigung verteidigen, aber diesem fesselnden Blick konnte er sich nicht entziehen. *Was für wundervolle Augen! So klar und strahlend wie ein Bergkristall!*

»Schluss jetzt!«, brüllte der Polizist und brachte Karl ins Hier und Jetzt zurück. »Ich kann keine eindeutige Schuld zuweisen. Deshalb ordne ich an, den Streit zu beenden. Bitte gehen Sie ihrer Wege«, sagte er in autoritärem Ton.

Das Feuer in den Augen der Frau schien zu erlöschen. Mit gesenktem Kopf wandte sie sich ab. Die Kunden und Neugierigen traten zur Seite und ließen sie vorbei. Karl sah der Frau nach. Sie wirkte ärmlich und hinkte mit dem linken Bein, aber das störte ihn keineswegs. Er spürte das brennende Verlangen, sie wiederzusehen, und schaute ihr so lange nach, bis sie in der Menschenmenge verschwunden war. Karl machte die restlichen Besorgungen und beeilte sich, nach Hause zu kommen. Der kränkliche Zustand seiner Mutter bereitete ihm Sorge.

Im Hüttenweg spielten einige Kinder Hinkepott[25]. Clara war auch dabei und hüpfte gerade auf einem Bein über den aufgezeichneten Hüpfkasten. *Sie sollte doch ihrer Mutter im Garten helfen, oder waren sie mit der Arbeit bereits fertig*, überlegte Karl.

25 Hinkepott ist ein Hüpfspiel für Kinder, bei dem Kästchen wie ein Kreuz angeordnet auf den Boden gezeichnet werden.

Am Zaun gelehnt stand Otto und beobachtete das ausgelassene Treiben der Kinder. *Hatte er das gesamte Holz schon fertig geschnitten,* wunderte sich Karl. Otto hatte Kraft und Ausdauer für zwei und schien niemals müde zu werden. Auf der Hütte wies man ihm die schweren Arbeiten zu, und er machte sie, ohne zu klagen. Das war auch der Grund, weshalb man ihn trotz seiner Geistesschwäche, überhaupt dort beschäftigte. Zum Glück, denn Menschen, die als schwachsinnig galten, landeten rasch in einer Anstalt, und das war die ständige Sorge der Mutter. Aber solange er arbeitete, galt er, wie alle anderen auch, als *herrschaftlicher Arbeiter*[26] des Königshauses Hannover. Er durfte nur nicht auffällig werden.

Plötzlich hörte er die Kinder streiten und kreischen. Ein Junge hatte Clara am Arm gepackt. Karl kannte den Jungen, er hieß Bertold und wohnte weiter unten in der Aue. Ein Rüpel, der am liebsten Mädchen ärgerte, die sich gegen ihn nicht wehren konnten.

»Du doofe Zicke, du hast daneben getreten. Ich bin jetzt dran!«, schrie Bertold Clara an.

Clara verteidigte sich lauthals. »Das stimmt gar nicht, du bist blind wie ein Maulwurf. Ich bin weiter dran.«

Bertold zog Clara am Arm, schleuderte sie herum und ließ dann los. Sie stolperte rücklinks und fiel der Länge nach auf den steinigen Weg. Sie weinte laut auf. Otto sprang augenblicklich auf den Jungen zu, packte ihn mit beiden Händen und stemmte ihn hoch, als wolle er ihn wie einen Steinbrocken weit von sich werfen. Der Junge schrie aus vollem Hals, dass einige Anwohner aus den Häusern kamen, um nachzusehen.

»Nein, Otto!«, rief Karl und rannte auf ihn zu. Er wusste, Otto wollte seine Schwester nur beschützen, aber er war nicht in der Lage, Streitereien mit Worten zu schlichten. Meistens

---

26 Herrschaftliche Arbeiter nannten sich die Harzer Bergleute, die in den überwiegend fiskalischen Bergwerken beschäftigt waren.

ging er Konflikten aus dem Weg, indem er davonlief, aber niemand, außer den Eltern, durfte Clara anfassen und ihr wehtun, sonst geriet er in eine unkontrollierte Wut. Die Nachbarn eilten jetzt herbei. Clara war aufgestanden und lief weinend nach Hause. Otto stammelte etwas Unverständliches und zitterte am ganzen Körper. Sein Gesicht war blaurot angelaufen. In diesem verkrampften Zustand war er kaum ansprechbar.

Wenn er den Jungen von sich werfen würde ... Karl traute sich nicht, den Gedanken zu Ende zu bringen. »Otto, lass den Jungen runter!«, versuchte er auf ihn einzureden, aber Otto schien ihn gar nicht wahrzunehmen. »Otto«, brüllte Karl seinen Bruder an, »lass sofort den Jungen frei!«

Otto starrte geradeaus und knurrte wie ein gereizter Hund vor sich hin. Karl kannte nur eine Möglichkeit, ihn wieder zur Vernunft zu bringen. Er holte aus und schlug ihm mit dem Handrücken ins Gesicht. Otto zuckte zusammen und ließ vor Schreck den Jungen fallen. Karl fing ihn auf und stellte ihn auf die Beine. Laut heulend lief er davon.

Otto sah Karl verdutzt an und fragte: »Warum hast du das gemacht?«

Karl nahm seinen Bruder an die Hand und sagte: »Entschuldige, Otto, aber das musste ich tun. Lass uns nach Hause gehen.«

»Euer Otto ist eine Gefahr für unsere Kinder«, rief einer der Nachbarn ihnen nach, »ihr müsst besser auf ihn aufpassen.«

»Sowas gehört in eine Anstalt«, schimpfte ein anderer und erntete von den Umstehenden Zustimmung.

Das war für Karl zu viel. Er drehte sich um. »Sowas?«, schleuderte er ihnen entgegen, »sowas ist MEIN Bruder und sowas wie ihr sollte einmal mehr über das Gebot der christlichen Nächstenliebe nachdenken.« Er warf den Leuten noch einen abfälligen Blick zu. »Komm, Otto, wir gehen«, sagte er entschlossen. Sie gingen nach Hause. In der Stube war niemand. Karl legte seinen Rucksack ab. »Mutter?«, rief er.

»Wir sind hier«, antwortete sein Vater. Die Stimme kam aus der Kammer seiner Eltern. Karl ging hinüber, Otto folgte ihm. Die Mutter lag im Bett. Sie war kreidebleich, ihre Stirn glänzte und die Haare waren schweißnass. Clara saß am Fußende des Bettes. Auf einem Schemel stand eine Schüssel mit Wasser, in der Karls Vater ein Tuch anfeuchtete und es Frieda auf die heiße Stirn legte. »Sie hat hohes Fieber«, sagte er, »hol frisches Wasser aus dem Brunnen und lass es auf dem Herd lauwarm werden. Wir müssen ihr Wadenwickel machen. Dann gehst du zu Doktor Ritscher.«

»Wird Mutter wieder gesund?«, wollte Clara wissen.

»Ja, wenn du ihr einen Kamillentee kochst, kann sie bald wieder aufstehen«, sagte der Vater. Clara sprang auf und lief in die Stube. »Otto, du kümmerst dich um die Tiere und machst den Garten fertig«, wies er ihn an.

Doktor Ritscher war der einzige Arzt in Lauterberg und ein hochgeschätzter Mann. Sein Haus befand sich in einer Seitengasse der Hauptstraße, die seinetwegen *Doktorgasse (heute: Ritscherstraße)* genannt wurde. Unter der Woche war sein Wartezimmer völlig überfüllt und oft standen die Patienten bis draußen auf der Steintreppe. Karl hoffte inständig, ihn heute anzutreffen, denn sonnabends gab Doktor Ritscher normalerweise keine Sprechstunde und vor dem Haus stand eine Kutsche. Vielleicht war er im Aufbruch, aber Menschen in Not wies er niemals ab, das wusste Karl. Er kannte den Arzt von der Königshütte, wo er kranke und verletzte Hütten- und Grubenarbeiter behandelte.
Karl stieg die Steintreppe hinauf und zog an dem Klingelgriff. Er hörte von innen die Bimmel läuten und wartete. Nach einer Weile wurde geöffnet und eine Frau in einem dunkelblauen Kleid und schlichter Leinenhaube erschien in der Tür. Sie musterte Karl mit strengem Blick von unten nach oben.

»Wir haben heute keine Sprechstunde, es ist Sonnabend«, sagte sie abweisend.

»Ich weiß«, erklärte Karl kleinlaut, »aber meine Mutter liegt mit hohem Fieber. Vielleicht könnte er ...«

»Kann er nicht«, fuhr sie ihm gleich über den Mund, »weil er im Aufbruch begriffen ist.«

»Was kann ich nicht?«, fragte eine Männerstimme aus dem Hintergrund. Die Frau drehte sich um und gab die Türöffnung frei. Ein hochgewachsener Mann mit langem Mantel und Zylinder trat auf das Podest der Treppe. Er sah Karl mit freundlichen Augen an. »Was führt dich zu mir?«, fragte er.

»Entschuldigung, Doktor«, antwortete Karl und verbeugte sich, »meine Mutter ist bettlägerig mit hohem Fieber. Wir sorgen uns sehr um sie. Bitte!«

»Wo wohnst du?«, fragte er geradeaus.

»Im Hüttenweg«, sagte Karl.

»Das liegt auf dem Weg. Steig in die Kutsche«, forderte er Karl auf. Karl stieg ein und spürte ein bisschen Aufregung. Er war noch nie in einer Kutsche gefahren und hatte das Gefühl, in eine fremde Welt einzusteigen. Es saß sich bequem auf den weichen gepolsterten Bänken. »Erst zum Hüttenweg«, wies Ritscher den Kutscher an. Es ruckte und das Gefährt setzte sich in Bewegung. Die Karosse war gut gefedert und Karl hatte das Gefühl über eine Wiese zu gleiten, obwohl die Straßen in Lauterberg mit Löchern und Bodenwellen gespickt waren.

»Hier ist es«, sagte Karl, als sie das Haus erreicht hatten. Ritscher ließ die Kutsche anhalten und stieg mit Karl aus. Hinter den Fenstern der angrenzenden Häuser regten sich neugierige Blicke. Eine herrschaftliche Kutsche fuhr nicht alle Tage durch den Hüttenweg und war ein außergewöhnliches Ereignis. Karl führte den Arzt ins Haus.

»Herr Doktor«, rief Karls Vater verwundert, als er mit Karl die Stube betrat.

»Dann zeigt mir mal das kranke Weib«, sagte Ritscher kurz angebunden. Karl führte ihn in die Kammer seiner Eltern. Die Mutter schlief und murmelte im Fieber unverständliche Worte. Doktor Ritscher fühlte ihren Puls, schlug die

Bettdecke ein Stück zurück und horchte ihr Herz ab. »Setzt sie auf«, wies er an. Karls Vater stützte ihren Oberkörper und richtete ihn auf. Ritscher zog sein Abhörgerät aus der Tasche und horchte ihren Rücken an verschiedenen Stellen ab. »Keine Lungenentzündung«, stellte er fest. »Ich sehe, ihr macht Wadenwickel, das ist gut. Weiter so.«

»Und ich habe Kamillentee gekocht«, sagte Clara vorwitzig.

»Das wird deiner Mutter helfen, mein Kind«, lobte er sie und kramte ein Fläschchen aus seinem Arztkoffer. »Davon dreimal täglich fünf Tropfen, dann ist sie bald wieder auf den Beinen.« Er packte seinen Abhörapparat in die Tasche zurück und verabschiedete sich. »Und viel trinken«, fügte er noch hinzu, als er bereits in der Tür stand.

»Danke Herr Sanitätsrat, vergelt`s Gott«, sagte Karls Vater, begleitete ihn nach draußen und blieb vor dem Haus stehen, bis die Kutsche abgefahren war.

Samstagnacht, 19. Oktober 1833
Auf der Königshütte

⚒

Ein klapperndes Geräusch weckte Karl in der Nacht auf. Mit geschlossenen Augen lauschte er eine Weile angespannt, bis ihm bewusst wurde, dass es vom Fenster kam. Doch da war noch etwas, was ihn beunruhigte. Er zündete die Kerze an, die auf seinem Nachttisch stand. Clara schlief tief und fest. Ein Blitz erhellte plötzlich die Kammer mit einem zappeligen Licht. Bald darauf grollte der Donner und ließ die Scheiben klirren. Leise, um Clara nicht zu wecken, stieg er aus dem Bett und prüfte den Fensterflügel. Der Verschlussriegel hatte Spiel, sodass der Wind den Flügel etwas hin und her bewegen konnte, was das Klappern verursachte. Aber das andere Geräusch ängstigte ihn viel mehr. Nicht das Gewitter, sondern der des Regens, den der Sturm gegen die Scheibe peitschte. *Hört dieses verdammte Regenwetter denn nie auf,* dachte er. *Wenn das so weiter geht, würde das gesamte Tal überflutet. Das wäre eine Katastrophe,* ging ihm durch den Kopf. Auf der Fensterbank hatte sich eine kleine Wasserlache gebildet. Karl drehte den Fensterriegel fester zu und das Scheppern war weg. Er ging wieder zu Bett, blies die Kerze aus und beobachtete gedankenverloren das Lichterspiel der Blitze an der Balkendecke. *Wenn doch bloß der Regen bald aufhören würde.*

Er wusste nicht warum, aber auf einmal tauchte die Frau, mit der er auf dem Markt zusammengestoßen war, in seinen Gedanken auf und ließ ihn lange nicht wieder einschlafen. Sie war ausgesprochen hübsch und ihr Blick hatte eine unwiderstehliche Anziehungskraft. *Schade, dass sie hinkte. Was war nur mit ihrem Bein geschehen?* Karl schloss die Augen und sah sie in Gedanken auf dem Marktplatz, wie sie davonging, immer weiter, immer weiter, bis sie in der Ferne verschwand.

Irgendwann wurde er abermals wach. Ihm war kalt im Rücken. Als er die Zudecke weiter über sich ziehen wollte, merkte er, dass Clara neben ihm lag und sich in die Decke eingerollt hatte. *Kleines Biest,* dachte er und musste schmunzeln. In letzter Zeit kam sie fast jede Nacht in sein Bett gekrochen, weil sie fror. *Kein Wunder,* fand Karl, *sie hatte ja kaum etwas auf den Rippen.* Kinder in ihrem Alter brauchten zum Wachsen ausreichend Essen. Sein Vater hatte in Einem recht, die knappen Lebensmittel mussten gerecht aufgeteilt werden, und wer hart arbeitete, brauchte auch genug zu essen. Aber sie war gerade sieben. Karl konnte es nicht mehr mit ansehen, dass sie oftmals hungrig ins Bett ging. Er musste etwas unternehmen. Karl stand auf, steckte die Decke unter Claras kalten Füße und ging in die Stube.

Sein Vater stand am Herd und wartete offenbar darauf, dass das Teewasser kochte. Er sah übernächtigt aus.

»Wie geht es Mutter?«, fragte Karl.

»Sie hatte eine unruhige Nacht, aber jetzt schläft sie. Das Fieber geht allmählich zurück.«

»Gott sei Dank«, sagte Karl. Sein Vater goss den Tee auf. »Wenn das Wetter nicht bald umschlägt, kriegen wir ...«

»Sei mal still!«, unterbrach ihn sein Vater.

Karl sah ihn verwundert an, aber dann hörte er es auch. Die Glocken läuteten Alarm. »Ich gehe, bleib du bei Mutter«, sagte Karl.

In dem Augenblick kam Otto die Treppe herunter, der im Dachgeschoss seine Kammer hatte. »Was ... was ist passiert?«, fragte er schlaftrunken und gähnte ausgelassen.

Nun kam auch Clara hereingetippelt. »Warum läutet die Glocke? Brennt es?«, wollte sie wissen.

»Zieh dir sofort was an die Füße«, schimpfte der Vater, »es reicht, dass Mutter krank ist.« Clara ging zurück in die Kammer.

»Wilhelm, was ist denn?«, rief die Mutter aus der Schlafkammer.

»Beruhige dich, Frieda«, sagte Wilhelm, »die Hüttenglocke und das Geläut des Glockenhauses läuten Alarm. Wir müssen nachsehen.« Clara kam mit Filzpantoffeln zurück. »Clara, du kümmerst dich so lange um Mutter«, sagte der Vater. »Sie braucht noch ihren Tee und die Medizin.«

Die Männer zogen sich fertig an und gingen hinaus. Im Flecken Lauterberg galt der *Feuergehorsam*. Demnach mussten sich die kräftigen und gesunden Männer bei Feuer und anderen Naturkatastrophen vor Ort oder an der Kirche einfinden.

»Bitte seid vorsichtig«, rief Frieda hinterher.

Ein frischer Wind wehte ihnen entgegen, als sie vor das Haus traten. Der Himmel war klar und hinter den Bergen zeigte sich zögernd das erste Tageslicht. Es waren bereits mehrere Männer auf dem Weg zur Hütte. Niemand wusste, was geschehen war. Ein Feuer schien es nicht zu sein, jedenfalls konnte man weder Flammen noch Rauch aus der Richtung erkennen, außer dem Qualm des Hochofens. *Das Hochwasser mit dem Treibgut, das hält kein Wasserrad aus,* vermutete Karl hinter dem Alarm.

Auf dem Hüttenhof herrschte hektisches Durcheinander. Wie alle hier Versammelten, warteten auch Karl und sein Vater auf Anweisungen. Das Gerücht, zwei Wasserräder, die das Ofengebläse trieben, seien durch Treibholz blockiert, machte unter den Männern die Runde. Wenn das stimmte, war höchste Eile geboten, denn ohne Gebläse würde das flüssige Eisen im Hochofen bald erstarren, was einen langen Stillstand zur Folge hätte. Ein Ausfall, der die Hütte hart treffen und viele Arbeiter einige Zeit arbeitslos machen würde. Entsprechend aufgeregt wurde debattiert. Die Menge beruhigte sich erst, als eine Zweispänner-Kutsche auf den Hof gefahren kam und vor dem Faktoreigebäude anhielt. Die Männer guckten neugierig, was nun geschehen würde. Zwei uniformierte Bergbeamte stiegen aus und eilten in das Gebäude. Kurz darauf traten sie, zusammen mit dem Hüttenmeister Ludwig Rathmann und dem Maschinenmeister Hermann Apel, vor den Eingang.

»Ruhe, bitte!«, forderte einer der Beamten die Menge auf. »Meine Herren! Ruhe!«

Karl kannte den Mann, der hier das Wort führte, es war der Oberfaktor Karl Friedrich Beermann, dem die Hütte nebst der Knollengrube unterstand. Er galt als eine autoritäre Persönlichkeit, gefürchtet, aber gleichwohl geachtet. Das Stimmengewusel der Menge ebbte rasch ab.

»Zunächst danke ich Ihnen, dass Sie dem Ruf der Alarmglocke gefolgt sind«, begann er zu erklären. »Das Scholmwehr ist diese Nacht durch das Hochwasser weggerissen worden. Wir sind dadurch in eine prekäre Notlage geraten. Die Wasserräder für den Gebläseantrieb sind durch Treibgut blockiert. Ich muss Ihnen nicht sagen, was das bedeutet.«

Also doch, ging es Karl durch den Kopf.

»Wir bilden zwei Gruppen«, fuhr er fort, »eine Gruppe, geführt von Ludwig Rathmann, befreit die Gräben und Räder von dem Treibholz. Der Zulauf des Grabens am Scholmwehr wird in diesem Augenblick gesperrt. Die andere Gruppe unter der Führung von Hermann Apel, betätigt die Gebläse so lange manuell, bis die Kunst[27] wieder funktioniert. Ohne Gebläse ist die Schmelze in gut einer Stunde fest.« Ein Raunen wallte in der Menge auf. »Ich weiß, was ich Ihnen abverlange«, sprach er weiter, »aber wir haben keine Zeit zu verlieren. Und nun an die Arbeit. Gutes Gelingen.«

Karl und Otto wurden der Gruppe von Apel zugeteilt. Es waren ungefähr fünfzehn Männer, die den Ofen in Gang halten sollten. Karls Vater ging mit den Anderen zum Wassergraben mit den Radstuben. Das Zylindergebläse befand sich direkt neben dem Hochofen. Es bestand aus zwei senkrecht gestellten Rohren, in denen die Kolben durch eine Art Wippe wechselseitig bewegt wurden. Die Wippe wurde über eine Pleuelstange vom Kurbelzapfen eines Wasserrades angetrieben.

»Wir müssen die Stange vom Balancierbalken lösen und versuchen, ihn von Hand zu bewegen«, wies der Maschinenmeister Apel die Männer an und erklärte die Arbeitsschritte. Karl hatte die Gießhalle vorher nie betreten und fand die Hochöfen mit der Maschinerie drumherum ungemein interessant. Er hörte genau zu, was Hermann Apel zu sagen hatte. Als das Kunstkreuz gelöst war, versuchten sogleich einige Männer, die Wippe zu bewegen. Abwechselnd hingen sich zwei Männer wie Mehlsäcke an eine Seite des Balanciers, während gegenüber zwei andere, wie Gewichtheber im Zirkus, den Balken nach oben stemmten. Diese übereifrige Vorgehensweise machte auf Karl einen äußerst unbedarften Eindruck. Selbst der körperliche Einsatz von Otto brachte nur

---

27 Maschine im Bergbau (der Begriff wird heute nicht mehr verwendet.)

mäßigen Erfolg. So würden sie den Ofen eher kaltpusten, als das Feuer anzufachen. Er konnte es nicht mit ansehen und rief den Männern zu, als hätte er das Sagen: »Auf diese Weise wird das nie was. Wir brauchen einen Hebelarm.«

Hermann Apel guckte ihn strafend an. »Ich weiß nicht, wer dich um deine Meinung gefragt hat«, sagte er betont.

Karl wich dem Blick aus. Seine Vorwitzigkeit war wieder einmal mit ihm durchgegangen. Er wusste, dass er sich damit bei den Vorgesetzten unbeliebt machte.

»Aber du hast recht«, fügte Apel hinzu und schickte sofort drei Männer zum Holzlagerplatz, um einen langen Balken zu holen. Als sie zurückkehrten, hievten sie das Kantholz mit lautstarkem *Hauruck* auf die Wippe. »Nein, anders herum! Hochkant, das ist stabiler«, dirigierte Apel die Helfer und ließ das Kantholz mit Ketten auf dem Balancier befestigen.

Hochkant? Karl bereitete dieser Hinweis des Kunstmeisters erneutes Kopfzerbrechen. *Warum ist hochkant stabiler? Ist es nicht gleichgültig, wie man das Holz legt, es ist doch derselbe Balken?*

Noch während Karl darüber nachdachte, hörte er bereits das leise Fauchen der Glut durch die einströmende Luft. Es funktionierte. Der Ofen würde durch Manneskraft zwar niemals auf Leistung kommen, aber es reichte, um die Schmelze zu halten. Hermann Apel zeigte sich zufrieden.

Trotz der Hebelwirkung war es eine kräftezehrende Arbeit und die Männer mussten sich nach kurzer Zeit abwechseln, um verschnaufen zu können. Obendrein setzte die Hitze des Ofens den Arbeitern zu. Apel hatte jedem ein Bier versprochen, wenn sie durchhalten würden. Das spornte die Leute an. »Zuu ... gleich, zuu ... gleich«, schallte das Taktgebrüll der Männer durch die Halle. In den Verschnaufpausen setzten sie sich auf die Formkästen[28], die überall herumstanden.

---

28 In den Formkästen befindet sich der in Sand geformte Hohlraum, der mit flüssigen Eisen befüllt wird und nach dem Erstarren das Gussstück bildet.

Niemand redete, nur Keuchen und Husten der überanstrengten Körper mischte sich zwischen die Taktrufe der anderen. Karl streifte seine Mütze herunter, tauchte sein Taschentuch in den Notfall-Wassertrog, der neben dem Hochofen stand, und wischte sich die Schweißperlen von der Stirn und aus dem Nacken. Das feuchte Textil kühlte angenehm. Otto tropfte ebenfalls der Schweiß von den Schläfen und Karl bemerkte im matten Licht der Öllampen, wie sein Gesicht glühte. Er feuchtete sein Taschentuch erneut an und gab es ihm. »Ist alles in Ordnung, Otto?«, fragte er seinen Bruder, der sich das nasse Tuch aufs Gesicht legte.

»Wie lange noch?«, wollte Otto wissen.

»Bis die Wasserräder wieder laufen«, sagte Karl und verschwieg ihm seine Befürchtung, dass es noch einige Zeit dauern könnte. Er sah sich um. Die Kameraden saßen nach vorn gebeugt auf die Knie gestützt und ließen die Köpfe hängen. *Wie lange kann man diese Schufterei durchhalten,* fragte er sich und spürte krampfartige Schmerzen in den Armen. »Hoffentlich laufen die Räder bald wieder«, murmelte Karl vor sich hin, »sonst sehe ich uns ohne Arbeit auf der Straße stehen – zumindest vorübergehend.«

»Was hast du gesagt?«, fragte ein Kollege, der neben ihm saß.

»Ach, nichts«, wich Karl aus.

»Wechsel!«, brüllte Hermann Apel in die Halle. Die Männer erhoben sich und lösten die anderen ab, die sich erschöpft einfach auf den Boden setzten.

Karl und Otto zogen im Rhythmus an den Seilen und Ketten, die der Hüttenmeister inzwischen am Balken befestigt hatte. Plötzlich kam Ludwig Rathmann in die Gießhalle gelaufen und sprach sichtlich aufgeregt mit Hermann Apel.

»Paul«, rief Apel den Ersten Frischer sogleich zu sich, »übernimm du!« Rathmann und Apel verließen im Laufschritt das Gebäude. *Was hat das jetzt zu bedeuten,* wunderte sich Karl.

Es war inzwischen hell geworden und durch die staubigen Spitzbogenfenster des Hüttengebäudes fiel strahlenförmig das Sonnenlicht ein. *Endlich,* dachte Karl erleichtert, *endlich Sonne.* Doch das Hochgefühl darüber währte nur kurz. »Zugleich – zuugleich!«, schallte es weiter durch die Hütte, und Karl spürte seine Arme kaum noch. Er war harte Arbeit gewohnt, aber diese Schinderei ging darüber weit hinaus und sein Körper fühlte sich wie taub an.

»Wechsel!«, rief Paul Schuster und erlöste ihn vorübergehend von der Tortur. Er ließ sich erschöpft rücklings auf den Boden fallen, streckte Arme und Beine von sich und atmete tief durch. Aus seinem tiefen Blickwinkel sah er einige Beine hastig an seinen Füßen vorbeilaufen. Er hob etwas den Kopf und erkannte Rathmann, Apel und zwei Polizeibeamte mit Gendarmenhelmen, die die Halle in Richtung der Radstuben durchquerten. »Stehen Sie auf«, wies Rathmann ihn im Vorbeigehen an. Karl hangelte sich stöhnend hoch, und ihm war, als müsse er jeden einzelnen Beinknochen unter Schmerzen in die richtige Lage bringen.

»Was will die Polizei hier?«, fragte ein Kollege. »Ist etwas vorgefallen?«

»Ich habe keine Ahnung, und außerdem geht euch das nichts an. Macht weiter!«, antwortete Paul Schuster.

Die Hüttenglocke hatte schon vor einer Weile acht Mal geschlagen, und Karl sah noch kein Ende. Nach wie vor schallten durcheinander gebrüllte Anweisungen quer durch die Hütte und Arbeiter liefen eilig mit Werkzeugen, Brettern und Kisten umher. Die Männer, die das Gebläse bedienten, waren wie alle Beteiligten ebenfalls am Ende ihrer Kräfte angelangt. Niemand redete. Karl reagierte nur noch mechanisch auf das Kommando: *Wechsel!*

»Ich kann nicht mehr«, stöhnte ein Kollege, ließ das Seil los und brach unter dem Balancier zusammen. Otto sprang sofort auf und übernahm seine Aufgabe, während Paul Schuster und zwei Helfer den Mann nach draußen trugen.

»Wenn wir nicht demnächst abgelöst werden, machen wir alle bald schlapp«, beschwerte sich Karl, als Schuster zurückkam.

»Ich werde mit Rathmann sprechen«, sagte er, als der Hüttenmeister unverhofft hereinkam und auf die Gruppe zuhielt.

»Die Räder sind wieder frei«, berichtete er und wischte sich mit dem Handrücken über die Stirn. »Ihr könnt das Gestänge wieder anbauen.« Ein Raunen der Erleichterung wallte unter den Männern auf und mobilisierte die letzten Kraftreserven. Jubelgebrüll schallte durch die Gießhalle, als sich das Gestänge langsam in Bewegung setzte und das Balancier auf und nieder wippte. Der Ofen erwachte gestärkt zum Leben und fauchte im Takt der Kolben.

Hermann Apel hielt Wort und forderte alle Helfer auf, sich in der Hüttenschenke zu versammeln. Er bat den Kohlenvoigt, dessen Frau die Schenke betrieb, ein Fass Bier auszuschenken, aber die Männer setzten ihre Becher nur zögerlich zum Trinken an. Sie sahen müde, abgekämpft und verschwitzt aus. Karl suchte seinen Vater und fand ihn weiter hinten an die Wand gelehnt. Seine Haare klebten in Strähnen an der Stirn und sein Gesicht war von der Anstrengung gerötet. Er warf ihm ein angedeutetes Lächeln zu. Niemand redete laut. Nur ein undeutliches Murmeln erfüllte den Raum, das urplötzlich versiegte, als Karl Friedrich Beermann und zwei Polizeibeamte die Schenke betraten.

»Ich habe eine gute und leider zwei schlechte Nachrichten für Sie«, sagte er, aber sein Gesichtsausdruck deutete eher auf zwei besonders schlechte Nachrichten hin. »Zuerst die gute«, begann er, »dank Ihrer Hilfe konnten wir größeren Schaden abwenden. Dafür danke ich Ihnen im Namen der Hüttenleitung und des Bergamtes.« Er blickte kurz auf die Beamten der Gendarmerie und wand sich dann mit versteinerter Miene erneut an die Mannschaft. »Und nun eine schlechte.« Die Blicke der Männer hefteten sich an ihn. Er hielt kurz inne und schluckte. »Wir haben unter dem Wasserrad die Leiche von

Hans Röger gefunden, der seit Donnerstagnacht vermisst wird.« Ein verhaltenes Raunen kam auf. Beermann schaute wieder zu den beiden Beamten, die ihre Helme abgenommen hatten und unter ihre Arme geklemmt hielten. Einer von Ihnen ergriff das Wort.

»Ich bin Hauptwachtmeister Schneider«, stellte er sich vor und ließ seinen aufmerksamen Blick über die Versammlung schweifen, bevor er weiter sprach. »Leider muss ich Ihnen die andere schlechte Nachricht überbringen.« Es wurde augenblicklich still wie in einer Friedhofskapelle. »Bisher deutet vieles darauf hin, dass Hans Röger ermordet wurde.« Das Raunen schwoll erneut an, diesmal lauter als vorher, und es kam Bewegung in die Runde. Einige steckten die Köpfe zusammen und tuschelten, andere starrten sprachlos auf die beiden Polizisten. *Ermordet?* Karl schickte seinem Vater einen fragenden Blick zu, den dieser mit Achselzucken beantwortete. »Deshalb bitte ich Sie um kurze Aufmerksamkeit«, rief der Polizist in den Raum und wartete, bis sich die Männer beruhigt hatten. »Wir werden die Kameraden, die in der Nacht von Donnerstag auf Freitag mit ihm zusammengearbeitet haben, nacheinander befragen. Wenn jemand anderer von Ihnen etwas Ungewöhnliches beobachtet oder gehört hat, was mit dem Verschwinden von Hans Röger zu tun haben könnte, dann melden Sie sich bitte.« Er schaute abwartend auf die Männer, die ihn sprachlos anstarrten. »Auch Kleinigkeiten könnten von Bedeutung sein«, fügte er hinzu. Die Männer guckten umher, ob sich jemand meldete. Nach einer Weile streckte Paul Schuster seinen Arm nach oben.

»Ja, bitte?« Hauptwachtmeister Schneider nickte dem Mann zu.

»Ich habe eine Frage«, sagte Schuster. Alle wirbelten herum und guckten ihn erwartungsvoll an.

»Fragen Sie!«, forderte der Beamte ihn auf.

»Warum glauben Sie an Mord? Er könnte doch in den Graben gefallen und ertrunken sein. Ein tragischer Unfall.«

Alle Blicke schwenkten zurück auf den Polizeibeamten.

»Eine abgebrochene Schürlanze steckt in seinem Bauch und ...«, er schluckte, bevor er weitersprechen konnte, »... und seine Kehle war durchgeschnitten.« Ein Schreckraunen erfüllte den Raum.

Nachdem Beermann und die Polizisten die Schenke verlassen hatten, drängte sich Karl durch die Herumstehenden hindurch zu seinem Vater, der neben Otto stand. Sie tranken ihr Bier, das etwas süßlich, aber nach den Strapazen der letzten Stunden trotzdem erfrischend schmeckte. Die Versammlung löste sich allmählich auf. Einige standen noch in Grüppchen zusammen und schürten höchstwahrscheinlich mit Mutmaßungen die ersten Gerüchte, die sich in Lauterberg bald wie ein Lauffeuer verbreiten würden. Karl, sein Vater und Otto gingen nach draußen in die ersehnte Oktobersonne, die wärmend über den Hüttenplatz schien. Das gleichmäßige Plätschern des Springbrunnens wurde von der Hüttenglocke unterbrochen, die gerade halb zehn anschlug, als eine weitere Kutsche auf den Platz gefahren kam und vor dem Faktoreigebäude hielt. Zwei Männer und eine Frau saßen in dem offenen Wagen, ähnlich wie ihn Bauern als Gefährt verwendeten. Die Männer halfen der Frau beim Aussteigen und begleiteten sie in das Gebäude. Sie hinkte etwas. Karl blieb verwundert stehen, als er die Frau, der er auf dem Markt begegnet war, wiedererkannte. *Was wollte sie hier?*

»Entschuldigung«, sprach er einen Kameraden an, der eben die Steintreppe der Hüttenschenke herunterkam. »Wer ist die Frau dort? Kennst du sie?«, fragte er und wies mit der Hand auf sie.

»Das ist Johanna Röger, die Tochter des Ermordeten. Armes Ding, nun ist sie auf sich allein gestellt«, antwortete er und ging weiter.

»Was hast du mit der Frau zu schaffen?«, fragte Karls Vater.

»Ich habe mich mit ihr gestern auf dem Markt gestritten. Sie behauptete, ich sei schuld, dass ihr zwei Eier heruntergefallen sind.«

»Und, hattest du schuld?«

»Vielleicht eine Mitschuld«, gab Karl zu. »Wir hätten beide in dem Gedränge besser aufpassen müssen.«

»Dann solltest du ihr zumindest ein Ei ersetzen«, schlug sein Vater vor.

»Ja, du hast recht, Vater. Ich werde zu ihr gehen, wenn sie die Todesnachricht etwas verkraftet hat.«

Ein lautes Grunzen begleitete Ottos ausgiebiges Gähnen und erinnerte Karl an seine eigenen müden und schmerzenden Knochen. »Lasst uns gehen, wir sollten uns noch ein wenig aufs Ohr hauen«, meinte er. Daraus wurde jedoch nichts.

Als sie zu Hause eintrafen, schauten sie als erstes zur Mutter. Sie saß im Bett und schlürfte eine dünne Suppe. »Es geht ihr schon viel besser«, freute sich Clara, als die drei Männer vor der Schlafkammertür erschienen. Der Vater setzte sich auf die Bettkante und legte seine Hand auf die Stirn seiner Frau. »Du hast sie gut gepflegt, Clara«, sagte er. Und an Frieda gerichtet: »Aber bis Morgen bleibst du im Bett.«

Die Männer gingen in die Stube und zogen ihre Jacken und Stiefel aus, als es an der Haustür klopfte.

»Wer mag das sein?«, fragte Wilhelm.

Karl ging zur Tür und öffnete. Draußen standen Bertold, der Junge, der mit Clara Streit gehabt hatte, und ein grimmig dreinschauender Mann, der Karl bekannt vorkam. Seine Ähnlichkeit mit dem Jungen ließ darauf schließen, dass es sich um seinen Vater handelte.

»Wohnt hier ein Otto Wiegand?«, fragte der Mann in barschem Ton, der bei Karl inneren Widerstand auslöste.

»Wer will das wissen?«, entgegnete Karl gewollt unfreundlich.

»Mein Name ist Ernst August Brothuhn«, sagte er mit

kehliger Stimme und es klang wie eine schlechte Nachricht. Jetzt fiel es Karl wieder ein, woher er den Mann kannte. Die Brothuhns waren eine berüchtigte Lauterberger Familie. Sie bestritten ihr Leben mit allerlei undurchsichtigen Geschäften. Mal als fliegende Händler, ein andermal als Hausierer, Schnapsbrenner oder Lumpensammler, und sie machten mit allem und jedem Geschäfte. Allerdings musste man auf der Hut sein, um nicht übers Ohr gehauen zu werden. Alles, was Geld brachte, war ihnen gerade recht. Es hieß, dass Mutter und Tochter sich selbst als Prostituierte verdingten. Der älteste Sohn betrieb die *Kupferkate*, ein verruchtes Wirtshaus in Lauterberg, in der sich allerhand Gesindel rumtrieb. Und Bertold, der jüngste Sohn, war auf dem besten Weg, ein echter Brothuhn zu werden. Niemand mochte diese Familie, dennoch konnten ihre zweifelhaften Geschäftskontakte manchem von Nutzen sein. Egal, was man brauchte, sie konnten es besorgen.

Karls Vater kam jetzt ebenfalls an die Tür.

»Otto wohnt hier«, sagte Karl, »was wollen Sie von ihm?«

»Er hat meinen Jungen geschlagen, dass er blaue Flecken bekommen hat«, beschwerte er sich. »Ich verlange eine Entschuldigung und Schmerzensgeld.«

»Otto hat Ihren Sohn festgehalten, um seine Schwester vor ihm zu beschützen, weil er ihr wehgetan hat«, verteidigte Karl seinen Bruder. »Er wollte Bertold nur Angst einjagen.«

»Zeigen Sie uns die Flecken«, forderte Wilhelm den Mann auf.

Bertold streifte daraufhin seine Hosenbeine und Jackenärmel hoch. An den Fußgelenken und Oberarmen des Jungen waren blaue Flecken zu erkennen. Karl tat der Junge leid. Er kannte Ottos festen Griff, der mit einem Schraubstock vergleichbar war. Wo Otto hinlangte, da wuchs kein Gras mehr.

»Otto«, rief Wilhelm ins Haus, »komm mal eben! Sieh, was du angerichtet hast«, schimpfte er, als Otto herauskam. »Entschuldige dich!«

Otto blickte beschämt zu Boden. »Entschuldigung«, sagte er kleinlaut und reichte Bertold die Hand.

»Und was ist mit Schmerzensgeld?«, wiederholte Brothuhn seine Forderung.

»Sehen wir aus, als hätten wir Geld?«, erwiderte Wilhelm Wiegand scharf, »wir sind Bergleute und haben soeben unser Auskommen.«

»Ich kann auch zur Gendarmerie gehen und Anzeige erstatten«, drohte er.

Karl war unsicher, ob der Mann sie nur einschüchtern wollte oder es ernst meinte. Eine Anzeige würde Otto auf jeden Fall schaden. *Nein, bloß keine Polizei,* dachte Karl und der Gesichtsausdruck seines Vaters verriet, dass er derselben Meinung war.

»Wir können Ihnen höchstens Essen anbieten«, versuchte Wilhelm zu verhandeln.

Brothuhn überlegte kurz. »Was haben Sie anzubieten?«, lenkte er ein.

Karls Anspannung löste sich.

»Eine Speckseite«, bot Wilhelm an.

»Und einen Himten[29] Kartoffeln«, forderte Brothuhn zusätzlich.

Karl sah, wie sein Vater sich zügelte, um nicht wegen dieser unverschämten Forderung grob zu werden. »Einen viertel kann ich entbehren, ohne dass meine Familie die nächsten Tage hungern muss«, erwiderte Wilhelm sichtlich erzürnt.

Der Mann sah ihn skeptisch an und schien nachzudenken. »Einverstanden«, sagte er nach einer Weile.

Karl ging ins Haus und brachte die vereinbarten Lebensmittel. Ernst August Brothuhn riss sie ihm förmlich aus der Hand.

---

29 Himten war ein Gewichtsmaß. Ein Himten entsprach ungefähr 22 Kilogramm.

»Sie sollten Ihren Sohn besser im Auge behalten, bevor noch ein Unglück passiert«, sagte er, wandte sich ab und eilte davon.

*

»Otto? Baust du mir eine Wippe im Hof?«, bettelte Clara, als die drei Männer in die Stube zurückkehrten.

»Ja, mach ich«, sagte Otto, lächelte breit und nahm sie mit nach draußen. Die Mutter schlief wieder. Wilhelm ließ sich erschöpft auf den Stuhl fallen und stopfte sich eine Pfeife.

Karl sah unterdessen in der Speisekammer nach, was im Regal noch an Lebensmitteln vorrätig lag. Nur wenige Kartoffeln waren übrig geblieben, dazu etwas Gemüse, einige Stümpel und das, was Karl vom Markt geholt hatte. Alles in allem nicht viel, um über die nächste Woche zu kommen. Hoffentlich hatten die Hühner inzwischen ein paar Eier gelegt. Karl setzte sich zu seinem Vater an den Tisch und goss sich den Rest Kamillentee ein, der in der Blechkanne vor ihm stand. Er war kalt.

»Ich mach mir Sorgen um Clara«, begann Karl.

Wilhelm zog an der Pfeife und blies eine Rauchwolke aus. »Warum?«

»Sie friert im Bett und kommt fast jede Nacht zu mir gekrochen. Ihr fehlt das wärmende Polster auf den Rippen«, unterrichtete Karl seinen Vater.

»Das ist nichts Ungewöhnliches bei Kindern in ihrem Alter. Sie laufen und springen unentwegt, da kann kein Speck wachsen«, entgegnete sein Vater.

»Ich mach mir trotzdem Sorgen. Sie ist nur noch Haut und Knochen. Es wird bald Winter und wenn sie krank wird, hat sie kaum etwas zuzusetzen. Sie muss mehr essen«, sagte Karl nachdrücklich.

Sein Vater stieß erneut den Rauch aus, der Karl um die Nase wehte. »Wir sind einfache Leute. Keiner von uns zeigt Spuren von Wohlstand am Körper«, widersprach er und knabberte aufgeregt an dem Mundstück der Tabakpfeife herum.

»Deshalb muss sie aber nicht hungern«, entgegnete Karl.

Wilhelm schlug augenblicklich mit der Hand auf den Tisch, dass die Teekanne schepperte. »Niemand muss in diesem Hause hungern, solange diese Hände zupacken können, und noch können sie das«, brüllte er mit hochrotem Kopf und hielt Karl seine Hände demonstrativ vor Augen.

»Clara hungert!«, erwiderte Karl mit gedämpfter Stimme, um seine Mutter nicht zu wecken, die nebenan schlief.

»Dann musst du ihr von deinem Teller abgeben«, hielt sein Vater dagegen.

»Das werde ich«, gab er zurück und sprang im selben Augenblick auf. Karl setzte sich auf die Bank unter dem Fenster und schaute hinaus in den Hof. Dort hüpfte Clara lachend auf einer Bohle herum, die Otto auf zwei Holzstücke gelegt hatte, und die wie ein Sprungbrett federte. *Wie fröhlich dies zarte Menschenkind doch sein kann,* dachte er. Otto stand neben der Wippe und spielte mit dem abgebrochenen Stiel, den er vorgestern mitgebracht hatte.

Karl beobachtete die beiden eine Weile, wie sie ausgelassen spielten, und dachte nach. *Hatte er seine Überzeugung wieder einmal zu vorlaut vertreten?* Sein Vater sorgte sich aufopfernd um die Familie, und Karl wollte das nicht infrage stellen, aber in diesem Fall verhielt er sich zu sturköpfig. Es brauchte nicht viel, um das Mädchen sattzukriegen. Wenn jeder ihr nur einen Löffel Suppe abgab oder eine zusätzliche Scheibe Brot zugestand, dann würden das alle anderen unbeschadet verkraften.

Clara kreischte im Hof vor Vergnügen. Die Bohle bog sich fast bis zum Boden unter ihren Sprüngen. *Hoffentlich bricht sie nicht durch, dachte Karl.* Er öffnete das Fenster und rief ihr zu: »Nicht so hoch springen, Häkchen!«

»Ja, ja«, rief sie zurück und unterbrach das Spiel.

Karl schloss den Fensterflügel und beobachtete sie weiterhin. Otto musste nun die Bohle hochkant stellen und Clara versuchte darüber zu balancieren. *Hochkant,* das erinnerte ihn an die Aussage vom Maschinenmeister Hermann Apel: *Hochkant ist stabiler.* Clara tänzelte mit wackligen Beinen und rudernden Armen bis zur Mitte der Bohle. Da fiel ihm auf, dass sich das Brett unter ihrem Gewicht kein Stück durchbog. Plötzlich schoss es ihm wie Geistesblitz durch den Kopf. Er sprang auf und rannte nach draußen in den Hof.

»Sieh mal Karl, ich bin eine Zirkusartistin«, empfing sie ihren Bruder und balancierte weiter.

»Du bist ein Engel, Häkchen«, sagte Karl, »kann die Artistin mal eine kurze Pause machen? Ich möchte etwas ausprobieren? Du darfst gleich weiterspielen.«

Clara sprang von dem Holz herunter. Karl legte die Bohle wieder flach auf die beiden Holzscheite und bat Otto, sich mittig darauf zu stellen. Sie bog sich unter seinem Gewicht bis zum Boden durch. Clara kicherte und Otto lachte mit.

»Passt gut auf, jetzt wird es spannend«, sagte Karl und stellte das Brett auf die schmale Kante. Dann klemmte er eine Seite zwischen das Spaltholz, das aufgestapelt am Schuppen lag, und forderte Otto erneut auf, sich darauf zu stellen. Karl hatte Mühe, die Bohle am anderen Ende zu halten, aber nach einigen Versuchen gelang es. Das Brett trug Ottos Gewicht mühelos. Karl schnappte Clara an der Hüfte, hob sie an und drehte sich mit ihr wie ein Karussell. »Heute habe ich etwas von dir gelernt«, sagte er, setzte sie ab und strich ihr übers Haar. »Dafür darfst du heute Nacht bei mir im Bett schlafen!«

»Ich ... ich auch«, rief Otto.

Alle drei schauten sich an und lachten lauthals los.

Sonntag, 20. Oktober 1833
Lauterberg, Ellernstraße

Hochkant? War das die Lösung der Aufgabe, die Steiger Apel ihm aufgegeben hatte? Karl saß auf der Bank unter dem Fenster und träumte davon, als Kunsthelfer in der Grube oder besser noch in der Königshütte zu arbeiten. *Hochkant, aber warum?*, diese Frage ließ ihn nicht los. *Klar, je größer der Querschnitt eines Balkens ist, umso mehr kann er tragen – das weiß doch jedes Kind. Aber warum konnte ein hochkant gestelltes Brett genauso viel tragen wie ein dicker Balken?* Karl hatte keine Ahnung, aber die Antwort darauf würde sicher darüber entscheiden, ob er seinen Traum verwirklichen könnte oder weiter als Hauer in der kalten Dunkelheit des Berges schuften und zusätzlich ein Strafgeld zahlen musste.

Es war inzwischen Mittagszeit geworden. Der Mutter schien es besser zu gehen. Sie sah nach wie vor blass aus, aber das Fieber hatte sich gelegt und sie fühlte sich imstande, aufzustehen. Sie saß am Tisch und schnitt ein paar Scheiben von dem Brotlaib ab. Clara hatte im Hühnerstall fünf Eier in den Nestern gefunden, aus denen Wilhelm Spiegeleier briet. Die Haushaltskasse war wieder einmal knapp. Fleischgerichte mit verschiedenen Gemüsen und Früchten zum Nachtisch konnten sich nur Adelige und hohe Beamte leisten. Die Abtragung und die Zinsen für die Hypothek ihres Hauses forderten einen beträchtlichen Teil des Einkommens, und die Preise stiegen schneller als die Löhne. Zum Glück hatten sie die Hühner und die Kaninchen, die ab und zu Fleisch lieferten.

Clara schlang ihre Portion runter und gierte danach auf die anderen Teller, ob vielleicht noch etwas für sie übrig blieb. Karl mochte es nicht mehr mit ansehen, er teilte seine Scheibe und legte eine Hälfte auf ihren Teller. Clara traute sich nicht, davon zu essen, und schaute fragend ihren Vater an, der Karl strenge Blicke zuwarf und mit dem Kopf schüttelte. Es wurde augenblicklich still am Tisch, niemand wagte, auch nur zu kauen. Dann nahm Frieda das Messer, schnitt ein Teil von ihrem Brot ab und legte es ebenfalls auf Claras Teller. Wilhelm richtete sich auf und schlug mit der Hand auf den Tisch, dass alle zusammenzuckten. »Du nicht, Frieda!«, wies er sie zurecht. »Du brauchst das Essen, um wieder zu Kräften zu kommen.« Er nahm es Clara mit einer entschlossenen Bewegung wieder weg und legte es auf Friedas Teller zurück, die sich nicht getraute, sich zu widersetzen. Dann schnitt er von seiner Scheibe etwas ab und gab es dem Mädchen. Otto blickte verschämt in die Runde und gab Clara den kleinen Rest von seinem Brot. Sie saß still da und blickte verlegen zu ihrem Vater auf. »Iss nur«, sagte er ruhig, »damit du bald so groß und stark wirst wie deine Mutter.« Clara lächelte und aß das Brot.

»Was wird nur aus Johanna Röger?«, fragte Karl, um das betretene Schweigen am Tisch zu beenden.

»Wer ist das?«, wollte die Mutter wissen.

»Sie ist die Tochter des Mannes, der seit Freitag vermisst und jetzt tot unter einem Wasserrad gefunden wurde«, erklärte Karl und fügte hinzu: »Ich schulde ihr zwei Eier, weil ich sie auf dem Markt angerempelt hatte.«

Frieda legte den Kopf etwas schief. »Armes Ding«, sagte sie, »sie wird jetzt an andere Sachen denken als an Eier.«

»Ja, aber ihre Trauer wird gewiss von der Sorge um ihre Zukunft überschattet. Sie hat jetzt niemanden mehr und droht in Armut zu fallen«, antwortete Karl.

»Wir haben selbst nicht genug«, mischte sich Wilhelm ein, »wir können uns nicht auch noch um das Elend anderer Leute kümmern.«

»Wilhelm«, entrüstete sie sich, »zwei Eier mehr oder weniger werden wir kaum bemerken.«

Wilhelm winkte geschlagen ab. »Ach, macht was ihr wollt«, brummelte er.

»Clara«, sagte Frieda schmunzelnd, »geh bitte in den Stall und sieh nach, ob uns die Hühner erhört haben.« Das Mädchen rannte sofort los und kam nach einer Weile mit drei Eiern zurück. »Bring ihr zwei davon«, sagte die Mutter zu Karl, »und das dritte teilst du dir mit Otto.«

Am frühen Nachmittag machte sich Karl auf den Weg zu Johanna Röger. Er wusste, dass sie im oberen Ortsbereich in der Ellernstraße wohnte. Auf der Schanzenbrücke blieb Karl kurz stehen und schaute hinunter. Die Oder floss längst nicht mehr so reißend wie gestern, aber wild genug, um das Wasser schlammbraun zu färben. Zwischen den Sträuchern und Uferweiden hatte die Flut herausgespülte Wurzeln, Äste und Bretter zurückgelassen. Dazwischen lagen verstreut Meterstücke Kohlholz, die offensichtlich vom Flößwehr im Odertal weggespült worden waren. *Hölzer und Gestrüpp gelangten durch das Hochwasser auch in den Hüttengraben und hatten das Wasserrad zum Stillstand gebracht,* überlegte Karl. *Mit dem freundlichen Wetter wird sich auch der Fluss rasch beruhigen und bald wieder wie gewohnt dahinplätschern,* dachte er und ging erleichtert weiter. Die Blätter der Buchen und Ahornbäume am Scholben und Burgberg[30] leuchteten in der Sonne rotbraun bis gelb und erhellten gleichwohl sein Gemüt. Ein Farbrausch sterbender Blätter, die hier und da wie bunte Federn zu Boden schwebten. Karl fühlte sich gut in diesem Moment und er freute sich auf Johanna, obwohl es kein Freundschaftsbesuch werden sollte. In der auslaufenden Talebene zwischen Kummel und Scholben lagen nur wenige Gebäude inmitten von Feldern und Wiesen verstreut. Karl wusste nicht, in welchem Haus Johanna Röger wohnte, und fragte spielende Kinder, die er auf der Straße antraf.

»Die wohnt dort hinten in dem Hexenhaus bei den Webers«, erfuhr er von einem schlaksigen Mädchen mit Fistelstimme.

30 Heute: Hausberg

»So, so, in dem Hexenhaus. Danke«, sagte Karl und ging weiter.

»Sie ist ein Hinkefuß«, rief das Mädchen ihm nach. Ihre Spielkameraden lachten.

Karl blieb stehen und drehte sich um. »Kommst du mal bitte zu mir?«, forderte er sie auf. Sie schaute Karl unschlüssig an und kam schließlich gemächlich auf ihn zu. Die anderen folgten ihr in gewissem Abstand. »Wie heißt du?«, fragte Karl freundlich.

»Minne«, sagte sie.

»Weißt du, Minne«, begann Karl, »du bist groß für dein Alter.« Minne lächelte und machte sich noch ein Stück größer. »Du hast einen hübschen, schlanken Hals, so wie ihn Gänse auch haben«, fuhr Karl fort, »darf ich dich Gänseminne nennen?«

Minnes Gesichtszüge erschlafften augenblicklich, und sie sah Karl mit aufgerissenen Augen an. Die Kinder kicherten hinter vorgehaltener Hand. »Nein!«, sagte sie entschlossen.

»Warum nicht?«, forderte Karl sie heraus.

»Das finde ich doof.«

»Johanna Röger, die du Hinkefuß nennst, findet das sicherlich auch doof, meinst du nicht?«

»Weiß nicht«, antwortete sie verlegen.

Karl lächelte sie an. »Ich werde dich nicht Gänseminne nennen, wenn du und deine Freunde Johanna nicht mehr Hinkefuß ruft. Seid ihr einverstanden?« Sie nickten Karl eifrig zu und rannten davon.

Hexenhaus war eine treffende Bezeichnung des Domizils, in dem Johanna Röger wohnte. Der heruntergekommene Zustand hob sich von den umliegenden Häusern deutlich ab. An der verwitterten Holzverkleidung hingen einige Bretter schief, und auf dem Schindeldach gedieh das Moos. Den Vorgarten hatten Brennnessel und Hagebuttensträucher für sich erobert. Karl stieg die drei Trittstufen hinauf und klopfte an die Haustür.

Nach einer Weile erschien eine füllige Frau in der Türöffnung. »Zu wem wollen Sie?«, fragte sie barsch und musterte Karl mit rollenden Augen.

»Ich möchte Johanna Röger sprechen, die wohnt doch hier, oder?«, sagte Karl.

»Nicht mehr lange«, erwiderte die Frau und schob ihr rundes Gesicht dichter an Karl heran. Er wich vor ihr ein Stück zurück. »Ihr Vater ist tot. Ermordet. Sowas wollen wir nicht in unserem Haus haben«, sagte sie leise.

»Sowas? Was meinen Sie damit?«, fragte Karl nach.

»Gesindel. Weiß der Kuckuck, was dahintersteckt, man wird doch nicht grundlos ermordet«, antwortete sie.

»Es gibt überhaupt keinen Grund für Mord und auch keinen Grund, Menschen zu beschuldigen, bevor Recht gesprochen wurde«, entgegnete Karl.

»Was wissen Sie denn?«, gab sie schnippisch zurück.

»Lassen Sie mich jetzt bitte zu Fräulein Röger«, forderte Karl mit fester Stimme.

Sie trat zur Seite. »Treppe hoch«, sagte sie hörbar unwillig. Karl ging die knarrenden Treppenstufen nach oben und klopfte an. Sein Herz schlug spürbar, als die Tür geöffnet wurde und sie vor ihm stand. *Warum nur machte ihn die Nähe dieser Frau so unsicher und nervös?* Karl schluckte und fühlte sich in diesem Augenblick nicht mehr wie er selbst. Er versuchte, diese Empfindung zu unterdrücken, und schaute ihr fest in die Augen, in denen sich der Schmerz um ihren Vater widerspiegelte. Sie glänzten wässrig, waren rot unterlaufen und hatten ihre fesselnde Ausstrahlung verloren. Überhaupt wirkte sie abgespannt. Ihre kastanienbraunen Haare lagen durcheinander und die Lippen sahen blass und kalt aus.

»Ach Sie«, sagte sie, so, als wäre sie enttäuscht, ihn zu sehen. »Bitte gehen Sie, bevor wieder etwas zu Bruch geht.«

»Ich wollte Ihnen etwas bringen«, sagte er kleinlaut.

»Was können Sie mir schon bringen? Außer Pech?«, erwiderte sie.

»Schauen Sie«, sagte er und hielt ihr die Tüte entgegen.

Sie wischte sich mit dem Hemdsärmel über die Augen und zog etwas die Nase hoch.»Was ist das?«

»Die beiden Eier, die ich Ihnen schulde«, erklärte Karl. »Und das mit ihrem Vater tut mir sehr leid«, fügte er hinzu, »wenn Sie Hilfe brauchen ...«

»Ich brauche Ihre Hilfe nicht. Behalten Sie das und verschwinden Sie«, ging sie ihn an. Karl zögerte einen Moment. Es bedrückte ihn, so kalt abgewiesen zu werden. Wortlos reichte er ihr nochmals die Tüte. Sie weigerte sich, sie anzunehmen. Karl legte die Tüte vorsichtig auf den Boden und ging. Auf halber Treppe hörte er die Tür zuschlagen und kurz darauf Johannas aufheulendes Schluchzen. *Sie ist vollkommen verzweifelt,* dachte er und hielt einen Augenblick inne, bevor er weiterging. *Was würde jetzt aus ihr werden?* Im Flur blickte er noch einmal nach oben, die Eiertüte hatte sie mit reingenommen.

Montagmorgen, 21. Oktober 1833
Luttertal, Knollengrube

⚒

Der Untersteiger forderte Karl auf, vor der Tür zu warten, bis man ihn reinrufen würde. Wie ein Kind kurz vor der weihnachtlichen Bescherung lief er aufgeregt den Flur auf und ab. *Kunsthelfer,* ging ihm immer wieder durch den Kopf, das war für ihn wie der Griff nach den Sternen. In Gedanken malte er sich aus, wie das sein würde. Er bräuchte dann nur bei Ausbau- und Reparaturarbeiten in die feuchte und kalte Dunkelheit des Berges einfahren. Die Maschinenwerkstatt und die

Schlosserei würden seine neuen Arbeitsstätten sein, und ein paar Groschen zusätzlich in der Lohntüte klimpern. Er konnte es noch nicht glauben, dass er so nah vor seinem Ziel stand, doch vorher musste er die Prüfung vor dem Steiger bestehen. Mit jeder Minute, die er wartete, schlug sein Herz heftiger. Dann schallte das metallische Klacken einer Türklinke über den Korridor. Er blieb abrupt stehen und drehte sich um. Hinter dem Türblatt lugte das spitze Gesicht von Gustav Bruns hervor. Er winkte Karl heran.

Karl rieb seine feuchten Hände an der Hosennaht, räusperte sich und betrat das Kontor von Walter Franke. Der Untersteiger drückte die Tür zu und es hörte sich in dem Moment an, als würde eine Gefängnistür geschlossen. Karl blieb kurz hinter der Schwelle stehen und stellte erstaunt fest, dass noch jemand vor dem Reißbrett stand, und ihn erwartungsvoll ansah. Karl lief augenblicklich ein kalter Schauer über den Rücken und ein flaues Gefühl regte sich in seinem Bauch. Außer dem Steiger war auch der Maschinenmeister der Königshütte, Hermann Apel, anwesend, dem er Sonnabendnacht während des Notfalleinsatzes unangenehm aufgefallen war. Mit ihm hatte Karl keineswegs gerechnet und er fragte sich, ob das ein gutes oder schlechtes Zeichen wäre.

»Glückauf«, grüßte Apel und Karl erwiderte den Gruß. Jedenfalls schien Hermann Apel nicht nachtragend zu sein, denn er lächelte freundlich.

»Kommen Sie, Wiegand«, forderte Franke ihn auf, vor das Reißbrett zu treten. Dort hing noch die Zeichnung der Verladebrücke.

»Haben Sie die Lösung der Aufgabe gefunden?«, fragte er. Karl bekam einen trockenen Mund, als ihn die zwei Augenpaare der Männer erwartungsvoll anstarrten. Ihm wurde plötzlich warm, und das lag nicht allein an dem gusseisernen Ofen, der seine Hitze in den Raum strahlte. Karl wich den Blicken aus, indem er auf die Zeichnung sah. *Ich habe nur diese eine Chance*, wurde ihm bewusst, *und ich habe nur eine Antwort.* Er räusperte sich noch einmal und sagte: »Trägerbalken mit großen Querschnitten können schwere Lasten tragen, sind aber teuer. Nimmt man stattdessen gleichwertige Bohlen, die man mit der schmalen Seite auf die Stützen stellt, können sie die gleiche Last tragen und sind kostengünstiger.«

Apel und Franke sahen sich an. Karl glaubte, ein verstecktes Grinsen in Frankes Gesicht zu bemerken.

»Wie kommen Sie darauf?«, fragte Apel.

»Ich habe es ausprobiert«, antwortete Karl.

»Können Sie uns erklären, warum das so ist?«, hakte Franke nach.

Diese Frage hatte Karl befürchtet. Nun konnte er seine Hoffnungen begraben. Er wusste es nicht.

»Meine Kenntnisse der Naturlehre und der Mathematik reichen dazu leider nicht aus, aber ich würde es gern erfahren«, antwortete er.

»Wie weit gehen Ihre Mathematikkenntnisse?«, wollte Apel wissen.

»Ich kann die Wurzel aus einer beliebigen Zahl ziehen«, antwortete Karl.

»Tatsächlich?«, zeigte sich Apel überrascht. »Das ist mehr, als die meisten können. Woher haben Sie dieses Wissen?«

Karl musste schmunzeln, als er sich daran erinnerte. »Mein Lehrer, der alte Heinrich, hatte mich eines Tages wegen Störung des Unterrichts in sein Schreibzimmer eingeschlossen. Dort fand ich ein Buch über Mathematik.«

»Sie waren also bereits als Kind aufsässig, Wiegand. Leider haben Sie diesbezüglich nichts dazu gelernt«, stellte Franke fest. »Und wie ging es weiter?«

»Ich fand die Bücher interessanter als seinen Unterricht und habe daraufhin öfters gestört«, sagte Karl und konnte sich ein Grinsen nicht verkneifen.

Franke nahm Apel am Arm und entfernte sich mit ihm ein paar Schritte Richtung Fenster. Sie tuschelten. Karl wartete wie ein Schuljunge, den man in die Eselsecke gestellt hatte und lauschte angestrengt, konnte jedoch kein Wort aufschnappen. Die Unterhaltung schien zunehmend kontovers zu verlaufen, denn Apel gestikulierte inzwischen mit den Händen und Franke schüttelte hin und wieder den Kopf. *Das kann nur Ablehnung bedeuten, war Karl sicher.* Nun ja, zumindest hatte er mit seinen Rechenkenntnissen Eindruck hinterlassen, tröstete er sich. Nach einer Weile wandten sich die beiden Männer ihm zu und Franke sagte: »Gehen Sie an Ihre Arbeit, Wiegand.«

Karl fühlte sich in dem Moment wie vor den Kopf gestoßen. War das alles? Warum erklärten sie ihm nicht ihre Ablehnungsgründe? Er fand es unredlich, ihn einfach im Ungewissen zu lassen, und sah Franke mit einem fordernden Blick an. Der hob das Kinn an und fragte: »Ist noch etwas?«

»Nein«, antwortete Karl und verließ enttäuscht das Kontor.

Nebenan empfing er sein Geleucht, prüfte den Ölstand und ging hinaus. Karl wollte gerade einfahren, als er den Untersteiger laut schimpfen hörte. An der Berghalde, aus der die Klauber Resterze aussortierten und verluden, sah er, wie Gustav Bruns einen der Knaben am Ohr gepackt hatte. Es war der schmächtige Michel Holtzappel. »Du fauler Strolch und Nichtsnutz, willst du mich zum Narren halten?«, brüllte er ihn an. »Wenn du vergessen hast, wie Eisenerz aussieht, dann werde ich es dir ins Gedächtnis zurückprügeln.« Er stieß den Jungen zu Boden, zog einen Vogelpolz[31] unter seinem Gürtel hervor und schlug damit auf ihn ein. Der Junge schrie nach jedem Schlag hell auf und rollte sich wie ein Igel zusammen. Die anderen Jungen verzogen sich hinter die Halde und arbeiteten eifrig weiter. Karl zählte die Schläge mit. Fünf mussten genügen, um den Knaben zur Räson zu bringen, aber Bruns steigerte sich in Wut und schien die Kontrolle über sich zu verlieren. Unablässig drosch er mit der Knotenpeitsche auf

---

31 Vogelpolz nannte man einen Stock mit zwölf Lederriemen, der zur Züchtigung der Pochjungen eingesetzt wurde.

den sich windenden Körper am Boden ein. *Der schlägt ihn noch tot,* dachte Karl, lief hinüber und packte Bruns an der Hand, als dieser zum nächsten Schlag ausholte.

»Es genügt«, sagte Karl entschlossen.

Bruns warf Karl einen feurigen Blick entgegen. »Wage es nicht, dich einzumischen«, zischte Gustav Bruns ihn an, »sonst kannst du gerne die Strafe für diesen Taugenichts empfangen.«

Karl ließ seine Hand los. »Wenn du ihn zum Krüppel prügelst, schadest du dir selbst«, hielt er Bruns entgegen. »Dann fehlen dir zwei Arbeitshände, und der Steiger wird dich fragen, warum die Fördermenge nachlässt.«

Bruns holte erneut aus, schlug aber nicht zu. Er zögerte, nahm die Hand herunter und steckte die Lederpeitsche wieder ein. »Das wird ein Nachspiel haben«, fauchte er Karl an. Ohne Bruns weiter zu beachten, ging Karl zum Mundloch des Stollens und fuhr ein. »Wir sprechen uns noch!«, hörte er Bruns noch rufen.

Karl wusste, dass er wieder einmal zu unbeherrscht gewesen war. Nun konnte er seine Hoffnung, jemals Maschinenhelfer zu werden, endgültig begraben.

Dienstagvormittag, 22. Oktober 1833
Auf der Königshütte

⚒

Amtmann Dr. Carl Friedrich Schuster vom Amt Scharzfels persönlich entstieg der Kutsche, die sich, von seinem Körpergewicht entlastet, deutlich aus den Federn hob. Schwerfällig stieg er die vier Trittstufen zum Eingang des Faktoreigebäudes hinauf. Begleitet wurde er von Hauptwachtmeister Schneider, der ein längliches Leinenbündel bei sich trug und seinem Vorgesetzten in untertäniger Eile vorausging, um ihm die Tür aufzuhalten. Doch Schuster blieb auf dem Eingangspodest zunächst stehen und ließ seinen Blick über den Hüttenhof schweifen. Er sah geschäftiges Treiben, in dem er keine Ordnung erkennen konnte. Wie sollte er auch, es war sein erster Besuch der Königshütte. Zwei Fuhrwerke, mit Holzkohle beladen, zockelten gemächlich über den Platz. Vor der Gießhalle mit den gotischen Fenstern, die Schuster eher an einen Kirchenbau erinnerten, lagen scheinbar ungeordnet Kästen und Gussstücke herum. Arbeiter kamen aus einem Gebäude und verschwanden in einem anderen. Aus Tiegeln stieg dünner Qualm, der von der inneren Glut rötlich leuchtete. Es roch nach Rauch und Schwefel. Dumpfes Pochen und metallisches Hämmern drangen aus den umliegenden Werkhallen nach draußen. Und inmitten des Durcheinanders, scheinbar durch nichts zu erschüttern, plätscherte der Springbrunnen vor sich hin, als gehöre er nicht hierher.

Aus welchem Grund sollte hier jemand einen Mord begehen, fragte er sich und wandte sich dem Eingang zu. Hauptwachtmeister Schneider öffnete ihm die Tür. Der Hüttenschreiber kam eilig aus seinem Kontor gelaufen, als er die beiden Beamten sah, grüßte mit einer flüchtigen Verbeugung und führte sie in den Besprechungsraum, der im Obergeschoss lag. Die Treppenstufen knarrten laut unter den Schritten des schwergewichtigen Amtmannes. Kurzatmig blieb er oben einen Moment stehen und wischte sich mit einem Taschentuch den Schweiß aus dem Gesicht. Der Pförtner öffnete die hohe Tür zum Sitzungsraum. »Nehmen Sie bitte Platz. Ich werde Ihre Ankunft sofort vermelden«, sagte er mit einer weiteren Verneigung und ging.

Der Raum wirkte auf Schuster imposant. Die holzvertäfelten Wände, die bunte Kassettendecke und zwei gegossene Büsten auf Sockeln zeugten sowohl vom Wohlstand als auch von der Kunstfertigkeit der Hütte. Ein fast raumhoher, gusseiserner Ofen mit kunstvollen Verzierungen weckte Schusters Interesse. Er wandte sich erst davon ab, als erneut die Tür geöffnet wurde und drei Männer den Raum betraten.

»Darauf sind wir besonders stolz«, sagte ein hochgewachsener Mann unter ihnen, der eine Bergmannsuniform trug. »Glückauf! Ich bin Oberfaktor Karl Friedrich Beermann.« Er reichte Schuster die Hand.

»Guten Tag«, erwiderte Schuster den Gruß. »Ich bin Amtmann Dr. Carl Friedrich Schuster und leite persönlich die Untersuchung des Todesfalles hier in Ihrem Werk. An meiner Seite ist Hauptwachtmeister Schneider, den Sie ja bereits kennengelernt haben.«

»Glückauf«, grüßte Beermann den Polizeibeamten. »Ich möchte Sie beide mit dem Hüttenmeister Ludwig Rathmann und unserem Maschinenmeister Hermann Apel bekannt machen«, schloss Beermann die Vorstellungsrunde. Die Männer reichten einander die Hände und setzten sich anschließend an den langen Tisch in der Mitte des Raumes.

»Dieser Todesfall ist höchst bedauerlich, und ich kann es schwerlich glauben«, sagte Karl Friedrich Beermann und schüttelte verständnislos den Kopf dabei. »Ich frage mich, wer Hans Röger umbringen sollte. Er war ein unbescholtener Mann, der seine Arbeit zuverlässig gemacht hat. Vielleicht war es ein Unfall.«

»Mit durchtrennter Kehle? Ein solcher Unfall ist schwer vorstellbar«, hielt Schuster dagegen. »Herauszufinden, was geschehen ist, wird unsere Aufgabe sein«, fügte er hinzu und nickte Schneider auffordernd zu. Der legte nun das Leinentuchbündel auf den Tisch und wickelte es auf. Die Augen der Hüttenleute sahen gespannt auf das Tuch, das einen Stofffetzen und ein längliches Werkzeug freigab. Schuster zeigte auf das Werkzeug. »Können Sie mir sagen, was das ist und wozu es gebraucht wird?«, fragte er.

»Das ist eine Abstichlanze, die zum Durchstechen der Abflussöffnung des Hochofens dient, die mit Ton verschlossen ist«, wusste Rathmann zu erklären.

»Diese Lanze steckte im Bauch von Hans Röger«, informierte Amtmann Schuster die Runde. »Abgesehen von der durchschnittenen Kehle, könnten Sie sich einen Unfallhergang vorstellen, der so enden würde?«, stellte er in den Raum und beobachtete die Mienen der Männer. Er sah nur ratlose Gesichter und Kopfschütteln. »Also muss wohl jemand nachgeholfen haben«, schloss er daraus. »Führen Ihre Leute Messer bei sich?«, fragte Schuster weiter.

»Sie benutzen alle Tscherpermesser[32] beim Essen, das ist ganz normal«, berichtete Rathmann.

»Wer gebraucht in der Regel eine solche Schürlanze?«, wollte Schuster wissen.

Rathmann machte Anstalten zu antworten. »Das ist unterschiedlich«, erklärte er, »zum einen der Ofenschürer, Gottfried Mehmke, zum anderen auch Helfer wie Otto Wiegand, und manchmal auch der Erste Schmelzer selbst, Hans Röger.«

»Wie Sie sehen, ist der Stiel der Lanze durchgebrochen. Die Suche nach dem anderen Teil sowie dem Messer, die Hauptwachtmeister Schneider am Sonntag angeordnet hatte, blieb erfolglos, oder ist es in der Zwischenzeit aufgetaucht?«, fragte Schuster.

»Nein«, antwortete Apel, »vielleicht ist das Stück beim Sturz in den Graben abgebrochen und fortgespült worden.«

»Das wäre denkbar«, meinte der Amtmann Schuster, »sagen Sie trotzdem ihren Leuten, sie sollen weiterhin die Augen offen halten.« Die drei Männer der Hüttenleitung nickten. Dann nahm Schuster den Stofffetzen zwischen Daumen und Zeigefinger und hielt ihn hoch. »Dieses Stoffstück hatte sich

---

32 Das Tscherpermesser musste von den Harzer Bergleuten als universelles Werkzeug immer in der Seitentasche an der Hose oder neben der Tasche am Gürtel mitgeführt werden.

um die Finger der rechten Hand des Toten gewickelt – zum Glück – so ist es nicht verloren gegangen. Ein wichtiges Indiz, wie ich meine. Vermutlich gab es einen Kampf zwischen Täter und Opfer, bei dem dieser Stoff von einem Kleidungsstück des Täters abgerissen wurde. Wenn wir die passende Jacke dazu finden, haben wir höchstwahrscheinlich den Halunken.«

»Darf ich mal sehen?«, fragte Rathmann. Schuster reichte ihm den Fetzen über den Tisch. Rathmann betrachtete das Stoffteil von beiden Seiten.

»Das stammt von einer Arbeitsjacke, wie sie die meisten Hüttenleute tragen. Sehen Sie hier, es ist noch ein Metallknopf dran, genau wie an meiner Jacke«, sagte er. Schuster weitete mit dem Zeigefinger seinen Hemdkragen, der ihn am Hals einschnitt und sagte: »Können Sie sich von allen Leuten die Arbeitskittel zeigen lassen, ohne dass von dieser Spur etwas bekannt wird und Beweismittel beseitigt werden?«

Rathmann und Apel gaben sich skeptisch. »Wir haben mehr als zweihundert Männer beschäftigt. Unter welchem Vorwand sollten wir das anordnen?«, meinte Rathmann. Die Frage löste sichtlich Nachdenken am Tisch aus.

»Wir könnten sagen, aus Sicherheitsgründen sei es erforderlich, die Arbeitskleidung zu überprüfen, ob sie weiterhin den Vorschriften des Oberbergamtes genügt«, schlug Hermann Apel vor.

»Guter Vorschlag«, fand Schuster. »Was halten Sie davon, Herr Karl Friedrich Beermann?«

»Es wird einige Tage in Anspruch nehmen«, antwortete er, »aber es wäre nicht abwegig und die Mannschaft würde keinen Verdacht schöpfen. Ich bin einverstanden.«

»Ich danke Ihnen für die Kooperation, meine Herren«, sagte Schuster, »und nun möchten wir gerne die Kameraden befragen, die in jener Nacht mit Hans Röger zusammengearbeitet haben, beginnend mit Gottfried Mehmke.«

»Dazu brauchen Sie uns sicherlich nicht mehr«, sagte Karl Friedrich Beermann und erhob sich. Rathmann und Apel standen ebenfalls auf. »Unser Besprechungszimmer steht Ihnen für Ihre Arbeit zur Verfügung«, schickte er noch nach. Sie verließen den Raum.

»Ich lasse Gottfried Mehmke rufen«, sagte Rathmann, bevor er im Flur verschwand.

Nach einiger Zeit klopfte jemand an die Tür. Hauptwachtmeister Schneider öffnete. »Sind Sie Gottfried Mehmke?«, fragte er den untersetzten Mann, der draußen stand.

»Ja«, nickte Mehmke, trat ein und nahm seinen Hut ab. Ein rötlicher Haarkranz kam zum Vorschein.

»Nehmen Sie bitte Platz«, forderte Schneider ihn auf und machte Schuster und sich selbst bekannt.

»Ich kann Ihnen helfen, den Mörder zu finden«, polterte Mehmke sofort los.

»Mal langsam, Herr Mehmke«, zügelte ihn Schneider, »ob es wahrhaftig Mord war, muss sich erst noch herausstellen.«

»Es musste ja so kommen, stellen Sie sich vor ...«

»Herr Mehmke«, fuhr ihn Schuster hart an, »halten Sie sich zurück und beantworten Sie nur unsere Fragen.« Schuster warf ihm einen vorwurfsvollen Blick zu.

Mehmke setzte sich. »Sie können mich alles fragen. Ich kenne mich in der Hütte aus wie kein anderer«, hob er hervor.

»Schön, das kann sicher von Nutzen sein. Seit wann arbeiten Sie hier?«, fragte Schuster.

»Seit ich fünfzehn war, also jetzt fünfunddreißig Jahre, so lange wie kein anderer.«

»Was ist Ihre Aufgabe?«, fragte Schuster weiter.

»Ich bin für die Beschickung des Hochofens zuständig. Dazu gehört viel Wissen und Erfahrung, und ich bin der Einzige, der ...«

»Ja, ist gut«, unterbrach ihn Schuster. »Hans Röger war ihr Vorgesetzter, nicht wahr? Beschreiben Sie ihr Verhältnis zu ihm.«

Mehmke spielte nervös mit seinem Hut, indem er ihn auf der Tischplatte drehte und sagte: »Wenn er mich nicht gehabt hätte, würde der Ofen kein Pfund Eisen ausspucken. Er brauchte mich.« Mehmke hob die Schultern. »Aber die Herrschaften da oben müssen es ja wissen, wen sie zum Ofenmeister machen«, fügte er hinzu.

»Hatten Sie Streit mit ihm deswegen?«

»Nein.«

Schuster stand auf, kreuzte die Hände auf dem Rücken und ging einige Schritte auf und ab. »Schildern Sie bitte aus Ihrer Sicht, was in der Nacht zum Freitag geschah, bis zu dem Zeitpunkt, als Hans Röger vermisst wurde«, forderte er Mehmke auf.

Der ließ von seinem Hut ab und schob ihn ein Stück beiseite. »Ich war zu der Zeit grade draußen, um frische Luft zu schnappen. Wenn man ständig den Ofenqualm in der Nase hat, wird einem manchmal schwindelig, und dann ist es Zeit für eine Frischluftpause.« Er knubbelte abermals an der Hutkrempe herum. »Dann hörte ich laute Stimmen aus dem Kohlenschuppen. Hans schrie: *Du Klotzkopf, du hast nur Stroh im Kopf und bist dämlicher als eine Herde Schafe.* Danach erwiderte Otto Wiegand, unser Kalfaktor, irgendetwas, was ich nicht verstanden habe. Otto ist nicht ganz klar im Kopf, müssen Sie wissen, und gehört normalerweise in die Klapsmühle.«

Schuster blieb stehen und drehte sich zu ihm um. »Und weiter?«

»Dann blieb es eine Weile ruhig«, fuhr Mehmke fort, »bis die Wand der Kohlenhalde scheppernd abrutschte. Ich wollte nachsehen, ob alles in Ordnung sei, als Otto mir entgegenkam, und wunderte mich über den abgebrochenen Stiel, den er in der Hand trug. Ich fragte ihn, ob er wisse, wo Hans sei und er antwortete, der wolle am Graben nach dem Rechten sehen, wohl wegen des Hochwassers.«

»Was ereignete sich mit der Kohlenhalde?«, fragte Schneider nach.

»Durch das Abschaufeln der Kohle kann eine Steilwand entstehen, die rasch in sich zusammenrutschen kann«, erklärte Mehmke.

»Hat man auch darunter nach Röger gesucht?«, wollte Schuster wissen.

»Natürlich«, antwortete Mehmke knapp.

»Gut, und weiter«, drängte Schuster.

»Dann kam Georg Töpfer, einer unserer Gießer, auf die Bühne und suchte Hans, weil irgend etwas mit dem Ofen nicht stimmte, aber Hans blieb verschwunden – bis Sonntag. Und als Sie, Herr Hauptwachtmeister, von der Schürlanze in seinem Bauch berichtet hatten, wusste ich sofort, wo der abgebrochene Stiel hingehörte, den Otto Wiegand Freitagnacht in der Hand gehalten hatte.«

Schuster sah Schneider an, der offensichtlich dasselbe dachte.

»Ich will ja nichts gesagt haben«, warf Mehmke beiläufig in den Raum, »aber wenn Sie mich fragen, ist der Fall klar.«

»Danke Herr Mehmke«, sagte Schuster, »vielleicht fragen wir Sie später.« Gottfried Mehmke warf den beiden Beamten einen beleidigten Blick zu, setzte seinen Hut auf und ging zur Tür. »Schicken Sie uns bitte Otto Wiegand«, sagte Amtmann Schuster.

*

Otto Wiegand blieb in der Tür stehen, streifte seine Schirmmütze vom Kopf und presste sie vor die Brust, als suche er Schutz dahinter. Mit halb offenen Mund stand er auf der Schwelle und ließ staunend seinen Blick durch dem Raum kreisen, den er offensichtlich zum allerersten Mal betrat.

»Schließen Sie bitte die Tür, Herr Wiegand«, sagte Hauptwachtmeister Schneider.

Behutsam, als fürchtete er, er könnte die Tür dabei beschädigen, drückte Otto Wiegand sie ins Schloss und kam zaghaft einige Schritte näher. Schneider gab ihm die Hand, stellte sich vor und machte ihn mit Schuster bekannt. Eine harte, kräftige Arbeiterhand spürte Schuster. Er bat ihn, Platz zu nehmen. Otto Wiegand zögerte und schaute an sich herunter, um auf seine von Kohlenstaub und Sand verschmutzte Arbeitskleidung aufmerksam zu machen.

»Die Ledersitze sind leicht zu reinigen«, meinte Schuster, »zieren Sie sich nicht.« Ängstlich wirkend setzte sich Otto Wiegand auf die vordere Sitzkante und legte die Hände gefaltet auf seine Oberschenkel ab. »Wir haben nur ein paar Fragen an Sie, die Sie wahrheitsgemäß beantworten müssen«, begann Amtmann Schuster. Otto nickte. »In der Nacht, als Hans Röger verschwand, wo haben Sie da gerade gearbeitet?«, fragte Schuster. Otto Wiegand rührte sich nicht und sah den Amtmann stur an. »Herr Wiegand? Haben Sie die Frage verstanden?«, vergewisserte Schuster sich.

»A ... auf der Möllerbühne«, antwortete er unbeholfen, wobei sein schräges Gebiss sichtbar wurde, was Schuster abstoßend fand.

»Das ist dort, wo der Hochofen befüllt wird, nicht wahr?«, fragte Schuster nach. Otto nickte. Amtmann Schuster erinnerte sich daran, was Gottfried Mehmke über Otto Wiegand gesagt hatte, nämlich, dass er nicht ganz klar im Kopf sei. Das war nach diesen wenigen Worten auch sein Eindruck, aber geistig Verwirrte brachte man normalerweise in eine Anstalt. Warum man Otto Wiegand hier beschäftigte, konnte nur bedeuten, dass er nicht komplett schwachsinnig war, vielleicht nur begriffsstutzig und sprachgehemmt. Aber besonders solche Menschen, das wusste Schuster, reagierten rasch aggressiv und unbeherrscht, weil sie sich allein durch Worte kaum behaupten konnten. »Wann und wo haben Sie Hans Röger zuletzt gesehen?«, setzte Schuster nach.

Otto Wiegand brauchte erneut einige Zeit zum Antworten. »Freitag, auf der Bühne«, sagte er dann.

»Was wollte er dort?«, fragte Schuster weiter.

Otto Wiegand schien nachzudenken. »Ha ... hat Gottfried

gesucht«, stotterte er.

»Wo war Gottfried Mehmke zu dem Zeitpunkt?«, wollte Schuster wissen. Wiegand sah den Amtmann groß an, der jetzt ungeduldig wurde. »Herr Wiegand. Ich habe Sie etwas gefragt.«

»Im Schuppen«, sagte er rasch.

»Was geschah dann?« Wieder folgte langes Schweigen. »Mensch Wiegand, lassen Sie sich doch nicht alles aus der Nase ziehen«, fuhr Schuster ihn an.

»Ich musste mal«, antwortete Otto Wiegand kleinlaut.

Schuster sah Schneider an und verdrehte genervt die Augen. »Ja, und dann?«, fragte er ungeduldig weiter.

»Dann habe ich gepinkelt«, antwortete Wiegand spontan.

»Herr Wiegand!«, ging ihn Schuster scharf an, »das wollte ich nicht wissen. Noch einmal: Gottfried Mehmke war im Schuppen. Hans Röger kam auf die Bühne, was geschah dann?«

Otto Wiegand sprang mit einem Satz auf, sein Gesicht glühte wie Eisen, das man gerade aus der Schmiedeesse gezogen hatte. Er atmete hastig, fing an zu zittern und ballte seine Hände zu Fäusten. Schuster zuckte erschrocken zurück und wusste nicht, wie er sich verhalten sollte. Was hatte Otto Wiegand plötzlich so aufgebracht? Hauptwachtmeister Schneider kam hinzu, stellte sich vor den erregten, kräftigen Mann und versuchte, die Lage zu entspannen.

»Herr Wiegand, beruhigen Sie sich«, redete er auf ihn ein und ließ ihm Zeit, sich wieder zu fangen. Nach einer Weile atmete Otto ruhiger und zitterte kaum noch. »Setzten Sie sich, wir brauchen doch nur einige Antworten von Ihnen«, sagte Amtmann Schuster. Otto Wiegand kauerte sich auf den Stuhl und die Röte wich allmählich aus seinem Gesicht. Verunsichert schaute er den Beamten an und vergrub die Finger im Stoff seiner Mütze.

»Sagen Sie mir, wo haben Sie den abgebrochenen Stiel der Schürlanze gelassen?«, fragte Schneider nun in ruhigem Ton und wartete geduldig auf Antwort.

»Zu Hause«, sagte Otto dann.

»Gab es zwischen Ihnen und Hans Röger Streit?«

»Ha ... Hans schimpft manchmal mit mir«, antwortete Wiegand.

Schuster setzte sich ebenfalls wieder und wischte sich erneut den Schweiß von der Stirn. *Dieser Hüne hat das Niveau eines Kindes, aber offensichtlich die Kraft von zwei Männern,* ging ihm durch den Kopf. *Der kann in kindlichem Zorn leicht jemanden töten,* folgerte er, und dieser Gedanke bereitete ihm Unbehagen.

»Herr Wiegand, haben Sie Hans Röger etwas angetan?«, fragte Schuster direkt.

»Nein! Du ..., Du sollst nicht töten«, sagte Otto Wiegand, diesmal, ohne lange überlegen zu müssen. Er blickte die beiden Beamten abwechselnd an. »Hans war gemein zu mir«, fügte er noch hinzu.

»Zeigen Sie mir bitte Ihr Tscherpermesser«, forderte Schuster ihn auf. Otto fingerte an seinem Gürtel herum, zog das Messer aus einer Lederscheide heraus und hielt es dem Kommissar entgegen. Er betrachtete es ausgiebig, konnte jedoch nichts Verdächtiges daran feststellen. »Das Messer muss ich Ihnen vorläufig abnehmen«, sagte Schuster und legte es zu den anderen Beweisstücken.

Schuster sah Schneider an und sagte: »Wir brauchen das Griffstück der Lanze.« Und an Otto Wiegand gerichtet: »Wo wohnen Sie?«

»Hüttenweg«, antwortete Otto.

»Das ist ja gleich um die Ecke«, konstatierte Schuster, »dann gehen Sie mit Hauptwachtmeister Schneider und holen den abgebrochenen Stiel der Schürlanze. Den würde ich mir gern einmal ansehen.«

Otto Wiegand schaute Schuster abermals verdutzt an, als hätte der in einer fremden Sprache gesprochen.

»Kommen Sie«, sagte Schneider. Wiegand streifte seine

Haare nach hinten, setzte die Mütze auf und folgte bereitwillig.

In der Zwischenzeit setzte Schuster das Verhör fort und ließ Georg Töpfer, der in jener Nacht nach Hans Röger suchte, in den Besprechungsraum kommen. Töpfer konnte sich daran erinnern, dass er nur Otto Wiegand und Gottfried Mehmke auf der Möllerbühne antraf. Keiner von beiden konnte ihm jedoch sagen, wo sich Hans Röger aufhielt.

»Ich fand das merkwürdig«, sagte Töpfer, »denn Hans war normalerweise zuverlässig und er wusste, dass der Ofen dringend abgestochen werden musste.«

»Wird das regelmäßig gemacht?«, fragte Schuster.

»Zweimal am Tag, immer mittags und um Mitternacht«, antwortete Töpfer.

»Ist Ihnen sonst noch etwas aufgefallen? Hat sich einer der beiden auffällig benommen?«, fragte Schuster weiter.

»Nicht, dass ich wüsste«, sagte Georg Töpfer nach einigem Zögern. »Oder warten Sie. Otto Wiegand kam mir verwirrt vor, ich meine, mehr als sonst«, fiel ihm noch ein.

»Könnte das mit Hans Röger zu tun gehabt haben?«, wollte Schuster wissen.

Töpfer machte ein nachdenkliches Gesicht. »Röger war erst vor Kurzem zum Ersten Schmelzer befördert worden. Hans verstand seine Arbeit, aber er war auch ein Raubein und manchmal herrisch.«

»Auch zu Otto Wiegand?«, fragte Schuster nach.

»Besonders zu Otto, weil der immer länger braucht, bis er etwas begreift«, antwortete er und griente dabei. »Aber er macht seine Arbeit, ohne zu murren«, ergänzte er.

»Könnte Otto Wiegand Ihrer Meinung nach gewalttätig werden?«

»Nein, nicht mehr wie jeder andere auch, obwohl gerade er hier einiges an Grobheiten einstecken muss. Man darf es nur nicht übertreiben, sonst läuft er weg, wie ein Kind eben, das sich nicht wehren kann. Allerdings ...« Töpfer schien zu überlegen. »Er hat ein feines Gespür für Ungerechtigkeiten. Wenn er davon etwas spitzkriegt, gerät er in eine Art Wutstarre. Man spürt dann förmlich, wie er gegen seine eigene Aggressivität ankämpft. In dem Zustand würde ich ihm nicht zu nahe kommen.« Schuster verstand nun, warum Wiegand vorhin so heftig reagiert hatte.

»Wenn Ihnen nichts weiter einfällt, können Sie gehen«, sagte Schuster.

Töpfer stand auf und ging zur Tür. Auf halbem Wege blieb er stehen, drehte sich um und sagte: »Da war noch etwas.« Er hielt kurz inne.

»Ja, was denn?«, fragte Schuster.

»Später kam August Fricke, unser Kunsthelfer und Grabenwärter, auf die Bühne, um sich aufzuwärmen. Auf meine Frage, ob er Hans gesehen hätte, antwortete er, er hätte eine Gestalt gesehen. Das muss ja nichts heißen, aber ...«

»Aber was?«, setzte Schuster nach.

»August ist verschwiegen und möchte unter keinen Umständen auffallen. Er hat ein persönliches Problem, wissen Sie?«, druckste Töpfer herum.

»Nein, weiß ich nicht!«, fuhr ihn Schuster an. »Welches Problem? Raus mit der Sprache!«

Töpfer spielte mit seinen Fingern, wie ein ertapptes Kind, dem die Antwort unangenehm war. »Ich möchte niemanden anschwärzen«, raunte er, »aber Sie werden es selbst rasch herauskriegen.«

»Schicken Sie ihn zu mir!«, forderte Schuster ihn auf.

Der Amtmann roch gleich den Alkoholdunst, den August Fricke ausatmete. *Das ist sicher das Problem, von dem Töpfer gesprochen hatte,* dachte er. »Sie riechen nach Alkohol. Haben Sie getrunken?«, fragte Schuster ohne Umschweife.

Fricke sah ihn verständnislos an. »Alle Hüttenleute trinken Bier. Die Hitze macht durstig«, antwortete er.

Schuster hielt etwas Abstand zu Fricke, um dem Alkoholschleier auszuweichen, der bei ihm einen Hustenreiz auslöste. Er wusste zwar, dass Dünnbier tagtäglich in den Hütten und Bergwerken getrunken wurde, aber diese Fahne konnte nur von reichlichem Branntweingenuss stammen. Schuster ging nicht weiter darauf ein.

»In der Nacht zum Freitag, als Hans Röger vermisst wurde, wo waren Sie da?«, fragte er.

»Ich habe die Gräben kontrolliert. Mit dem Hochwasser kam jede Menge Treibholz.«

»Ist Ihnen irgendetwas Ungewöhnliches aufgefallen?«, hakte Schuster nach.

»Nee, nur das viele Treibgut.«

»Hans Röger wurde unter einem der Wasserräder gefunden und Sie haben nichts bemerkt?« Schuster sah ihm fest in die Augen.

»Zwischendurch bin ich kurz auf der Bühne gewesen, um mich aufzuwärmen. Könnte doch sein, dass es gerade dann passiert ist.«

»Haben Sie Otto Wiegand draußen oder im Kohlenschuppen gesehen?«, fragte Schuster weiter.

»Erst nach der Suchaktion, als wir nach Hause geschickt wurden, da sah ich ihn an der Schlackengrube. Er stocherte mit einem Stock darin herum«, antwortete August Fricke.

»Konnten Sie erkennen, warum er das tat?«

»Es war an dem Morgen noch dunkel, außerdem hat es mich auch nicht weiter interessiert. Der macht manchmal sonderbare Sachen, die keiner versteht. Ist eben Otto.« Fricke tippte sich dabei mit dem Finger an die Schläfe.

Schuster übersah die Geste geflissentlich, trat ans Fenster und schaute hinunter zum Hüttenhof, wo er das geschäftige Treiben der Arbeiter beobachtete. Ohne sich umzudrehen, fragte er beiläufig: »Eine weitere Person haben Sie nicht gesehen?« Er wandt sich zu Fricke um.

»Na ja, da war eine Gestalt, vielleicht nur ein Schatten am

Kohlenbunker, als ich auf die Bühne ging, aber es war zu dunkel, um etwas zu erkennen«, sagte er.

»Könnte das einer ihrer Kameraden gewesen sein?«, fragte Schuster weiter.

»Nein«, antwortete Fricke.

»Sind Sie sicher?«

»Ja, ganz sicher.«

»Wieso, wenn sie doch nichts Genaues erkennen konnten?«

»Vielleicht war es auch ein Tier. Manchmal kommen Rehe vom Butterberg runter. Es bewegte sich komisch.«

»Wie komisch? Nun reden Sie endlich!« Schuster war Frickes wage Antworten leid.

»Es schien zu humpeln oder so. Ich weiß es nicht«, antwortete Fricke sichtlich genervt.

»Danke! Ich habe im Augenblick keine weiteren Fragen.«

Die Tür fiel kurz danach ins Schloss, und es wurde still. Er wischte sich abermals den Schweiß aus dem Gesicht und wandte sich zurück in den Raum. Der kunstvoll gefertigte Ofen fand erneut sein Interesse und erst jetzt bemerkte er die szenischen Darstellungen auf den einzelnen Gussplatten, die offenbar in Bildern die Verhüttung des Eisens beschrieben. Auf einer der Platten fand er einen hünenhaften Mann mit einer Abstichlanze abgebildet, der damit auf die Ausflussöffnung des Ofens zielte. Davor stand ein weiterer Mann, der von der Spitze durchbohrt zu sein schien. *Sollte das absichtlich so sein oder entstand diese Mordszene als optische Täuschung durch die Perspektive der Abbildung,* überlegte Schuster. Ein seltsames Gefühl überkam ihn beim Betrachten des Bildes, denn für den Mann mit der Lanze hätte Otto das Modell gewesen sein können. *Das kann kein Zufall sein,* dachte er. *Vielleicht ist es ein Zeichen aus dem Jenseits, um ihn in seinem Verdacht zu beschwören.* Schuster kam sich töricht vor bei diesem Gedanken. Er glaubte normalerweise nicht an Spuk-Geschichten, aber man hörte ja immer wieder von Geschehnissen, die mit dem Wissen der Zeit kaum zu erklären waren. Als nüchtern denkender Mensch würde er so etwas als Hokuspokus abtun, wenn er es nicht selbst schon erlebt hätte, damals, als er vom Tod träumte und kurz darauf sein Vater starb. Er drängte diese Gedanken rasch beiseite, bevor er sich in Selbstzweifel verlor. Vieles, was er heute gehört hatte, erhärtete seine Vermutung. Und nun dieses merkwürdige Bild. *Wenn jetzt auch noch der abgebrochene Stiel zu der Abstichlanze passt, dann gab es keine Zweifel mehr, dann musste Otto Wiegand der Mör ...* Er brachte den Gedanken nicht mehr zu Ende, denn in dem Augenblick ging die Tür auf. Hauptwachtmeister Schneider und Otto Wiegand kamen herein. Schneider trug einen Holzstiel in der Hand, den er wortlos an seinen Vorgesetzten übergab. Schuster inspizierte das Holzstück, wobei sein Herz vor Anspannung heftiger schlug. Er legte das Teil zu der Lanze auf den Tisch und fand sich sofort in seinem Verdacht bestätigt. Beide Bruchstellen passten exakt zueinander, nur die Kanten des abgebrochenen Teiles waren etwas verkohlt, wahrscheinlich, weil Wiegand damit in der Schlackengrube herumgestochert hatte, wie August Fricke berichtet hatte. Schuster schaute Schneider fragend an, der ihm stumm zunickte.

Die Beweise reichten aus, um Otto Wiegand als Täter festzumachen, obwohl es kein zwingendes Mordmotiv gab. Vielleicht hatte es einen heftigen Streit zwischen ihm und Hans Röger gegeben und Otto Wiegand verlor die Kontrolle über sich. Schuster hatte keine Ahnung von Psychiatrie, aber Ottos geistiges Niveau machte ihn in Extremsituationen womöglich unberechenbar. Eine Kostprobe davon hatte er ja vorhin selbst erlebt. *Konnte man einen geistig zurückgebliebenen Menschen für eine solche Tat zur Rechenschaft ziehen?* Schuster musste erneut sein Gesicht wischen und sah Otto Wiegand eine Weile taxierend an. Er war groß und muskulös, mit breiten Schultern und Händen wie Pranken. Seine Gesichtszüge zeigten Spuren von harter Arbeit, aber aus seinen Augen blickte das Kind in ihm, neugierig und unschuldig. Das passte alles nicht zusammen. Widersinnige Gedanken prallten in Schusters Kopf aufeinander und verursachten ein Druckgefühl. *Dieser Mann ein Mörder?* Das wollte ihm einfach nicht in den Kopf, *wenn ..., ja wenn die Fakten nicht wären.*

»Schauen Sie, Herr Wiegand«, sagte Schuster, »das abgebrochene Teil passt genau zu der Lanze, die in Hans Rögers Bauch steckte. Erklären Sie uns das!«

Otto schaute mit seinen kindlichen Augen auf das Stück Holzstiel, das vor ihm auf dem Tisch lag. »W ..., weiß nicht«, stotterte er. Seine Augen blickten suchend im Raum umher.

»Hatten Sie Streit mit Hans Röger?«, fragte Schuster und wartete einige Augenblicke, bis es ihm zu lange dauerte. »Nun sagen Sie schon.«

»Kein Streit, nein!«, antwortete Otto.

»Hatte Hans Sie angeschnauzt?«, drängte Schuster weiter.

»Ja«, rief Otto, sichtlich erregt.

»Warum?«

»Ich musste mal«, sagte Otto.

Schuster verdrehte die Augen. »Und deshalb hat er Sie angeschnauzt?«

»Ja«, bestätigte Otto.

»Also gab es doch Streit und Sie haben ihm die Lanze in den Bauch gedrückt, fester als Sie wollten. War es so?«

»Nein!«, brüllte Otto und rannte hinaus.

»Bleiben Sie hier, Wiegand!«, rief Schuster, machte aber keine Anstalten, ihm zu folgen. Bei seinem Schwergewicht wäre er dazu kaum in der Lage gewesen, deshalb überließ er das seinem jüngeren Kameraden. Er hörte die polternden Schritte der beiden Männer auf der Treppe. Danach wurde es ruhig. Nach einer Weile knarrten die Stufen abermals und Schneider führte Otto mit Handschellen herein. Er wehrte sich nicht dagegen, blieb vor Schuster stehen und sah ihn vorwurfsvoll an.

»Ich habe nichts Böses getan«, sagte er, ohne zu stottern, und senkte den Blick.

»Otto Wiegand, ich nehme Sie fest, weil Sie im dringenden Verdacht stehen, Hans Röger getötet zu haben«, erklärte Schuster förmlich, aber er fühlte sich unwohl dabei. *Konnte dieser Mann mit dem kindlichen Gemüt einen Menschen töten? Nicht aus Kalkül,* da war sich Schuster sicher, *denn es gab kein erkennbares Motiv. Es musste eine Affekthandlung im Streit gewesen sein, der Hans Röger zum Opfer gefallen war. Gewiss, rein rechtlich ein Tötungsdelikt, aber hätte man derartige Zwischenfälle nicht absehen können, wenn man einen geistig Zurückgebliebenen beschäftigte? Soweit er das beurteilen konnte, war Otto Wiegand nicht geisteskrank, sondern nur im Kopf ein Kind geblieben und Kinder waren nicht strafmündig. Aber galt das auch in diesem Fall?*

Manchmal hasste Schuster seinen Beruf, aber zum Glück musste er kein Urteil sprechen und beneidete keineswegs den Richter, der dazu berufen wurde. Er hoffte, dass die Arbeitsjacke noch gefunden würde. Nur sie könnte Otto Wiegand am Ende vor dem Galgen oder zumindest der Anstalt bewahren – oder sogar den endgültigen Beweis liefern.

Hauptwachtmeister Schneider brachte Otto Wiegand nach unten. Dr. Schuster informierte unterdessen Karl Friedrich Beermann über das Ergebnis seiner Ermittlungen.

»Ich bin erschüttert, dass so etwas hier bei uns passieren konnte. Das hätte ich Herrn Wiegand niemals zugetraut. Er arbeitet seit zehn Jahren auf der Hütte und alle hätten sich für ihn verbürgt. Wie man sich doch in einem Menschen täuschen kann«, sagte Karl Friedrich Beermann und schüttelte den Kopf. »Was wird jetzt aus ihm werden?«, fragte er beiläufig.

»Das muss der Richter entscheiden«, antwortete Schuster und weitete mit dem Finger abermals seinen Kragen. »Aber sagen Sie«, hakte er nach, »warum beschäftigen Sie einen Mann wie Otto Wiegand? Ich möchte es nur verstehen.«

Karl Friedrich Beermann legte seine Hände an der Schreibtischkante übereinander und lehnte sich zurück. »Wiegand hat als Pochjunge bei uns angefangen, wie fast alle anderen auch. Als Knabe ist sein kindhafter Geisteszustand niemandem aufgefallen. Er ist kräftig und hat zuverlässig gearbeitet, bis heute«, erklärte er. »Bedauerlich, äußerst bedauerlich«, gab er klagend hinzu.

»Verstehe«, sagte Schuster, »bitte lassen Sie trotzdem die Jacken der Arbeiter überprüfen. Wer weiß, vielleicht finden wir doch noch eine andere Wahrheit.«

Dienstag, 22. Oktober 1833
Lauterberg, Polizeistation

⚒

Frieda blickte Karl und Wilhelm verstört an, als sie von der Schicht nach Hause kamen. »Otto ist weg«, rief Clara ihnen vorwitzig entgegen.

»Sei still«, ermahnte die Mutter sie, »geh und hol den Stiefelknecht für die Männer.«

Clara ging mürrisch zum Schrank, hangelte ihn darunter hervor und legte ihn dem Vater vor die Füße.

»Was ist denn los?«, fragte Wilhelm, während er sich die Stiefel abstreifte.

Friedas Augen wurden feucht, sodass das Kerzenlicht drin flimmerte. »Die Polizei hat Otto in Gewahrsam genommen«, sagte sie mit weinerlicher Stimme.

»Die Polizei?« Karl schob den Stiefelknecht beiseite. »Warum, um Gottes willen?« Die beiden Männer setzten sich an den Tisch und guckten Frieda betroffen an.

»Zwei Polizeibeamte waren hier und sagten, dass Otto im Verdacht stehe, Hans Röger getötet zu haben.«

Karl glaubte, er hätte sich verhört. »Wie bitte?«

Seine Mutter nickte ihm zu. »Doch«, sagte sie.

Karl sah seinen Vater an, sie mussten schnellstens zur Gendarmerie. Wilhelm hatte Karls Blick offensichtlich verstanden. »Das wollen wir doch mal sehen«, sagte Wilhelm entschlossen und schlüpfte wieder in die Stiefel. Noch in ihrer schmutzigen Bergmannskleidung verließen sie eilig das Haus.

Die Glocke der Kirchturmuhr schlug gerade neunzehn Uhr dreißig, als sie in forschem Schritt auf das Polizeigebäude an der Herrenwiese zusteuerten. Sie nahmen die drei Trittstufen mit einem Schritt und betraten die Amtsstube ohne anzuklopfen. Die beiden Uniformierten schauten etwas erschrocken auf.

»Wer sind Sie, dass Sie unaufgefordert hier hereinstürmen?«, sagte der Korpulente, der Gold glänzende Metallstücke auf den Schulterklappen trug.

Wilhelm trat hitzig an den Beamten heran und sagte: »Ich will meinen Jungen, Otto Wiegand, abholen, den Sie unberechtigt festgenommen haben.«

Hauptwachtmeister Schneider, den fast jeder in Lauterberg kannte, trat jetzt hinter seinem Schreibpult hervor und stellte sich neben seinen Vorgesetzten. Streitbereit standen sich die beiden Parteien gegenüber.

»Sie können ihren Jungen nicht einfach abholen«, sagte der mit dem höheren Dienstgrad, »er befindet sich in Gewahrsam und wird dem Amtsrichter vorgeführt.«

Wilhelm sog schnaubend Luft ein und ging wie ein gereizter Bulle nah an den Beamten heran, dass sich ihre Nasenspitzen fast berührten. Karl wusste, dass sein Vater leicht zum Jähzorn neigte und dabei oftmals unüberlegt handelte. Er fasste ihm deshalb in den Gürtel, um ihn zurückzuhalten, doch zu spät. Wilhelm hatte den Polizisten, dem die Schweißperlen auf der Stirn standen, bereits am Kragen gepackt.

»Er wird niemandem vorgeführt!«, fauchte Wilhelm, »Sie werden ihn auf der Stelle freilassen, er ist unschuldig!«

»Lassen Sie mich sofort los«, zischte der Beamte, »sonst nehme ich Sie ebenfalls fest wegen Tätlichkeit gegen die Obrigkeit.«

Karl sprang mit einem Satz hinter seinen Vater, umfasste dessen Hände mit einem lösenden Griff und drückte sie nach unten. »Vater!«, schrie er dabei und umklammerte ihn fest. Nach wenigen Augenblicken spürte er, wie sich sein Vater entspannte. Er ließ ihn los.

Der Beamte rückte seine Uniformjacke zurecht und wischte sich mit dem Taschentuch über die nasse Stirn. »Das wird noch ein Nachspiel haben«, drohte er.

Wilhelm atmete ein paar Mal tief ein und aus. »Ich bitte um Entschuldigung, aber es geht hier schließlich um meinen Sohn«, sagte er sichtlich bedrückt, »das wird nicht wieder vorkommen.«

»Das will ich hoffen«, antwortete der Beamte. »Wir sollten uns setzen und beruhigen. Ich bin Amtmann Doktor Schuster.« Er reichte Karl und Wilhelm die Hand. Sie setzten sich an einen runden Tisch und Schuster erzählte, was er und Schneider bei dem Verhör in der Königshütte herausgefunden hatten. »Alle Zeugenaussagen sowie die Indizien belasten Ihren Jungen, sodass ich ihn festnehmen musste«, sagte Schuster.

»Er ist geistig ein Kind. Sie können doch kein Kind verhaften«, hielt Karl dagegen.

»Ob ein schwachsinniger Mann vor dem Gesetz als Kind gilt, muss der Richter oder ein Arzt entscheiden. Solange bleibt ihr Bruder in Gewahrsam.« Er stand auf, um das Gespräch zu beenden.

»Wo haben Sie Otto hingebracht«, wollte Karl noch wissen.

»Es ist besser, wenn Sie den Ort nicht kennen. Gehen Sie jetzt!«, sagte Hauptwachtmeister Schneider.

»Aber nicht, bevor Sie fünfzehn Groschen Bußgeld wegen

ihrer Tätlichkeit gezahlt haben«, wand Schuster ein.

»Fünfzehn Groschen?«, echauffierte sich Wilhelm lautstark.

»Sie können ihre Strafe auch bis morgen Abend absitzen«, bot der Amtmann an.

Mit finsterer Miene zog Wilhelm seinen Geldbeutel aus der Hosentasche und zählte Groschen für Groschen auf den Tisch. Ohne sich zu verabschieden, verließen Karl und sein Vater die Polizeistation.

Sonntag, 27. Oktober 1833
Lauterberg, Andreaskirche

⚒

»Kommt Otto nie wieder?«, fragte Clara und biss ein Stück von ihrem Butterbrot ab. Die Mutter unterbrach ihr Morgenessen. Ihre Lippen vibrierten leicht. Sie klapperte mit den Augenlidern und rang sichtlich mit den Tränen, die sie nicht besiegen konnte. Clara wusste noch nicht, welche Wunden sie mit ihrer kindlichen Fragerei erneut aufreißen würde. Karl schaute seinen Vater an, der dem Blick auswich und ebenfalls versuchte, die Fassung zu bewahren.

»Natürlich kommt Otto wieder, was denkst du denn?«, sagte Karl und strich ihr übers Haar.

»Wann denn?«, fragte sie weiter.

»Du musst noch ein wenig Geduld haben«, erklärte Karl.

»Er soll mir aber ein Hüpfbrett bauen.«

»Und wenn ich dir derweilen eins baue?«, bot Karl an.

»Nein! Otto soll das machen«, lehnte Clara ab.

»Na gut, dann musst du halt noch warten«, sagte Karl.

»Ich will aber nicht warten«, heulte sie los, lief zur Mutter und hing sich an deren Hals.

»Schluss jetzt, Clara! Du hast mich verstanden«, sagte Karl mit erhobener Stimme. Clara heulte lauter. Karl tat es augenblicklich leid, er wusste, dass sie ihren Bruder vermisste und mit ihrer Aufsässigkeit nur nach Trost und Erklärung suchte.

»Wir gehen heute gemeinsam zum Gottesdienst und werden für Otto beten«, sagte die Mutter und löste sich sanft aus Claras Umarmung. Clara setzte sich auf ihren Platz zurück und aß das Brot weiter. Schweigend beendeten sie ihre Morgenmahlzeit.

Während Frieda abräumte, stopfte Wilhelm seine Pfeife und setzte sich auf die Bank unter dem Fenster. Bis zum sonntäglichen Kirchgang blieb noch Zeit, da die Messfeier erst um zehn Uhr begann. »Füttere die Tiere, Clara!«, sagte der Vater und paffte hörbar die Pfeife. Clara ging hinaus. Karl nahm den großen Korb, der neben dem Ofen stand, um ihn im Holzstall mit Feuerholz aufzufüllen. Als er zurückkam, setzte er sich zu seinem Vater. Beide sahen stumm hinüber zum Hausberg, wo sich die Buchen in ihrem herbstlichen Gewand allmählich auf die Winterruhe vorbereiteten.

»Otto könnte niemals einen Menschen töten«, sagte Wilhelm und blickte weiter stur aus dem Fenster.

»Nein, nie im Leben«, stimmte Karl zu und beobachtete Clara im Hof, wie sie mit einem Bündel Heu, das sie in ihrer hochgehaltenen Schürze trug, zu den Kaninchenställen ging. »Ich werde alles versuchen, ihn nach Hause zurückzuholen«, beteuerte Karl. »Er ist weder ein Mörder noch ein Irrer. Das muss sich doch aufklären lassen.«

Sie schauten beide zu den Berghängen auf der anderen Talseite hinüber, wo der Wald in der Morgensonne bunt leuchtete.

»Wir sollten uns allmählich fertigmachen«, meinte Wilhelm und stand auf.

Die Sonntagskleidung anzulegen brauchte mehr Zeit als

gewöhnlich. Besonders Frieda hatte mit dem Ankleiden und Schnüren der Röcke sowie dem Stecken ihrer Haare ausgiebig zu tun. Außerdem musste sie Clara zurechtmachen, die sich mit Gezeter dagegen sträubte und jedes Mal beim Kämmen dicke Tränen vergoss. Karl warf noch einen letzten Blick in den Spiegel und strich seinen Oberlippenbart glatt. Zur Kirche trug er gewöhnlich einen Anzug aus derbem Tuch, darunter eine Weste und den Hut, den er von seinem Großvater geerbt hatte. Er trug ihn gern zu besonderen Anlässen, obwohl das Stück schon etwas lädiert und die Krempe eingerissen war.

Als die Turmuhr halb zehn schlug, verließen sie das Haus. Frieda hakte sich bei Wilhelm unter, sah ihn an und sagte: »Wie die Leute wohl jetzt über uns reden werden?«

»Lass sie reden«, erwiderte Wilhelm, »wir wissen es besser und haben uns nichts vorzuwerfen.«

Sie gingen beide voran. Karl fasste seine kleine Schwester an der Hand und folgte ihnen. Seltsam berührt beobachtete er seine Eltern, wie aufrecht und stolz, ja fast erhaben sie vor ihm herschritten. Wilhelm trug seine Bergmannsuniform und Frieda ihr knöchellanges Kleid mit Schultertuch, darüber einen schwarzen Umhang und auf dem Kopf einen Schutenhut. In der Hand trug sie einen aus Spitze gefertigten Beutel. *Ein unerschütterliches Ehepaar,* dachte Karl, *obwohl sie die Sorge um Otto tief schmerzen musste.*

Die Oder murmelte in gewohnter Ruhe unter der Schanzenbrücke hindurch, doch das Hochwasser der letzten Tage hatte deutliche Spuren hinterlassen. Schlamm, Gestrüpp und Unrat säumten die Ufer. Karl war gespannt darauf, zu erfahren, welche Schäden durch die Flut verursacht wurden. Pastor Gerstacker hatte heute bestimmt viele Neuigkeiten zu berichten.

Inzwischen war halb Lauterberg auf dem Weg zur Kirche unterwegs. Man traf Nachbarn, Bekannte und Arbeitskollegen. »Glückauf«, grüßten Karl und sein Vater, wie immer. Doch heute war etwas anders, von manchen kam kein Gruß zurück. Sie wandten sich sogar ab und taten, als hätten sie Karl und seine Familie nicht bemerkt. Andere erwiderten nur halbherzig den Bergmannsgruß und blieben zurück oder beschleunigten ihre Schritte, um ihnen auszuweichen. *Das mit Otto hatte sich offensichtlich bereits herumgesprochen,* schloss Karl daraus.

»Glückauf, Hermann«, grüßte Karl einen Bekannten, den er des Öfteren beim Holzsammeln oben am Wiesenbek getroffen hatte. Der sah Karl groß an. »Glückauf«, erwiderte er kaum hörbar und wechselte die Straßenseite.

Auf dem Kirchplatz stand, wie gewohnt, eine Traube Menschen vor der Kirche, die grüppchenweise plauderten und lachten. Als Karl und seine Familie ankamen, ernteten sie verstohlene Blicke und einige Stimmen gingen in ein Tuscheln über. »Dass die sich noch in die Kirche trauen, das ist ja wohl reichlich unverfroren«, schnappte Karl von einer Frau auf, die mit einer anderen zusammenstand. »Mir war dieser Irre schon lange unheimlich. Ich hab`s ja immer gesagt, solche Leute dürften einfach nicht frei rumlaufen«, antwortete die andere Frau.

Hab ich`s mir doch gedacht, ging es Karl augenblicklich durch den Kopf. Die Nachricht über Ottos Verhaftung hatte sich in Lauterberg wie ein Lauffeuer verbreitet. Das warf einen Schatten auf die ganze Familie und deshalb wurden sie von vielen schief angesehen. Nicht weit von ihnen standen ihre Nachbarn, mit deren Kindern Clara oft spielte. Clara schaute zu ihnen hinüber und winkte ihnen zu. Als die Kinder zurückwinkten, nahmen die Eltern sie an die Hand und verschwanden rasch in der Kirche.

»Was meint ihr?«, fragte Frieda, »Sollten wir nicht besser nach Hause gehen? Es ist beschämend für uns, wie geredet wird.«

»Nein!«, antwortete Wilhelm entschlossen, »das käme einem Zugeständnis gleich, und sie würden sich noch mehr das Maul zerreißen. Es wird nicht leicht für uns, aber wir müssen das ertragen, das sind wir Otto schuldig.«

»Vater hat recht«, sagte Karl, strich seinen Bart glatt und ging kurzerhand auf die beiden Frauen zu. Die machten erschrockene Augen und erröteten.

»Es wundert mich, dass *Sie* noch frei herumlaufen, meine Damen«, sagte Karl, dass die Umstehenden es mitbekamen.

»Was erlauben Sie sich?«, echauffierte sich die Eine.

»Sie führen eine scharfe Zunge. Hüten Sie sie, damit Sie sich nicht demnächst wegen übler Nachrede vor dem Richter verantworten müssen.« Karl warf ihr einen unmissverständlichen Blick entgegen. Die beiden Frauen drehten sich um und gingen.

Der helle Klang der Turmglocke kündigte den in wenigen Minuten beginnenden Gottesdienst an, und die Leute drängten in die Kirche. Rasch füllten sich die Reihen, selbst von der Empore reckten die Leute ihre Köpfe, wie auf einem Band aufgefädelt, über die Balustrade. Während Karl voraus einen freien Platz ansteuerte, sah er sich unauffällig nach Johanna Röger um, aber er konnte sie nirgends entdecken. Wenn sie erführe, dass er der Bruder des Mannes ist, der angeblich ihren Vater getötet hat, würde sie ihn abgrundtief verachten. Und sie würde es auf jeden Fall erfahren. Vielleicht wusste sie es bereits. Warum ging ihm diese Frau nicht aus dem Kopf? Eine Frau mit Gehbehinderung, die offensichtlich niemand wollte, fand Karl anziehend und reizend. Sie war ausgesprochen hübsch und ihre dunkelbraunen, fast schwarzen Augen wirkten auf ihn magisch. Er hätte sie gerne wiedergesehen.

Orgelklänge erfüllten den Kirchenraum, und Pastor Carl Christian Gerstacker trat vor den Altar. Nach einer tiefen Verbeugung vor dem Kreuz drehte er sich zu den Kirchenbesuchern um. Aus seinem molligen Gesicht schauten mandelförmige Augen über die Reihen, so, als wolle er jeden Einzelnen persönlich begrüßen. Karl glaubte, dass sein Blick bei ihm und seinen Eltern etwas länger verweilte. *Das hatte etwas zu bedeuten,* so gut kannte er den Pastor.

Gerstacker begrüßte die Gemeinde mit einem freundlichen »Glückauf«. Dann verharrten seine Mandelaugen erneut bei den Gläubigen, die still seine Blicke erwiderten.

»Du sollst nicht töten«, sagte er, jedes einzelne Wort betonend, wobei sich seine buschigen Brauen etwas anhoben.

Karl fuhr es wie ein Schrecken durch die Glieder. *War das eine Anspielung auf den Tod von Hans Röger und die Verdächtigungen gegen Otto?*

»Das fünfte Gebot ist der Leitgedanke meiner heutigen Predigt«, erklärte er weiter, »aber zuvor hören wir das Johannesevangelium, Kapitel 8, in dem es heißt: Wer von euch ohne Sünde ist, der werfe den ersten Stein.« Bevor er anfing, aus dem Text zu lesen, schweiften seine Blicke stumm über die Bankreihen und oben an der Empore entlang. In seinen Augen schien die Frage zu stehen: »Na, wer von euch ist ohne Sünde?« Die Kirche wurde für einen Augenblick gespenstisch still, niemand bewegte sich oder wagte es auch nur, sich zu räuspern.

Karl spürte die Nervosität seiner Mutter, die neben ihm saß, sie zitterte förmlich. Auch er selbst hatte Mühe, seine Anspannung zu verbergen und tastete nach ihrer Hand.

Als Pastor Gerstacker die Bibel zuklappte und auf die Kanzel stieg, bekam Karl heiße Wangen. Er hielt noch immer die Hand seiner Mutter. *Wird er Otto in seiner Predigt anprangern? Das wäre eine Schmach für die Familie, die ihnen lebenslang anhängen würde.* Einen Vorgeschmack dessen hatten sie ja gerade auf dem Weg hierher erlebt. Die Leute würden mit dem Finger auf sie zeigen, Clara müsste in der Schule Hohn und Spott über sich ergehen lassen und er, Karl, könnte seine Hoffnung, Kunstmeister zu werden, endgültig begraben. Alle Augen blickten gebannt zu Pastor Gerstacker auf.

»Ein verheerendes Hochwasser hat sich durch Lauterberg gewälzt und erhebliche Schäden angerichtet«, begann er seine Predigt, »das Scholbenwehr hat es weggerissen und bei der Königshütte wurden einige Wasserräder beschädigt.

Es hätte schlimmer kommen können, aber viele Helfer haben uns durch ihren Einsatz davor bewahrt. Bei ihnen möchte ich mich im Namen unseres Bürgermeisters Fritz Westerhausen und der Hüttenleitung bedanken. Wieder einmal wurde uns unsere Machtlosigkeit gegenüber den von Gott gelenkten Naturgewalten deutlich.« Der Pastor stützte sich mit beiden Händen auf das Geländer der Kanzel, beugte sich etwas vor und sprach weiter: »Ratlos sind wir gleichwohl angesichts des Todes unseres Gemeindemitgliedes Alfons Riechel, der als Köhler am Flößwehr seine Arbeit verrichtete, als ihn das Wasser mitriss. Möge Gott seiner armen Seele gnädig sein.« Gerstacker verharrte einen Augenblick andächtig und fügte hinzu: »Wir wollen Alfons Riechel in unsere Gebete einschließen.« Er machte erneut eine Gedenkpause, bevor er weitersprach: »Wir beten ebenfalls für Hans Röger, der durch tragische Umstände in der Königshütte ums Leben kam, worüber geschwätzige Leute allerhand Gerüchte verbreiten. Aber ich sage euch, solange diese Zusammenhänge nicht völlig aufgeklärt sind, gilt jeder Verdacht, gegen wen auch immer, als verleumderisch und unchristlich.« Pastor Gerstacker nannte keinen Namen, aber jeder wusste, wer gemeint war, das spürte Karl durch die verstohlenen Blicke, die ihn, seine Eltern und Clara trafen.

»Dieser Irre ist ein Mörder«, schallte eine Frauenstimme durch das Gotteshaus. »Ins Zuchthaus mit ihm«, forderte ein Mann. Tiefes Raunen erfüllte augenblicklich das Kirchenschiff. Karl erstarrte und spürte, wie sich die Hand seiner Mutter in seine krallte. Er schielte zu seinem Vater, der wie gebannt zu Pastor Gerstacker hinaufschaute, als dieser hörbar mit der Hand auf die Kanzel schlug und wetterte: »Wenn ihr in das Haus Gottes kommt, dann benehmt euch wie Christen und nicht wie Scharfrichter. Solltet ihr eure christliche Nächstenliebe zu Hause vergessen haben, dann geht und holt sie, bevor ihr meinen Segen empfangt.« Pastor Gerstackers Wangen glühten dunkelrot vor Erregung. »Nur weil ein Mensch anders ist, als ihr es euch vorstellt, macht es ihn noch lange nicht zum Schuldigen. Schaut euch gegenseitig an! Keiner ist wie der andere und trotzdem sind wir gemeinsam Gottes Kinder.« Er zeigte mit dem Finger in den Raum. »Jesus sagt, wer unter euch ohne Sünde ist, der werfe den ersten Stein, und ich füge hinzu: Wer unter euch ohne Zweifel ist, der rede jetzt.« Er feuerte einen entschlossenen Blick über die Reihen und verharrte einen Moment. Im Kirchenschiff hing eine betretene Stille. Niemand schien sich zu bewegen. Schließlich donnerte er das »Amen!« wie eine Drohung über die Köpfe der Gläubigen hinweg.

Kurz darauf tat der Organist sein Werk und begleitete den Pastor mit einer eingehenden Orgelimprovisation von der Kanzel hinunter zum Altar, wo er sich der Gemeinde zuwandte. Er wartete, bis alle Töne der Orgel verhallt waren, dann sagte er: »Nun noch etwas in eigener Sache. Bei der letzten Inspektion der Turmuhr ist der schlechte Zustand des Dachstuhles aufgefallen. Einige Bohlen der Turmdecke sind vom Holzwurm befallen und müssen ausgewechselt werden. Ich danke dem Sägewerk Schütze für die freundliche Holzspende. Wer unter euch in der Lage und willens ist, die Arbeiten durchzuführen, die die Kirche nicht bezahlen kann, den werde ich in meine Gebete einbeziehen und Gott um Vergebung seiner Sünden bitten.« Er erteilte den Schlusssegen, ging durch den Mittelgang zur Tür und verabschiedete, wie er es immer tat, jeden Einzelnen mit einem persönlichen Wort.

»Ich werde für euren Otto beten. Möge Gott seinen Richter erleuchten«, sagte er zu den Wiegands.

»Danke für Ihren Trost, Herr Pastor«, antwortete Wilhelm. Frieda schluchzte in ihr Taschentuch und bekam wässrige Augen.

Karl versuchte, ihre Gedanken abzulenken, und sagte zu Pastor Gerstacker: »Wenn es recht ist, werde ich kommenden Sonnabend die Arbeiten an der Turmdecke erledigen. Mit Holz kann ich umgehen.«

»Das ist ein Wort. An einer ausreichenden Beköstigung wird es nicht fehlen«, versprach Pastor Gerstacker.

»Abgemacht«, stimmte Karl zu.

Auf dem Heimweg sprachen sie nicht miteinander. Ab und zu musste Frieda ihre Nase schnäuzen und die Augen wischen. Zu Hause weinte sie anhaltend. Wilhelm saß neben ihr am Tisch, den Kopf in beide Hände gestützt. »Wo mag er wohl jetzt sein?«, fragte Frieda mit flacher Stimme.

Clara heulte jetzt los. Sie spürte die tiefe Sorge und Trauer. So hatte sie ihre Eltern bisher nicht erlebt. Sie klammerte sich an Karl, der krampfhaft versuchte, stark zu bleiben. »Otto soll wieder kommen«, jammerte Clara.

Karl musste ein paar Mal schlucken, bevor er sprechen konnte. »Ich werde zur Gendarmerie gehen und noch einmal nachfragen.«

»Ich komme mit«, rief Clara sofort.

»Nein!«, entgegnete Karl, »du musst dich um Mutter kümmern. Sie braucht dich jetzt.«

Karl zog seinen Gehrock über und verließ das Haus. Es war in dem Moment wie eine Flucht. Die Sorgen und Ängste seiner Eltern, die kindliche Trauer von Clara machten ihm zu schaffen. Er hätte ihnen gerne Trost gespendet, aber wie konnte er ihnen Hoffnung geben. Seine Mutter, diese starke Frau und unumstößlicher Mittelpunkt der Familie, brauchte nun selbst Beistand. Karl dachte im Augenblick an früher, wenn er und Otto mit blutigen Blessuren oder mit einem schlechten Gewissen nach Hause kamen und ihre Streiche beichten mussten. Die Mutter schlug selten, sondern strafte mit Blicken, die ihre Wirkung nicht verfehlten. Er hatte die Sprache ihrer Augen rasch gelernt, die er heute noch verstand. Aber diese Tränen waren wie ein Hilferuf, wie ein Schrei der Verzweiflung. Es schien plötzlich alles anders, so fremd. Selbst sein Vater, ein autoritärer Mann, streng aber gerecht, dem niemand etwas anhaben konnte, wirkte auf einmal unbeholfen und ratlos. Karl musste etwas unternehmen, bevor die Familie unter dieser Last zerbrach.

Hauptwachtmeister Schneider stand hinter seinem Schreibpult und der Amtsschreiber, den Karl nicht kannte, warf soeben einige Holzscheite in den Kanonenofen.

»Sie schon wieder«, empfing ihn Schneider barsch, »was denn noch?« Der Schreiber schloss die quietschende Ofenklappe, schlug den Holzstaub von den Händen und sah Karl erstaunt an.

Karl richtete sich an Hauptwachtmeister Schneider und sagte: »Ich möchte wissen, wo mein Bruder hingebracht wurde und was mit ihm geschieht.«

Schneider legte bedächtig den Federhalter neben das Tintenfässchen und stützte seine Hände selbstgefällig auf das Pult. »Ihr Bruder ist dem Amtsrichter vorgeführt worden.«

»Und weiter?«, drängte Karl.

Schneider trommelte mit den Fingern an das Pult und schien mit der Antwort zu hadern. »Soweit ich weiß, hat der einen Amtsarzt hinzugezogen.«

»Wozu einen Arzt? Otto ist nicht krank«, warf Karl sofort ein.

»Er wird in eine Heilanstalt eingewiesen.«

»In was für eine Heilanstalt? Was soll das?« Karls Herz beschleunigte den Takt.

Schneider griff unter das Pult und holte einen Aktendeckel hervor. Er schlug ihn auf und blätterte einige Seiten um. »Hier steht es: Der Patient Otto Wiegand ist aufgrund seiner Geistesschwäche potenziell gemeingefährlich. Die Einweisung in eine Heilanstalt ist dringend geboten. Gezeichnet Dr. Cornelius Hampel.«

Karl fühlte sich in dem Moment wie leer im Kopf. *In eine Heilanstalt?* »In welche Heilanstalt?«, fragte er entsetzt.

»Das steht hier nicht«, antwortete Schreiber.

Karl drehte sich um und ging hinaus. Ein stimmloses

»Glückauf« ließ er noch vernehmen und schloss die Tür hinter sich. Auf dem Trittstein blieb er einen Moment stehen, atmete die kühle Herbstluft ein und ordnete seine Gedanken. Erst jetzt begriff er, was mit *Heilanstalt* gemeint war. *Es war die wohlwollende Bezeichnung für Irrenanstalt. Sie hatten Otto in eine Irrenanstalt eingewiesen.* Karl wusste, was das bedeutete: Zwangsjacke, Schläge, Essensentzug und Isolierung. Furchtbare Bilder tauchten in seinem Kopf auf. Die Einweisung in die Irrenanstalt glich einem Todesurteil, das schleichend vollstreckt wurde. *Wie sollte er das seinen Eltern beibringen? Sie würden vor Kummer keinen Schlaf mehr finden. Was war in der Königshütte wirklich geschehen? Konnte das je aufgeklärt werden?* Karl quälte sich mit diesen Fragen.

Montag, 28. Oktober 1833
Knollengrube und später Königshütte

⚒

Karl konnte dieser Jahreszeit wenig Erfreuliches abgewinnen. Dunkelheit bestimmte die Tage der Bergleute. Sie sahen jetzt nur an den Wochenenden das Tageslicht, und wenn sie Glück hatten, sogar die Sonne. Karl sehnte sich nach Wärme und Licht und wünschte, der Frühling käme bald. Doch an diesem Morgen begleitete Schneeregen seinen Weg zur Grube. Still, mit gesenktem Kopf trotteten die Kumpel frierend und durchnässt nebeneinander her. Wie nasse Watte sackten die Flocken aus einem schwarzen Nichts und bildeten eine matschige Schicht, die bei jedem Tritt aufspritzte und das Stiefelleder aufweichte.

Ihre Schritte wurden unbewusst schneller, als die beleuchteten Fenster des Zechenhauses hinter den kahlen Baumkronen auftauchten. Am Eingang gab es Gedränge. Jeder wollte rasch ins Trockene und sich noch ein wenig aufwärmen, bevor er in die feucht-kalte Grube einfuhr. Auf der Eingangsstufe stapfte Karl seine Schuhe vom Schneematsch frei, bevor er eintrat. Erst jetzt spürte er seine eisigen Füße. Ihm war nicht wohl dabei, denn er wusste, dass er sie erst nach Schichtende zu Hause am Ofen wieder warm bekam. Das könnte ihm eine Erkältung einbringen, schlimmstenfalls sogar Fieber. Das käme äußerst ungelegen, denn er musste zu Hause die zupackenden Hände von Otto ersetzen. Schlimmer noch wäre der damit verbundene Verdienstausfall, denn sie brauchten jeden Groschen. Es reichte sowieso kaum, jetzt, wo auch Ottos Lohn fehlte.

Karl stellte sich vor dem Ausgabefenster an, um sein Geleucht zu empfangen. Friedrich Meyer, der hinter dem Tresen stand und die Frösche austeilte, sah Karl an, als hätte er einen Fremden vor sich. »Du heute nicht«, sagte er abweisend, »der Steiger will dich sprechen.« Er forderte Karl mit einer rüden Handbewegung zum Weitergehen auf. »Der Nächste!«, rief er unbeteiligt in den Raum.

Karl fühlte sich augenblicklich wie taub im Kopf. Damit hätte er nie gerechnet, dass man ihm das Geleucht verweigerte. *Wer das Geleucht nicht ausgehändigt bekommt, ist kein Bergmann mehr, lautete ein ungeschriebenes Gesetz. Sollte das das Ende seiner Arbeit in der Grube bedeuten?* Er konnte es kaum begreifen und peinigte sich mit Selbstvorwürfen, doch die Einsicht kam zu spät. Mit seiner Aufsässigkeit hatte er es offenbar übertrieben, das wurde ihm jetzt zum Verhängnis. Dabei war er für sein eigenmächtiges Handeln oft genug gerügt worden, doch der Ehrgeiz trieb ihn immer wieder dazu, Anordnungen zu unterlaufen. Er hatte seine Chancen vertan. Wahrscheinlich hatte ihn Gustav Bruns auch noch angeschwärzt, weil er den Klaubejungen vor der Prügelstrafe beschützt und damit Gustavs Autorität untergraben hatte. So kam eins zum anderen, was man ihm ankreidete. Die Prüfungsaufgabe, die er von Walter Franke gestellt bekam, hatte er auch verpatzt.

»Was ist los mit dir?« Karl drehte sich um und blickte in die sorgenvollen Augen seines Vaters. »Du siehst aus, als sei dir der Bergmönch erschienen«, sagte er.

»Man hat mir den Frosch verweigert. Ich soll zum Steiger kommen«, antwortete Karl bedrückt.

Wilhelms Gesichtszüge schienen einzufrieren. »Hast du etwas Schlimmes angestellt?«, fragte er nach einer Weile.

»Nur das, was du kennst«, sagte Karl.

»Das ist mehr als genug«, meinte Wilhelm ungehalten, »ich habe dich oft ermahnt, aber du bist unbelehrbar geblieben. Es ist dumm, die Obrigkeit mit verrückten Ideen immer aufs Neue herauszufordern.«

Karl fühlte sich schlecht, wenn sein Vater so zu ihm sprach, und mochte ihm nicht in die Augen sehen, aber er spürte seinen vorwurfsvollen Blick. Die Glocke schlug zum Schichtbeginn und erlöste Karl wie einen Angeklagten, der vom Pranger befreit wurde. Wilhelm wandte sich ab und ging zum Ausgang. Nach zwei Schritten drehte er sich plötzlich um und kam zurück. »Du bist zwar aufsässig und vorlaut, aber du hattest dabei immer das Wohl der Grube im Sinn. Das kann Franke nicht außer Acht lassen«, sagte Wilhelm und eilte hinaus.

Karl fühlte sich durch die Worte seines Vaters etwas aufgemuntert. Dennoch ging er mit Beklemmung zum Kontor des Steigers und klopfte vorsichtig an die Tür. »Herein!«, hörte er die gedämpfte Stimme von Walter Franke. Karl öffnete zaghaft und trat ein. Der Untersteiger hinter seinem Stehpult hatte wieder das höhnische Grinsen im Gesicht. Am Liebsten hätte er diesem hämischen Kerl eine reingehauen, aber Karl gab sich unbeeindruckt. Walter Franke saß an seinem Schreibtisch, er blickte auf, als Karl die Tür zugedrückt hatte. »Kommen Sie!«, sagte er herrisch und deutete mit dem Finger auf den Platz vor dem Tisch. Karl näherte sich und blieb vor Franke stehen. *Gleich wird er mich in den Boden stampfen und der Grube verweisen,* dachte Karl. Doch nichts dergleichen geschah. Stattdessen schob ihm der Steiger eine Lohntüte über den Tisch. »Der Lohn, den du noch zu bekommen hast«, sagte er. *Also doch,* durchzuckte es Karl. Er hatte in dem Moment das Gefühl, sein Herz setze aus und er stürze in ein bodenloses Loch. *Was würde jetzt auf ihn zukommen? Wer würde ihm je wieder Arbeit geben? Ohne Verdienst wäre er eine zusätzliche Last für die Familie. Nein, das konnte er ihnen nicht zumuten. Zuerst die Tragödie mit Otto und nun das. Es gab nur einen Ausweg, er musste nach Amerika auswandern.* Unter Kameraden erzählte man sich oft von Harzer Bergleuten, die dort Arbeit und eine neue Heimat gefunden hätten. *Wenn Amerika nur nicht so weit weg wäre. Er würde seine Eltern und Clara dort sehr vermissen. Und Otto natürlich auch,* fiel ihm noch ein.

»Sie melden sich umgehend bei Ludwig Rathmann im Kontor der Königshütte«, sagte Franke. Karl stutzte. *Was sollte er beim Hüttenmeister? Oder wollte der ihn persönlich rausschmeißen? Er zögerte einen Moment, vielleicht würde der Steiger ihm das noch erklären, aber der sah ihn nur fragend an.* »Worauf warten Sie?« Es hörte und fühlte sich wie ein Rausschmiss an. Karl nahm die Lohntüte und ging.

Der Schneeregen hatte aufgehört. Auf dem Vorplatz des Grubengeländes kam er sich verlassen und überflüssig vor. Die Kameraden waren längst eingefahren. Unter der Verladebrücke stand ein Fuhrwerk, in das polternd eine Ladung Erz aus einem Förderwagen gekippt wurde. Aus dem Mundloch[33] des Tiefen-Stollens schoben zwei Grubenjungen einen weiteren Förderwagen heran. Karl trat von den Schienen herunter zur Seite. Die beiden Jungen stemmten sich mit ganzer Kraft

33 Mundloch nennt der Bergmann den Eingang eines Stollens an der Tagesoberfläche.

gegen das zentnerschwere Gefährt. Einer von ihnen schaute zu Karl herüber und lächelte aus dem von der Anstrengung gezeichneten Gesicht. Karl erkannte ihn wieder. Es war der Junge, den er vor einer allzu harten Prügelstrafe bewahrt hatte. Karl nickte ihm freundlich zu. Dann überquerte er die Brücke und ging das Tal hinunter in Richtung Lauterberg.

Mehr als zehn Jahre war er diese Strecke tagein tagaus gegangen, bei jedem Wetter. Karl schaute nicht zurück. Gedankenverloren stakste er den Weg entlang, den er nach all der langen Zeit selbst blind finden würde. Bilder von guten und schlechten Tagen im Berg tauchten in seinen Gedanken auf. Bilder von schwerer Arbeit, aber auch von Kameradschaft und Zusammenhalt. Karl war gerne Bergmann. Die schwere und gefährliche Arbeit verband die Kameraden in Stolz und Würde. Es war schwer für ihn, zu glauben, dass er nicht mehr dazugehören sollte. Von hinten hörte er Pferdehufe und das Knirschen von Wagenrädern auf dem Schotterweg. Karl drehte sich um und sah in einiger Entfernung das Fuhrwerk, das vorhin beladen wurde, auf sich zukommen. Er wartete. Der Fuhrmann brachte die Pferde zum Halten. »Komm, steig auf«, sagte er. Karl kannte den Mann mit dem rundlichen Gesicht und den immer roten Wangen. Es war Hannes Klapproth. Karl kletterte auf den Wagen. »So früh schon Feierabend?«, wunderte sich der Mann, schnalzte mit der Zunge und ließ die Zügel locker. Die Pferde trotteten an. »Die Schicht hat doch erst begonnen«, fügte er noch hinzu.

»Der Steiger hat mich zu Ludwig Rathmann geschickt«, sagte Karl.

»Hast du etwas ausgefressen?«, fragte der Fuhrmann sogleich und sah Karl mit gehobenen Brauen an.

»Kann schon sein«, antwortete Karl, »aber das ist eine längere Geschichte.«

Hannes ließ den Lederriemen der Peitsche über die Hinterteile seiner Pferde wedeln. Diese schmerzlose Berührung reichte, um ihren Trott etwas zu forcieren.

»Ich kenne dich doch«, meinte er auf einmal, »du bist doch Karl Wiegand.« Karl nickte. »Deinen Vater kenne ich auch«, sagte Hannes, »und euren Otto ebenfalls.« Karl antwortete nicht. Sicher wusste der Fuhrmann bereits, welcher Verdacht auf Otto lastete. Kurze Zeit später bemerkte Hannes beiläufig: »Wenn Otto ein Mörder ist, dann fress ich meine Peitsche.«

Karl lächelte und fragte: »Warum sagst du das?«

»Ich weiß, was ich gesehen habe«, antwortete Johannes Klapproth.

»Was hast du gesehen?«, wollte Karl wissen.

»Na, wie er arbeitet. Wie ein Pferd hat der gearbeitet. Er ist zwar nicht der Hellste, aber ein gutmütiger Mensch.«

»Ja, das ist er, aber kein Mörder«, sagte Karl, »nur leider sprechen alle Indizien gegen ihn. Das einzige Beweisstück, was ihn entlasten könnte, ist unauffindbar.«

»Was für ein Beweisstück?«, fragte Hannes.

»Eine Arbeitsjacke, zu der ein bestimmtes Stoffteil passt«, sagte Karl.

»Hm«, machte Hannes und schien nachzudenken, »Arbeitsjacken gibt es viele.«

Das Grau des frühen Morgens lag blass über der Königshütte, als Hannes sein Fuhrwerk am Brunnen vorbeilenkte. Karl sprang vom Wagen herunter. »Danke!«, rief er Hannes zu, dann ging er in das Faktoreigebäude. Der Hüttenschreiber hinter seinem Pult sah Karl mit wichtiger Miene an. »Ich soll bei Rathmann vorstellig werden«, sagte Karl. Der Mann erhob sich majestätisch und machte sich kerzengerade, vermutlich um größer zu wirken, aber Karl überragte ihn trotzdem um mehr als einen Kopf.

»Warte hier, ich werde dich melden«, sagte er im Kasernenhofton und verschwand nach oben. Es dauerte eine Weile, bis er zurückkam. »Der Meister erwartet dich«, gab er Bescheid, legte die Hände auf den Rücken und wippte auf den Zehenspitzen, so, als warte er ungeduldig auf die Ausführung seiner Anweisung.

Karl betrat zum ersten Mal das Kontor von Ludwig Rathmann und war von der Ausstattung beeindruckt. Der Schreibtisch war größer als der von Franke. Er sah ein Wandregal mit vielen Aktenordnern, einen langen Tisch, ein Zeichenbrett und einen aufwendig verzierten Schrank. Rathmann saß am Schreibtisch und deutete mit einer Handbewegung an, Karl solle sich setzen.

»Glückauf«, grüßte Karl und rückte sich den Stuhl zurecht.

»So, so, Sie sind also Karl Wiegand«, begann er, »der Bruder von Otto. Schade, dass das mit ihm so enden musste. Er war ein fleißiger Arbeiter.« Rathmann unterbrach einen Moment. »Walter Franke hat mir einiges über Sie erzählt, auch Dinge, die mir nicht gefallen«, sagte er streng.

»Welche sind das?«, fragte Karl.

»Sie sind oftmals aufsässig und rechthaberisch und mischen sich in Dinge ein, die Sie nichts angehen«, antwortete er scharf, beugte sich vor und sah Karl fest in die Augen. »Sie missachten gelegentlich die Autorität Ihrer Vorgesetzten in respektloser Weise«, fauchte er ihn an, »das kann ich nicht dulden.«

Karl sank in seinem Stuhl tiefer und starrte zu Boden. *Jetzt ist es gleich soweit,* dachte er.

Rathmann lehnte sich wieder zurück und verharrte einen Augenblick in dieser Haltung. »Andererseits«, fuhr er in versöhnlichem Ton fort, »berichtete mir Ihr Steiger, dass Sie ein hervorragender Hauer sind, mit außergewöhnlichem Verständnis für alles Mechanische und sogar der Mathematik mächtig.« Karl schaute ihn überrascht an und setzte sich aufrecht hin. »Solche Begabungen sind selten«, sagte Rathmann, »aber sie sollten dich nicht zur Hochmütigkeit verleiten, sonst müsste ich meine Entscheidung widerrufen.« Er sprach nicht weiter.

»Ich verstehe nicht, welche Entscheidung?«, fragte Karl

ungeduldig nach einer Weile.

Bevor Rathmann antworten konnte, klopfte es an der Tür. »Ja, herein!«, rief er.

Karl kannte die Person, die eintrat. Es war Hermann Apel, der Maschinenmeister, ein stattlicher Mann mit einer autoritären Ausstrahlung. Er setzte sich ohne Worte an den langen Tisch und fixierte Karl mit wachen Augen. Rathmann nickte Hermann Apel zu.

»Wir werden demnächst ein weiteres Gebäude und ein Walzgerüst für die Drahtherstellung bauen«, erklärte Apel, »dazu brauchen wir Leute mit Verständnis für Mechanik. Sie sind mir ab sofort persönlich als Baugehilfe unterstellt und werden meine Weisungen befolgen.« Karls Herz machte Freudensprünge und pochte so heftig, dass seine Adern im Hals rhythmisch pumpten.

»Wenn Sie sich bewähren, stehen Ihnen weitere Wege offen«, fügte Rathmann hinzu. Karl konnte seine Gefühle kaum zügeln. Eben noch hatte er mit einem Rausschmiss gerechnet und nun war er Baugehilfe. Ein Traum hatte sich erfüllt. Er sprang auf.

»Danke«, sagte er, »ich werde mein Bestes geben.«

»Das erwarte ich auch von Ihnen, aber es wird eine harte Zeit für Sie werden«, sagte Apel und stand auf. »Kommen Sie!« Karl folgte ihm und hätte am Liebsten laut gesungen. In seiner Freude musste er an Johanna denken und hatte ihr Bild vor Augen. *Wo sie wohl sein mochte?*

Mittwoch, 30. Oktober 1833
Auf dem Weg nach Clausthal

⚒

Johanna hatte gewusst, dass sie früher oder später auf der Straße stehen würde. Nun war es also soweit, das Geld war aufgebracht. Auf die Mildtätigkeit ihrer Vermieter brauchte sie nicht zu hoffen. Franz Weber und seine Frau Herta standen mit hintergründigem Grinsen in ihrer Wohnungstür.

»Wir sind kein Armenhaus. Wenn du die Miete nicht bezahlen kannst, musst du raus. Also, was ist, hast du das Geld?«Fordernd streckte Franz Weber ihr die offene Hand entgegen.

»Ich habe keine zwanzig Groschen, nicht mal einen Pfennig«, sagte Johanna kleinlaut, »wenn ich euch die Möbel überlasse, gebt ihr mir dann noch eine Woche?«

Herta Weber lachte hämisch. »Man will ja kein Unmensch sein, deshalb habe ich das wertlose Zeug von deinen Schulden bereits abgezogen. Nicht einen Tag länger bleibst du in dieser Wohnung!«

»Verschwinde!«, kläffte Franz Weber kaltherzig hinterdrein. Für Johanna, die sich seinen Anzüglichkeiten jedes Mal zu widersetzen wusste, hatte er nur Schadenfreude übrig. Und Herta Weber war sichtlich erleichtert, die Frau, der ihr Mann bei jeder Gelegenheit nachstellte, endlich aus dem Haus zu bekommen.

Johanna ergab sich ihrem Schicksal und stand nun obdachlos und mit leeren Händen auf der Straße. Obwohl sie es kommen sah, war sie dennoch von der Hartherzigkeit ihrer Vermieter enttäuscht. *Wo sollte sie nun hin?* Ihre Tante Luise in Clausthal war die einzige Verwandte, die ihr im Harz geblieben war. Sie hatte diese Frau noch nie gesehen und kannte sie nur von Schilderungen ihres Vaters. Er und seine Schwester hatten sich nach dem Tod ihrer Mutter wegen Erbstreitigkeiten unüberwindlich verkracht und pflegten seither keinerlei Umgang. *Als habgierige und gottlose Kanaille* hatte ihr Vater sie beschimpft und das Zerwürfnis heraufbeschworen. Johanna hoffte bei ihr für eine Weile unterkommen zu können. Mit dieser Hoffnung, es war ihre Letzte, um nicht endgültig ins Elend zu fallen, machte sie sich auf den Weg.

*

Das war vor drei Tagen gewesen. Sie hatte ihre Habseligkeiten in die Kiepe ihrer Mutter gepackt und sich auf den Weg durch die frostige Kälte gemacht. Hungrig und durchgefroren hatte sie zunächst in Herzberg beim Pfarramt an die Tür geklopft und um einen Schlafplatz gebeten. Jetzt, in der kalten Jahreszeit, zeigten sich die Kirchenleute besonders mildtätig und gewährten ihr für eine Nacht ein Dach über den Kopf und einen Teller Mehlsuppe.

Am darauffolgenden Tag setzte sie ihren Weg fort. Bald schmerzte ihr krankes Bein, und sie musste in immer kürzeren Abständen Pausen einlegen. Erst am späten Nachmittag erreichte sie Osterode. Es dämmerte bereits, Johanna fror und sehnte sich nach einer warmen Stube. Die kleinen Fachwerkhäuser drängten sich dicht an dicht und bildeten schmale Gassen. Es roch nach Holzfeuer und Essen. Einige Fenster leuchteten im warmen Licht der Kerzen. Vor einem blieb Johanna stehen, schaute unauffällig hinein und musste dabei an Zuhause denken, an ihren Vater und ihre Brüder. Doch das alles gab es nicht mehr.

Die Gasse mündete auf dem weitläufigen Marktplatz. Im Hintergrund flackerte ein niedriges Feuer und beleuchtete drei Gestalten, die drumherum standen und sich wärmten. Johanna ging darauf zu und erkannte drei Männer mit ungepflegten Vollbärten und zerlumpten Mänteln. Eine Flasche wurde weitergereicht, aus der jeder einen Schluck nahm. Normalerweise würde sie solchen Herumtreibern aus dem Weg gehen, aber die Wärme des Feuers lockte sie, näher heranzutreten. »Na, schönes Fräulein. Komm zu uns und wärm dich«, sagte einer mit schwerer Zunge und streckte einladend einen Arm aus. Ein anderer reichte ihr die Flasche entgegen und sagte: »Trink einen Schluck, das wärmt von innen.«

»Nein danke«, lehnte Johanna ab, »wenn ich mich nur einen Augenblick ans Feuer stellen dürfte.«

»Gewiss doch. Komm näher«, nuschelte der Mann, legte seinen Arm um sie und zog sie zu sich. Johanna versuchte sich aus dem Griff herauszuwinden, doch umso fester packte der Mann zu.

»Lass mich sofort los!«, schnauzte sie ihn an. Ein anderer umklammerte sie von hinten und hob sie ein Stück hoch. Johanna strampelte und trat.

»Warum zierst du dich, Hinkefuß. Wir wollen doch nur etwas Spaß haben«, brabbelte er und lachte dabei.

Johanna schrie: »Hilfe. Kann mir jemand helfen?«

»Halt dein Maul du Schlampe«, brüllte der andere Mann und drückte seine Hand auf ihren Mund.

In der Nachbarschaft wurde ein Fenster geöffnet, dann noch eines. Eine Frau rief über den Platz: »Ihr Lumpenpack, lasst sofort die Frau in Ruhe, sonst rufe ich die Polizei!« Die Männer ließen sich nicht beeindrucken. Aus einem anderen Haus kam jetzt ein Mann mit einem Hund an der Leine heraus. »Geht ihr freiwillig, oder muss mein Begleiter euch erst Beine machen?« Der Rüde fletschte knurrend die Zähne. Die Männer ließen Johanna los und nahmen ihre Bündel auf. »Löscht das Feuer und verschwindet!«, fauchte er die Drei an. Die Frau war inzwischen ebenfalls nach draußen gekommen. »Ist alles in Ordnung mit dir?«, fragte sie Johanna.

»Ja, vielen Dank für Ihre Hilfe. Wenn Sie nicht gekommen wären ...«, sagte Johanna.

»Wo willst du denn um diese Zeit noch hin, Kindchen?«, fragte die Frau.

»Ich bin auf dem Weg nach Clausthal, um eine Tante zu besuchen«, antwortete Johanna.

»Aber doch nicht mehr um diese Zeit.«

»Ich habe weder eine Bleibe noch Geld für ein Gasthaus.«

Die Frau sah sie für einen Moment prüfend an. »Dann komm erst einmal mit rein«, sagte sie und ging voraus. Johanna bekam etwas zu essen und durfte auf der Ofenbank übernachten. Am nächsten Morgen brach sie früh auf.

*

Das Knie ihres verkürzten Beines schmerzte bei jedem Schritt, als würde ein Dolch darin stecken. Der steile Anstieg, der holperige Weg und die schwere Kiepe taten ihr Übriges dazu. Zudem hatte sie seit gestern Abend keine warme Mahlzeit mehr gehabt und allmählich schwanden ihre Kräfte. Wenigstens fror sie bei der Anstrengung kaum noch und hatte warme Füße bekommen. Abgespannt setzte sie sich auf einen Stuken, beugte sich entspannt nach vorn und schloss die Augen. Sie sah im Gedanken das Feuer und die drei Männer, die nach ihr grapschten. *Warum begegnen mir immer nur solche, die meinen, mich rasch rumkriegen zu können,* dachte sie. *Glauben die, dass ich wegen meiner Behinderung nicht wählerisch bin?* Ganz anders dagegen war der Mann gewesen, mit dem sie auf dem Markt zusammengestoßen war. Er hatte ihr sogar die zerbrochenen Eier ersetzt, womit sie überhaupt nicht gerechnet hatte. Jetzt bedauerte sie es, dass sie ihn barsch abgewiesen hatte. Er war anständig und hatte gute Manieren.

»Hallo, junge Frau. Wachen sie auf!«, hörte sie jemanden rufen. Dann wurde sie gerüttelt. Sie schlug die Augen auf und sprang erschrocken hoch. Vor ihr stand ein Mann, und auf der Chaussee ein Zweispänner mit Planwagen.

»Fass mich nicht an!«, schrie Johanna und ging ein paar Schritte rückwärts.

»Du darfst bei der Kälte nicht hier draußen schlafen, sonst wachst du nie wieder auf«, sagte der Mann besorgt. »Willst du zum Markt nach Clausthal?« Er zeigte dabei auf die Kiepe. »Nein, ich will dort eine Tante besuchen«, antwortete Johanna.

»Dann steig auf. Ich nehme dich mit«, bot er an.

»Danke. Ich geh besser zu Fuß«, sagte sie.

»Sei nicht dumm«, meinte der Fuhrmann, »der Weg ist steil und oben auf dem Berg liegt schon Schnee.«

»Ich habe mit fremden Männern schlechte Erfahrungen gemacht. Sie grapschen zu viel«, erklärte Johanna.

»Ich bin keiner von denen«, versicherte er, »du kannst nach hinten auf die Ladung klettern und auf den Säcken noch ein wenig schlafen.«

Johanna fühlte ihr schmerzendes Knie. Wer weiß, wie weit sie damit noch kommen würde. Schließlich stieg sie auf. Der Fuhrmann hob ihre Kiepe auf die Ladefläche. Johanna vergrub sich zwischen den Säcken, die mit Getreide gefüllt waren, und schloss ihre Augen wieder. Sie lauschte dem gleichmäßigen Rollen und Poltern des Wagens, bis es leiser wurde und irgendwann erlosch.

»Wir sind da. Hier musst du absteigen«, sagte der Fuhrmann und kurbelte die Bremse des Planwagens fest.

Johanna reckte sich und kam nach vorne gekrochen. »Vielen Dank. Gott vergelt`s dir«, sagte sie und stieg von dem Kutschbock hinunter. Der Mann reichte ihr die Kiepe hinterher.

»Wo wohnt denn deine Tante?«, fragte er.

»Ich glaube in der Büttnergasse«, konnte sich Johanna erinnern.

»So genau kenne ich mich in Clausthal nicht aus«, sagte er, »aber ich meine dort entlang.« Er zeigte in die vermutete Richtung.

Johanna hievte ihr Gepäck auf den Rücken und folgte seiner Richtungsangabe. Unterwegs fragte sie einige Passanten nach der Straße und nach Luise Röger. Als die Leute den Namen hörten, sahen sie Johanna schräg an. Jeder kannte Luise, und man schickte sie zu einem kleinen Haus, das ordentlich aussah. Johanna setzte die Kiepe ab, stemmte ihre Hände auf die Hüften und drückte ihr schmerzendes Kreuz durch. Mit mulmigem Gefühl im Bauch ging sie durch den schmalen Vorgarten und klopfte zaghaft an die Haustür. Kurz danach vernahm sie Schritte von innen. Die Tür öffnete sich einen Spalt und eine füllige Frau mit vollem Gesicht lugte hervor. Ihre Augen schweiften flugs von Johanna zur Kiepe und zurück.

»Wir brauchen nichts. Verschwinde!«, keifte sie und knallte die Tür zu.

Johanna klopfte ein weiteres Mal, diesmal fester.

Die Frau kam zurück. »Ich sagte doch ...«

Johanna schnitt ihr das Wort ab. »Ich bin Johanna Röger, die Tochter deines Bruders.«

»Ich habe keinen Bruder«, gab sie barsch zurück.

Johanna sah ihre Tante wehmütig an und sagte: »Nein, du hast keinen Bruder mehr. Er ist tot.«

Luise starrte Johanna eine Weile an. »Du bist seine Tochter?«, sagte sie. »Ich habe dich nie zu Gesicht bekommen. Woher weiß ich, dass du die Wahrheit sagst?«

»Warum sollte ich dich anschwindeln?«, fragte Johanna.

»Weil du etwas von mir willst, sonst wärst du nicht hier«, antwortete Luise.

»Dann frag mich etwas über meinen Vater, das nur ich als seine Tochter wissen kann«, schlug Johanna vor.

»Hat dein Vater dir je ein Familiengeheimnis anvertraut?«, fragte sie daraufhin.

»Du meinst sicher die Geschichte von der Erzbibel«, sagte Johanna und glaubte, eine versteckte Gefühlsregung bei ihrer Tante zu entdecken.

»Hans ist tot?«, sagte sie auf einmal kleinlaut, »das tut mir leid für dich, aber ich kann nicht behaupten, Trauer zu empfinden.«

»Er wurde ermordet«, fügte Johanna hinzu.

»Das musste ja kommen«, meinte Luise.

»Wie meinst du das, Tante?«

»Weil er ein verdammtes Plappermaul ist ... war.«

»Deswegen wird man doch nicht gleich ermordet«, gab Johanna zu bedenken.

»Ach, was weißt du schon von unserer Familie«, wiegelte Luise ab. »Hat er ein Testament gemacht?«, fragte sie neugierig.

»Ja, aber darin steht, dass sein Nachlass an seine Kinder aufzuteilen ist. Nur, er hat nichts hinterlassen außer seiner Pfeife und Tabakbeutel.«

»Sonst nichts?«, hakte Luise nach.

»Wir sind arme Leute«, antwortete Johanna.

»Auch keinen Hinweis über den Verbleib der Erzbibel?«, bohrte sie weiter.

»Nein. Ich glaube, das ist ein Mythos. Wieso sollte ein solch wertvolles Buch in unsere anspruchslose Familie gelangen?«

»Die Familie war nicht immer so bescheiden, wie du denkst«, entgegnete Luise. Die beiden Frauen beäugten sich eine Weile misstrauisch. »Dein Vater wusste, wo das Buch versteckt ist. Es wäre ein großer Verlust, wenn er das Wissen über dessen Versteck mit ins Grab genommen hätte«, erklärte Luise.

»Das wird er wohl«, befürchtete Johanna.

Luise schaute missmutig. Sie hatte scheinbar gehofft, mehr über das Buch zu erfahren. »Was willst du dann hier?« Die Frage klang wie ein Vorwurf.

Johanna legte ihre Hände wie zum Gebet zusammen, bevor sie antwortete: »Ich wollte dich fragen, ob ich eine Weile bei dir unterkommen könnte. Ich hab ja sonst niemanden.«

»Das könnte dir so passen«, platzte Luise heraus, »womöglich mit freier Kost und Logis. Ich bin doch kein Armenhaus. Was ist mit deinen Brüdern?«

Johanna spürte, wie ihre Wangen heiß wurden. Sie schämte sich, betteln zu müssen. »Sie sind nach Amerika ausgewandert«, berichtete sie.

»Dann reise ihnen nach und versuch dort dein Glück«, riet ihr die Tante. »Ich kann kein weiteres Maul stopfen.«

»Ich könnte mich nützlich machen«, bot Johanna an. »Ich bin mir für keine Arbeit zu schade.«

Luise musterte Johanna von oben nach unten und zurück. »Für KEINE Arbeit?«, fragte sie mit Betonung. Johanna schüttelte den Kopf. »Komm rein«, sagte sie und gab die Tür frei.

Johanna trat ein und bestaunte die bunt und überfüllt ausgestattete Wohnung. Viel zu viele Kissen lagen auf der samtblauen Chaiselongue. Auf kleinen Beistelltischchen standen messingfarbene Kerzenleuchter und an der Wand neben der Liege hing ein langer Spiegel mit vergoldetem Stuckrahmen. Ein roter Plüschvorhang verdeckte unvollständig den Blick in den Nebenraum. Johanna konnte gerade noch ein Bett erkennen, bevor Luise den Vorhang hastig zuzog. Sie setzte sich breitbeinig auf einen Sessel, stützte die Hände auf ihre Knie und sah Johanna erneut musternd an. »Heb deinen Rock hoch!«, sagte sie unverhofft im Befehlston.

Johanna stutzte. *Hatte sie richtig gehört?* »Bitte?«, fragte sie nach.

»Nun zier dich nicht. Wir sind unter uns. Los, die Röcke hoch!«, befahl sie mit Nachdruck.

Johanna zögerte, aber der Blick ihrer Tante traf sie unnachgiebig. Johanna bückte sich, griff an den Saum ihres Kleides und hob es ein Stück an.

»Hoch habe ich gesagt, über den Arsch«, schrie sie Johanna an, die vor Schreck das Kleid bis zum Bauchnabel anhob.

»Dreh dich«, sagte sie. Johanna tat, was ihre Tante verlangte. »Du bist verdammt hübsch. Schlanke Beine und einen knackigen Po. Daraus lässt sich was machen, auch wenn du etwas hinkst«, sagte sie. Johanna ließ das Kleid fallen.

»Ich verstehe nicht«, fragte sie.

»Du brauchst zwei bis drei schicke Kleider. Kannst du nähen?«, wollte Luise wissen.

»Ich kann nähen«, antwortete Johanna stolz.

»Gut. Du wohnst vorläufig in der Dachstube. Morgen werden wir alles Weitere besprechen«, sagte Luise und führte Johanna über eine schmale Holztreppe nach oben. Die Stube war klein und einfach eingerichtet. Ein Bett, ein Tisch, ein Stuhl. Wenigstens ein niedriger Kanonenofen stand in der Ecke, der hier oben unterm Dach etwas Wärme versprach. »Vielleicht ergibt sich heute noch eine Gelegenheit zur Einarbeitung«, merkte Luise an, bevor sie nach unten ging.

Johanna fand die Bemerkungen ihrer Tante sonderbar. *Was meinte sie damit? Betrieb ihre Tante eine Nähstube und sollte sie ihr dabei zur Hand gehen?* Johanna wurde nicht recht schlau aus den Äußerungen. Das Abendessen fiel einfach aus, es gab nur Brot mit Schmalz und Tee. Johanna war hungrig, und froh, überhaupt etwas zu Essen zu bekommen.

Sie blieb an diesem Abend noch lange wach und schaute von ihrem Bett aus zu dem kleinen Dachfenster hinaus. Hinter den Giebeln der Nachbarhäuser hob sich der Glockenturm der Marktkirche schemenhaft vor dem mondhellen Nachthimmel ab. Ein schöner, jedoch fremdartiger Anblick, und sie dachte wehmütig an Lauterberg zurück. Als sie die Augen schloss tauchte Karl auf einmal in ihren Gedanken auf. Sie sah ihn, wie er auf dem Marktplatz mit ihr stritt und später kleinlaut mit einer Tüte vor ihrer Tür stand. Johanna lächelte und mit seinem Bild vor Augen schlief sie ein.

Irgendwann wachte sie auf. Spitze Schreie begleitet von stöhnenden Lauten drangen durch den Fußboden zu ihr hinauf. *Mitten in der Nacht?*, dachte sie und ängstigte sich. Sie stand auf, lauschte an der Tür und ging leise Stufe für Stufe die Treppe hinunter.

»Drei Silbertaler«, hörte sie ihre Tante sagen.

»Dann bis nächste Woche«, antwortete eine Männerstimme.

Johanna ahnte etwas, was sie nicht glauben wollte. *Betrieb ihre Tante Luise am Ende ein Bordell? War das der Grund für das Zerwürfnis mit ihrem Vater?* Johanna betrat die Stube. Gerade sah sie noch den Mann hinausgehen. Er trug noble Kleidung. Luise rückte ihre Röcke zurecht und sah Johanna überrascht an.

»Ein gutes Geschäft«, sagte sie, »die Männer zahlen gut für meine Dienste und bald auch für deine.«

»Niemals!«, rief Johanna entrüstet, »ich bin keine Hure.«

»Was bist du dann?«, keifte sie Luise an, »ein hinkendes Elendshäufchen, ohne Geld, ohne Bleibe, ohne Zukunft. Willst du betteln und elendig vor die Hunde gehen?«

»Das ist ehrlos und schmutzig«, antwortete Johanna.

»Für deine Ehre kannst du dir nichts kaufen, aber dein hübscher Körper sichert dir ein bescheidenes Auskommen«, argumentierte Luise. »Sei nicht dumm. Ich bediene nur Herren aus gutem Hause, und die sind genauso diskret wie ich.«

»Nein!«, rief Johanna entschlossen, »dann gehe ich lieber betteln.«

»Wenn du unbedingt im Elend versinken willst, dann geh, aber sofort. Ich bin kein Obdachlosenheim. Verschwinde!«, brüllte sie mit rotem Gesicht.

Johanna stand eine Weile wie gelähmt vor der geschlossenen Tür. Sie wusste nicht, wie es weitergehen sollte, und kämpfte gegen die aufsteigenden Tränen. Tante Luise war ihre einzige Hoffnung gewesen, dem Elend noch zu entkommen. Nun blieb ihr keine Wahl, sie musste am Morgen im Armenhaus um Aufnahme bitten. Johanna nahm ihre Kiepe auf und ging. Die wuchtige Kirche stand inmitten des Marktplatzes. Kein Mensch trieb sich um diese Nachtstunde auf der Straße herum. Johanna fröstelte. Die Kirche könnte ihr vielleicht für den Rest der Nacht Zuflucht bieten. Sie probierte die Tür. Sie war verschlossen. Weiter hinten befand sich ein weiterer Zugang. Er ließ sich zum Glück öffnen. Johanna ging langsam hinein. Der Kirchenraum war stockfinster, aber wenigstens etwas wärmer als draußen. Sie tastete sich zu den Bankreihen, holte eine Decke aus ihrer Kiepe und legte sich auf die harten Bretter. Sie schlief sofort ein und träumte, wie grässliche Hände nach ihr grapschten.

Von lauten Stimmen und geschäftigem Lärm wachte Johanna auf. Mit schmerzendem Rücken wälzte sie sich in Sitzposition und reckte sich, bevor sie aufstehen konnte. Draußen empfing sie das bunte Treiben eines Wochenmarktes. Pferdewagen, Stände und Buden wurden von Frauen in bauschigen Kleidern und bunten Hüten belagert. Es wurde gefeilscht, geprüft und Waren über die Tische gereicht. Etwas abseits standen Männer in Grüppchen zusammen, pafften ihre Pfeifen und diskutierten gestenreich. Mit Wehmut schlenderte Johanna über den Marktplatz. Sie liebte den wöchentlichen Einkauf, den Trubel und den jüngsten Klatsch und zwischendurch einfach nur schauen, um Neues zu entdecken. Aber ohne einen Pfennig in der Tasche blieb nur das Hinschauen.

Ein Stand, der mit einer auffällig roten Plane überdacht war, wurde von vielen Menschen umlagert. Johanna ging neugierig darauf zu und sah, auf Tischen ausgebreitet sowie an Leinen hängend, warme Stricksachen. Jacken, Westen, Mützen, Strümpfe und Handschuhe. *Genau die richtigen Kleidungsstücke bei dem frostigen Wetter. Die Marktfrau macht heute sicher ein gutes Geschäft,* dachte Johanna. Als sie näher dran war, erkannte sie, dass es sich um solide Handarbeit handelte. Ihre Mutter hatte ihr das Handarbeiten beigebracht, und Johanna war gut darin. Sie verstand etwas davon und hätte sich gerne noch dichter nach vorne gedrängelt, um die Sachen besser begutachten zu können, aber sie hatte ein anderes Ziel. Sie schlenderte weiter, schließlich war sie ja nicht zum Einkaufen gekommen, der Wochenmarkt lag rein zufällig auf ihrem Weg zum Armenhaus. Als sie sich einige Schritte von dem Stand entfernt hatte, hörte sie plötzlich ein Raunen aus der Menschenmenge hinter sich.

»Halt, stehen bleiben«, schrie eine Frau. Johanna drehte sich um und sah, wie die Menschen auseinanderstoben und eine Gasse bildeten, durch die ein stämmiger Mann auf sie zugelaufen kam. »Mein Geld. Haltet den Dieb! Er hat mein Geld«, kreischte die Marktfrau hinter dem Verkaufsstand mit den Strickwaren. Der Mann bahnte sich mit rudernden Armen den Fluchtweg durch die Menge. Diejenigen, die nicht rasch genug zur Seite springen konnten, stieß er einfach um. Eine Frau stürzte dabei zu Boden und schrie. Der Mann kam schnaufend näher. Mehr aus Angst, von diesem Kerl umgerannt zu werden, stellte sich Johanna mit ausgestreckten Armen dem Dieb in den Weg. Doch sie hatte der Wucht dieses Mannes nichts entgegenzusetzen. Sie flog rücklings auf die Kiepe, die mit lautem Krächzen zerbrach. Der Mann stürzte über Johanna hinweg und traf sie mit dem Knie an der Stirn. Sie schlug mit dem Hinterkopf auf das Pflaster und ein stechender Schmerz durchzuckte ihren Schädel wie ein Blitz. Dann fühlte sie nichts mehr.

Sonntag, 3. November 1833
In Clausthal

⚒

Das Gesicht, das sich über sie beugte, kam ihr bekannt vor, ohne zu wissen, woher. »Wo bin ich?«, fragte sie und versuchte sich aufzurichten. Ein pochender Schmerz hämmerte in ihrem Kopf. Sie ließ sich augenblicklich zurückfallen, und versank in einem bauschigen Kissen. Erst jetzt registrierte sie, dass sie in einem Bett lag. Ein angenehmes Lager, weich und warm, wie sie es bisher noch nie kennengelernt hatte.

»Du bist in Sicherheit«, sagte das Gesicht. »Ich bin Jette Brockmann. Dir haben wir es zu verdanken, dass wir unser Geld zurückbekommen haben.«

Geld? Wovon redete diese Frau? »Welches Geld?«, fragte sie.

»Was der Dieb von unserem Marktstand gestohlen hatte. Du hast ihn aufgehalten und wurdest dabei am Kopf verletzt. Wir pflegen dich gesund«, sagte die Frau. »Wie heißt du?«, wollte sie noch wissen.

»Ich bin ...«, sie musste einen Moment überlegen und ihre Erinnerungen sortieren. »Ich bin Johanna Röger aus Lauterberg«, sagte sie. Ja, sie konnte sich erinnern, da war ein Mann gewesen, der sie umgerannt hatte. »Wie lange bin ich hier?«

»Zwei Tage. Mein Mann ist Bergmedikus und hat die Platzwunde genäht«, sagte Jette Brockmann. Johanna taste danach, spürte aber nur einen Verband.

»Du kannst bei uns bleiben, bis es dir besser geht«, sagte eine Männerstimme. Johanna drehte ihren Kopf zur Seite und sah einen stattlichen Herrn mit grauen Haaren im eleganten Gehrock neben dem Bett stehen. »Ich bin Dr. Heinrich Brockmann. Willkommen in unserem Haus«, begrüßte er sie.

Johanna schloss die Augen und verstand seine letzten Worte nur noch undeutlich, bevor sie einschlief.

Die Sonne schien Johanna ins Gesicht, als sie erwachte. Sie richtete sich auf und sah sich um. Das kleine Zimmer hatte eine Dachschräge, in dem ein Lichterker eingebaut war. Ein Schrank, eine Kommode mit Spiegel und Waschschüssel, ein Tisch, ein Stuhl und in der Ecke ein Kanonenofen. *Sehr gemütlich,* dachte Johanna und wand sich aus dem Bett. Kopfschmerzen spürte sie kaum noch. Über der Stuhllehne lag Kleidung, aber nicht ihre. *Wie lange hatte sie geschlafen? War das die tief stehende Morgen- oder Abendsonne?* Johanna sah aus dem Fenster. Ein blauer Himmel wölbte sich freundlich über die Stadt. Schnee glitzerte grell auf den Dächern, auf der

Straße, auf den kahlen Ästen der Linde vor dem Haus und auf den Zaunpfosten, die weiße Hüte trugen. Johanna hatte das Gefühl, in einer anderen Welt zu sein.

Es klopfte an der Tür. Sie öffnete. »Guten Morgen«, grüßte Frau Brockmann lächelnd. »Hast du gut geschlafen?«, fragte sie.

»Ja, sehr gut. Sie sind so nett zu mir«, antwortete Johanna dankbar.

»Die Kleidung dort ist für dich.« Sie zeigte auf den Stuhl. »Mach dich fertig. Es gibt gleich Frühstück, dann besprechen wir alles.« Jette Brockmann ging und schloss die Tür hinter sich.

Johanna zog das Nachthemd aus, wusch sich und probierte die Kleidung. Ein schlichtes Kleid mit Schürze und eine gestrickte Weste. Die Stoffe waren von bester Qualität, so etwas Feines hätte sie sich nie leisten können. Es passte wie maßgeschneidert. Sie drehte sich vor dem Spiegel und war erstaunt, wie gut ihr dieses Kleid stand. Zufrieden ging sie nach unten. Die Wohnstube war reichhaltig möbliert und machte auf Johanna einen herrschaftlichen Eindruck. Brockmanns mussten wohlhabende Leute sein, schloss Johanna daraus. Der Tisch war bereits gedeckt, für drei Personen. Sie lebten offensichtlich allein in dem Haus.

Jette Brockmann bat Johanna, Platz zu nehmen und goss ihr einen wohlriechenden Kaffee ein. »Bohnenkaffee«, sagte sie, »probier mal.« Er schmeckte äußerst aromatisch.

»Bitte, bedien dich!«, sagte Herr Brockmann und wies mit der Hand auf die Speisen, die vor ihnen auf dem Tisch standen. Brot, Wurst, gebratene Eier, Käse und Butter. Johanna glaubte, im Schlaraffenland angekommen zu sein.

»Erzähl uns von dir, Johanna, damit wir uns ein Bild machen können«, bat Jette Brockmann.

Johanna begann ihre Geschichte ausführlich zu berichten, bis zu den tragischen Ereignissen, die sie nach Clausthal geführt hatten. Heinrich und Jette Brockmann sahen sich danach einen Augenblick an, als würden sie sich mit Blicken verständigen. In ihren Augen schimmerte eine beiderseitige Zustimmung, glaubte Johanna zu erkennen. Jette Brockmann ergriff als Erste das Wort und sagte: »Unser Hausmädchen hat vor einigen Tagen geheiratet und uns verlassen. Könntest du dir vorstellen, an ihre Stelle zu treten?«

Johanna musste nicht lange überlegen. »Ja, das würde ich gerne machen«, sagte sie.

»Viel bezahlen können wir dir nicht, aber du hast frei Kost und Wohnen«, schlug sie vor. Johanna konnte ihr Glück kaum fassen. Bis vor Kurzem schien ihr ein erbärmliches Bettlerdasein bevorzustehen, und nun hatte sie ein neues Zuhause. Eigentlich musste sie dem Dieb dankbar sein.

Johanna hatte sich nach einigen Tagen mit den Gewohnheiten ihrer Dienstherrschaften vertraut gemacht und fand sich im Haushalt gut zurecht. Heinrich Brockmann war ein viel beschäftigter Mann, den sie meist nur sonntags zu Gesicht bekam. Johanna erledigte den kompletten Haushalt, vom Putzen über Wäschewaschen bis zum Einkaufen. Sie konnte sich im Haus frei bewegen. Im Keller hingegen durfte sie nur den Vorratsraum betreten. Der Zugang zu den anderen Räumen wurde ihr strengstens untersagt. Denn dort befand sich das Labor, in dem Doktor Brockmann medizinische Forschungen betrieb, wie er sagte. Johanna fand es allerdings eigenartig, dass er fast immer nur nachts forschte.

Jette Brockmann konnte nicht nur nett sein. Sie erwartete von Johanna, dass ihre Anweisungen penibel befolgt wurden, und das war in diesem Haus eine Herausforderung. Der gesamte Haushalt glich einer aufgeräumten Puppenstube. Alles war generalstabsmäßig durchorganisiert und hatte einen festen Platz. Jede Abweichung wurde umgehend gerügt, manchmal mit einem Donnerwetter, dass ihr die Ohren dröhnten. Frau Brockmann betrieb ein Verlagsgeschäft für Strickwaren. Jacken, Mützen, Strümpfe und vieles mehr. Sie ließ alles in

Heimarbeit anfertigen. Die Frauen und Töchter der Bergleute nutzten gern diese Möglichkeit, ihr Haushaltsgeld etwas aufzubessern. Jette entpuppte sich für Johanna als gerissene Geschäftsfrau. Sie verpflichtete sich zwar, den Heimarbeiterinnen die Strickwaren abzukaufen, allerdings mussten sie die Wolle ausschließlich bei ihr kaufen. Es blieb also für die strickenden Frauen nicht allzu viel übrig. Trotzdem lief das Geschäft gut und Johanna musste hin und wieder Wolle ausliefern. Sie übernahm gerne diese Botengänge und lernte dabei viele Leute kennen, wie zum Beispiel die Frau, die alle in Clausthal »Berghexe« nannten.

Das war vor zwei Tagen gewesen. Jette hatte Johanna in die Goslarsche Straße zu einer ihrer Heimarbeiterinnen geschickt, um fertige Mützen und Schals abzuholen. Als Johanna dort das Haus betreten hatte, stieg ihr schon ein ungewöhnlich scharfer Geruch in die Nase, dass ihr die Augen tränten.

»Komm rein, Johanna«, rief die Frau. Als Johanna den Raum betrat, schlug ihr die Duftwolke mit voller Wucht entgegen, die ihr wie ein Messer am Hals den Atem nahm. Erst nachdem sich ihr Hustenreiz gelegt hatte, konnte sie wieder tief durchatmen. Die Frau hing mit den Armen über der Stuhllehne und hatte ihren Rücken entblößt. Johanna sah überall rote Schwielen und Flecken auf der Haut. Eine andere Frau, die Johanna nicht kannte, schmierte eine Salbe auf die Schwielen, die offensichtlich diesen beißenden Dunst verbreitete. »Es juckt fürchterlich«, klagte die Frau, »kein Arzt konnte mir helfen. Zum Glück habe ich Jolanda gefunden.« Die Frau, die die Salbe auftrug, drehte sich um. Sie war groß und dürr. Ihr schmales Gesicht mit dem kurzen Haaren erinnerte Johanna an einen Igel. Sie trug ein kunterbuntes Kleid, das aus Flicken zusammengenäht zu sein schien.

»Ärzte sind nichts als Quacksalber«, meinte sie abfällig.

»Ich bin das neue Hausmädchen bei Doktor Brockmann«, gab ihr Johanna zu verstehen, um ihrem Arbeitgeber beizustehen.

»Warum neu?«, fragte Jolanda.

»Das andere Mädchen hat geheiratet«, antwortete Johanna.

»Davon weiß ich nichts, und an mir geht kaum etwas vorbei, was in Clausthal und in Zellerfeld geschieht«, erwiderte sie. »Hüte dich vor diesem Doktor. Es heißt, er schneidet an Leichen herum. Das nennt er Forschung. Würde mich nicht wundern, wenn er auch Dienstmädchen erforscht.«

Johanna lief bei dem Gedanken ein kalter Schauer über den Rücken. »Was reden Sie da?«, wehrte sie die Verdächtigungen gegen ihren Dienstherren ab. Sie nahm rasch die fertig gestrickten Sachen und ging.

»Schließ besser nachts dein Zimmer ab«, rief Jolanda ihr nach.

Die Vorstellung von toten Körpern im Haus machte Johanna Angst. Sie schloss seitdem ihr Zimmer ab, wie Jolanda ihr geraten hatte. Irgendwann würde sie schon herausbekommen, was in dem Labor vor sich ging.

Sonnabend, 2. November 1833
Lauterberg, Andreaskirche

⚒

Clara konnte sich soeben noch fangen, als sie mit der Kanne in der Hand über Vaters Stiefel stolperte, die auf dem Boden herumlagen. Sie verschüttete einen Schwall Tee dabei. »Clara!«, brüllte Wilhelm wütend. »Pass doch auf, wo du langgehst. Hast du keine Augen im Kopf?«, schimpfte die Mutter und schlug ihr mit der Hand auf den Hinterkopf. »Mutter!«, rief Karl entrüstet, »es ist doch nichts passiert.« Clara setzte die

Teekanne auf dem Tisch ab und lief weinend aus der Wohnstube. Frieda begann ebenfalls zu weinen. Wilhelm sammelte die Stiefel auf und stellte sie unter den Ofen.

Was war nur los mit seinen Eltern? Nachdem Karl ihnen erzählt hatte, dass Otto in eine Anstalt eingewiesen worden war, reagierten sie auf Kleinigkeiten reizbar und dünnhäutig. Er fühlte sich manches Mal wie in einem fremden Haus. Nichts war mehr wie vorher. Der Kummer und die Scham hatten seine Eltern verändert. Clara litt am meisten darunter. Sie verstand das alles nicht und musste sich fühlen wie ein kleiner Vogel, der aus dem Nest geworfen wurde. Karl ging ihr nach. Sie lag auf dem Bett, das Gesicht im Kissen vergraben. Er strich ihr über den Rücken.

»Warum haben Mutter und Vater mich nicht mehr lieb?«, schluchzte sie.

»Sie haben dich genauso lieb wie immer, glaub mir«, sagte Karl. »Aber die Angst um Otto schmerzt sie wie eine tiefe Wunde und macht sie gereizt.«

»Warum?«, fragte Clara.

»Schmerzen machen Menschen manchmal abweisend. Weißt du noch, als du dir das Knie aufgeschlagen hattest? Da durfte Mutter dich zuerst nicht anfassen. Erst nachdem du nicht mehr geweint hast, konnte sie die Wunde verbinden«, erklärte Karl. Clara stand auf und schnäuzte sich die Nase. »Komm, lass uns zurückgehen«, sagte Karl, »nach dem Essen muss ich Pastor Gerstackers Glockenturm reparieren.«

»Ich komme mit«, sagte Clara sogleich.

»Nein, Häkchen, dabei kann ich dich nun wirklich nicht gebrauchen.«

»Du hast mich auch nicht mehr lieb«, schmollte sie und lief weinend davon.

Karl verließ mit einem unguten Gefühl das Haus. Er hatte große Sorge um den Zusammenhalt der Familie, die an diesem Schicksalsschlag zerbrechen könnte.

Wildgänse zogen als riesiges V unter dem blauen Himmel entlang und ihre Schreie drangen bis zum Boden, von wo aus Karl die Vögel eine Weile beobachtete. Hoch im Norden, wo sie herkamen, musste es bereits frostig kalt sein. Auch die Dächer der Häuser waren an diesem Morgen mit erstem Raureif überzogen. *Hoffentlich wird der Winter nicht wieder so hart wie der letzte, als das Brennholz knapp wurde,* dachte Karl. Er wickelte den Schal einmal mehr um den Hals, wechselte die Werkzeugkiste in die andere Hand und ging weiter zur Andreaskirche.

Pastor Carl Christian Gerstacker begrüßte ihn in seiner Stube mit einem heißen Tee und lächelte zufrieden. »Der Herr wird es dir vergelten«, sagte er, »aber nun frisch ans Werk, damit es heute vollendet wird.« Er ging voraus. Neben dem Kiesweg, der durch einen schmalen Garten vom Pfarrhaus zur Kirche führte, lagen Leisten und Bretter ordentlich aufgestapelt. »Ich denke, das Bauholz wird ausreichen, um den Fußboden zu erneuern«, sagte er. Dann schloss er die Kirchentür auf und verneigte sich drinnen vor dem Kruzifix, bevor er Karl in den rückwärtigen Bereich brachte, von wo aus eine hölzerne Wendeltreppe hinauf in den Turm zum Uhrenzimmer führte. Das Quietschen der Türscharniere hallte durch das Kirchenschiff wie eine verstimmte Orgelpfeife. Als die beiden Männer die Plattform erreichten, flatterten einige Tauben erschrocken auf.

Es war kalt und zugig hier oben. Karl hatte den Kirchturm vorher nie betreten und schaute sich neugierig um. Vor ihm stand das mechanische Räderwerk der Kirchturmuhr, das seine Aufmerksamkeit magisch anzog. Er stellte sich nah davor und beobachtete das Spiel der Schwingen und Räder. Tack-Tack, erklang im Sekundenrhythmus die Sperrklinke des Ankerrades, als sei es der Herzschlag dieser Kirche. Plötzlich mischte sich ein surrendes Geräusch darunter und ein Fächerrad begann sich rasch zu drehen. Dann zuckte Karl unversehens zusammen. Ein ohrenbetäubender Glockenschlag ließ das Turmgebälk erzittern und vibrierte vom Kopf bis zu den Füßen durch seinen Körper. Er sah den Pastor erschrocken an, der seine Hände auf die Ohren drückte.

»Entschuldige«, sagte er, »ich hätte dich warnen müssen. Die Glocke klingt hier oben gewaltig für die Ohren. Halt sie dir besser zu, wenn das Schlagwerk zu surren beginnt.«

»Ich werde es nicht vergessen«, antwortete Karl.

»Übrigens, der Urgroßvater von dem unglückseligen Hans Röger ist seinerzeit Uhrenwart gewesen und kannte sich hier oben bestens aus. Also, dann will ich dir nicht im Wege stehen und wünsche gutes Gelingen«, sagte der Pastor und verließ den Turm.

Karl hörte noch das Quietschen der Tür, bevor sie laut ins Schloss fiel. Dann war er allein mit dem Tacken der Uhr. Er stellte die Werkzeugkiste ab und überlegte, wie er vorgehen sollte. Bald darauf übertönten Hämmern und Sägen den Taktschlag der Uhr. Er begann von der Treppe her den brüchigen Fußboden aufzunehmen und durch neue Bohlen zu ersetzen. Brett für Brett arbeitete er sich weiter in den Raum hinein. Die Kälte spürte er bald nicht mehr. Als er eines der letzten Bretter herausgerissen hatte, sah er in dem Hohlraum darunter etwas Ungewöhnliches liegen, was dort scheinbar versteckt oder vergessen wurde. Es sah aus wie eine Schachtel, die mit einer dicken Staub- und Schmutzschicht bedeckt war. Karl wischte mit der Hand den gröbsten Staub beiseite und wunderte sich, was er dort entdeckt hatte. *Das musste ja eine Ewigkeit hier liegen,* dachte er und wollte es herausnehmen, aber er zögerte. Er hielt es für besser, wenn Pastor Gerstacker sich das erst einmal selbst ansehen würde, um dann zu entscheiden, was damit geschehen sollte. Karl ging nach unten und klopfte an die Tür des Pfarrhauses.

»Na? Hast du die Arbeit vollendet?«, empfing ihn der Pastor an der Haustür.

»Nein, noch nicht ganz, Herr Pastor«, antwortete Karl. »Ich habe etwas entdeckt, das sollten Sie sich ansehen.«

Pastor Gerstacker weitete seine Mandelaugen und fragte lächelnd: »Womöglich einen Schatz?«

»Danach sieht es für mich nicht aus, aber ich bin trotzdem gespannt«, antwortete Karl. Der Pastor zog seinen Mantel über und ging mit nach oben.

»Sehen Sie hier«, sagte Karl und wies mit dem Finger auf die Stelle im Fußboden. Carl Christian Gerstacker beugte sich über die Öffnung und nahm das Päckchen vorsichtig heraus. Er holte tief Luft und pustete darüber, so, als wolle er in einem Atemzug mehrere Kerzen ausblasen. Nachdem sich die Staubwolke gelichtet hatte, kam ein in Leinen gewickeltes Päckchen zum Vorschein. Er betrachtete das Paket von allen Seiten.

»Ich bin ebenso so überrascht wie du«, sagte der Pastor. »Ich werde es mit nach unten nehmen und nachsehen, was sich darin verbirgt.«

Karl war ein wenig enttäuscht, er hätte zu gerne gleich gewusst, was er entdeckt hatte. Aber er musste sich noch gedulden, bis das letzte Brett aufgenagelt war.

Die Glocke schlug gerade drei Mal. *Es ist spät geworden,* dachte Karl, strich er sich mit den Händen den Schmutz aus der Kleidung, warf noch einmal einen prüfenden Blick auf seine Arbeit und war zufrieden. Dann räumte er das Werkzeug zusammen. Hungrig stieg er den Turm hinab und gab Pastor Gerstacker Bescheid. Der strahlte über sein volles Gesicht und bat Karl, hereinzukommen. In der Küche wartete bereits Friederike, seine Frau, eine rundliche Person mit freundlichen Augen. Sie forderte beide auf, am Tisch Platz zu nehmen, der mit Brot, Speck, Wurst und Schmalz gedeckt war. Es duftete verlockend und Karl lief das Wasser im Mund zusammen. Er hatte seit dem Morgen nichts weiter zu sich genommen. Pastor Gerstacker füllte sogleich die Becher mit Bier. »Sehr zum wohl«, sagte er und erhob den Trinkbecher. Karl trank das frische Dunkelbier in einem Zug aus. Es schmeckte köstlich und nicht so dünn wie das, was es in der Hüttenschenke gab.

Karl staunte über das gute Auskommen des Pfarrers. Solch einen reichhaltig gedeckten Tisch konnten sich sonst nur wohlhabender Herrschaften leisten. Es war ihm recht, denn derart schmackhaft und üppig hatte er lange nicht mehr gegessen. Friederike bot ihm eine weitere Scheibe Brot an. »Vielen Dank! Ich bin satt«, lehnte Karl ab. »Es hat vorzüglich geschmeckt.«

Der Pastor trank seinen Bierbecher leer und stand auf. »Komm, ich will dir etwas zeigen«, sagte er zu Karl, ging voraus und führte ihn in seine Amtsstube. Ein etwas düster wirkender Raum, einfach eingerichtet mit einem Schreibpult, einem Tischchen und einer Kommode. Darüber an der Wand hing ein schlichtes Kruzifix aus Holz. »Sie mal hier.« Er nahm Karl am Arm und zog ihn vor das Schreibpult. Darauf lag ein Buch, in Leder gebunden. Nach dem abgegriffenen Zustand zu urteilen, musste es uralt sein. Auf dem Buchdeckel war ein Zeichen zu erkennen. Es zeigte das Bergbausymbol, gekreuzte Schlägel und Eisen, und darüber das Kreuz. Ein solches Symbol hatte Karl noch nirgendwo gesehen. Sein Blick ruhte staunend auf dem Buch. »Na, was sagst du?«, fragte der Pastor.

»Eine Bergmannsbibel?«, mutmaßte Karl.

»Keine gewöhnliche Bibel«, sagte Gerstacker. »Wenn ich mich nicht täusche, hast du tatsächlich einen Schatz ausgegraben.«

»Wie meinen Sie das?«, fragte Karl nach.

Pastor Gerstacker strich sanft mit der Hand über den Buchdeckel, als wolle er ihn streicheln. »Es ist ein seltsames Gefühl, dieses seit Langem vermisste Buch zu berühren. Wenn es erzählen könnte, was es alles gesehen und erlebt hat, das wäre von unschätzbarem Wert«, schwärmte er. »Ich kann es kaum glauben.« Seine Stimme klang bewegt. »Und du, Karl Wiegand, hast es gefunden. Das ist eine göttliche Fügung. Der Herr hat ein Auge auf dich.«

»Es ist nicht mein Verdienst, Herr Pastor, es war reiner Zufall«, sagte Karl.

»Gott allein lenkt unsere Geschicke, auch das, was du Zufall nennst«, entgegnete der Pastor. Er nahm das Buch auf, als handele es sich um eine zerbrechliche Porzellanfigur und trug sie in einen Nebenraum, der sich als Bibliothek erwies. Wie sanft der Pastor mit dieser Bibel umging, fand Karl ein wenig übertrieben. Er wurde das Gefühl nicht los, dass der Pastor mehr über dieses Buch wusste, es aber nicht preisgeben wollte. Karl sah sich in der Bibliothek um und staunte, als stünde er in einer Märchenwelt. Die Wände ringsum waren mit Bücherregalen zugestellt. Auf dem quadratischen Tisch unter dem Fenster brannte ein Kerzenleuchter. Der bequeme Sessel davor wirkte einladend zu gelehrsamen Stunden mit dem Studium der Worte. Karl verschlug es die Sprache.

»Bücher sind faszinierend, nicht wahr? Sie speichern das Wissen über Gott und die Welt. Ich liebe Bücher«, schwärmte der Pastor, legte eine Hand auf Karls Schulter und sprach weiter. »Ich möchte dir jedoch das Ehrenwort abnehmen, vorerst mit niemandem über dieses Buch zu sprechen. Zuerst muss ich klären, wem es gehört. Wenn der Fund bekannt wird, würde sicher so mancher Besitzansprüche stellen.« Er öffnete den einzigen Bücherschrank im Raum, stellte die Bibel hinein und schloss die verglaste Tür ab. Karl hatte mit seiner Vermutung offenbar recht gehabt, es musste ein außergewöhnliches Buch sein.

»Sie können sich auf mich verlassen, Herr Pastor«, sagte Karl. Er schritt die Regale ab und betrachtete die Buchrücken. Außer religiösen Büchern sah er auch solche von Goethe und Schiller sowie Chroniken des Bergbaugelehrten Henning Calvör und dem Bergschreiber aus St. Andreasberg, Leopold Honemann. Aber auch welche über Astronomie, Mechanik und Mathematik, die Karl besonders interessierten. Er war überwältigt.

»Ich habe diese Bibliothek über Jahre hinweg zusammengesammelt«, erklärte der Pastor, »es war nicht einfach, schließlich kann man Bücher nicht wie Kartoffeln auf dem

Wochenmarkt kaufen.« Er schmunzelte und sprach hinter vorgehaltener Hand weiter: »Für einige habe ich sogar die Dienste von Ernst August Brothuhn in Anspruch nehmen müssen. Das ist zwar kein gottesfürchtiger Mensch, aber seine Kontakte sind zuweilen nützlich.«

»Bewundernswert«, sagte Karl.

»Wer? Brothuhn?«, fragte der Pastor nach.

»Nein«, lachte Karl, »Ihre Bibliothek natürlich.«

»Übrigens«, sprach Pastor Gerstacker weiter, »dir steht ein Finderlohn zu. Allerdings ist dieses Buch viel zu wertvoll, als dass die Kirche dir einen angemessenen Finderlohn bezahlen könnte, aber falls du einen Wunsch hast, den ich dir erfüllen kann, so lass es mich wissen.«

»Ich verlange kein Geld, Herr Pastor, nur wenn ich Ihre Bibliothek benutzen dürfte?«

»Wann immer du willst«, stimmte der Pastor zu.

»Sonntags, nach dem Gottesdienst und an Feiertagen, wenn es recht ist«, schlug Karl vor.

»Wie gesagt. Wann immer du magst«, wiederholte der Pastor, »weiter nichts? Sei nicht so bescheiden.«

»Ich möchte Ihre Großzügigkeit nicht ausnutzen, Herr Pastor, aber Sie haben sicher gute Verbindungen, nicht wahr?«, sagte Karl kleinmütig.

»Das mag schon sein. Warum? Nur raus mit der Sprache«, antwortete der Pastor.

»Es geht um meinen Bruder, Otto. Er wurde in eine Irrenanstalt eingewiesen, aber die Polizei hält den Ort geheim. Ich würde gerne wissen ...«

Pastor Gerstacker unterbrach ihn und sagte: »Ich kenne Amtmann Schuster gut. Er ist mir einen Gefallen schuldig, ich werde sehen, was ich machen kann.«

»Danke!«, sagte Karl. Er hätte den Pastor auch gerne um Beistand für Johanna gebeten, aber er wollte nicht maßlos sein.

»Du hast noch etwas auf dem Herzen«, sagte der Pastor,

»ich sehe es dir an. Was ist es?« Karl zauderte einige Augenblicke, dann sagte er: »Ich möchte nicht aufdringlich sein, Herr Pastor, aber die unsägliche Lage von Johanna Röger beschäftigt mich. Sie ist allein und ohne jegliche Unterstützung. Was kann man für sie tun?« Pastor Gerstacker fasste sich ans Kinn.

»Allein die Nächstenliebe macht uns zu guten Christen, Karl Wiegand«, antwortete der Pastor, »es gibt Frauen im Ort, die sich um Menschen kümmern, die zu Fall gekommen sind. Schick Johanna zu mir, ich werde ein gutes Wort für sie einlegen.«

»Ihr seid zu gütig, Herr Pastor«, sagte Karl und verabschiedete sich.

»Vielen Dank noch einmal«, sagte der Pastor, »Gott behüte dich.« Friederike drückte Karl ein Bündel in die Hand. »Weil es dir so gut geschmeckt hat. Es ist auch ein Stück Kuchen drin für Clara«, sagte sie.

»Bis Morgen dann. Glückauf«, rief Karl und ging.

Sonntag, 3. November 1833
Lauterberg, Ellernstraße

⚒

Er hatte kaum geschlafen. Die Sorge um Otto beschäftigte Karl unablässig und ließ ihn nicht zur Ruhe kommen. *In welche Anstalt mochten sie ihn gebracht haben?* Karl hatte gehört, dass es in Göttingen eine Irrenanstalt gab, aber das war weit weg, mehr als einen Tagesmarsch. Hoffentlich würde es Pastor Gerstacker gelingen, von der Polizei den Aufenthaltsort zu erfahren. Er musste unbedingt mit Otto reden, um seine Unschuld beweisen zu können. Allerdings, bis nach Göttingen wäre er zwei bis drei Tage unterwegs. Mit einer Reisekutsche ginge es schneller, aber womit sollte er die bezahlen? Außerdem würde sein Meister, Hermann Apel, niemals erlauben, dass er mehrere Tage der Arbeit fern bliebe. Es schien aussichtslos zu sein. Karl drehte sich um und versuchte, an etwas anderes zu denken.

Unvermittelt tauchte das Bild von Johanna in seinem Kopf auf. Ihr ebenmäßiges Gesicht, der fein gezeichnete Mund und ihre unwiderstehlichen Augen. Er hatte das Gefühl, als sähen sie ihn an und fesselten seine Gedanken unauflöslich an sich. *Wo mochte sie in diesem Augenblick sein? Sie besaß kein Geld, und vielleicht irrte sie bereits ohne Dach über dem Kopf im Ort herum. Von ihrer Vermieterin konnte sie jedenfalls keine Barmherzigkeit erwarten. Johanna war auf sich allein gestellt. Jemand musste sich um sie kümmern, sonst könnte sie weiß Gott wo landen.* In seinem Kopf drehte sich alles. Sein Bruder in der Irrenanstalt, seine Eltern in Gram vor Sorge und die Frau, die er liebte, vom Abstieg ins Elend bedroht.

Karl fror im Bett. Er stand auf und legte seine Decke über Claras Füße. Sie schlief noch fest. Im Haus war es kalt. Karl schürte die Glutreste im Herd und entfachte das Feuer mit Hobelspänen aus Vaters Werkstatt. Nur allmählich wich die Kälte. Seine Eltern kamen jetzt auch aus ihrer Kammer. Karl sah es ihnen an, dass sie ebenfalls schlecht geschlafen hatten. Ein dunkler Schatten umgab die tief liegenden Augen seiner Mutter. Sie versuchte, mit einem Lächeln ihren Kummer zu verbergen, aber diese Augen verrieten ihre Verzweiflung. Sein Vater legte wortlos drei Holzscheite nach und ging mit dem Wassereimer nach draußen zur Pumpe. Frieda füllte das Teesieb und hing es in die Kanne.

»Du bist früh aufgestanden«, sagte sie, während sie am Schrank hantierte.

»Mir war kalt, und ich musste an die armselige Johanna Röger denken«, antwortete Karl.

»Was liegt dir nur an dieser Frau? Als wenn wir nicht genug

eigene Sorgen hätten«, erwiderte sie.

»Sie glaubt, dass Otto ihren Vater ...« Karl wollte es nicht aussprechen.

»Hat er aber nicht«, stellte sie klar.

»Nein, aber ihr Schicksal berührt mich«, erklärte Karl. Seine Mutter antwortete ihm mit diesem typischen Blick, der keine Worte brauchte. Karl huschte ungewollt ein Lächeln über die Lippen. Es ärgerte ihn, weil er sich damit verraten hatte.

»Dann geh hin und rede mit ihr«, sagte sie.

Karls Vater kam mit dem Wassereimer zurück. »Wo gehst du hin?«, fragte er nach, schöpfte mit dem Teekessel Wasser aus dem Eimer und stellte ihn auf den Ofen.

»Zu Johanna Röger. Sie braucht Hilfe«, sagte Karl.

»Es ist traurig, was ihr widerfahren ist, aber wir haben im Augenblick unser eigenes Päckchen zu tragen«, erwiderte sein Vater.

»Ich will sie aufsuchen und zu Pastor Gerstacker schicken, mehr nicht«, erklärte Karl.

»Du hast mich nicht verstanden«, sagte Wilhelm mit erhobener Stimme, »ich will, dass du dich um deine Dinge kümmerst.«

»Welche Dinge?«, wollte Karl wissen.

»Um deine neue Arbeit zum Beispiel«, antwortete er scharf.

»Die leidet darunter keineswegs«, gab Karl zurück. Wilhelm schlug wieder mit der Hand auf den Tisch, wie er es oft tat, wenn man ihm widersprach.

»Du bleibst hier«, brüllte Wilhelm.

»Vater«, sagte Karl ruhig, »ich muss meinen eigenen Weg gehen. Du kannst mich nicht länger bevormunden.«

Karls Vater lief rot an. »Solange du selbst keine Familie gegründet hast und in meinem Haus lebst, solange wirst du dich fügen.« Er haute erneut auf den Tisch.

»Ich füge mich«, sagte Karl, »aber ich lasse mich nicht an

die Kette legen.«

»Andere Männer in deinem Alter sind längst Familienväter«, warf er Karl vor.

»Sollen sie doch«, gab Karl trotzig zurück, zog sich an und lief nach draußen.

Die Kälte schnitt ihm wie ein scharfes Messer ins Gesicht und kühlte seinen hitzigen Kopf rasch ab. Aus den Schornsteinen quoll der Rauch behäbig in den klaren Himmel und zerkräuselte in der frostigen Luft. Dagegen wirkte der schwarze Qualm aus dem Hochofen der Königshütte wie der Atem eines Höllenfeuers. Er ging den Uferweg entlang in Richtung Odertal. Das Eis auf den Pfützen knirschte unter seinen Schritten. Karl zog die Mütze tiefer und vergrub die Hände in den Taschen.

Als er vor dem verwahrlosten Haus stand, in dem Johanna wohnte, bekam er erneut Herzklopfen. Mit unruhiger Hand öffnete er die Haustür und trat ein. Als er die erste Treppenstufe nahm, knarzte die Wohnungstür im Erdgeschoss.

»Sie schon wieder«, hörte Karl die Stimme von Herta Weber über den Flur kreischen. Karl drehte sich um. »Falls Sie Fräulein Röger suchen, sind Sie umsonst gekommen«, keifte sie ihn an.

»Wissen Sie, wann sie zurückkommt?«, fragte er.

Sie lachte höhnisch. »Überhaupt nicht. Wir haben sie rausgeworfen«, antwortete sie.

»Sie haben was?«, entrüstete sich Karl.

»Wir sind schließlich kein Obdachlosenheim«, erwiderte sie.

»Gewiss nicht«, schmetterte Karl ihr entgegen. »Sie sind eine herzlose Bestie!«

Herta Weber bekam augenblicklich rote und weiße Flecken im Gesicht und sah aus wie ein buntes Stück Erzgestein aus der Knollengrube. »Das muss ich mir in meinem Haus nicht sagen lassen!«, brüllte sie und wies Karl hinaus.

»Wo ist Fräulein Röger?«, fragte Karl, als er in der Haustür stand.

»Ist mir doch egal. Raus!«, schrie sie.

Auf der Straße schaute Karl sich um, in der winzigen Hoffnung, Johanna zu erblicken. Doch die Ellernstraße lag verlassen zwischen den gefrorenen Feldern und Wiesen, auf denen die Raureifkristalle in der Morgensonne glitzerten. Zwei Wildenten flogen mit raschem Flügelschlag über ihn hinweg und verschwanden hinter der Baumreihe, wo die Oder floss. Alles um ihn herum, was sonst so vertraut schien, war mit einem Mal anders ohne Johanna. *Wo mag sie nur sein? Bei dieser Kälte und ohne Dach über dem Kopf?* Karl ging in den Ort zurück, bis zum Gottesdienst würde er noch pünktlich ankommen.

*

Pastor Gerstacker bedankte sich in seiner Predigt überschwänglich bei Karl Wiegand für die Reparaturen im Turm und bezeichnete es als herausragendes Beispiel für eine selbstlose Gemeindearbeit. Das zeigte Wirkung. Karl bemerkte die Blicke der Kirchenbesucher, wie sie nach ihm schielten und anerkennend zunickten. Nach dem Gottesdienst grüßten sie die Wiegands umgänglich und erkundigten sich sogar nach deren Befinden. »Ich hoffe, das mit Otto wird sich bald aufklären«, sagte ein Arbeitskollege von Wilhelm kleinlaut. Andere verabschiedeten sich freundlich: »Auf Wiedersehen und schönen Sonntag noch.«

Die Menschentraube löste sich nach und nach auf. Nur Karl blieb. Es zog ihn in Pastor Gerstackers Bibliothek. Dort tauchte er bald in den Zauber der geschriebenen Worte und Zahlen ein.

Mittwoch, 6. November 1833
Auf der Königshütte

⚒

Karl wusste nicht, wo ihm der Kopf stand. Die neuen Eindrücke prasselten wie reife Früchte auf ihn hernieder, von denen er keine verpassen wollte. Hermann Apel forderte ihn von Anfang an. »Als Maschinenhelfer musst du die Hütte von vorne bis hinten verstehen, sonst weißt du nicht, wie sie funktioniert, worüber die Leute reden und an welcher Stelle die Probleme liegen«, hatte er gesagt und ihn gleich zu Beginn durch alle Teile des Werkes geschickt. Karl hatte Kohle und Erz im Schuppen entladen, mit der Karre Möller in den Ofen gekippt, ihn mit abgestochen und schwitzend am Frischherd gestanden. Er hatte in der Modelltischlerei Holzteile verleimt, in der Formerei Sand gestampft und später die Gussteile herausgeschlagen. Zwischendurch wurde er zu verschiedensten Reparaturarbeiten gerufen. »Dein Steiger hat gut für dich gesprochen. Nun zeig, was du kannst«, hatte Apel gesagt und ihn bereits nach drei Tagen allein an die Anlagen geschickt, als wäre er jahrelang vertraut damit gewesen.

Karl ging mit Freude an die neue Aufgabe, musste jedoch bald auch die ein oder andere Schelte der Kameraden einstecken. »Was hast du denn hier zurechtgezimmert?«, hatte ein Kollege in der Gießerei gemeckert, »da wird man sich beim Heben das Kreuz verrenken.«

»Aber nur wenn du genauso anpackst wie vorher«, hatte Karl dagegen gehalten und es ihm vorgemacht. »Sieh mal, du musst hier anfassen, dann geht es kinderleicht. Siehst du?« Er musste bald erfahren, dass es auch in der Hütte schwierig war, die Leute von einer anderen als der gewohnten Arbeitsweise zu überzeugen. Selbst wenn die Arbeit dadurch einfacher und leichter wurde. Doch er ließ sich nicht beirren. Er beobachtete die Kameraden an ihren Arbeitsplätzen, hörte ihnen zu und fragte hin und wieder, warum sie es gerade auf diese Weise und nicht anders machen würden. »Endlich jemand, der sich für unsere Arbeit interessiert«, sagten viele und erzählten freimütig über ihre Aufgabe, oftmals sogar mit Stolz. Karl lernte dabei die Kameraden kennen, einige konnten sich sogar an ihn erinnern. »Dich habe ich doch schon einmal hier gesehen. Du hast beim Hochwassereinsatz mitgeholfen«, bemerkte jemand. Ein anderer sagte: »Du bist doch der Bruder von Otto, stimmt`s? Ich kann es immer noch nicht glauben. Er war ein guter Kollege.«

Karl fühlte sich bald als vollwertiger Maschinenhelfer auf der Königshütte. Egal wann und wo es Probleme gab, meistens riefen die Kameraden zuerst nach ihm. Allerdings spürte er im Laufe der Zeit, dass ihm nicht alle wohlgesonnen waren. Einige schauten ihn schiefmäulig an und machten bissige Bemerkungen hinter seinem Rücken. Sie tuschelten über ihn und irgendwann hatte er aufgeschnappt, dass sie ihm den Spitznamen *Hüttenfuchs* verpasst hatten. Er ärgerte sich darüber, denn er wollte kein Außenseiter unter den Kameraden sein.

»Sie reden über mich. Mache ich etwas falsch?«, fragte er während der Frühstückspause Christian Knocke, der als Schlosser in der Maschinenfabrik arbeitete. Karl hatte sich mit ihm angefreundet, als Christian ihm vor einigen Tagen die Bedienung der Bohrmaschine erklärt hatte. Christian war dünn wie ein Spargel und die Hosenbeine flatterten bei jedem Schritt wie zwei Fahnen an seinen Beinen. Dafür passte die etwas zu breite Nase zu den freundlich blickenden Augen. Christian war etwa so alt wie Karl und sie hatten sich von Anfang an gut verstanden.

»Nichts für ungut, Karl, aber du bist außerordentlich ehrgeizig und die Leute fühlen sich davon überrollt. Du solltest dich etwas zurücknehmen«, riet Christian.

»Meinst du?«, fragte Karl.

Christian nickte ihm lächelnd zu.

Montag, 11. November 1833
Auf der Königshütte

Gottfried Mehmke kam aufgeregt in das Kontor von Hermann Apel gestürmt, das neben dem Zeichenbüro lag. Apel stand mit Karl vor einem Zeichentisch und erklärte ihm gerade den Grundriss der geplanten Drahthütte, die in der Lauterberger Aue gebaut werden sollte.

»Großer Mist«, fluchte Mehmke, der nach dem Tod von Hans Röger zum Ofenmeister befördert worden war, »eine Winddüse[34] ist fast weggeschmolzen. Wir brauchen dringend Ersatz.«

»Ist die Kühlung ausgefallen?«, fragte Apel nach.

»Nein, irgend ein Klotzkopf hat das Wasserventil nicht weit genug geöffnet«, erklärte er. »Wenn man sich nicht um alles selber kümmert«, schimpfte er ungehalten.

»Karl, du wirst das erledigen«, sagte Apel geradewegs, »aber nur zusammen mit August, der weiß, wie vorgegangen werden muss. Es darf nichts schief gehen, sonst haben wir einen riesen Schlamassel.«

Gottfried und Karl gingen zum Hochofen. Die drei Winddüsen lagen gleichmäßig verteilt um den Ofen herum. Durch sie wurde mit dem Kolbengebläse, das Karl ja bereits beim Hochwassereinsatz kennengelernt hatte, vorgewärmte Luft in die Schmelzzone des Ofens geblasen. »Hier«, Gottfried zeigte auf die angeschmolzene Düse, aus der die Luft pfeifend herausströmte. Hinter der schmalen Maueröffnung leuchtete das weißglühende Erzfeuer, das Eisen zum Schmelzen brachte. »Da drinnen sind fast tausendvierhundert Grad und die Düsen bestehen aus Kupfer. Wenn die nicht ausreichend gekühlt

34 Winddüse: Durch sie wird die Gebläseluft (Wind genannt) in den Hochofen geblasen.

werden, zerfließen sie wie Butter in der Sonne«, erklärte Gottfried.

»Ja, das kann ich mir gut vorstellen«, antwortete Karl.

»Ich gehe August holen. Du kannst schon mal anfangen. Die Ersatzdüse liegt dort«, sagte Gottfried, zeigte kurz auf das Ersatzteil und verschwand ohne weitere Erklärungen. Karl betrachtete die Winddüsenanlage, an der er bisher noch nicht gearbeitet hatte.

»Womit soll ich anfangen?«, rief er Gottfried hinterher, doch der hatte die Halle bereits verlassen. *Konnte man das Düsenrohr einfach bei laufendem Schmelzprozess ausbauen, oder floss dann Schlacke aus der Öffnung heraus? Der Wechsel musste auf jeden Fall am heißen Ofen stattfinden, sonst würde wochenlang kein Eisen produziert werden können. Das bedeutete, es gab einen vorgeschriebenen Arbeitsablauf, um den Schlackenabfluss zu verhindern. Aber welchen?*, fragte sich Karl. *Die Windzufuhr und das Kühlwasser konnten mittels Handrädern gesperrt werden. Aber was würde dann passieren?* Karl hatte keine Ahnung und wartete auf August Fricke, aber der kam und kam nicht. Nach einer Weile sah er endlich Gottfried Mehmke in der Halle. »Wo bleibt August?«, rief er ihm zu.

»Der kann nicht, er muss zu den Wasserrädern. Du schaffst das auch allein, fang schon mal an«, schlug Gottfried vor.

»Was bleibt mir anderes übrig«, antwortete Karl. »Aber du musst mir die ...« Gottfried war bereits wieder verschwunden. »... Reihenfolge erklären«, beendete er den Satz. Nun stand er verunsichert und auf sich gestellt vor der pfeifenden Düse. Er war wütend auf Gottfried, der ihn einfach stehen ließ. *Sollte er unverrichteter Dinge zurückgehen? Das käme bei Hermann Apel nicht gut an. Der würde ihn wahrscheinlich ordentlich zurechtstauchen. Aber wer weiß*, dachte Karl, *vielleicht ist das eine Bewährungsprobe für mich.*

Er überlegte kurz und drehte dann die Windzufuhr ab. Mit jeder Umdrehung wurde das Pfeifen leiser, bis es erlosch. Weiter geschah nichts. Karl drehte als Nächstes das Kühlwasser ab. Auch das schien keine Auswirkung zu zeigen. Dann löste er die ersten Verbindungsschrauben. Kurz danach geschah es: Unvermittelt schmolz die Düsenlanze zur Hälfte weg, einfach so. Karl erschrak und wusste im Augenblick nicht, was er tun sollte.

»Was machst du da?«, rief plötzlich eine Stimme hinter ihm. Er drehte sich um und sah den Ersten Frischer Paul Engelmann. »Schnell, die Düse muss raus«, schrie er Karl an, »und dann einen Eimer Formsand in die Öffnung, sonst läuft uns die Schlacke raus.« Karl schraubte in Windeseile weiter, während Paul zu den Gießern rannte, um Sand zu holen. Als er zurückkam, riss Karl den Rest des Rohres heraus. Paul schüttete den Sand mit Schwung in die Maueröffnung des Ofens und stopfte ihn mit einer Stange fest. Einige Kameraden hatten die Hektik der beiden offensichtlich mitbekommen und guckten neugierig herüber.

»Beeil dich, die andere Düse rein. Der Sandpfropfen hält nicht lange und dann haben wir die Schweinerei. Mach, mach!«, trieb er Karl an, der Paul noch nie derart aufgeregt erlebt hatte. Daraus schloss er, dass er kurz vor dem Schlamassel stand, vor dem Apel gewarnt hatte. Karl lief der Schweiß von der Stirn und den Schläfen herunter. Er hob die Ersatzdüse in Position und Paul drehte mit flinken Fingern die Schrauben in den Verbindungsflansch. Als die ersten Schrauben angezogen waren, schloss Karl sofort die Kühlwasserrohre an. Aus dem Sandpfropfen quoll dünner Rauch heraus.

»Los, los, los«, rief Paul, »gleich schießt uns die Suppe entgegen.« Während Karl noch schraubte, drehte er die Schieber für Kühlwasser und Wind auf. Aus der losen Verbindung spritzte Wasser heraus. Dann zuckte Karl erneut zusammen. Mit einem ohrenbetäubenden Zischen zerstob der Sand aus der Öffnung und flog ihnen ins Gesicht. Es brannte wie heiße Nadeln auf der Haut. Karl hustete und wischte sich die Augen. Als er sie wieder öffnen konnte, sah er Paul Engelmann neben sich. Er grinste. Beide zogen die restlichen Schrauben fest, dann fauchte der Ofen wie gewohnt im Rhythmus der Kolben. »Das war knapp«, sagte Paul, »hat dir niemand gesagt, dass die Düsen nur kurz nach dem Abstich gewechselt werden dürfen?«

»Nein, niemand. Zum Glück warst du in der Nähe. Danke!«, sagte Karl und wischte sich mit dem Ärmel das Gesicht trocken.

»Reiner Zufall«, meinte Paul.

Postwendend mussten Karl, Gottfried Mehmke und August Fricke zu Hermann Apel ins Kontor kommen. Sie standen wie Zinnsoldaten vor seinem Schreibtisch.

»Hatte ich nicht unmissverständlich angeordnet, dass du nur gemeinsam mit August die Düse wechselst?«, fauchte Apel ihn an.

»Ja, Meister«, sagte Karl kleinlaut, »aber August konnte nicht kommen, er musste zu den Wasserrädern.«

Apel wandte sich an Gottfried. »Warum hast du Karl nicht darüber aufgeklärt, dass die Winddüsen nur nach dem Abstich ausgewechselt werden können? Er hätte also genügend Zeit gehabt, auf August zu warten.«

»Er sollte lediglich Vorbereitungsarbeiten machen. Von Wechseln habe ich nicht gesprochen«, erwiderte Gottfried.

Karl sah Gottfried vorwurfsvoll an. »Fang schon mal an, hast du gesagt. Von Abstich war keine Rede«, verteidigte sich Karl.

»Dreh mir nicht die Worte im Mund um. Anfangen heißt anfangen und nicht fertigmachen«, widersprach Gottfried. »Du hast eigenmächtig gehandelt. Zum Glück konnte Paul Schlimmeres verhindern.«

»Du hast mich enttäuscht, Karl Wiegand«, sagte Apel, »dein Ehrgeiz hat dich erneut verleitet. Zum Glück ist es noch einmal glimpflich ausgegangen, sonst müsste ich dich bestrafen. Geht mir aus den Augen!« Alle drei verließen das Kontor.

»Karl?«, rief Apel hinter ihm her. Karl drehte sich um. »Enttäusche mich nie wieder«, sagte er mit Nachdruck.

»Was ziehst du denn für ein Gesicht?«, fragte Christian, als Karl in die Werkstatt kam. Karl erzählte ihm, was er gerade erlebt hatte.

»Ich hätte dich vor Gottfried warnen sollen«, sagte Christian, »der schwärzt gerne Kameraden an, um selbst gut dazustehen. Hüte dich vor ihm!«

Dienstag, 10. Dezember 1833
Lauterberg, Unter den Linden

⚒

Die Zeit rannte im Laufschritt dahin. Karl ging in der Menge der Aufgaben fast unter, und der Maschinenmeister gönnte ihm kaum Ruhe zum Durchatmen. Sein Misserfolg und die Rüge von Hermann Apel hingen ihm noch nach. Ebenso schwer wog die Enttäuschung über Gottfried Mehmke, der ihn ins offene Messer hatte laufen lassen. Trotzdem machte ihm die Arbeit Spaß, bei der er Tag für Tag Neues lernte. Das lenkte ihn von den Sorgen um die Familie ab – nur nicht von Johanna, sie saß wie eingemeißelt in seinem Kopf. Karl konnte das schwerlich begreifen, er hatte sie nur zweimal getroffen und war jedes Mal barsch abgewiesen worden. Sie würde mit Sicherheit keinen einzigen Gedanken an ihn verschwenden. Obwohl er sie kaum kannte, beherrschte ihn unablässig der Wunsch, dieser Frau nah zu sein. Karl hatte überall nach ihr gefragt, auch den Fuhrmann Hannes Klapproth, dessen Hof praktisch in Johannas Nachbarschaft lag und der viel über die Leute in Lauterberg wusste. Aber auch er hatte sie nicht wieder gesehen.

Karl nahm seinen Rucksack auf und trat vor die Maschinenhalle, schlug den Jackenkragen hoch und machte sich auf den Weg in den Feierabend. Schneeflocken schwirrten im böigen Ostwind wie ein Schleier über den Vorplatz. An den beiden Schalenkaskaden des Hüttenbrunnens hingen schon seit Tagen lange, dicke Eiszapfen. Karl freute sich auf die warme Stube, die praktisch gleich um die Ecke am anderen Ende des Hüttenweges auf ihn wartete. Wenn er an die langen Märsche zur Knollengrube dachte, bei Wind und Wetter, dann war dieser Weg nur ein kleiner Spaziergang dagegen. Doch heute wollte er noch rasch zum Schlachter Heitmüller in die Hauptstraße. Jetzt in der Adventszeit gab es dort günstig Gänseflomen. Seine Mutter machte daraus das beste Gänseschmalz weit und breit mit Apfelstücken, Zwiebeln und Thymianblättchen. Auf frischgebackenem Brot mit etwas Salz aßen sie es alle am liebsten. Mit wässrigem Mund dachte er an diesen Genuss. Drei Trittstufen führten in den kleinen Schlachterladen, dessen Türglocke sonderbar verstimmt bimmelte. Es roch appetitlich nach Wurst, Kesselfleisch und Gewürzen. Karl mochte diesen Laden, in den er schon als Kind mit seiner Mutter gerne zum Einkaufen gegangen war. Hinter dem Tresen stand Schlachter Heitmüller mit blutverschmierter Schürze und kälteroter Nase. Er zog mit flinken Bewegungen ein Messer am Wetzstahl ab.

»Na Karl, was darf`s denn heute sein?«, fragte er.

Als Karl seinen Wunsch äußern wollte, bimmelte die Türglocke dazwischen. Karl schaute zurück. Eine junge Frau betrat den Laden, die Karl vom Sehen kannte. Sie war zart gebaut, hatte ein schmales Gesicht mit großen, grünen Augen. Eine ansehnliche Frau. Ihr Vater arbeitete in der Kummelszeche, wusste Karl. »Guten Tag«, grüßte sie und trat an den Tresen.

»Tach auch«, grüßte der Schlachter zurück.

»Glückauf«, sagte Karl und wandte sich wieder dem Einkauf zu. »Ein halbes Pfund Gänseflomen bitte«, sagte er.

»Moment, kommt gleich«, antwortete Heitmüller und ging in den hinteren Raum. Eine andächtige Stille blieb zurück. Karl spürte die Blicke der Frau, die ihn verlegen machten. Er drehte sich kurz zu ihr. Sie lächelte und zog die Brauen ein Stück nach oben, als ob sie ihn auffordern wollte, etwas zu sagen. Ihm war die Situation peinlich und er hoffte, Heitmüller würde bald zurückkommen.

»Ziemlich kalt geworden, nicht wahr?«, sagte sie.

»Ja. Wir haben Ostwind«, antwortete Karl, ohne darüber nachzudenken. Gespräche über das Wetter fand er wenig unterhaltsam.

»Schnee zu Weihnachten wäre schön«, meinte sie.

»Gewiss, so wie voriges Jahr«, gab er knapp zur Antwort. *Hoffentlich kommt Heitmüller gleich zurück,* dachte er.

»Du bist doch Karl Wiegand, der den Kirchturm repariert hat«, versuchte sie ihn offensichtlich in ein Gespräch zu verwickeln. »Finde ich übrigens sehr hilfsbereit von dir«, gab sie zu verstehen.

Karl nickte ihr nur kurz zu und sagte: »Hab nur den Fußboden repariert.« Endlich kam der Schlachter zurück. Er reichte Karl eine Tüte über den Tresen und verlangte drei Pfennige dafür. Karl ging zur Tür. »Auf Wiedersehen«, sagte er.

»Bis dann«, antwortete die Frau.

Karl stieg die Stufen hinunter. *Bis dann? Was meinte sie damit?,* überlegte er, als er auf der Straße stand. Hat höchstwahrscheinlich nichts zu bedeuten. Karl durchquerte die Andreasgasse und ging über Lauterbergs Allee *Unter den Linden*[35] in Richtung Schanze.

In einiger Entfernung sah er ein Pferdegespann mit Leiterwagen am Straßenrand zwischen den Bäumen stehen. Der Wagen war mit allerhand Gerümpel voll beladen und hatte leichte Schlagseite. Er schien festgefahren zu sein. Unablässig

35 Heute die »Wissmannstraße« in Bad Lauterberg

schlug der Fuhrmann mit der Peitsche auf das Tier ein. Der Kaltblüterfuchs wieherte kläglich und riss am Geschirr, aber der Wagen bewegte sich kein Stück. Der Körper des Pferdes dampfte in der kalten Luft. Karl mochte das nicht mit ansehen und beschleunigte den Schritt, um den Mann zur Rede zu stellen.

»Du faule Schindmähre. Du bist das Futter nicht wert. Wenn du nicht gleich deinen fetten Arsch bewegst, bringe ich dich zum Abdecker«, brüllte der Mann und holte erneut mit der Peitsche aus. Einige Passanten hatten sich inzwischen eingefunden und beobachteten das Geschehen.

»Die Peitsche ist ein schlechtes Werkzeug«, fuhr Karl den Mann scharf an. Der holte gerade erneut aus, erstarrte aber in dieser Haltung und drehte sich dann um. Eine Wolke von Branntweinfusel umgab ihn. Das breite und kantige Gesicht kannte Karl nur zu gut. Es gehörte Ernst August Brothuhn. Er guckte Karl aus seinen schlitzartigen Augen an, die ihm ein finsteres Aussehen verliehen.

»Misch dich nicht in anderer Leute Angelegenheiten und verschwinde!«, fauchte er Karl an und wollte erneut auf den Fuchs einschlagen.

»Lass es sein!«, brüllte Karl zurück, »damit machst du das Pferd lahm und schadest dir nur selbst.«

»Willst du mir Vorschriften machen, oder juckt dir das Fell?«, schnauzte er zurück.

»Ich bin bereit, dir zu helfen«, sagte Karl abgeklärt, »aber steck die Peitsche weg.«

Brothuhn kam schnaufend auf ihn zu und blieb dicht vor ihm stehen. Der Alkoholnebel nahm Karl fast die Luft. »Ach nee«, feixte Brothuhn hämisch, »und wie?«

»Mit Köpfchen, nicht mit der Peitsche«, antwortete Karl. Ernst August Brothuhn steckte die Knute an den Kutschbock, verschränkte selbstgefällig die Arme und baute sich vor Karl auf. »Na, dann fang mal an.« Er grinste gehässig.

Karl ging nach vorn. Der Rotfuchs mit der schmalen Blesse trampelte mit angelegten Ohren nervös auf der Stelle. Behutsam legte Karl eine Hand auf die Nüstern und streichelte mit der anderen den Kopf. Das Tier schnaubte und beruhigte sich. Der Wagen stand mit der rechten Seite neben dem festen Straßenpflaster. Das Gewicht hatte die Räder knöcheltief in den Boden gedrückt, obwohl er gefroren war. Zu allem Übel wurde das Hinterrad zusätzlich noch mit gebrochenem Radreifen von einem Grenzstein blockiert. Karl klatschte sich die Hand an die Stirn.

»Mannomann. Da hast du dich aber akkurat verrissen, was?«, warf er Brothuhn vor.

»Quatsch mich nicht voll, du Pfaffenfurz. Mach endlich was!«, keifte er rum.

Karl blieb gelassen. Er wusste, dass Brothuhn in der Klemme steckte, denn er konnte nicht einfach gehen, um Hilfe zu holen. Die Ladung wäre für manchen Langfinger eine günstige Gelegenheit.

»Zuerst muss der Wagen entladen werden, dann kann ich vielleicht das Rad notdürftig flicken«, schlug Karl vor. »Bis zu dir nach Hause könnte es halten.«

Ernst August Brothuhn sah Karl einen Moment an, als hätte er eine Erscheinung vor sich.

»Wenn du das hinkriegst, Karl Wiegand, dann hast du was gut bei mir«, sagte er.

Sieh an, dachte Karl, *er hat mich sogar wiedererkannt.*

»Und das Wort von Ernst August Brothuhn gilt«, fügte er lauthals hinzu, dass die Umstehenden es hörten.

Beide luden den Wagen komplett leer. Zwischen den Stämmen der Linden stapelten sich Möbelstücke, Werkzeuge, Holz und Metallwaren aller Art. Karl staunte über die Menge. Der Leiterwagen war mit dieser Fuhre völlig überlastet und das Pferd ebenfalls.

Dieser Mann ist ein gedankenloser Geschäftemacher, fluchte Karl innerlich. Er bat zwei kräftige Männer aus den Reihen der Neugierigen, den Wagen etwas anzuheben, sodass er das Hinterrad drehen konnte, bis die Bruchstelle frei lag. Mit dem Werkzeug und dem Holz aus der Ladung flickte er den Radkranz zusammen. Danach führte er das Pferd am Zaumzeug und bugsierte vorsichtig den Wagen zurück auf die Straße. Ernst August Brothuhn stand stumm daneben. Seine Augenschlitze verengten sich zu Linien, hinter denen die Augen verschwanden. Unvermittelt begann er, die Ladung aufzupacken. Karl und die beiden Männer halfen. Als alles verstaut war, nahm er das Pferd am Halfter und ließ es den Wagen um eine Länge vorziehen. Das Rad blieb stabil. Brothuhn lächelte und rief Karl zu: »Nimm dir von der Ladung, was du gebrauchen kannst.«

»Nur die Peitsche«, sagte Karl.

Brothuhn sah ihn verdutzt an und sein Lächeln verzog sich zu einem Grinsen. Karl hielt regungslos seinem Blick stand. Brothuhn zog die Peitsche aus der Halterung und warf sie Karl zu. »So einen wie dich kann ich gut gebrauchen. Du kannst sofort bei mir arbeiten«, sagte er.

»Nein, Danke«, lehnte Karl ab, »ich habe Arbeit.«

»Falls sich das ändert, komm zu Brothuhn«, sagte er in versöhnlichem Ton, nahm die Zügel und schritt neben dem Wagen her.

Zweiter Weihnachtstag 1833
Lauterberg, Hüttenweg

⚒

»Frohe und besinnliche Weihnachten.« Pastor Gerstacker stand neben der Kirchentür und gab jedem die Hand, wie er es immer nach dem Gottesdienst tat. »Na, Karl, möchtest du auch heute am Weihnachtstag studieren?«, fragte er Karl Wiegand, als dieser mit seinen Eltern und Clara herauskam.

»Sehr gerne, wenn ich darf«, freute er sich über die Einladung.

»Nur zu, die Tür steht offen.«

Karl löste sich sogleich von seiner Familie und schlug die Richtung zum Pfarrhaus ein.

»Bleib nicht zu lange. Wir bekommen Besuch am Nachmittag«, rief ihm seine Mutter nach.

Besuch?, dachte Karl, *wer denn nur?* Er hatte keine Ahnung, wen seine Eltern eingeladen hatten. Er lief rüber zum Pfarrhaus und betrat die Bibliothek, ohne länger über Besucher nachzudenken. Letztes Mal hatte er ein Lehrbuch über Fachwerkgestaltung angefangen zu lesen. Das fand er hochinteressant und wollte, wenn möglich, den Rest heute durcharbeiten. Er griff zwischen die Blätter, wo das Lesezeichen steckte, und schlug das Buch auf. Kurz darauf tauchte er in eine Welt aus Stützen, Streben und Kreuzverbänden ein. Mit jeder Seite öffnete sich für ihn eine Tür zu neuem Wissen. Er musste grinsen, als er dann sogar eine Erklärung über die Stabilität von tragenden Balken entdeckte, und erinnerte sich an die Aufgabe, die er vor einigen Wochen von Hermann Apel gestellt bekommen hatte.

Die Kirchturmuhr schlug drei Mal. Karl blickte überrascht auf. *Schon so spät,* dachte er, reckte sich die Verkrampfung aus der Nackenmuskulatur und klappte das Buch zu. Wie vom Pastor gewünscht, schloss er die Haustür ab und ertastete rechts hinter der Türverkleidung die Lücke, wo er den Schlüssel hineinschob.

Zu Hause im Flur roch es nach Topfkuchen und Kaffee. Der Besuch war sicher schon eingetroffen, denn an der Garderobe hingen fremde Jacken. Karl wunderte sich, dass seine Eltern jemanden eingeladen hatten. Das kam nur selten vor, weil dazu einfach das Geld und auch die Zeit fehlten. Deswegen freute er sich über diese willkommene Abwechslung in dem gleichförmigen Alltag. Karl betrat die Stube und blieb einen Augenblick überrascht stehen.

»Du kennst doch die Weicherts, Karl?«, empfing ihn die Mutter. Sechs ungewohnte Augenpaare schauten Karl freundlich an. Zwei von ihnen kannte er bereits. Es waren die großen, grünen Augen der Frau, die er vor einigen Tagen in der Schlachterei Heitmüller getroffen hatte. Sie strahlten Karl an, und er musste unfreiwillig zurücklächeln. *Deshalb hatte sie in der Schlachterei »Bis dann« gesagt, als er sich verabschiedet hatte,* begriff er nun.

Karl begrüßte Peter Weichert und dessen Frau Caroline. Peter Weichert arbeitete als Eigenlehner[36] in der Kummelszeche, und er kannte ihn von zufälligen Begegnungen auf dem Arbeitsweg. Hin und wieder unterhielt man sich. Er wusste viel über Kaninchenhaltung und erzählte oft stolz über seine Zuchterfolge. Karls Vater hatte von ihm seine ersten Kaninchen bekommen. Peters Frau kannte Karl nur vom Sehen. Sie hatte die gleichen Augen wie ihre Tochter, der Karl die Hand reichte.

»Ich bin Agnes«, sagte sie.

»Hallo«, begrüßte Karl sie, »so sieht man sich wieder.«

»Ihr kennt euch?«, fragte Caroline Weichert.

»Wir haben uns vor ein paar Tagen zufällig bei Heitmüller getroffen«, erklärte Agnes ihrer Mutter.

Frieda schnitt den Kuchen an und legte jedem ein Stück auf den Teller. Aus einer bunt bemalten Porzellankanne goss sie Kaffee in die Servicetassen. Karl mochte den bitter-herben Geschmack, den er leider nur bei Besuch genießen konnte. Sonst tranken sie Tee oder Malzkaffee. Bohnenkaffee galt unter Berg- und Hüttenleuten als Luxus. Clara bekam ein Glas Milch.

---

36 Eigenlehner waren Bergleute, die als Kleinunternehmer eine kleine Eisensteingrube betrieben und das Erz an die staatlichen Hütten verkauften.

»Du hattest dich wohl wieder hinter Bücherstapeln verschanzt, dass du die Glocke nicht gehört hast?«, fragte Frieda, als sie Karl den Kaffee eingoss.

»Entschuldige, Mutter, aber beim Lesen vergeht die Zeit schneller«, redete er sich raus.

»Wird man dabei auch schneller groß?«, wollte Clara wissen und trug mit ihrer Frage sehr zu Erheiterung der Kaffeegesellschaft bei.

»Nicht unbedingt größer, aber reifer«, erklärte Karl, »und Reife hat auch etwas mit Größe zu tun.«

»Verstehe ich nicht«, beschwerte sich Clara.

»Dann lies Bücher wie ich, dann wirst du es verstehen«, erklärte Karl.

»Das hast du aber schön gesagt, Karl.« Agnes schaute ihn bewundernd an, was Karl unangenehm war. Er nahm rasch die Kaffeetasse auf und trank einen Schluck.

Der Kuchenteller leerte sich rasch. Clara löffelte die letzten Krumen herunter, bevor das Geschirr abgeräumt wurde. Die Frauen setzten sich auf das Sofa und unterhielten sich. Es ging um Hausarbeit, Kinder und Hochzeiten, schloss Karl aus einigen Wortstücken, die er zwischendurch aufschnappte.

Die Männer blieben am Tisch sitzen und stopften sich jeder eine Pfeife. »Wer weiß, wie lange wir uns den Tabak noch leisten können«, meinte Wilhelm, hielt einen brennenden Kienspan über den Pfeifenkopf und stieß kleine Rauchwolken aus dem Mundwinkel.

»Es wäre gerechter, wenn die Löhne mit den Preisen steigen würden«, sagte Karl und nahm das flammende Holzstäbchen entgegen.

»Wenn das so weitergeht, lohnt es sich kaum noch einzufahren und die Knochen hinzuhalten«, wetterte Peter.

»Ja, du hast recht, die Leute werden zunehmend unruhig, das gefährdet den Arbeitsfrieden«, meinte Wilhelm, »und hungernde Massen sind schwerlich zu kontrollieren.«

»Nur mit Waffen«, wandte Karl ein. »Sie würden uns eine

Schwadron nach Lauterberg schicken.«

»Ich hoffe nicht, dass es so weit kommt«, merkte Peter an. »Bis dahin bin ich vermutlich schon längst ohne Arbeit.«

»Wie meinst du das«, fragte Wilhelm.

»Wir fördern inzwischen mehr Schwerspat als Kupfer, nur damit kann leider niemand etwas anfangen«, sagte er.

»Ja, ja«, meinte Wilhelm, »früher sind wir bei jedem neuen Vortrieb auf reiche Erzgänge gestoßen. Das waren noch Zeiten.«

»Nur die Erzbibel kann uns noch retten«, sagte Peter und lächelte ironisch dabei.

»Erzbibel? Was weißt du darüber«, fragte Karl sofort nach.

»Gar nichts. Ist nur eine Sage. Niemand hat sie je gesehen«, meinte Peter zu wissen.

»Sagen haben oft einen wahren Kern«, gab Wilhelm zu bedenken.

»Allerdings«, sagte Karl nachdenklich, »allerdings.«

Nachdem die Weicherts am späten Nachmittag gegangen waren, bemerkte Frieda beiläufig, an Karl gerichtet: »Agnes ist nett, nicht wahr?« Karl sah in ihren Augen die versteckte, aber eindeutige Anspielung: *Sie wäre eine passende Schwiegertochter.*

»Ja, die Weicherts sind umgängliche Leute«, antwortete Karl ausweichend. »Karl ist verlie-iebt, Karl ist verlie-iebt«, sang Clara durch die Stube hüpfend.

»Du hältst dich raus, du Grünschnabel«, sagte Karl in gespielter Strenge.

Seine Mutter ließ nicht locker. »Die meisten Männer in deinem Alter sind längst verheiratet«, setzte sie nach.

»So? Ich kenne einige, die unverheiratet sind«, gab Karl frostig zurück. *Deswegen der Besuch,* ging ihm durch den Kopf. *Wahrscheinlich hatten sie sich mit den Weicherts sogar abgesprochen. Agnes und er sollten verkuppelt werden.* Karl war entrüstet von dieser Vorstellung, das hatte er absolut nicht nötig. »Wenn mir die richtige Frau über den Weg läuft, werde ich darüber nachdenken«, konterte er.

»Mitunter ist an Kreuzungen ein Wegweiser nützlich«, erwiderte Frida.

»Mutter, wenn ich diesbezüglich einen Rat brauche, werde ich dich fragen.«

»Ich meine es doch nur gut, mein Junge, oder findest du an Frauen keinen Gefallen?«

»Mutter, es reicht jetzt!«, empörte sich Karl, zog seine Jacke über und ging nach draußen, um einen freien Kopf zu bekommen. Clara kam ihm nachgelaufen.

»Zieh dir was über, Häkchen, dann zeige dir etwas«, sagte Karl. Clara lief ins Haus und kam kurz darauf mit Jacke und Mütze zurück. Karl nahm sie an die Hand.

»Was denn?«, fragte sie neugierig.

»Eine Überraschung. Du wirst staunen«, schürte Karl ihre Neugier und führte sie in Richtung Königshütte. Als sie den Zufahrtsweg erreichten und der Springbrunnen in Sicht kam, rannte Clara juchzend vorweg.

»Das ist toll«, rief sie Karl entgegen und umrundete den Brunnen immer wieder, in dessen Umzäunung ein riesiger Eisblock emporragte, der die beiden Kaskadenteller völlig eingefroren hatte. Der strenge Frost der letzten Tage hatte eine einzigartige Skulptur aus Eis entstehen lassen. Karl sah Clara eine Weile zu und ließ sich von ihrer Ausgelassenheit mitreißen. Er lief ihr hinterher, lachte und dachte an Johanna. *Was sie wohl in diesem Augenblick machte?*

Freitag, 10. Januar 1834
Lauterberg, Pfarrhaus

⚒

Pastor Gerstacker notierte letzte Änderungen für die Sonntagspredigt in seine Kladde und schaute nachdenklich zum Fenster, auf dem die Eisblumen nur noch in der Scheibenmitte einen letzten Durchblick gewährten. Das Heulen des Windes drang zu ihm in die Arbeitsstube und ließ ihn frösteln. Niemand war draußen zu sehen, außer ein Schwarm Krähen, die mit heftigen Flügelschlägen gegen den Sturm ankämpften. Er ging zum Ofen und legte drei Scheite nach. Funken stoben aus der Glut auf. Rasch schloss er die Ofenklappe. Als er sich aufrichtete, stand plötzlich seine Frau Friederike hinter ihm und sagte: »Vor der Tür steht ein Fremder, Carl Christian.«

»Ein Fremder? Was will er?«

»Er möchte dich sprechen«, antwortete sie mit misstrauischer Miene und legte ihren Kopf dicht an sein Ohr. »Der Mann macht mir Angst«, flüsterte sie.

»Lass ihn herein«, sagte Pastor Gerstacker.

Friederike wollte zurück zur Haustür gehen, blieb aber nach einem Schritt erschrocken stehen und stieß einen kurzen Schrei aus. Der Fremde stand urplötzlich in der Tür zum Arbeitszimmer. Ein Hauch kalter Luft wehte herein.

Pastor Gerstacker schaute die fremde Gestalt skeptisch an. »Entschuldigung«, sagte er mit fester Stimme, »wir hatten Sie noch nicht hereingebeten.«

»Ich lasse mich auch nicht bitten«, entgegnete der Mann. Seine Stimme klang rau wie ein gebrochener Sandstein. Auf den Schultern seines langen Mantels und der breiten Krempe des Lederhutes lag Schnee, der zu schmelzen begann und heruntertropfte. Unter seinem Hut fielen lange, dunkle Haare hervor. Das Gesicht des Mannes war von harten Zügen gezeichnet. Er machte einen finsteren Eindruck.

»Wer sind Sie und was wollen Sie?«, fragte der Pastor.

»Mein Name ist nicht wichtig, ich bin der Gesandte eines adligen Herren, der mich schickt, um Verwandte von Hans Röger zu suchen.«

»Aus welchem Grund?«, wollte Gerstacker wissen.

»Ich bin nicht befugt, darüber zu sprechen, nur so viel: Die Familie Röger verfügt seit vielen Generationen über eine Wertsache, die ihnen nicht zusteht. Mein Auftraggeber will sie zurück.«

»Hans Röger war ein einfacher Hüttenarbeiter. Was sollte er Wertvolles besessen haben?«, erwiderte der Pastor verwundert.

»Ich darf Ihnen keine Auskunft geben«, entgegnete der Mann.

»Dann tut es mir leid«, sagte der Pastor. »Ich kann die Familie nicht irgendjemandem preisgeben, von dem ich nichts weiß.«

Das Gesicht des Mannes schien sich zu versteinern, er packte den Pastor unvermittelt am Jackenkragen und zog ihn nah an sich heran. Friederike schrie erneut auf.

»Hör zu du Pfaffe. Wie ich bereits sagte, ich bitte nicht lange. Also, du kennst doch deine Schäfchen«, fauchte er.

»Ja, und ich lasse sie nicht im Stich«, entgegnete Gerstacker stur. Der Mann schlug ihm daraufhin mit dem Handrücken übers Gesicht. Friederike kreischte und versuchte, sich schützend vor ihren Mann zu stellen. Der Fremde stieß sie grob zur Seite.

»Machs Maul auf«, brüllte er Pastor Gerstacker an, »sonst vergesse ich meine guten Manieren.«

Der Pastor sah ihm entschlossen in die Augen. Da ballte der Angreifer seine Hand zur Faust und schlug sie dem Pastor ins Gesicht. Pastor Gerstacker stolperte zwei Schritte zurück und fiel der Länge nach auf die Dielen. Er stöhnte vor Schmerzen.

»Hans Röger hatte zwei Söhne und eine Tochter«, begann

Friederike weinend zu erzählen, »die Söhne leben in Amerika und Johanna hat Lauterberg vor einigen Tagen verlassen. Wir wissen nicht, wohin. Vielleicht zu ihrer Tante nach Clausthal.«

»Friederike!«, entrüstete sich der Pastor. »Schweig!«

Der Mann machte kehrt und verließ mit wehendem Mantel das Arbeitszimmer. Seine Stiefel hinterließen feuchte Spuren auf den Dielen. Kurz darauf knallte die Haustür ins Schloss. Friederike half ihrem Mann aufzustehen und geleitete ihn zum Schreibtischstuhl. »Warte einen Augenblick. Ich werde deine Wunden versorgen«, sagte sie und lief aus dem Raum. Gerstacker tastete seine Unterlippe ab, die sich geschwollen anfühlte und blutete. Aus seiner Nase lief ebenfalls Blut. Er legte den Kopf zurück und drückte sein Taschentuch darauf. Friederike kam mit einer Schüssel Wasser zurück und wusch ihm tupfend das Blut aus dem Gesicht. »Es tut mir leid, Carl Christian, aber ich hatte Angst um dich. Wer weiß, was er dir noch angetan hätte«, jammerte sie.

»Ist schon gut, Friederike. Du hast dich richtig verhalten«, beschwichtigte er.

»Was machen wir denn jetzt?«, fragte sie ängstlich.

»Wir müssen die Gendarmerie verständigen. Ich glaube, Johanna braucht Schutz.«

Donnerstag, 23. Januar 1834
Auf der Königshütte

⚒

Karl wollte soeben zur Arbeit aufbrechen, als es an der Haustür klopfte. »So früh am Morgen?«, wunderte sich seine Mutter, die gerade Clara beim Anziehen half. Karl ging zur Tür.

Draußen stand Agnes mit einem Korb und einer Milchkanne in der Hand.

»Ist etwas passiert?«, fragte Karl besorgt. So früh hatte er mit keinem Besuch gerechnet.

»Nein«, sagte sie lachend und reichte ihm den Korb entgegen. »Ich will vom Auebauern frische Milch holen und dachte, ich bringe euch auf dem Weg einen Topfkuchen.«

Karl nahm ihr den Korb ab. »Danke!«, sagte er verdutzt, mehr bekam er nicht heraus. Sie sahen sich eine Weile in die Augen. Agnes schien darauf zu warten, dass er etwas sagte, aber ihm fiel nichts Passendes ein.

»Wir könnten uns heute Abend auf dem Kirchplatz treffen«, schlug sie vor.

Karl war für einen Moment sprachlos. *Sollte er sich darüber freuen, oder besser nicht darauf einlassen? Wenn doch nur Johanna jetzt vor ihm stehen würde, dann wüsste er die Antwort,* dachte er. Aber Johanna schien für ihn unnahbar zu sein. Agnes spürte offenbar seine Unsicherheit und wartete lächelnd auf Antwort.

»Ja – äh, und was dann?«, stammelte er verlegen, und seine Unsicherheit ärgerte ihn.

»Dann erzählst du mir, wie der Kuchen geschmeckt hat, und bringst den Korb mit.«

»Ja, gut«, stimmte Karl zu, »ich muss eh zu Pastor Gerstacker. Wie wär`s um acht?«

»Vielleicht«, sagte sie, drehte sich um und ging. Karl sah ihr nach, bis sie zur Schanzenbrücke einbog, dann ging er zurück ins Haus und stellte den Korb auf den Tisch. »Agnes hat uns einen Kuchen gebacken.«

»Kann ich ein Stück haben?«, quengelte Clara sogleich und lugte unter das Tuch, das den Korb bedeckte.

»Finger weg«, ermahnte die Mutter sie und klapste ihr leicht auf die Hand. »Den essen wir gemeinsam, wenn Vater und Karl von der Arbeit zurück sind.«

Karl nahm seinen Rucksack und verließ das Haus. Sein

Vater war längst zur Knollengrube unterwegs. Seit Karl im Hüttenwerk arbeitete, hatte sich sein Arbeitsweg zu einem Katzensprung verkürzt. Er bedauerte seinen Vater, dem die schwere Arbeit und die langen Fußmärsche zunehmend Kraft raubten.

Am Hüttenbrunnen, der zu einem Eisklotz erstarrt war, lief ihm Hermann Apel über den Weg. Er war wie immer in Eile. »Karl«, rief er ihm entgegen, »du gehst zuerst in die Maschinenfabrik. Die große Bohrmaschine. Christian weiß Bescheid.« Apel wartete nicht auf Antwort, hastete weiter und verschwand im Faktoreigebäude.

Christian Knocke wartete bereits an der Maschine und hatte vorsorglich den Antriebsriemen abgelegt. August Fricke war ebenfalls vor Ort und stellte Öllampen auf, um die Maschine ausreichend auszuleuchten. Bis das Tageslicht die Halle erhellte, würde es noch ein paar Stunden dauern.

»Glückauf«, grüßte Karl.

»Morgen«, antwortete Christian. August warf Karl nur einen launischen Blick zu.

»Apel meint, die Gleitlager müssen ersetzt werden«, sagte Christian.

»Und was meinst du?«, fragte Karl.

»Die Maschine ist vor einem Jahr überholt worden. Die kann doch nicht schon wieder kaputt sein«, wunderte sich Christian.

»Was sagst du dazu, August?«, bezog Karl seinen Kameraden mit ein. August stellte die letzte Öllampe ab und sagte: »Das liegt an der falschen Bedienung. Keine Maschine hält auf Dauer einer Überlastung stand.«

»Falsche Bedienung? Was soll das denn heißen?«, echauffierte sich Christian. »Seit Jahren ist der Maschinenbestand stetig gewachsen, aber das Wasserrad ist nicht mitgewachsen. Wo soll die Kraft herkommen? Wir stellen nach und nach Arbeiten ein, weil die Transmission immer langsamer wird.«

»Ein größeres Wasserrad bringt nur mehr Kraft, wenn das

Gefälle vergrößert wird oder mehr Wasser fließt. Beides ist nicht vorhanden«, gab August zu bedenken.

»Oder eine überschüssige Kraft von woanders eingeleitet wird«, führte Karl den Gedanken weiter.

»Von woanders. Du machst wohl Witze? Von wo denn, du Klugscheißer?«, spöttelte August.

»Ihr sollt hier nicht rumquatschen, sondern die Maschine in Gang bringen«, platzte Hermann Apel dazwischen. Keiner hatte ihn kommen sehen. »Wir brauchen alle Maschinen, damit das neue Drahtwalzwerk weitergebaut werden kann«, wetterte er. »Also, wann ist die Bohrmaschine fertig?«

»Sie ist fertig«, antwortete Karl in ruhigem Ton.

»Was soll das heißen?«, fauchte Apel ihn an.

»Sie ist in Ordnung. Sehen Sie hier.« Karl drehte das Bohrfutter hin und her. Es ließ sich leicht bewegen. Apel probierte selbst. »Wolltet ihr mich veräppeln?«, brüllte er durch die Halle.

»Die Antriebskraft des Wasserrades reicht nicht aus, um alle Maschinen gleichzeitig zu betreiben. Das ist die Schwachstelle«, sagte Karl.

»Die Bohrmaschine hängt am Ende der Transmission, dort kommt keine Kraft mehr an«, fügte Christian hinzu.

Apel wurde zusehends unruhig. »Wir können es uns nicht leisten, Maschinen abzuschalten, sonst wird das Walzwerk nie fertig«, wetterte er und stemmte die Hände in die Hüfte. »Ich werde über eine Lösung nachdenken«, fügte er hinzu. Dann wandte er sich an Karl: »Du gehst mit August zum ersten Gefälle und hackst die Zulaufrinnen eisfrei, damit mehr Wasser fließen kann«, wies er die beiden an und ging hinauf ins Zeichenbüro, wo sich sein Kontor befand.

Karl und August machten sich sogleich auf den Weg zu den Wasserrädern. Vor dem Laufsteg, der über den Radstuben verlief, blieb Karl stehen und zögerte ihn zu betreten. Die Bohlen der Brücke, sowie das einseitige Geländer trugen eine dicke Eiskruste.

»Verdammt glatt«, sagte Karl und setzte vorsichtig einen Fuß auf die Planken, um die Bodenhaftung zu prüfen.

»Wer da rein schlittert, ist erledigt«, fügte August hinzu.

Karl war sich der Gefahr durchaus bewusst. Ein Sturz in die Radstube wäre der sichere Tod. »Halt dich ja gut am Geländer fest«, ermahnte er seinen Kameraden.

An den Zulaufrinnen hafteten wachsende Eisschollen, die den Wasserzulauf behinderten und regelmäßig beseitigt werden mussten. Mit verlängerten Eispickeln stocherten beide auf den Eispanzer ein. Eine mühsame und kräftezehrende Arbeit, denn sie konnten lediglich mit einer Hand zustoßen, während sie sich mit der anderen am Geländer festhielten. Nach und nach lösten sich Eisstücke ab. Plötzlich ein angsterfüllter Schrei und ein Aufschlag, als wenn ein Sack Getreide auf den Boden fällt. Karl wandte sich nach August um und erschrak. Der lag mit strampelnden Beinen auf der vereisten Brücke und versuchte sich mit den Fingern in das Eis zu krallen, um nicht abzurutschen.

»Nicht bewegen!«, rief Karl, »ich komme.« Er hangelte sich mit schlurfenden Schritten und am Handlauf klammernd näher an seinen Kameraden heran. August rutschte immer weiter über die Kante und drohte jeden Augenblick in den Radschacht zu stürzen. Panisch ruderte er mit den Armen, um den Absturz im letzten Moment zu verhindern, aber das Eis bot keinen Halt. August schrie in Todesangst, streckte hilfesuchend seine Hand nach Karl aus und fiel. Ohne zu überlegen, griff Karl zu und bekam im letzten Moment sein Handgelenk zu fassen. Hilflos hing August an Karls Hand über dem Wasserrad, das wie ein gefräßiges Tier nach ihm zu schnappen schien. Karl versuchte, seinen Kameraden hochzuziehen, aber August war zu schwer. Karl fand selbst nicht genug Halt und drohte abzurutschen. Zudem sog ihm die Kälte die Kraft aus den Fingern. Mit einer Hand konnte er ihn nicht herausziehen. Karl musste die Mauer auf der anderen Seite erreichen. »Beweg dich nicht«, rief Karl, und schleifte August vorsichtig an der Stegkante entlang bis zur Mauer. Auf der Böschung im Schnee fand Karl genügend Stand und zog August mit beiden Händen über die Kante. Der klammerte sich krampfhaft an Karls Beinen fest und atmete hastig.

»Komm, steh auf, sonst frierst du selber fest«, sagte Karl und beugte sich über ihn, um ihn auf die Beine zu helfen. Eine Alkoholwolke wie aus einem Branntweinfass schlug ihm mit Augusts Atem entgegen. *Kein Wunder,* dachte er, *Schnaps macht das Eis noch rutschiger, als es eh schon ist.* »Lass uns zum Aufwärmen auf die Möllerbühne gehen«, schlug Karl vor. Er half August auf die andere Seite der Brücke, wo der Zugang zum Ofenhaus war.

»Das ist ja gerade noch einmal gut gegangen«, sagte Gottfried Mehmke, der neben der Gichtöffnung stand.

»Ich höre wohl nicht recht«, empörte sich Karl noch ganz außer Atem, »wenn du es schon mitbekommen hast, warum bist du uns nicht zur Hilfe gekommen?«

»Um mich selbst in Gefahr zu begeben, oder wie?«, warf ihm Gottfried vor. »Wenn du dich nicht so ungeschickt angestellt hättest, wäre August wohl kaum gestürzt«, legte er noch nach. Karl verschlug es beinah die Sprache.

»Ungeschickt? Erkläre mir bitte, was du damit meinst«, forderte Karl.

»Du hast derart heftig am Geländer gezerrt, dass August den Halt verlor. Man könnte meinen, es war Absicht.«

Karl musste sich zusammenreißen, um die Fassung zu bewahren. »August, was sagst du zu diesem ungeheuerlichen Vorwurf.« Karl sah August fest in die Augen. Der wich dem Blick aus und zuckte nur kurz mit den Schultern. »August!«, drängte Karl um eine Stellungnahme, aber der schwieg. *Ist das eine Verschwörung gegen mich?*, ging es Karl durch den Kopf. *Aber warum? Was habe ich denen getan?* Karl hatte keine Erklärung dafür und hielt sich zurück, um eine weitere Konfrontation zu vermeiden. Da passte es gut, dass Paul Schuster in dem Moment auf die Bühne kam.

»Rathmann schickt mich«, begann er schon auf der Treppe sein Anliegen zu äußern, »die Schlacke läuft schlecht ab. Du sollst eine Schaufel Flusskalk zusätzlich in den Möller schmeißen.«

»Warum sagt der mir das nicht selbst?«, beschwerte sich Mehmke.

»Kennst ihn doch. Der hat nur noch seine Drahthütte im Kopf, die ihm keine Ruhe mehr lässt«, meinte Paul.

»Ja, ja, die Drahthütte bringt uns noch an den Abgrund. In der Kantine erzählen die Kameraden, dass die Maschinenfabrik bereits weit überlastet ist, sodass das Wasserrad fast zum Stehen kommt«, sagte Gottfried Mehmke.

»Rathmann und Apel tüfteln sicher an einer Lösung«, sagte Karl.

»Ach ja? Du wohl auch«, stichelte Gottfried Mehmke.

»Jeder kann sich doch seine Gedanken machen«, erwiderte Karl.

»Das kommt aber bei den oberen Herren nicht gut an«, konterte Mehmke.

»Erzähl doch mal«, forderte Paul Schuster neugierig.

»Ist nur so eine Idee, ob sie durchführbar ist, weiß ich nicht«, druckste Karl.

»Unser neunmalgescheiter Hüttenfuchs ist in der Knollengrube mit seinen Einfällen bereits unangenehm aufgefallen. Was soll das jetzt für einer sein?«, spöttelte Mehmke erneut.

»Nun mach schon!«, drängelte Paul Schuster weiter.

»Also gut, aber behaltet es für euch. Am ersten Gefälle ist ein Wasserrad frei, seit das Pochwerk verlegt wurde ...«

»Das liegt doch viel zu weit weg«, unterbrach Gottfried, »oder willst du bis zur Maschinenhalle ein Feldgestänge[37]

---

37 Das Feldgestänge diente im Bergbau zur Übertragung der Antriebsenergie eines Wasserrades, die mittels einer Kurbelwelle in eine Schubbewegung umgesetzt wurde.

bauen, vielleicht quer über den Hof.« Er lachte hämisch.

»Kein Gestänge. Ein Drahtseil. Hoch über die Köpfe hinweg«, sagte Karl und sah seine Kameraden gespannt an.

»Du bist ein Spinner, genau wie dein Bruder Otto«, keifte Gottfried.

Karl spürte, wie seine Wangen warm wurden. »Lass Otto aus dem Spiel, der arme Kerl büßt eine Strafe für jemand anderen, aber ich werde noch herausfinden, für wen«, brüllte Karl zurück. Gottfried antwortete nicht.

»Sprich weiter«, sagte Paul.

Karl musste erst ein paar Mal durchatmen, bevor er weitersprechen konnte. »Mit einem Drahtseil, das wie ein Riemen in Traufenhöhe über den Hof zur Transmission geführt wird. Alle könnten sehen, wie flexibel und stabil es ist. Das wäre doch großartig.«

»Tatsächlich? Und warum?«, mischte sich August ein.

»Versteht ihr das denn nicht? Diese Erfindung ist ganz neu. Wir könnten damit zeigen, was unsere Drahtseile können, sozusagen als Kaufempfehlung«, erklärte Karl voller Begeisterung.

»Ich habe selten etwas Dümmeres gehört«, kommentierte Gottfried abfällig.

»Für mich klingt das vernünftig«, meinte Paul. »Wenn es funktioniert?«

»Wenn – aber es wird nicht funktionieren«, wusste Gottfried es besser.

»Wie gesagt, es ist noch nicht ganz zu Ende gedacht«, sagte Karl und ging nicht weiter auf Gottfrieds Sticheleien ein.

Die Hitze, die der Hochofen abstrahlte, hatte Karls durchgefrorenen Körper rasch aufgewärmt. Er hätte gerne noch eine Weile die Wärme genossen, aber die Zulaufrinnen mussten fertig werden. Karl setzte seine Mütze auf, streifte die Handschuhe über und nahm den Eispickel. August machte Anstalten mitzukommen.

»Lass mal«, sagte Karl und winkte ab, »ich mache den Rest

alleine fertig. Du solltest erst einmal wieder ... sagen wir zu Kräften kommen.« August sah ihn an und schien zu wissen, wie Karl das gemeint hatte. Karl ging nach draußen in die Kälte und setzte die Arbeit fort.

Die Sonne hatte sich längst hinter der Anhöhe der Koldung verborgen und kündigte mit einem orange leuchtenden Osthimmel die Abenddämmerung an, als Karl durchnässt und frierend mit dem Eiskratzen fertig wurde. Er beeilte sich, schnellstens auf die Möllerbühne zu kommen, um wieder warm zu werden. Gottfried Mehmke sah ihn verächtlich an.

»Apel will dich sprechen«, sagte er kurz angebunden und ging seiner Arbeit nach, als wäre Karl Luft für ihn.

Apel brütete über den Plänen der Drahthütte und ließ Karl eine Weile unbeachtet in seinem Kontor stehen. »Gottfried Mehmke hatte eine gute Idee, wie wir die Maschinenfabrik mit zusätzlicher Leistung versorgen könnten«, begann er dann, ohne aufzublicken. »Komm her!« Karl stellte sich neben Apel an den Zeichentisch. »Wir übertragen die Kraft vom Rad im ersten Gefälle mit einer Seilschlaufe zur Transmission im Maschinengebäude.« Mit einem Bleistift deutete er den Weg an, den das Seil überbrücken sollte.

Karl war brüskiert. »Nein«, rief er empört, »das ist ja nicht ...« Er stockte und fand keine Worte mehr. Eine solche Dreistigkeit, ihm die Idee zu klauen, hätte er selbst Gottfried nicht zugetraut.

»Doch«, widersprach Apel, »das ist ein ausgezeichneter Vorschlag und würde das Drahtseil aus unserm Draht herausstellen.«

»Die Idee ist gut, aber sie ist ...« Apel ließ ihn nicht ausreden.

»Ich dulde keinen Widerspruch«, fuhr er Karl an. »Ich möchte, dass du die Umsetzung vorbereitest. Gottfried ist Ofenmeister und hat andere Aufgaben.«

Ja, Ideen klauen, dachte Karl, sprach es aber nicht aus. Er wollte nicht als schlechter Verlierer dastehen. Christian hatte recht gehabt, Gottfried war gefährlich. Karl musste sich fügen, denn er durfte Apel kein zweites Mal enttäuschen.

Am Abend bei Pastor Gerstacker

Friederike Gerstacker führte Karl in das Arbeitszimmer ihres Mannes.

»Herr Pastor, was ist denn mit Ihnen geschehen«, fragte Karl erschrocken, als Gerstacker vor ihm stand. Fast hätte er ihn nicht erkannt, entstellt wie er aussah. Sein Mund war dick geschwollen und unter dem linken Auge zog sich eine verschorfte Platzwunde entlang.

»Ich hatte unliebsamen Besuch«, erklärte der Pastor. »Du möchtest sicher in die Bibliothek?«

»Entschuldigung, Herr Pastor, wer tut Ihnen so etwas an?«, wollte Karl vorher wissen.

»Erzähl ich dir ein andermal«, wich der Pastor aus.

»Ich bin nur gekommen, um zu fragen, ob Sie inzwischen etwas über den Verbleib meines Bruders herausgefunden haben.«

»Du hast Glück, Karl«, sagte der Pastor, »erst heute hatte ich ein Gespräch mit Amtmann Doktor Schuster ... wegen meines unfreundlichen Besuchers. Er verriet mir nur ungern den Ort, an den sie Otto gebracht haben, und ich musste ihm versprechen, es nicht weiter zu erzählen.«

Karls gespannte Erwartung wandelte sich in Enttäuschung. »Das nennen Sie Glück für mich?«, sagte er mit gedrückter Stimme.

»Langsam, junger Freund«, lenkte Gerstacker ein, »nachdem ich dem Amtmann mein Wort gegeben hatte, dass du es ebenfalls wie ein Geheimnis bewahren würdest, nannte er mir den Ort.« Pastor Gerstacker schaute Karl eine Zeit lang fest in die Augen. »Das wirst du doch?«, fragte er dann.

Karl hob sogleich seine rechte Hand und sagte: »Ich schwöre es bei Gott.«

»Missbrauche Gott nicht als deinen Schwurpaten«, ermahnte ihn der Pastor, »gib mir dein Wort, das genügt.«

Karl fühlte sich nach dieser Ermahnung anmaßend und antwortete kleinlaut: »Ich gebe Ihnen mein Wort, Herr Pastor.«

Der Pastor schaute Karl erneut einige Augenblicke an, als wenn er sagen wollte: *Du musst jetzt stark sein.* Karl bekam feuchte Hände vor Aufregung. »Sie haben Otto in die Irrenanstalt nach Göttingen gebracht«, sagte Pastor Gerstacker kaum hörbar. Karl schlug seine Hände vor den Mund, damit sein Entsetzensschrei nicht nach draußen drang. »Es tut mir sehr leid, Karl«, drückte Gerstacker sein Mitgefühl aus.

»Danke, Herr Pastor«, sagte Karl tonlos. »Danke für alles.« Er ging hinaus und blieb einen Moment vor der Haustür stehen. Die frostige Luft kühlte seinen Kopf und er versuchte, auf andere Gedanken zu kommen. *Johanna,* kam ihm als Erstes in den Sinn, obwohl er mit Agnes verabredet war. Es sah sich um. An der Hausecke der Mädchenschule sah er sie warten. Sie winkte ihm zu.

»Du siehst bedrückt aus. Freust du dich nicht, mich zu sehen?«, fragte sie neckisch, als Karl auf sie zuging.

»Entschuldige, Agnes«, begann er sich zu rechtfertigen, »ich habe gerade eine schlechte Nachricht bekommen.«

»Oh, das tut mir leid. Möchtest du darüber reden?«, bot sie an.

»Ich würde gerne darüber reden, aber ich darf nicht, weil ich im Wort stehe«, antwortete Karl und gab ihr den Kuchenkorb zurück.

»Wie hat euch der Kuchen geschmeckt?«

»Köstlich, vielen Dank noch einmal. Das war wirklich eine gelungene Überraschung am frühen Morgen«, sagte Karl.

»Wollen wir ein Stück gehen?«, schlug Agnes vor und hakte sich bei ihm unter. Die Berührung überraschte ihn, löste aber ein angenehmes Gefühl der Geborgenheit aus, und das brauchte er jetzt.

»Gerne«, stimmte Karl zu, »aber ich bin heute sicher kein guter Unterhalter.«

»Gräm dich deswegen nicht. Dann bring mich einfach nach Hause«, sagte Agnes.

Karl war froh, dass sie Verständnis zeigte. Sie redeten unterwegs kaum miteinander. Karls Gedanken beschäftigten sich unentwegt mit Otto. Er musste nach Göttingen zu seinem Bruder, um ihn aus dieser unmenschlichen Anstalt herauszuholen, egal wie. Aber Göttingen war weit weg, mindestens eine Tagesreise. Ein Wochenende wäre viel zu kurz, um sich dort zurechtzufinden. Außerdem würde Apel ihm unter keinen Umständen mehrere Tage freigeben. Karl blieb plötzlich wie angewurzelt stehen. Die Erkenntnis, dass diese Stadt für ihn unerreichbar war, schmerzte ihn wie ein Messerstich.

»Karl, was ist?«, fragte Agnes.

Karl sah sie einen Moment stumm an, dann sagte er tonlos: »Ich muss nach Göttingen.«

Agnes` Gesichtsausdruck veränderte sich zusehends und spiegelte ihre Enttäuschung wider. Wortlos setzten sie ihren Weg fort. Agnes wohnte bei ihren Eltern am Kummel. Als sie vor der Haustür standen, sagte Karl: »Bitte entschuldige, aber ich fürchte, wir haben für unser Treffen einen ungünstigen Tag erwischt. Vielleicht klappt es beim nächsten Mal besser.«

»Bist du sicher, es sollte ein nächstes Mal geben?«, fragte Agnes und sah ihn herausfordernd an.

Überrascht von dieser Frage, musste Karl einen Moment überlegen, was er antworten sollte. »Ich will ehrlich zu dir sein«, begann er zögerlich, »ich bin mir nicht ganz sicher.«

»Dann sollten wir es dabei belassen«, antwortete sie kühl, aber Karl hörte ihre Enttäuschung heraus.

»Sei nicht böse«, sagte er. Sie antwortete nicht und verschwand rasch im Haus.

Sonntag, 2. Februar 1834
Lauterberg, Hauptstraße

⚒

Die meisten Lauterberger mieden das verrufene Wirtshaus in der Hauptstraße. Trunkenbolde, Radaubrüder und Freier fühlten sich dorthin gezogen, weil sie ihresgleichen antrafen. Gottfried Mehmke lief vor dem Eingang auf und ab, unschlüssig einzutreten. Ein frischer Wind trieb den Pulverschnee über das Pflaster und wehte ihn hinter Hausecken zu kleinen Haufen zusammen. Gottfried schaute hinauf zu dem Schild, das an einem rostigen Wandausleger hin und her baumelte. *Kupferkate* stand darauf. Ein Hohn angesichts des heruntergekommenen Gemäuers, das diese düstere Schenke beherbergte. Niemand sollte sehen, wenn er diese Branntweinhöhle betrat. Das würde seinem Ruf schaden, deshalb zögerte er, einzutreten.

Gerade hatte er sich entschlossen, wieder zu gehen, als plötzlich die Tür aufflog. Ein Mann erschien in der Öffnung. »Verschwinde du Dreckskerl, Kotzen kannst du woanders«, rief eine krächzende Stimme aus dem Gastraum. Dann stolperte der Mann, als hätte er einen Stoß bekommen, auf die Straße, taumelte zur anderen Seite hinüber und übergab sich an einer Hausecke. Gottfried Mehmke überlegte nicht lange und huschte in die Schankstube hinein. Ein düsterer Raum mit niedriger Balkendecke lag vor ihm. Ein Gemisch aus Tabak-, Bier- und Alkoholdunst wehte ihm entgegen. Links eine Theke, gegenüber, an der Fensterseite, reihten sich Bänke mit groben Tischen entlang.

»Willkommen und Glückauf«, begrüßte ihn Richard Brothuhn, der dieses Wirtshaus betrieb. Gottfried Mehmke hatte von ihm gehört, er war der älteste Sohn von Ernst August Brothuhn, diesem windigen Geschäftemacher, dem man besser aus dem Weg ging. Richard grinste breit. »Na? Ein

Schnäpschen oder lieber etwas Spaß mit jungen Mädchen? Wir haben einen Neuzugang. Dort oben, nur zu.« Er zeigte auf die Treppe neben der Theke.

»Nein danke«, sagte Gottfried angewidert, »ich suche nur jemanden.«

Richard verschwand hinter dem Schanktisch. Die wenigen Männer auf den Bänken nahmen kaum Notiz von ihm, sie schwatzten und rauchten Pfeife. Vor ihnen standen Humpen mit Bier oder Gläser mit Branntwein. Am Ende der Fensterreihe, in einer halbdunklen Ecke, sah er den Gesuchten. August Fricke, sein Schwager und Arbeitskollege. Mehmke war erschrocken über Augusts verwahrlostes Aussehen. Das Hemd und die Jacke waren speckig und abgetragen und die Haare hatten offensichtlich tagelang keinen Kamm mehr berührt. Seine Augen schauten glasig zu ihm herüber. Mehmke setzte sich zu ihm.

»Dass du dich in dieser Spelunke herumtreibst, zeigt mir wieder einmal, wie tief du in deiner Trunksucht gefallen bist.« Gottfried Mehmke schüttelte verständnislos den Kopf. »Was sagt denn Gertrud dazu, dass du dein Geld hier verschleuderst?«, fragte er weiter.

»Deine Schwester?«, nuschelte August und lachte gekünstelt. »Die ist überhaupt an allem Schuld, diese faule Schlampe. Sieh sie dir doch an, wie sie rumläuft. Das kann ein Mann nur im Suff ertragen.« Er nahm sein Glas auf. »Prost«, rief er mit schwerer Zunge und kippte den Branntwein in sich hinein. »Aber sag, was will denn mein feiner Herr Schwager hier, der sich anschickte, Hüttenmeister zu werden und es gerade mal zum Ersten Schmelzer gebracht hat?«, fragte er mit hämischem Unterton.

»Halt dein Spottmaul. Ich werd noch eher Hüttenmeister, als dir lieb sein kann«, erwiderte Mehmke, winkte Richard Brothuhn heran und bestellte zwei Schnäpse. »Dies ist der Ort, wo man dich am ehesten antrifft«, hielt ihm Mehmke entgegen, »auf der Arbeit liegst du ja fast nur in der Butze, um deinen Rausch auszuschlafen.«

»Also, was willst du?«, fragte August Fricke.

»Ich will wissen, was du Amtmann Schuster gesagt hast«, forderte Mehmke.

Brothuhn kam und stellte zwei Schnapsgläser auf den Tisch. »Sechs Pfennige«, sagte er. Gottfried Mehmke griff in seine Hosentasche und gab ihm das Geld, währenddessen Fricke unaufgefordert ein Glas ergriff und gierig hinunterspülte.

»Ich habe dem Amtmann nicht alles erzählt«, sagte August, rülpste ungeniert und sprach weiter, »aber ich habe etwas gesehen, was dich um Kopf und Kragen bringen kann.« Er grinste schadenfroh.

Gottfried langte über den Tisch, packte ihn am Kragen und zog ihn näher zu sich. »Was?«, fauchte er ihn an.

August griff seinen Schwager an den Handgelenken und drückte sie nach außen, bis Gottfried losließ. August setzte sich zurück und zog seine Jacke zurecht. »Das möchtest du gern wissen, nicht wahr?«, ließ er ihn zappeln.

»Mach keine Spielchen mit mir«, zischte Gottfried, »wenn ich Ludwig Rathmann von deiner Zuneigung zum Alkohol erzähle, kannst du bald betteln gehen. Also raus mit der Sprache!«

August Fricke sah Gottfried provozierend in die Augen, nahm das zweite Schnapsglas und trank es mit einem Schluck aus. Dann wischte er sich mit dem Handrücken über den Mund und knallte das leere Glas auf den Tisch. Seine vom Suff geröteten Augen funkelten selbstsicher.

»Was? Du willst mir drohen?«, entgegnete er, »wenn ich der Polizei erzähle, was ich gesehen habe, dann wanderst du ins Zuchthaus, soviel ist sicher.«

Mehmke lehnte sich mit verschränkten Armen über den Tisch und fixierte seinen Schwager. Der widerstand seinem Blick und grinste. *Was könnte er denen schon erzählen?*, dachte Gottfried. *Im Kohlenschuppen war er in jener Nacht jedenfalls nicht gewesen, dort hätte er ihn mit Sicherheit bemerkt.*

Außerdem hatte August durch das Hochwasser genug an den Zulaufrinnen zu schaffen gehabt. Was sollte er in dem kalten Kohlenschuppen, der gehörte nicht zu seinem Arbeitsbereich. Zudem kam er triefend nass auf die Bühne, um sich zu wärmen. Trotzdem machte ihn der selbstgefällige Blick von August unsicher. Hatte er doch etwas gegen ihn in der Hand? Wusste er von der Jacke? Quatsch, sagte er sich, *unmöglich, die hatte er in die Schlackengrube geworfen und dort ging alles rasch in Flammen auf.*

»Du bist betrunken und weißt kaum noch, was du redest«, warf Gottfried ihm vor, »geh nach Hause und schlaf deinen Rausch aus.«

»Im Gegensatz zu dir schärft der Branntwein meine Sinne«, nuschelte er und lachte höhnisch.

»Der verwirrt deinen Geist und du merkst es nicht einmal mehr.« Gottfried stand auf und wollte gehen.

»Warte!«, rief August ihm nach, doch Gottfried überhörte ihn einfach.

»Spendier mir noch einen Schnaps, dann erzähl ich dir von der Jacke«, sagte August.

Gottfried blieb abrupt stehen, als wäre er an einer Leine festgebunden. Er ging zurück und setzte sich. »Mach endlich dein Maul auf«, blaffte er August an.

Der gab dem Wirt ein Handzeichen. »Noch zwei Kurze«, rief er durch den Gastraum, bevor er sich seinem Schwager zuwandte. »Sei kein Narr. Glaubst du wirklich, die Hüttenleitung interessiert sich für den Zustand unserer Arbeitskleidung? Der Amtmann sucht eine Jacke als Beweisstück, und ich weiß welche.«

»Was du nicht sagst. Warum erzählst du mir das?«

»Weil es deine Jacke ist. Sie ist nicht verbrannt, wie du geglaubt hast«, antwortete August.

»Ach, und woher willst du das wissen?«

»Der Branntwein macht mich zwar mitunter schläfrig, aber nicht blind«, entgegnete August.

»Warts ab. Das wird nicht mehr lange dauern, wenn du so weitermachst«, ermahnte ihn Gottfried. Richard Brothuhn kam mit zwei Schnäpsen. Gottfried warf ihm das Geld auf den Tisch und ergriff diesmal selbst ein Glas. Er verzog das Gesicht und schüttelte sich, nachdem er getrunken hatte. »Jetzt verstehe ich, warum das Zeug Branntwein heißt«, sagte er, »dass du das trinken kannst.«

»Wenn du gekommen bist, um mir Moral zu predigen, kannst du gleich wieder verschwinden«, giftete August ihn an. »Mach endlich das Maul auf. Warum bist du hier?«

Gottfried rückte näher an den Tisch heran und vergewisserte sich, dass niemand ungebeten mithören konnte. »Hör zu«, begann er in versöhnlichem Ton, »Ludwig Rathmann wird demnächst in den Ruhestand wechseln, dann braucht die Hütte einen neuen Meister.«

»Verstehe«, unterbrach ihn August, »und das willst du werden. Richtig?«

»Wenn du mich unterstützt? Es soll auch dein Schaden nicht sein«, bot Gottfried ihm an.

August schien nachzudenken. »Was erwartest du von mir?«, fragte er.

»Die Idee mit dem Drahtseil als Antrieb der Transmission stammt von Karl. Ich habe sie bei Apel als meine vorgestellt«, erklärte Gottfried.

»Du bist doch ein Drecksack, Schwager«, erwiderte August.

»Karl ist natürlich stinksauer auf mich. Es wäre doch denkbar, dass er seine eigene Idee sabotiert, um mir eins auszuwischen«, vermutete Gottfried.

»Du würdest das sicher tun, aber Karl? Der ist viel zu anständig dafür«, sagte August.

»Deshalb müssen wir nachhelfen.«

August schluckte und sah Gottfried einen Moment an. Er schien ihn verstanden zu haben und sagte: »Du bist doch ein skrupelloses Kollegenschwein. Pfui Deibel!«

»Mit Moral kommst du nicht weit und bist meistens der Unterlegene.«

August lehnte sich zurück. »Was hätte ich davon?«

»Branntwein, von bester Sorte. Nicht solch einen Fusel wie dieser. Wenn es klappt, mach ich dich später zum Ersten Schmelzer.«

August sah Gottfried erneut eine Weile stumm an und dachte offenbar nach. »Gut, warum nicht«, willigte er ein.

»Und die Jacke will ich haben«, fügte Gottfried hinzu.

August schüttelte den Kopf. »Ich hab sie nicht, aber ich weiß, wer, und das ist meine Rückversicherung, falls du dein Versprechen vergessen solltest.«

»In dem Fall könnte ich auf die Idee kommen, dich doch bei Rathmann zu melden«, konterte Gottfried.

August stierte seinen Kontrahenten stumm an, der zurückstierte. Mehmke wurde in diesem Moment klar: Sie befanden sich gegenseitig in der Klemme und konnten nur miteinander entkommen oder miteinander ins Verderben gehen. Beide sahen sich eine Weile misstrauisch in die Augen.

»Sieht aus, als hätten wir einen Pakt geschlossen«, sagte Gottfried schließlich.

August nickte. »Ja, sieht so aus«, bestätigte er, nahm sein Schnapsglas und schluckte den Inhalt hinunter.

Gottfried ging zur Tür, öffnete einen Spalt und spähte die Straße aus. Die wenigen Leute draußen schienen mit sich selbst beschäftigt zu sein. Rasch schlüpfte er hinaus und schlenderte die Häuserzeile entlang, als wäre nichts gewesen, aber die Vorstellung, dass seine Jacke noch existierte, verursachte ihm Unbehagen. Er musste unter allen Umständen herausfinden, wer sie noch rechtzeitig aus der Schlackengrube gefischt hatte, sonst war er seinem Schwager ausgeliefert.

Montag, 17. März 1834
Auf der Königshütte

⚒

»Es darf nichts schief gehen! Haben wir uns verstanden?« Oberfaktor Karl Friedrich Beermann stand unter dem Säulenportal des Eisenmagazins vor seiner Mannschaft, die Hände hinter dem Rücken verschränkt. »Hermann Apel, Sie sind mir für die Vorführung verantwortlich und sorgen dafür, dass zur Inbetriebnahme die Maschinen nach und nach zugeschaltet werden«, sagte er mit strengem Blick.

»Jawohl!«, antwortete Apel in strammer Haltung.

»Wiegand, du wirst die komplette Mechanik nochmals sorgfältig überprüfen. Räder, Wellen, Seil. Achte auf festen Sitz.«

»Jawohl, Herr Inspektor«, gab er in militärischem Ton zurück.

Dann wandte sich Karl Friedrich Beermann mit freundlicher Miene an Gottfried Mehmke. »Mehmke. Dir wird als Erfinder dieser Einrichtung die Ehre zuteil, den Antrieb einzuschalten.«

»Zu gütig, Herr Inspektor. Vielen Dank.« Mehmke verbeugte sich untertänigst.

»Noch Fragen?« Niemand meldete sich. »Gut«, sagte er, »ich verlass mich auf euch. In zwei Tagen ist es so weit.« Er ging zurück ins Faktoreigebäude.

»Das hast du ja fein hingekriegt, Herr Erfinder«, flüsterte Karl seinem Widersacher Gottfried Mehmke im Vorbeigehen zu. Er konnte sich diese Bemerkung nicht verkneifen. »Ich hoffe nur, dass dein Erfindungsreichtum auch weiterhin die Erwartungen erfüllt«, setzte er noch nach.

»Du wirst dich noch wundern«, konterte Mehmke.

Zwei Tage später

Oberbergrat Julius Albert, Erfinder des Drahtseiles, und Baron von Feldmann, Abgesandter des Königshauses Hannover, waren als Besucher angekündigt, um sich über den Stand der Drahtherstellung in der Königshütte zu informieren. Oberfaktor Karl Friedrich Beermann stand am Fenster seiner Wohnung, die im oberen Geschoss des Faktoreigebäudes untergebracht war, und blickte erwartungsvoll über den Hüttenhof, der selten so aufgeräumt und festlich geschmückt anzusehen war. Links und rechts der Zufahrt hatte er Masten aufstellen lassen, auf denen die Fahnen des Königshauses Hannover und die der Berghauptmannschaft im leichten Wind hin und her wogten. An den Gebäuden ringsum flatterten bunte Papierfähnchen und um das Geländer des Springbrunnens rankte wellenförmig eine Girlande aus Fichtenzweigen. Er war längst wieder eisfrei und plätscherte in gewohnter Weise vor sich hin. Zwischen den Gebäuden lagen noch Reste schmelzender Schneehaufen, die beim Räumen hier aufgetürmt worden waren.

Die Blaskapelle der Werksfeuerwehr stand vor dem Eisenmagazin in Position. Alle Musiker hatten ihre dunkelblaue Festuniform an und ihre ledernen Helme blitzten auf Hochglanz. Gegenüber, vor dem Drahtwalzwerk, hatte Beermann eine Abordnung der Arbeiterschaft in Reih und Glied antreten lassen, ebenfalls auffällig herausgeputzt. In erster Reihe standen Paul Schuster, Gottfried Mehmke und Karl Wiegand. Beermann lächelte zufrieden und ging nach unten. Auf dem Eingangspodest warteten bereits Ludwig Rathmann und Hermann Apel. Beermann blieb in ihrer Mitte stehen, schaute in die Runde und nickte den Abordnungen zu. Dann sah er nach oben, wo sich das erste, aus Drähten der Königshütte hergestellte Drahtseil quer über den Platz spannte und in eine Öffnung auf der Giebelseite der Maschinenfabrik hineinlief.

Baron von Feldmann sollte im Beisein des Drahtseilerfinders Albert den neuartigen Antrieb symbolisch in Betrieb nehmen. Die Testläufe waren zufriedenstellend verlaufen, sodass nichts schief gehen konnte. Alles war für eine eindrucksvolle Vorführung vorbereitet. Trotzdem wurde Karl Friedrich Beermann nervös und wippte mit den Füßen auf und nieder. Um die Ankunft der Kutsche rechtzeitig zu melden, wurde der Kohlenvoigt Eduard Breme zur Schanzenbrücke vorausgeschickt.

Die Hüttenglocke hatte bereits zehn Mal geschlagen. Beermann wippte weiter ungeduldig auf den Fußspitzen. *Es ist Zeit,* dachte er. Aber alles blieb ruhig. Ein Schwarm Spatzen landete vor der Hüttenschenke und pickte aufgeregt im Kies herum. Der Hochofen fauchte heiser, der Brunnen plätscherte, irgendjemand hustete.

»Na endlich«, sagte Karl Friedrich Beermann erleichtert, als er den Kohlenvoigt zwischen den Fahnenmasten angelaufen sah. »Sie kommen«, rief Eduard Breme von Weitem und stellte sich zu der Abordnung der Arbeiter in die erste Reihe. Bald übertönten Hufgetrappel und Wagenräder die Geräusche des Hochofens und des Brunnens. Ein Vierspänner passierte die Einfahrt. Die Pferde trugen einen roten, hochstehenden Kopfschmuck und auf dem Geschirr glänzten silberfarbene Nieten. Der Kutscher saß wie ein General mit blauer Uniform und goldenen Schulterklappen hoch oben zwischen Messinglaternen und ließ die Rösser im Schritt über den Hof ziehen. Der Spatzenschwarm flog lauthals auf und davon.
Beermann gab dem Kapellmeister das Handzeichen, der sogleich den preußischen Präsentiermarsch anstimmen ließ. Majestätisch näherte sich das Gespann und hielt vor der Treppe des Faktoreigebäudes. Beermann stieg die Stufen hinunter, öffnete die Tür der Kutsche und klappte den Auftritt heraus. Baron von Feldmann stieg als Erster aus. »Herr Baron, Glückauf und willkommen in der Königshütte. Ihr Besuch ist uns eine große Ehre.« Beermann deutete eine Verbeugung an.

Baron von Feldmann, ein rundlicher Mann mit auffällig schwulstigen Lippen, lächelte breit. »Vielen Dank, Herr Beermann. Ich darf Ihnen die Grüße unserer Majestät, König Ernst August, überbringen und bin gespannt auf Ihre Neuerung.« Julius Albert war inzwischen ebenfalls ausgestiegen.

»Glückauf Herr Oberbergrat und herzlich willkommen.« Beide kannten sich bereits aus zahlreichen Begegnungen. Albert war an der Herstellung des ersten gebrauchsfähigen Drahtseiles persönlich interessiert und hatte bei der Entwicklung der Verseilapparate mitgewirkt.

»Glückauf, Herr Beermann. Das ist heute ein großer Tag für mich«, sagte er und reichte seinem Gastgeber die Hand.

»Auch für mich, Herr Oberbergrat«, antwortete er, »auch für mich.«

Mit einer Handbewegung bat Karl Friedrich Beermann seine Gäste einzutreten. »Wir haben ein kleines Buffet für Sie vorbereitet. Im Anschluss wird Ihnen unser Hüttenmeister Ludwig Rathmann den Stand des im Bau befindlichen neuen Drahtwalzwerkes und die Anwendung des Seiles als Kraftübertragung erläutern. Unsere Tischlerei hat dazu ein Modell erstellt«, erklärte er und ging voraus.

Baron von Feldmann zeigte mehr Interesse an den exquisiten Speisen und Weinen als an Rathmanns Erläuterungen. »Wie steht es mit dem Eisenstein?«, fragte er Karl Friedrich Beermann, während der Hüttenmeister gerade den Seilantrieb erklärte.

Beermann wunderte sich, warum der Baron gerade jetzt vom Thema abschweifte. »Unsere Knollengrube liefert sehr ergiebige Erze, obwohl sie zunehmend mit Schwerspat durchzogen sind, was uns beim Schmelzen Probleme bereitet«, antwortete er.

»So, so«, tat er interessiert. »Sind Sie auch auf Silber gestoßen?«, fragte er kauend und nahm sich ein weiteres Kanapee vom Buffet.

»Nein, Herr Baron, Silber gibt es dort nicht«, antwortete er.

»Schade«, sagte der Baron mit vollem Mund. Er schluckte den Bissen herunter. »Haben Sie schon mal etwas von der Erzbibel gehört?«, fragte er weiter.

»Ja, gewiss, aber das ist doch nur ein Mythos«, antwortete Karl Friedrich Beermann.

»Hat man eigentlich den Mörder Ihres Ofenmeisters Hans Röger gefasst?«, wollte er wissen.

Beermann stutzte. *Woher kannte Baron von Feldmann seinen ehemaligen Ofenmeister? Adlige pflegten gewöhnlich keine Kontakte mit dem gemeinen Volk. Und was beabsichtigte er überhaupt mit dieser Fragerei?* »Ja«, antwortete Beermann zögerlich, »die Indizien überführten einen Kameraden von Röger. Ein Mann, der geistige Defizite aufweist. Er ist in Gewahrsam. Eine unglückliche Geschichte.«

»Gut, gut«, kommentierte der Baron beiläufig.

Rathmann hatte seine Erklärungen inzwischen beendet und sah abwartend zu seinem Vorgesetzten.

»Wenn Sie keine weiteren Fragen haben, dann lassen Sie uns zur Tat schreiten, meine Herren«, forderte Karl Friedrich Beermann die Gäste auf und führte sie nach unten.

Apel hatte inzwischen, wie abgesprochen, die Mannschaft verteilt. Gottfried Mehmke bediente das Schütz am Gefälle eins, die anderen besetzten die Maschinen in der Fabrik. Das Seil war mit farbigen Ringen markiert, damit die Bewegung besser zu sehen war. Falls doch etwas schief gehen sollte, konnte der Antrieb mittels einer Kupplung von der Transmissionswelle getrennt werden. Diese Notkupplung wurde von Karl Wiegand bedient.

Karl Friedrich Beermann postierte sich mit seinen Gästen auf einem extra angefertigten und mit Fähnchen geschmückten Holzpodest, vom dem sie die Seilführung gut überblicken konnten. »Herr Baron, meine Herren«, begann er feierlich, »eine großartige Invention und ein großer Augenblick für die Königshütte. Dem Erfinder des Drahtseiles, Herrn Oberbergrat

Albert, gebührt die Ehre, das Zeichen zur Inbetriebnahme des ersten Seilantriebes zu geben. Bitte, Herr Oberbergrat.«

Alle klatschten Beifall, dann erhob Julius Albert seine rechte Hand. »Bitte, Seil frei«, sagte er und schlug mit der Hand nach unten. Im Hintergrund hörte man augenblicklich ein wildes Rauschen. Das Schütz wurde geöffnet und Wasser schoss wie entfesselt auf die Schaufeln des Wasserrades. Das Seil begann sich zu bewegen und wurde immer schneller. Alle schauten gebannt auf die vorbeiflitzenden Farbringe, die auf dem oberen Seil zur Maschinenfabrik liefen und an dem unteren Teil wieder zurück zum Wasserrad. Als das Seil die richtige Geschwindigkeit erreicht hatte, klatschten alle spontan Beifall.

»Wir schalten nun die Bearbeitungsmaschinen nach und nach zu, um den Antrieb zu belasten«, erklärte Karl Friedrich Beermann und gab das Zeichen. Bald darauf drangen quietschende und kratzende Laute der Zerspanungsmaschinen aus der Maschinenhalle nach draußen. Das obere Seil strafte sich Zusehens unter der Zugbelastung. Die Geräusche aus der Halle wurden lauter und lauter, je mehr Maschinen zugeschaltet wurden. Beermann beobachtete stolz die staunenden Gesichter seiner Gäste. Das Seil flog mit leisem Surren an ihnen vorüber. Alles schien glatt zu laufen. Baron von Feldman und Oberbergrat Albert nickten Beermann anerkennend zu.

Dann geschah das Unfassbare. Ein Ruck schoss plötzlich durch die Seilführung und ein schriller Pfeifton erfüllte den Hof. Ein Teil des Seiles fiel herunter und wurde über den Boden geschleift. Der Lärm aus der Maschinenhalle erstickte im selben Augenblick. Das Wasserrad stoppte und das zerrissene Seilende blieb vor den Füßen der Gäste liegen. Eine gespenstische Ruhe lag auf einmal über der Hütte. Nur der Ofen fauchte rhythmisch weiter und der Brunnen plätscherte dahin, als sei nichts passiert.

Der Baron und Oberbergrat Albert sahen ihren Gastgeber fragend an. Beermann war entsetzt und wusste keine Erklärung.

»Ich verstehe das nicht. Es hat im Test einwandfrei gearbeitet«, sagte er kleinlaut. Gottfried Mehmke, Hermann Apel und Karl Wiegand kamen herbeigelaufen. »Können Sie uns das erklären, Apel?«, fragte Karl Friedrich Beermann in harschem Ton.

Apel blickte beschämt zu Boden und schüttelte den Kopf.

Gottfried Mehmke hob das durchtrennte Seilstück auf und begutachtete die Bruchstelle. »Sabotage«, sagte er selbstsicher und zeigte die zerfransten Drähte den Herrschaften auf dem Podest. »Sehen Sie hier, die äußeren Drähte sind nicht gerissen, sondern wurden mit einer Feile geschwächt«, erklärte er.

Beermann stieg hinunter und betrachtete das Seilende. »Wer sollte so etwas tun?« Er schüttelte fassungslos den Kopf.

»Vielleicht jemand, der sich von der Idee dieses Antriebes überfahren fühlt«, mutmaßte Mehmke.

»Und wer sollte das sein?«, fragte Karl Friedrich Beermann.

»Das werden wir herausfinden«, antwortete Mehmke.

Oberbergrat Albert hatte inzwischen ebenfalls das Seil in Augenschein genommen und sagte: »Die Drähte wurden tatsächlich bearbeitet. Ich bitte um eine Erklärung, Herr Beermann.«

»Wir werden diese Ungeheuerlichkeit aufklären, Herr Oberbergrat. Ich kann mich im Augenblick nur entschuldigen«, antwortete er verlegen.

Mittwoch, 19. März 1834
Auf der Königshütte

⚒

Karl hatte die Nacht lang darüber gegrübelt, wer das Seil geschwächt haben könnte, und fand kaum Schlaf. Zu alledem hustete Clara in regelmäßigen Abständen. *Sie wird hoffentlich nicht krank,* dachte er in Sorge. Er lauschte auf die Schläge der Hüttenglocke und hatte immer wieder das Bild vor Augen, wie das zerrissene Seilende über den Boden schleifte. *Wie konnte das nur passieren? Ein herber Rückschlag war das für die Drahtherstellung, auf die Karl Friedrich Beermann große Hoffnung setzte. Schlimmer hätte es kaum kommen können. Was würde das Bergamt dazu sagen, und vor allem das Königshaus Hannover? Wenn sie die Erfindung nun nicht weiter unterstützen würden, könnte Karl Friedrich Beermann den Bau der Drahthütte einstellen. Arbeitsplätze wären in Gefahr, seiner ebenfalls.*

Am Tag zuvor hatte er noch die gesamte Anlage sorgfältig geprüft, wie Apel es wollte. Alles war in bester Ordnung gewesen und hatte den Probelauf bestanden. *Unfassbar. Wer könnte an dieser Schande ein Interesse haben? Gottfried würde er eine solche Schlechtigkeit zutrauen, aber er hatte die Idee ja als seine eigene vorgestellt, und wer sabotiert schon seine eigenen Vorschläge.* Aus der Ferne hörte er die Hüttenglocke vier Mal schlagen. Karl stand auf, machte Feuer im Herd und setzte Wasser für Tee und zum Waschen auf.

Im Hintergrund hörte er Clara husten. Karl drehte sich um und sah sie im Halbdunkel der Stube hinter sich stehen. »Du hast wieder einmal deine Puschen nicht an. Kein Wunder, dass du Husten bekommst«, ermahnte er sie. »Wenn du sie nicht sofort anziehst, sage ich es Vater.«

»Dann bist du eine Petze«, entgegnete sie.

»Besser eine gesunde Petze als eine kranke Göre. Los

jetzt«, schickte Karl sie fort. Sie verschwand und kam hustend mit Hausschuhen zurück. »Ich mache dir einen Tee und danach legst du dich wieder ins Bett«, sagte Karl.

»In dein Bett«, entgegnete sie.

»Von mir aus«, gab Karl nach.

Frieda und Wilhelm kamen jetzt ebenfalls in die Stube.

»Ihr seid ja beide schon auf«, bemerkte Frieda und gähnte dabei. »Was ist denn mit dir, Häkchen?«, fragte sie, als sie Claras Husten hörte. Die Mutter zog sie zu sich, nahm ihren Kopf zwischen die Hände und sah ihr in die Augen.

»Sie hustet schon die ganze Nacht«, gab Karl seiner Mutter Bescheid. Frieda rückte die Tischkerze näher und zog Claras untere Augenlider etwas nach unten.

»Das gefällt mir nicht. Wenn du morgen noch hustest, gehen wir zu Doktor Ritscher«, sagte sie. Karl hatte inzwischen Tee in die Becher gefüllt und Wilhelm sich für den Weg zur Arbeit fertig angezogen.

Frieda sah ihren Mann einen Augenblick lang an. »Tut dir der Rücken wieder weh?«, fragte sie. Sie hatte seine schmerzgebeugte Haltung bemerkt.

»Geht schon«, antwortete Wilhelm, packte seine Brote in den Rucksack und ging. »Glückauf«, rief Frieda ihm nach.

»Glückauf«, kam von draußen zurück, dann fiel die Haustür ins Schloss.

*

Karl hatte gerade sein Werkzeug auf der Werkbank zurechtgelegt, als sein Kollege Christian aufgeregt in die Werkstatt kam.

»Du sollst dich umgehend bei Apel melden«, sagte er.

»So früh?«, wunderte sich Karl und machte sich sogleich auf den Weg.

Apel saß hinter seinem Schreibtisch, neben ihm standen Gottfried Mehmke und August Fricke, die ihn wie zwei Füchse anstarrten, die auf Beute lauerten. Apel zeigte auf das Werkzeug, das vor ihm auf dem Schreibtisch lag. »Ist das hier deine

Feile?«, fragte er schroff.

Karl nahm sie in Augenschein und erkannte sofort, dass es sich um sein Werkzeug handelte. Das Heft[38] hatte eine Beschädigung und hätte längst erneuert werden müssen. »Ja«, antwortete Karl, »was ist damit?«

»August hat sie gestern in der Radstube gefunden, als er das Seil aus dem Wasserrad herausgezogen hatte. Hast du eine Erklärung, wie dein Werkzeug dort hingekommen ist?«, fragte Apel und schob sein Kinn dabei etwas vor.

Karl wusste keine Erklärung. »Nein«, antwortete Karl überrascht, »am Wasserrad brauche ich keine Feile.«

»Vielleicht doch, um das Seil zu schwächen. August hat dich beobachtet«, behauptete Gottfried.

Karl dachte, er höre schlecht. Das war eine infame Lüge. »Das ist gelogen«, verteidigte er sich, »ich habe zuletzt den Antrieb überprüft, es war alles in Ordnung.«

»Du warst von Anfang an gegen diese Idee«, gab Gottfried zurück.

»Moment«, unterbrach Apel den Streit. Dann wand er sich an Fricke. »August, was hast du genau beobachtet?«

»Ich habe gesehen, wie Karl sich an dem Seil zu schaffen machte«, antwortete er.

»Mit der Feile?«, fragte Apel nach.

»Die habe ich aus der Entfernung nicht genau erkennen können, aber das ist ja offensichtlich. Wer sonst hält sich in der Radstube im ersten Gefälle auf?«

Apel sprang aus seinem Stuhl und schickte Gottfried und August hinaus.

»Du hast mich bitter enttäuscht, Karl Wiegand. Aus dir hätte ein guter Kunstmeister werden können«, fauchte Apel ihn an.

»Meister! Sie glauben doch diese Lügen nicht«, erwiderte Karl.

38 Heft nennt man den Handgriff einer Feile.

Apel schritt, seine Hände auf dem Rücken verschränkt, vor dem Zeichentisch hin und her. Plötzlich blieb er stehen. »Du hast dich gegen Gottfrieds Idee gestellt, hier in meinem Kontor. Du hattest einen Grund, das Projekt scheitern zu sehen, um ihn zu kompromittieren, Du willst immer im Vordergrund stehen«, warf er Karl vor.

»Nein!«, rief Karl verzweifelt, »es war meine Idee gewesen.«

»Schweig«, brüllte Apel ihn an, »ich will keine Lügen mehr hören. Hol dir dein Restgeld aus dem Lohnkontor, und dann lass dich hier nicht mehr blicken!«

Karl war wie vor den Kopf gestoßen und der Boden schien unter seinen Füßen zu wanken. »Meister! Erkennen Sie denn nicht, ich bin das Opfer einer Intrige«, flehte er Apel an.

»Du bist das Opfer deines grenzenlosen Ehrgeizes«, erwiderte Apel und setzte sich, ohne ihn weiter zu beachten.

Karl blieb einen Moment wie versteinert vor dem Maschinenmeister stehen. Er konnte es nicht fassen. Man hatte ihn rausgeschmissen. Sein Puls raste. Benommen verließ er das Kontor und durchquerte die Maschinenfabrik, ohne sich umzusehen.

»Karl?«, hörte er jemanden seinen Namen rufen. »Karl? Was ist denn?«

Er antwortete nicht. Er verließ das Fabrikgebäude und blieb einen Augenblick inmitten des Platzes stehen, bevor er zum Lohnkontor ging.

Dort bekam er einen Taler und zwei Groschen ausgehändigt. Dann schien sein Traum, eines Tages als Kunstmeister in der Königshütte zu arbeiten, endgültig geplatzt zu sein. Wie betäubt blickte er vom Eingangspodest des Faktoreigebäudes über das Treiben auf dem Hof. Der Brunnen spie seine kleine Fontäne aus der Spitze der Kaskadensäule empor, als wache er erhaben über die Geschicke der Hütte.

Wie sollte Karl seinen Eltern diese Katastrophe erklären. Er konnte jetzt nicht einfach nach Hause gehen. Die Gedanken überschlugen sich in seinem Kopf und er verließ ziellos das Gelände. Ein frischer Lufthauch strich ihm über die Haare und kühlte seine hitzigen Wangen. Allmählich ordnete sich das Chaos hinter seiner Stirn und ihm wurde bewusst, dass er sich auf dem Butterberg befand. Er musste wohl, in Gedanken vertieft, den kalten Born hinaufgegangen sein, dessen Quelle den Hüttenbrunnen speiste. Unten im Tal blies der Wind die zarten Rauchfahnen über die Dächer des Fleckens Lauterberg, und direkt am Fuße des Berges stieg unablässig der schwarze Qualm des Hochofens auf und breitete sich entlang des Hüttenweges aus, bis er sich ins Nichts auflöste. Auf der anderen Seite der Talsenke überragte der Hausberg die kleine Ortschaft wie ein natürliches Bollwerk.

Karl liebte seine Heimat, aber hatte er hier noch eine Zukunft?

Mittwoch, 19. März 1834
Lauterberg, in der Aue

⚒

Wilhelm und Frieda schwiegen, als Karl ihnen über sein Unglück berichtet hatte, aber ihre Augen drückten unverkennbar ihren Kummer darüber aus. Sein Vater wandte sich ab und schaute stur aus dem Fenster. Karl schämte sich, seine Familie in Schwierigkeiten gebracht zu haben. Er fühlte sich schäbig und nutzlos. Was sollte nun werden? Sein Einkommen verhalf der Familie mit zu einem halbwegs soliden Leben, nachdem Otto ausgefallen war.

»Warum seid ihr traurig?«, fragte Clara, die sicher spürte, dass etwas anders war.

Frieda nahm sie auf den Arm. »Ach Häkchen«, sagte sie, um ihr Trost zu geben, »Karl muss sich eine neue Arbeit suchen. Es wird alles gut.« Frieda sah Karl dabei in die Augen und er verstand ihren Blick, der sagte: *»Gib nicht auf, mein Junge.«*

Nein, aufgeben würde er nicht. Er wusste auch schon, was er tun musste, heute noch.

*

Das Grundstück, das Karl ansteuerte, lag unterhalb des Heikenbergs, dort, wo die Lauterberger Aue begann. Es wurde ringsherum durch einen zwei Meter hohen Bretterzaun vor neugierigen Blicken sowie vor Langfingern geschützt. Das schwere Holztor ließ sich nur mit Körpereinsatz öffnen. Karl betrat das Anwesen mit einem lausigen Gefühl. Ein unüberschaubares Gewirr an Gerümpel lag überall herum. Metallteile, Wagenräder, Ziegelsteine und Bauholz. Nur eine Gasse führte zu dem Wohnhaus, das am anderen Ende des Geländes stand. Daneben befanden sich der Pferdestall und einige Schuppen, die jeden Augenblick zusammenzubrechen drohten. Zwischen dem Trödelkram liefen Hühner pickend und scharrend herum. Auf den verbliebenen Grünflächen versuchten abgemagerte Ziegen satt zu werden.

Wildes Gebell erschreckte Karl plötzlich. Er blieb wie erstarrt stehen, als er einen Hund mit gefletschten Zähnen auf sich zurennen sah. Das Tier machte einen verwahrlosten Eindruck, genauso wie sein Herrchen, das in diesem Moment vor die Tür trat. Ernst August Brothuhn, unrasiert, mit zerzaustem Haar und lumpiger Kleidung pfiff den Hund zurück. »Fuß, Hasso!«, brüllte er. Seine Stimme hatte eine gewisse Ähnlichkeit mit der des Hundes. Der Vierbeiner stoppte augenblicklich und machte kehrt. *Na wenigstens spurt der Kläffer,* dachte Karl erleichtert und ging auf Brothuhn zu. Sein jüngster Sohn Bertold, den Karl bereits kannte, drängte sich neugierig hinter seinem Vater hervor und streckte Karl frech die Zunge raus.

»Ach, sieh mal an, mein Helfer in der Not«, sagte er sarkastisch, »was führt dich denn zu mir?«

»Gilt dein Angebot noch?«, fragte Karl frei heraus.

»Dämliche Frage? Ein Brothuhn steht zu seinem Wort«, machte er klar und schien über Karls Zweifel ein wenig verärgert zu sein.

»Wann kann ich anfangen?«

»Sofort, wenn du willst. Sieh dich um, es gibt genug zu tun. Alles, was herumliegt, muss so hergerichtet werden, dass es verkauft werden kann. Außerdem müssen die Dächer der Schuppen repariert werden, damit wir alles dort unterstellen können«, erklärte Brothuhn.

»Du hast dich davon überzeugen können, wie ich arbeite«, sagte Karl, »kannst du mich angemessen bezahlen?«

Brothuhn lachte laut. »Einen festen Lohn kriegst du von mir nicht. Wenn ich gute Geschäfte mache, bekommst du gutes Geld, wenn nicht, gehst du ebenfalls leer aus. Das ist angemessen.«

Karl überlegte kurz und fand, dass er sich dieser einfachen Logik nicht entziehen konnte. »Einverstanden«, stimmte er zu. Eine andere Wahl hatte er nicht.

»Abgemacht«, sagte Brothuhn und reichte Karl die Hand. Der schlug ein. »Warst du schon einmal in Göttingen?«, fragte Ernst August unvermittelt.

Als Karl den Namen der Stadt vernahm, horchte er auf. »Nein, aber ich würde dort gerne einmal hin. Göttingen ist eine Universitätsstadt. Wenn es nur nicht so weit wäre«, antwortete er.

»Da habe ich ja einen Volltreffer gelandet«, sagte Brothuhn, »das scheint dich zu reizen, wenn ich das Leuchten in deinen Augen richtig deute.«

»Ich gebe dir eine ehrliche Antwort«, begann Karl, »mein Bruder Otto sitzt dort in der Irrenanstalt und ich würde ihn gerne besuchen, vielleicht sogar herausholen.«

»Ich kann nicht sagen, dass mir dein Bruder sympathisch

ist, nach dem, was vorgefallen ist, aber Irrenanstalt ist hart«, antwortete Ernst August Brothuhn.

»Was hast du mit Göttingen zu schaffen? Geschäfte?«, fragte Karl nach.

»Komm erst einmal rein«, sagte Brothuhn und ging ins Haus.

Karl folgte ihm. Drinnen setzte sich das Chaos von draußen fort. Überall lagen Kisten, Flaschen und Kleidungsstücke herum. Auf dem Sofa saß eine Frau mit rötlichen Haaren. Sie musste früher einmal hübsch gewesen sein, glaubte Karl zu erkennen, aber jetzt sah sie ziemlich aufgedunsen aus. Sie rauchte eine Pfeife und musterte Karl kritisch. Auf der Sofalehne hockte eine jüngere Frau und fummelte an ihren Fingernägeln herum. Es roch eklig nach einem Gemisch aus Alkohol, Tabak und Gammel.

Brothuhn zeigte auf die Frau mit den rötlichen Haaren. »Das ist Lotte, meine Frau«, stellte er sie vor. »Die andere ist meine Tochter Mathilde.«

Mathilde lächelte Karl breit an. »Heh«, sagte sie bewundernd und zwinkerte ihm zu. »Mit dir wüsste ich was Nettes anzufangen.«

»Halt dein Maul, du Flittchen«, wies Brothuhn sie zurecht. »Karl arbeitet ab sofort für mich. Mach mal Platz da.« Lotte rückte zur Seite und Karl setzte sich neben sie. Ein aufdringlich süßer Geruch umgab sie, der Karl anwiderte.

Ernst August Brothuhn setzte sich Karl gegenüber auf einen Stuhl und sagte: »In Göttingen kenne ich einen Apotheker, der ein Elixier mixt, was Männern mehr Kraft verleiht, Frauen richtig glücklich zu machen.« Mathilde kicherte laut. Brothuhn warf ihr einen unmissverständlichen Blick entgegen. Sie verstummte sofort und wand sich erneut ihren Fingernägeln zu. Ernst August fuhr fort: »Für diesen Zaubertrank zahlen wohlhabende Männer ein Vermögen, verstehst du?« Karl nickte. »Ich habe nicht die Zeit, nach Göttingen zu gehen, außerdem bin ich nicht gut zu Fuß, deshalb gehst du.

Morgen.«

»Morgen schon?«, fragte Karl überrascht.

»Es bringt gutes Geld, denk an deinen Lohn. Du bekommst einen kleinen Vorschuss als Wegzehrung. Ich kann mich doch auf dich verlassen?«

»Ein Wiegand steht zu seinem Wort«, parierte Karl seine Anspielung.

»Wir verstehen uns«, sagte Brothuhn.

Karl ging nach draußen, suchte sich eine Leiter und begutachtete das Schuppendach. Einige Schindeln waren verrottet und mussten ersetzt werden. Neben der Bretterwand fand er einen Stapel alter Dachschindeln. Die meisten waren ebenfalls faulig. Die Brauchbaren nagelte er auf die Lücken im Dach. Karl dachte dabei erwartungsvoll an Göttingen. Diese Chance, Otto zu finden, würde er nicht so bald wieder bekommen. Sein Herz pochte schneller.

Donnerstag, 20. März 1834
Auf dem Weg nach Göttingen

⚒

Clara hustete immer noch, es wollte einfach nicht besser werden. »Sie braucht einen Arzt. Ich gehe heute mit ihr zu Doktor Ritscher«, sagte Karls Mutter, als er sich vor seiner Reise nach Göttingen verabschiedete. Karl gab ihr den letzten Taler, den er noch in der Tasche hatte. »Ich werde nicht zurückkommen, bevor ich Otto gesehen habe«, versprach er, »es wird also einige Tage dauern.« Er gab seiner kleinen Schwester und seiner Mutter einen Kuss und verließ das Haus. »Gott schütze dich, mein Junge«, rief ihm die Mutter nach. Clara stand auf der Schwelle und winkte.

Brothuhn reichte Karl zwei Taler als Wegzehrung, wie er es nannte, sowie einen versiegelten Lederbeutel mit Münzen. »Damit bezahlst du das Elixier«, sagte Ernst August, »achte gut darauf. Wenn du es verlierst, wirst du den Betrag zuzüglich des entgangenen Gewinnes bei mir abarbeiten.« Karl musste eine Quittung unterschreiben. »Der Apotheker heißt Cornelius Caspar.«

»Göttingen ist groß. Wie finde ich ihn?«, fragte Karl.

»Frag nach ihm. Seine Apotheke kennt dort jeder. Er ist ein spinniger Kauz und stadtbekannt wie ein bunter Hund.« Karl verstaute das Geld in einem Brustbeutel und schulterte seinen Rucksack. »Hüte dich vor Wegelagerern. Es treibt sich allerlei Gesocks herum. Viel Glück«, sagte Brothuhn. Hasso begleitete Karl bellend bis zum Tor.

Mit der Sonne im Rücken, die gerade hinter dem Ravensberg aufgestiegen kam, machte er sich auf den Weg. Er hatte eine große Verantwortung übernommen, wurde ihm mit einem Mal bewusst. Der Weg nach Göttingen war kein Spaziergang, und er hatte keine Erfahrung mit solchen Exkursionen, er kannte nicht einmal genau die Route. Plötzlich plagten ihn Zweifel, ob er das Richtige tat. *Was, wenn man ihn überfallen und ausrauben würde? Wer weiß, wie lange er den Verlust bei Brothuhn abarbeiten müsste? Andererseits würde er die Gelegenheit verpassen, Otto zu finden. Nein, er hatte richtig entschieden, und auf das Geld würde er schon achtgeben. Vielleicht traf er auf Fuhrwerke, die ihn ein Stück mitnehmen würden.* Die Zweifel verflogen nach und nach und Karl beschleunigte voller Zuversicht seine Schritte.

Von dem Höhenzug des Rotenbergs aus sah er schon die Kirchturmspitze und Dächer der kleinen Ortschaft Gieboldehausen. Hier wollte er eine erste Rast machen. Seine Mutter hatte ihm Brot, etwas Gänseschmalz und eine Flasche Tee mitgegeben. Die Luft fühlte sich schon ein bisschen wie Frühling an, fand Karl. Vögel zwitscherten und auf den Feldern wurde bereits gepflügt. Guten Mutes erreichte er den Ort und setzte sich am Rand der Dorfstraße auf einen Holzstapel, um etwas zu essen und auszuruhen.

Einige Bauern mit Pferdewagen kamen vorüber. Karl fragte, ob sie in Richtung Göttingen führen und ihn mitnehmen könnten. Doch sie fuhren entweder zu ihren Feldern raus oder in andere Richtungen. Ein großer, dünner Mann kam die Straße entlang, blieb vor Karl stehen, grüßte und fragte ihn frei heraus alles Mögliche. Wo er herkäme und hinwolle und warum. *Von einem Fremden sollte man sich tunlichst nicht ausfragen lassen,* dachte Karl und erzählte nur knapp, dass er geschäftlich nach Göttingen unterwegs sei, um dort Ware abzuholen. Der vorwitzige Mann gab sich damit zufrieden und verabschiedete sich. *Neugieriger Kauz,* dachte Karl. Er packte seinen Rucksack, hievte ihn auf den Rücken und brach zur nächsten Etappe auf. Er hatte keine Vorstellung, wie weit es noch bis Göttingen war.

Wenig später, am Ende des Dorfes, stieß aus einer Seitengasse eine Frau mit einer Kiepe zu ihm und schlug die gleiche Richtung ein. Sie ging auffallend aufrecht und hatte offensichtlich keine schwere Last zu tragen. Die Kiepenfrauen, die Karl sonst kannte, gingen immer leicht nach vorne gebeugt, um sich gegen die Last zu stemmen.

»Wo soll`s denn hingehen«, fragte er die Frau.

Sie sah ihn skeptisch an und taxierte ihn eingehend. »Ich will nach Göttingen. Morgen ist dort Wochenmarkt.«

»Dann haben wir denselben Weg«, sagte Karl, »wenn es dir recht ist, gehen wir zusammen. Ich bin Karl.«

»Ja, gerne. In männlicher Begleitung fühle ich mich sicherer. Ich heiße Auguste«, sagte sie und gab ihm die Hand, die sich zart und weich anfühlte, nicht rau wie arbeitsame Hausfrauenhände. Selbst ihr Gesicht sah glatt und hell aus. Kiepenfrauen hatten gewöhnlich wettergegerbte Gesichtszüge.

»Was verkaufst du denn auf dem Markt?«, fragte Karl, »deine Kiepe scheint nicht besonders schwer zu sein.«

Auguste gab sich von seiner Frage etwas überrascht und druckste herum. »Ach, nur Kleinigkeiten und außerdem geht dich das nichts an«, wies sie ihn ab.

Karl fragte nicht weiter, da auch sie sich nicht für seine Absichten in Göttingen interessierte.

»Das ist der Rohringer Berg«, sagte Auguste, »lass uns Rast machen, bevor wir den Anstieg nehmen.«

»Guter Vorschlag«, fand Karl. Am Waldrand setzten sie sich auf einen umgestürzten Baum. Karl nahm den Rucksack ab und streckte sich. Auguste kramte in ihrer Kiepe herum und zog einen Brotknust heraus.

»Ich habe Gänseschmalz, wenn du etwas möchtest?«, bot Karl an.

»Danke, sehr gerne«, sagte sie.

Sie aßen und redeten wenig. Als er sein Brot aufgegessen hatte, spürte er ein dringendes menschliches Bedürfnis. »Ich gehe mal kurz hinter einen Baum«, sagte er.

»Geh nur. Ich passe auf«, antwortete sie.

Karl stapfte ein Stück in den Wald hinein, bis er sich unbeobachtet fühlte, und verrichtete sein Geschäft. Er hockte noch immer hinter dem Busch, als er ein leichtes Pferdegespann hörte. *Eine Mitfahrgelegenheit,* dachte er und beeilte sich, die Hosen hochzukriegen. Als er zum Rastplatz zurückkam, erschrak er. Auguste war verschwunden, und mit ihr sein Rucksack. In der Ferne sah er die offene Kutsche den Rohringer Berg hinauffahren. Erst jetzt begriff er, dass er hereingelegt worden war. »Du Miststück, du blödes. Warte, wenn ich dich erwische«, rief er wütend hinterher. Resigniert setzte er sich auf den Boden. »Sie kam mir von Anfang an merkwürdig vor. Ich Dusel«, rügte er seine Leichtgläubigkeit. Sein ganzes Geld befand sich im Rucksack. Zum Glück hatte er den versiegelten Beutel von Brothuhn am Körper getragen. Halblaut vor sich hinfluchend, stiefelte er weiter. Bis zum Einbruch der Dämmerung wollte er den Berg hinter sich gelassen haben.

Wie kleine Punkte leuchteten in der Ferne einige Fenster durch die Dunkelheit. Göttingen lag vor ihm, er hatte es geschafft. Allerdings ohne Gepäck und ohne Geld. Wie ein Landstreicher kam er daher. Wo sollte er übernachten? Draußen war es nachts noch empfindlich kalt.

Karl folgte dem Stadtwall und erreichte durch einen Torbogen die Altstadt. Eine Kirchturmuhr schlug acht Mal. Karl folgte der Straße und hoffte, sie würde ihn in die Stadtmitte führen. Er wunderte sich über die Betriebsamkeit auf den Straßen um diese Zeit. Eine Kutsche polterte über das Kopfsteinpflaster an ihm vorüber. Kurz danach kam eine Gruppe junger Männer lachend und johlend aus einem Wirtshaus herausgestolpert. Sie trugen Uniformmützen und Schärpen unter ihren Gehröcken, wie sie Karl bisher noch nicht gesehen hatte. Als sie ihn bemerkten, blieben sie stehen und stützten sich gegenseitig. »Sieh mal den da«, lallte einer von ihnen. Er überragte die Anderen um fast einen Kopf und schien der Wortführer zu sein. Alle lachten.

Die müssen sturzbesoffen sein, dachte Karl. »Warum lacht ihr über mich?«, fragte er.

Das Gelächter schwoll an. »Welcher Burschenschaft- hp - gehörst du an - hp?«, stammelte ein anderer aus der Gruppe.

»Ich kenne keine Burschenschaften. Ich bin geschäftlich hier und brauche eine Auskunft«, antwortete Karl.

»Da bist du bei uns genau richtig«, sagte der Wortführer, »wir können dir über alle Wirtshäuser in Göttingen Auskunft geben.« Ein schallendes Gewieher dröhnte durch die Straße.

Als sie sich beruhigt hatten, sagte Karl: »Ich suche die Apotheke von Cornelius Caspar, kennt ihr die?«

»Die CC-Apotheke? Wer kennt die nicht?« Alle lachten erneut los. »Durch Caspars Elixier wächst dir ein Zauberstab in der Hose, den die Weiber nicht vergessen werden.« Sie krümmten sich vor Lachen und einer musste sich dabei übergeben. Karl lachte gequält mit, obwohl ihm nicht danach zumute war.

»Die Auskunft kostet dich eine Runde Schnaps«, brabbelte einer aus der Gruppe.

»Tut mir leid, ich habe kein Geld«, sagte Karl.

»Habt ihr das gehört?«, brüllte der Mann mit schwerer Zunge los, »die arme Sau kommt ohne Geld nach Göttingen, wo es hier doch jede Menge hübsche Weiberröcke gibt.«

»Neben der Nikolaikirche«, sagte der Große, legte seine Arme auf die Schultern seiner Kommilitonen und führte sie weiter die Straße entlang, wahrscheinlich ins nächste Wirtshaus.

Karl bog eine Straße weiter links ab und fragte sich bis zur Nikolaikirche durch. Ernst August Brothuhn hatte recht gehabt, Cornelius Caspar kannte jeder. Sein Haus war kaum zu übersehen. Es hob sich von den tristen Fassaden der anderen Häuser durch seine kunterbunten Fachwerkfelder ab, die selbst in der Dunkelheit einen Kontrast boten. Wie mussten sie erst bei Tageslicht leuchten. Über der Tür hingen übergroß die Initialen CC. In den kleinen Schaufenstern links und rechts des Einganges konnte Karl in der Dunkelheit nichts erkennen. Keines der Fenster zeigte einen Lichtschimmer. *War Caspar am Ende nicht zu Hause? Hatte Karl die weite Strecke umsonst gemacht?* Er klopfte an die Tür und lauschte. Nichts rührte sich.

»Da kannst du lange klopfen«, hörte Karl eine Frauenstimme hinter sich.

Er drehte sich um. »Wieso?«, fragte er.

»Dort hinter der Hausecke findest du einen Stock«, sie zeigte nach rechts, »damit musst du ans obere Fenster klopfen.« Die Frau ging weiter, ohne eine Antwort abzuwarten.

Karl schaute ums Haus und fand ihn. Vorsichtig tippte er damit an die Scheibe des Fensters im oberen Stockwerk, trat einige Schritte zurück und schaute hinauf. Er glaubte, einen Lichtschein zu erkennen, doch gleich darauf verschwand er wieder. Kurze Zeit später schloss jemand die Haustür auf. Ein untersetzter Mann mit Vollbart und Gehstock erschien in der Tür. Auf dem Kopf trug er eine rote Kappe, ähnlich wie die Mooskappe der Bergleute. Er hob den Kerzenleuchter etwas höher und schaute Karl misstrauisch an. Nach einer Weile sagte er: »Ich kenne dich nicht. Was willst du von mir?«

»Ich bin Karl Wiegand aus Lauterberg. Ernst August Brothuhn schickt mich, ein Elixier zu holen«, antwortete Karl.

»Äh, Brothuhn, dem traue ich nicht«, knurrte er abweisend, »dieser hinterlistige Gauner. Ich habe kein Elixier.«

»Heißt das, ich bin den weiten Weg umsonst gekommen?«, fragte Karl.

»Ich muss erst wieder welches destillieren«, sagte er barsch.

»Wie lange dauert das?«, wollte Karl wissen.

»Zwei Tage. Hat er dir denn Geld mitgegeben?«

»Ja«, antwortete Karl.

»Gut. Dann komm in zwei Tagen wieder.«

»Da gibt es ein Problem«, druckste Karl. »Ich habe keine Bleibe und kein Geld, außer den Betrag für das Elixier. Man hat mich unterwegs beraubt.«

»Dein Problem«, sagte er mitleidslos und schlug die Tür zu. Karl stand eine Weile ratlos auf dem Trittstein und wusste nicht weiter. Plötzlich schwang die Tür langsam auf. Caspar stand auf der Schwelle und zeigte mit der Krücke auf Karl. »Eine Frau hat dich beraubt, hab ich recht?«, fragte er.

»Ja. Woher wissen Sie?«, wunderte sich Karl.

»Du bist nicht der Erste, den sie erleichtert hat. Die Trulle und ihr Komplize werden polizeilich gesucht. Zehn Taler Belohnung«, sagte er, »komm erst einmal rein.«

Drinnen war es genauso bunt wie draußen. Es sah eher nach Jahrmarktsbude aus als nach Apotheke.

»Zeig mir das Geld«, forderte er Karl auf. Karl fummelte den Brustbeutel unter seinem Hemd hervor und gab ihm die Geldbörse. »Gut. Du kannst in meinem Lager übernachten, aber bilde dir nicht ein für umsonst. Morgen wirst du mir zur Hand gehen.«

Er führte Karl in einen anderen Raum, zündete einen Kerzenleuchter an und ließ ihn allein. Karl sah sich um und entdeckte Dinge, die ihm eine Gänsehaut bereiteten. Im Halbdunkel einer Ecke stand ein lebensgroßes Skelett, in einem Regal reihten sich Gläser mit Flüssigkeiten, in denen absonderliche Dinge schwammen. Auf der anderen Seite standen seltsame Badewannen und Liegen, wie sie Karl noch nie gesehen hatte, und an einem Kleiderständer hingen eigenartige Jacken. Karl erschrak, als er darin Zwangsjacken erkannte. *In dieser Gruselkammer soll ich schlafen?*, dachte er, aber er hatte keine Wahl. An der Wand stand eine Pritsche, jedoch gab es weder Kopfkissen noch Decke. Karl nahm sich widerwillig die Jacken als Zudecke.

Freitag, 21. März 1834
Göttingen

»Steh auf, wir müssen gleich los.«

Karl schlug erschrocken die Augen auf. Cornelius Caspar beugte sich über ihn und rüttelte an der Liege. Karl sprang auf. Sein Körper fühlte sich wie von Muskelkater durchzogen an. Jeder Schritt schmerzte.

Es gab ein spärliches Morgenmahl. Getreideflocken, mit heißem Wasser angerührt. Es schmeckte scheußlich, aber Karl aß den Teller leer. Er hatte lange keine warme Mahlzeit bekommen. Caspar trieb zur Eile. Aus einem Stallgebäude im Hinterhof führte er ein Pferd heraus und spannte es vor einen Karren. Dann musste Karl mit ihm einen schweren Armsessel, der wie eine Folterbank aussah, aus dem Lager heraustragen und auf den Wagen hieven. Karl wunderte sich über die Lederriemen an den Armlehnen und Fußstützen. *Damit könnte man einen Menschen festschnallen,* mutmaßte Karl. »Wo fahren wir damit hin?«, fragte er.

»Zur Tollburg«, sagte Caspar barsch.

»Was ist das für eine Burg?«, fragte Karl nach.

»Wirst du bald sehen«, antwortete er knapp.

Cornelius Caspar lockerte die Zügel und der Wallach trottete an. Sie kamen an einem Platz mit einem größeren Steingebäude vorbei. »Das ist die Scharwache«, erklärte Caspar, »hier ist die Polizeistation untergebracht. Du solltest deine Beraubung zu Protokoll geben.« Er stoppte das Pferd. »Beeil dich«, drängte er.

Karl stieg eine lange Außentreppe hinauf, betrat die Polizeistube und schilderte einem Beamten den Vorfall mit der Kiepenfrau. Der Polizist zeigte sich keineswegs überrascht. Die Frau gehörte zu einem lang gesuchten Betrügerpaar, erfuhr Karl, und musste sie und den Rucksack beschreiben. Der Beamte bedankte sich, machte Karl aber wenig Hoffnung, sein Geld wieder zu bekommen.

Cornelius Caspar lenkte das Gespann aus der Innenstadt heraus. Göttingen hatte sich schon über den Stadtwall hinaus ausgedehnt. In den Straßen und Gassen beobachtete Karl bereits geschäftiges Treiben, das sicher mit dem Wochenmarkt zusammenhing, der heute stattfand. Einige Pferdefuhrwerke zockelten über das Pflaster und Leute schoben mit Kisten beladene Handkarren vor sich her. *Wie beschaulich es doch dagegen in Lauterberg zugeht,* dachte er bei sich. Weit außerhalb der Stadt bog der Apotheker in eine Kastanienallee ein, die zu einem Gebäude führte, das von einer hohen Ziegelmauer umgeben war. Ein Wächter öffnete das Holztor, als er Caspar durch eine Gucköffnung offenbar erkannte. Hinter dem Tor gelangten sie auf einen weitläufigen Innenhof. Geradeaus stand ein dreigeschossiges Fachwerkgebäude und beidseitig davon kleinere Wohnhäuser. An den Ecken des Hauptgebäudes ragten Ziertürme mit Zinnen auf. Sie verliehen dem Bauwerk das wehrhafte Erscheinungsbild einer Burg. Karl glaubte zunächst an einen wohlhabenden Gutshof. Nur die vergitterten Fenster passten überhaupt nicht in dieses Bild.

Karl fühlte sich unwohl. »Ist das ein Zuchthaus?«, fragte er ungläubig.

»So etwas Ähnliches«, antwortete Cornelius Caspar und hielt den Wagen vor dem Haupteingang an. »Das ist unsere Irrenanstalt.«

Karl durchfuhr es wie ein Peitschenhieb. *Irrenanstalt? Hatte er das gerade richtig verstanden?* Er fühlte sich schwindelig, als wenn ihm das Blut aus den Adern wich. Sein Herz raste plötzlich wie ein durchgehendes Pferd.

»Was ist mit dir, du siehst auf einmal blass aus?«, rief ihm Caspar zu. Karl hatte das Gefühl, jemand drückte ihm die Kehle zu. Er saß wie angenagelt auf dem Bock und starrte geradeaus auf das Gebäude. »Runter vom Wagen, wir haben zu tun!«, schnauzte Caspar ungeduldig. Karl stieg ab und japste nach Luft.

In der Eingangstür erschien eine dicke Frau in einem schlichten, blauen Kleid und einer weißen Haube auf dem Kopf. Sie wirkte resolut und entschlossen. »Wurde auch langsam Zeit. Dr. Ignasius wartet schon seit Tagen auf den neuen Behandlungsstuhl«, keifte sie Caspar an.

»Guten Morgen, Oberschwester. Meine Lieferanten haben die Pünktlichkeit leider nicht erfunden«, entschuldigte er sich.

»Quatsch nicht rum. Rein das Ding!«, forderte sie herrisch. Karl und Caspar hoben den Stuhl vom Wagen und trugen ihn die drei Stufen hinauf. Die Oberschwester hielt den Türflügel offen. »Du weist ja, wohin«, sagte sie und schloss die Tür hinter sich ab. Sie schleppten den Stuhl einen langen, kalten Flur entlang. Es roch eklig sauer hier drinnen. Die meisten Türen, besaßen schwere Schlösser und Durchreicheklappen, bemerkte Karl. So stellte er sich ein Zuchthaus von innen vor. *Irgendwo hinter einer dieser Türen muss Otto sein, schoss ihm durch den Kopf. Er musste zu ihm, egal wie.* Diese Gelegenheit war ein unverhoffter Glücksfall. Aus der Tiefe des Korridors drangen Laute zu ihnen, die Karl an ein verletztes

Tier erinnerten. Es hörte sich wie Stöhnen an, dann wieder wie Jammern. Plötzlich ein Schrei, der Karl zusammenzucken ließ.

»Einfach nicht hinhören«, riet die Oberschwester und öffnete die nächste Tür. »Hier rein.« Sie ging vor. Karl erschrak erneut, als er sich in dem Zimmer umsah. Auf einem Tisch lagen blanke Metallinstrumente, die ihm einen Schauer über den Rücken jagten. Sie mussten einem Menschen furchtbare Schmerzen zufügen. Stöcke und Peitschen hingen an der Wand, und in einem Blechschrank standen kleine Flaschen mit bunten Flüssigkeiten und Pillen.

»Wen bringst du da mit?«, hörte Karl eine helle Männerstimme hinter sich. Ein hagerer Mann mit vorstehenden Wangenknochen und geröteten Augen kam herein. Sein weißer Kittel wedelte bei jedem Schritt hin und her. »Ich will keine Fremden hier im Hause«, schimpfte er.

»Sollte ich den Stuhl alleine tragen, Dr. Ignasius?«, verteidigte sich Caspar.

Karl bemerkte, wie der Doktor die Oberschwester lüstern ansah. An Caspar gewandt fragte er: »Hast du etwas für mich dabei?« Caspar ließ seine Hand in die Jackentasche gleiten, zog ein Fläschchen heraus und steckte es dem Arzt zu, der die Oberschwester dabei grinsend ansah. »Wir werden den neuen Stuhl gleich anwenden«, sagte Ignasius und schickte Karl aus dem Behandlungszimmer.

Zwei kräftige Männer schleiften jemanden in einer Zwangsjacke den Flur entlang und brachten ihn in das Zimmer. Kurz darauf kamen sie wieder heraus, sahen Karl verwundert an und verschwanden irgendwo am Ende des Korridors. Karl überlegte nicht lange, ging den Flur ab und öffnete nacheinander die Klappen in den Zellentüren. Was er in den winzigen Kammern sah, übertraf seine schlimmsten Erwartungen. Die Menschen wurden in dieser Anstalt unwürdig eingepfercht und waren von den Torturen gezeichnet, die sie offensichtlich hier erleiden mussten. Manche hockten apathisch auf dem Boden, andere schritten wie gefangene Tiere auf und ab, redeten unverständliche Sätze oder lagen gefesselt auf den Betten. *Wo war Otto nur?* Karl lugte in jede Zelle und ihm wurde von Mal zu Mal klarer, er musste Otto hier herausholen. Am Ende des Flurs führte eine Treppe in das Obergeschoss. Karl ging hinauf und sah sich um. Der lange Flur lag verlassen vor ihm. Sogleich setzte er seine Suche fort, indem er Klappe für Klappe öffnete. *Irgendwo musste Otto doch sein.* In einem der Zimmer saß jemand zusammengekauert in der Ecke. Man hatte ihn in eine Zwangsjacke gesteckt. Karl konnte sein Gesicht nicht sehen, aber von der Statur ähnelte er seinem Bruder.

»Otto?«, rief Karl flüsternd in den Raum hinein. Der Mann hob den Kopf und blickte Karl an. »Otto«, rief Karl, »Otto, hab keine Angst, ich hol dich hier raus.«

»Was machen Sie da, und wer sind Sie?« Karl drehte sich erschrocken um. Eine jüngere Schwester kam mit forschem Schritt auf ihn zu.

»Ich? Ähh. Hat Ihnen Dr. Ignasius nichts gesagt?«, fragte Karl geistesgegenwärtig.

»Was sollte er mir denn gesagt haben?« Die Schwester lächelte verlegen, als sie Karl gegenüberstand.

»Ich bin Student und mache eine Studienarbeit über straffällig gewordene Schwachsinnige. Das ist doch Otto Wiegand, nicht wahr?«

»Ja«, sagte sie kleinlaut.

»Dann öffnen Sie. Ich muss ihn untersuchen und befragen«, sagte Karl selbstsicher.

»Ich weiß nicht«, druckste sie rum, »diese Leute sind unberechenbar.«

»Nun machen Sie schon. Ich bin auf solche Menschen geschult, oder glauben Sie, dass Doktor Ignasius mich sonst geschickt hätte.« Karl hob die Brauen und blickte ihr fest in die Augen. Wortlos öffnete sie die Tür, ließ Karl hinein und schloss von außen wieder ab.

Otto stand auf. »Karl, Karl«, freute er sich, seinen Bruder

zu sehen. Karl schnürte sofort die Zwangsjacke auf und warf sie wütend zu Boden. Otto umarmte seinen Bruder und schien ihn nicht mehr loslassen zu wollen. Nach einer Weile musste Karl sich fast gewaltsam aus der Umklammerung befreien.

»Setz dich, Otto«, sagte Karl und betrachtete ihn eingehend. Otto war spitz im Gesicht geworden, seine Augen lagen tief und schauten verstört.

»Sie schlagen mich«, sagte Otto und zog sein Hemd hoch.

»Diese Schweine«, fluchte Karl, als er die Striemen auf Ottos Rücken sah. »Ich hole dich hier raus, Otto. Ich weiß noch nicht wie, aber bei unserer Mutter, ich hole dich hier raus«, schwor Karl und musste schlucken.

»Ich habe Hans nichts getan«, beteuerte Otto.

»Wir alle glauben dir. Uns fehlt nur der Beweis. Eine Jacke.«

»Die Jacke, die ... die Jacke, ...«, stammelte Otto aufgeregt, kam aber nicht zum Ende, denn plötzlich wurde die Tür aufgerissen. Die beiden Kraftprotze kamen hereingestürmt, packten Otto an den Armen und streiften ihm die Zwangsjacke über. Otto ließ es wehrlos über sich ergehen, ihm fehlte augenscheinlich die Kraft zum Widerstand.

Die Oberschwester stand mit hitzigem Kopf in der Tür und stützte ihre Hände in die Hüften. »Was fällt Ihnen ein. Verlassen Sie sofort unser Haus. Ich will Sie hier nie wieder sehen«, brüllte sie Karl an. Die beiden Hünen packten Karl an den Armen und brachten ihn bis vor das Mauertor.

»Bist du verrückt geworden?«, beschwerte sich Cornelius Caspar, »du bringst mich in größte Schwierigkeiten. Fast hättest du mir das Geschäft versaut.«

»Es tut mir leid«, entschuldigte sich Karl, »mein Bruder ist hier. Ich musste ihn einfach sehen.«

»So, so. Der Schwachsinn scheint in eurer Familie verbreitet zu sein, denn du gehörst ebenfalls hierher«, fauchte er Karl an und gab das Pferd mit einem leichten Zügelschlag frei. Karl verzichtete auf eine Antwort, um Streit mit Caspar zu vermeiden, und brütete bereits mit aufgestütztem Kopf über Möglichkeiten, Otto aus dieser Folterburg herauszuholen.

Ein listiger Plan müsste her, denn die Anstalt wurde wie ein Zuchthaus bewacht. Niemand käme unbemerkt herein und noch weniger wieder heraus. Karl zermarterte sich das Gehirn und spielte in Gedanken verschiedene Strategien durch, aber jede scheiterte entweder an der Mauer, an der Bewachung oder an den vergitterten Fenstern. *Warum einbrechen, um auszubrechen?*, fragte er sich. *Warum nicht die Insassen einfach herausschicken lassen?* An diesem Einfall hing er wie ein Kettenhund fest und bewegte sich im Kreis. *Man müsste einen dringenden Grund dazu schaffen, einen, der vielleicht sogar eine Evakuierung notwendig machte. Eine Krankheit, eine Seuche oder eine andere Katastrophe.* Alles drehte sich in seinem Kopf, er fand keine passende Idee, aber ihm würde noch etwas einfallen.

Karl blickte auf und sah sich um. Caspars Wallach trotte durch die Gassen der Innenstadt. Jetzt, bei Tageslicht, machte die Stadt einen bunten und quirligen Eindruck. Wagen und Kutschen holperten über das Pflaster. Menschen eilten durch die Gassen. Hinter Häusernischen saßen lumpig gekleidete Bettler und streckten flehend ihre Hand aus, wenn jemand vorüberging. Auf dem Platz vor der Scharwache hatten Händler ihre Buden und Stände zum Wochenmarkt aufgebaut. Lautstarkes Treiben erfüllte den Marktplatz.

»Halt mal«, sagte Karl und zeigte mit dem Finger auf die Menschen. Er hatte eine Frau im Gedränge des Marktes gesehen, die ihn an Auguste erinnerte. Sie trug ein Kopftuch, aber ihr Gesicht mit der seltenen Blässe fiel ihm sofort auf.

»Was ist denn nun schon wieder?«, meckerte Caspar.

»Ich habe eine Frau gesehen, die ich kenne«, antwortete Karl.

»Wenn ich bei jedem Weiberrock anhalte, den ich kenne, kommen wir heute nicht mehr nach Hause«, schimpfte Caspar.

»Halt an«, wiederholte Karl, »das ist die Diebin.«

»Brrr«, rief Caspar und zog die Zügel straff. Das Pferd blieb stehen und schnaubte. Karl sprang von Wagen herunter.

»Warte nicht auf mich«, rief er Caspar zu und rannte auf den Marktplatz.

Das Menschengewühl hatte die Frau inzwischen aufgesogen. Karl konnte sie nirgends ausmachen. Ziellos zwängte er sich an den Menschen vorbei und hielt nach der Frau mit dem Kopftuch Ausschau. Sie war untergetaucht. Er stieg die Außentreppe an der Scharwache hinauf, um den Markt überblicken zu können, aber das Kopftuch blieb verschwunden. Enttäuscht stieg er hinunter, schaute dabei immer wieder über den Markt und achtete nicht auf die Stufen. Dann passierte es, er verfehlte die letzte Stufe und stolperte in die Menschenmenge. Reflexartig griff er wahllos zu und fühlte plötzlich eine Hand, weich und zart. Diese Hand erkannte er augenblicklich wieder, sie gehörte zu seiner Begleiterin, die ihn bestohlen hatte. Auguste weitete vor Schreck die Augen, als sie Karl erblickte, entriss ihm die Hand und lief in Richtung Straße davon. Karl folgte ihr, hatte jedoch Mühe mitzuhalten. Der Muskelkater schmerzte noch immer. Die Frau war flink und schien sich in Göttingen auszukennen. Sie bog urplötzlich mal links, mal rechts ab. Dann rannte sie die Düstere Straße entlang, wo Caspar seine Apotheke hatte, bog am Ende links ab und sprang zwei Häuser weiter einen Tritt hoch, riss die Tür auf und huschte hinein. Sie schmiss den Türflügel hinter sich zu, der jedoch von Karls Fuß abprallte. Karl stürmte in das Haus und packte die Frau am Arm.

»Hab ich dich, du Kanaille. Ich will zurück, was du mir gestohlen hast«, brüllte Karl sie an. Sie drehte und wand sich, um dem Griff zu entkommen, aber Karl umklammerte ihren Arm wie eine Zange.

Plötzlich tauchte aus einem Nebenraum ein Mann auf und richtete eine zweiläufige Pistole auf Karl. »Nimm deine dreckigen Pfoten von der Frau«, schnauzte er.

Karls Herzschlag setzte einige Takte aus. Noch nie hatte jemand eine Schusswaffe auf ihn gerichtet. Zum ersten Mal in seinem Leben spürte er Todesangst. Er ließ die Frau frei und starrte auf die Waffe. Der Mann kam näher und Karl traute seinen Augen kaum. Der große Dünne, der ihn in Gieboldehausen ausgefragt hatte, stand vor ihm. Mit einem Mal wurde ihm bewusst, dass die beiden zusammengearbeitet hatten, um an sein Geld zu kommen. Der Mann kam noch einen Schritt näher und drückte Karl die Pistole auf den Bauch. Er konnte die aufsteigende Panik nicht unterdrücken und schlug unkontrolliert mit aller Kraft gegen die Waffe. Ein Schuss dröhnte durch das Haus, die Pistole fiel scheppernd auf die Dielen. Karl erschrak vor sich selber. »Hilfe, Polizei!«, rief er, warf sich zu Boden, griff nach der Waffe und richtete sie auf den Mann, der erschrocken zurückwich, bis er mit dem Rücken gegen die Wand stieß. Die Frau klammerte sich Schutz suchend an ihn. Karl stand auf, öffnete das Fenster zur Straße und rief hinaus: »Hol jemand die Polizei.« Die Pistole hielt er auf das Diebespaar gerichtet. Es schien niemand verletzt worden zu sein. Die Kugel steckte im Fußboden. Noch einmal rief er aus dem Fenster: »Hilfe, Polizei!«

Es dauerte viel zu lange, aber dann hörte er Hufgeklapper von der Straße. Er schielte hinaus und sah zwei berittene Polizeibeamte, die von ihren Pferden stiegen. »Hier«, rief Karl ihnen durch das offene Fenster zu. Er übergab ihnen die Pistole und erzählte den beiden Beamten, was er erlebt hatte. Einer der Polizisten durchsuchte die Wohnung und fand den Rucksack, der auf Karls Beschreibung passte. Das Geld fehlte, was Karl am meisten ärgerte. Die Beamten nahmen die Frau und den Mann fest und führten sie ab.

Cornelius Caspar zupfte aufgeregt an seinem Bart herum, als er von der Verbrecherjagd erfuhr. »Entweder bist du einer der Mutigsten oder einer der Verrücktesten, die mir je begegnet sind«, sagte er hinterher. »Wahrscheinlich hast du etwas von beiden.«

Mit Grauen dachte Karl an eine weitere Nacht in Caspars Gruselzimmer, aber er hatte keine andere Möglichkeit außer der Gosse. Am nächsten Morgen wollte Karl früh aufbrechen, um noch am selben Tag bis Lauterberg zu kommen. Er machte die Augen fest zu und dachte an Agnes und Johanna. Ungewollt verglich er die beiden Frauen miteinander, als müsse er sich zwischen ihnen entscheiden. Agnes war eine hübsche Frau, aber Johanna war ein Engel mit bezaubernden Augen, die ihn in Bann schlugen, selbst wenn er nur daran dachte. Und er dachte unablässig an sie, bis er einschlief.

Karl glaubte auf einmal Glocken zu hören. Sie läuteten leise durch die Nacht, und er bildete sich ein, das Geläut sei für Johanna und ihn bestimmt. Dann sah er sie auf einmal auf dem Wochenmarkt vor ihm davonlaufen. Er lief ihr nach, konnte sie aber nicht erreichen. »Johanna«, rief er, doch sie verschwand in der Menge. Der Glockenton wurde lauter und ungestüm. »Johanna, Johanna!«, rief er, dann schlug er erschrocken die Augen auf und begriff, die Kirchenglocken der Stadt läuteten Alarm. Schreie und Rufe schallten draußen durch die Gassen. Er sprang von der Pritsche auf und eilte hinaus, um nachzusehen, was geschehen war. Cornelius Caspar stand vor dem Haus, auf seinen Stock gestützt. »Was ist passiert?«, fragte Karl.

»Die Tollburg brennt lichterloh«, sagte er.

Karl zuckte unwillkürlich zusammen. *Die Irrenanstalt, Otto ist in Gefahr,* schoss ihm durch den Kopf und im selben Augenblick rannte er los, den Männern und Frauen hinterher, die mit Eimern durch die Gassen eilten. Kurz vor dem Stadtwall sah er in der Ferne bereits den Himmel rot leuchten. Karl lief jetzt noch schneller, obwohl ihn der Muskelkater schmerzte, aber die Angst um Otto trieb ihn bis zum Äußersten. Auf der Kastanienallee polterten Gespanne der Stadtfeuerwehr mit schnaufenden Pferden an ihm vorüber. Bald spürte er die Hitze der Flammen im Gesicht. Karl blieb stehen und wollte nicht glauben, was er sah. »Nein!«, schrie er vor Entsetzen. »Otto!« Aus dem Dachstuhl und den Fenstern des Anstaltsgebäudes züngelten Flammen wild gen Himmel, begleitet von einem Funkensturm, der wie ein leuchtender Regen aus den schwarzen Rauchwolken herniederfiel. Es war ein furchterregender Anblick. *Konnte jemand diesem Flammenmeer entkommen?* Die Türen der Zellen waren verriegelt, die Fenster vergittert. Karl rannte wie von Sinnen weiter, durch das Tor hindurch auf den Hof. Zwei Uniformierte liefen auf ihn zu. »Halt! Du kannst da nicht rein«, rief der eine und schob ihn zurück. »Mein Bruder ist da drin«, schrie Karl und versuchte an den Beamten vorbeizukommen, aber sie hielten ihn fest. Hinter einem Fenster in ersten Stock glaubte Karl jemanden zu sehen, der in Todesangst an dem Gitter zerrte. »Da ist noch einer. Sie müssen ihn herausholen«, schrie Karl die Polizisten an.

»Das sind doch nur Irre«, sagte jemand. Karl wandte sich um und erkannte Doktor Ignasius. Wutentbrannt entriss er sich dem Griff der Polizeibeamten und packte Ignasius am Kittelkragen.

»Du Schwein«, fauchte Karl ihn an und holte mit der Faust zum Schlag aus, doch die Polizisten ergriffen ihn, drehten seine Arme auf den Rücken und führten ihn hinter das Mauertor.

Die herbeigeeilten Leute bildeten mehrere Menschenketten, die Löscheimer weiterreichten. Karl rief immer wieder verzweifelt nach Otto, aber er wusste, dass er ihm nicht helfen konnte. Niedergedrückt reihte er sich in die Löschkette ein, um wenigstens gegen das Feuer anzukämpfen. Aus einem nahe gelegenen Teich schöpften sie das Löschwasser und reichten die Eimer weiter. Jedes Mal schwappte Wasser über, und es kam nicht genug an den Flammen an. Es war ein hoffnungsloser Kampf gegen einen übermächtigen Gegner. Die Feuerwehrleute hatten Schläuche verlegt und pumpten bis zur Erschöpfung. Karl merkte bald, dass auch sie einen aussichtslosen Kampf gegen diese Feuersbrunst führten. Die Flammen loderten bis in den frühen Morgen.

Als die aufgehende Sonne den Himmel purpurrot färbte, trotteten die ersten Helfer müde und rußverschmiert über die Allee zurück nach Hause. Karl blieb bis zuletzt und ging mit schwerem Herzen näher an die glühenden und rauchenden Trümmer heran. Nur noch die gemauerten Ecktürme ragten wie nutzlose Reste aus der Asche empor. Beim Anblick dieser Zerstörung und den Gedanken an Otto brach er in Tränen aus.

Sonntag, 23. März 1834

Erst einen Tag später fühlte sich Karl ausgeruht, um den Heimweg anzutreten. Im Rucksack hatte er eine große Flasche von Caspars Wunderelixier. Obwohl er es eilig hatte, zog es ihn noch einmal zu der Brandruine, die ohne langen Umweg zu erreichen war. Er wollte sich über das Ausmaß der Katastrophe ein letztes Bild machen, vielleicht hatte ja doch jemand der Insassen überlebt, womöglich sogar Otto. Als er die Zufahrtsallee erreichte, hing Brandgeruch in der Luft. Reste des Holztores baumelten verbrannt zwischen den Mauerpfeilern. Karl betrat den Innenhof. Mehrere Feuerwehrleute hielten Brandwache. Aus den verkohlten Trümmern stiegen hier und da kleine Rauchsäulen auf. Ein paar Schaulustige standen herum und stierten auf den Schutt, andere klammerten sich aneinander, einige schluchzten und weinten. Wahrscheinlich Angehörige, die wie Karl nach Spuren der Hoffnung suchten. Karl ging auf einen der Feuerwehrmänner zu und fragte: »Wissen Sie, ob jemand überlebt hat. Ich vermisse meinen Bruder, der hier untergebracht war.«

Der Mann schaute Karl bedrückt an. »Das kann erst geklärt werden, wenn die Ruine erkaltet ist. Aber sehen Sie selbst«, er zeigte auf die Asche, »ich kann Ihnen leider keine großen Hoffnungen machen.«

Als stünde Karl vor Ottos Grab, faltete er die Hände und hielt einen Augenblick inne, um sich zu verabschieden. Schweren Herzens trat er den Heimweg an. Auf dem Rückweg hatte er mehr Glück als zu Beginn seiner Reise und durfte bei einem Fuhrmann bis kurz vor Gieboldehausen mitfahren.

Ernst August Brothuhn zeigte sich zufrieden und zahlte Karl noch einen Taler und zwanzig Groschen als Lohn. Mit den zwei Talern, die er als Vorschuss bekommen hatte, wäre es für drei Tage eine gute Entlohnung gewesen, aber leider lief ihm die Diebin Auguste über den Weg.

Wenig später stand Karl mit zittrigen Knien vor seinem Elternhaus. Die Fenster leuchteten im fahlen Schein der Kerzen, als sei alles wie immer – heimisch eben. Karl zögerte hineinzugehen. Er spürte einen schmerzhaften Druck in der Brust, als würde eine Faust sein Herz umklammern. *Wie sollte er seinen Eltern von dem vernichtenden Feuer erzählen und sie darauf vorbereiten, dass Otto wohl nicht mehr zurückkommen würde?* Mit einem flauen Gefühl betrat das Haus.

Sein Vater saß in der Stube am Tisch und schaute Karl aus tief liegenden Augen teilnahmslos an. Was war in der Zwischenzeit geschehen? Derart niedergeschlagen hatte er seinen Vater noch nie erlebt.

»Vater? Ist etwas?«, fragte Karl besorgt.

Wilhelm zeigte wortlos mit der Hand in Richtung seiner Kammer, die er sich mit Clara teilte. Karl warf seinen Rucksack beiseite und rannte hinein. Die Mutter hockte an Claras Bett und drückte ihr ein feuchtes Tuch auf die Stirn. Sie wandte sich Karl zu, und er verstand ihren Blick: »Clara ist sehr krank. Wir wissen nicht, ob sie es schafft.«

Die Faust an seinem Herzen drückte fester zu und nahm ihm für einen Augenblick den Atem. Die Mutter sah fahl und übernächtigt aus und Clara hatte kaum noch ein Gesicht. Sie war schmal und kreidebleich. Ein angedeutetes Lächeln zuckte über ihre blassen Lippen, als sie ihren Bruder sah.

»Häkchen, du musst bald gesund werden, der Frühling steht vor der Tür«, sagte Karl über sie gebeugt.

»Gehst du mit mir dann zum dicken Baum?«, fragte sie kaum hörbar.

»Ja, dort waren wir lange nicht mehr.« Karl streichelte ihre Hand. »Sobald du gesund bist«, sagte er leise. Clara fielen die Augen zu und sie schlief wieder ein.

Clara liebte die alte Buche oben auf dem Heikenberg. Sonntags nach der Kirche, wenn das Wetter schön war, spazierte er mit ihr dort hinauf. Sie hockten sich in ihren Schatten und redeten über dies und das oder spielten auf der Wiese fangen.

»Doktor Ritscher sagt, sie hat eine Lungenentzündung. Die Medizin, die er uns gegeben hat, schlägt nicht an. Wir sollten auf alles gefasst sein«, berichtete Wilhelm, ging ans Fenster und schaute in die Dunkelheit. Karl spürte, wie er mit den Tränen kämpfte. Eine drückende Stille erfasste die Stube.

Karl zuckte zusammen, als Frieda ihre Hand auf seine Schulter legte und sagte: »Ich sehe es dir an, du hast auch keine guten Nachrichten von Otto.«

Karl traute sich nicht, ihr in die Augen zu sehen. »Nein«, antwortete er knapp.

»Warum muss Gott uns einer so harten Prüfung unterziehen?«, sagte sie schluchzend. Karl war erleichtert, dass sie nicht weiter nachfragte.

»Ich werde mich dem Schicksal nicht ergeben«, sagte Karl entschlossen und trotzig zugleich. Er zog seine Jacke an.

»Was hast du vor?«, fragte sein Vater, ohne den Blick vom Fenster abzuwenden.

»Ich gehe zu Doktor Ritscher. Ich muss mit ihm reden.«

»Geh lieber und bete. Nur Gott kann ihr noch helfen«, sagte Wilhelm. Karl lief aus dem Haus, den Hüttenweg entlang, überquerte die Schanzenbrücke, rannte die Hauptstraße hoch und verlangsamte seinen Schritt erst, als er in die Doktorgasse einbog. Mit zwei Sätzen sprang er die steinerne

Außentreppe hinauf und zog stürmisch an der Klingelkette. Er wartete ungeduldig und klingelte erneut. Nach einigen Augenblicken wurde der Schlüssel im Schloss gedreht, dann erschien die energische Haushälterin in der Tür.

»Ich muss den Doktor sprechen«, sagte Karl noch außer Atem.

»Um diese Zeit ist der Doktor nicht zu sprechen. Kommen Sie Montag wieder«, wies sie ihn ab und wollte die Tür schließen. Karl hielt das Türblatt fest, drückte es ein Stück wieder auf und schlüpfte durch den Spalt.

»Was erlauben Sie sich. Wenn Sie nicht sofort das Haus verlassen, rufe ich die Gendarmerie.«

»Rufen Sie lieber Doktor Ritscher, dann verlasse ich das Haus freiwillig«, erwiderte Karl.

»Das ist ja wohl ...« Sie holte tief Luft und wollte offenbar zu einer Schimpfkanonade ansetzen, kam jedoch nicht mehr dazu. Die Treppe knarrte unter den Schritten von Doktor Ritscher, der kurz darauf im Hausrock den Flur entlang kam.

»Was gibt es hier für Tumult?«, fragte er autoritär.

»Entschuldigung, Herr Doktor«, begann Karl, »meiner Schwester, Clara Wiegand, geht es nicht gut. Sie braucht eine bessere Arznei. Ich werde das Geld dafür auftreiben.«

»Langsam, junger Mann«, sagte Ritscher, »es ist keine Frage des Geldes, sondern der medizinischen Grenzen. Wir können nur abwarten.«

»Ich will nicht abwarten, ich muss etwas tun. Ich habe meinen Bruder verloren, bitte nicht noch meine Schwester«, sagte Karl aufsässig.

Der Doktor sah Karl nachdenklich an. »Viel kannst du nicht tun«, sagte er dann, »aber vielleicht hilft dir jemand anderes weiter.«

Karl schaute ihn überrascht an. »Bitte machen Sie mit mir keine Scherze«, forderte Karl.

Doktor Ritscher blieb unbeeindruckt und sprach gelassen weiter: »Es gibt in Clausthal jemanden«, begann Ritscher.

»Wen?«, fragte Karl ungeduldig dazwischen.

»Eine Heilerin«, erklärte der Doktor, »man sagt, sie habe schon manchem geholfen, bei dem die Medizin versagte. Sie heißt Jolanda, man nennt sie die Berghexe. Es würde nicht schaden, sie zu bitten.«

Karl glaubte, Ritscher wolle ihn beruhigen und eine letzte Hoffnung geben.

»Schau mich nicht so ungläubig an. Du wolltest doch etwas tun«, sagte der Doktor mit Nachdruck.

»Ich werde nach Clausthal gehen«, versprach Karl.

Sonntag, 23. März 1834
Clausthal, Büttnerstraße

⚒

Er stand schon eine Weile in der Büttnerstraße und beobachtete das Haus mit der roten Eingangstür. Es war einfach zu finden gewesen, jedermann in Clausthal schien Luise zu kennen. Im Wirtshaus, in dem er sich ein Zimmer genommen hatte, waren sie johlend über sie hergezogen. Die Röger sei eine Edelhure, die sich ausschließlich von betuchten Herren freien ließ, bekam er beiläufig mit. »Sie hebt ihren Rock nur, wenn du blanke Taler auf den Tisch legst«, hatte einer gesagt, und in der Schankstube wallte Gelächter auf. Aber er kam nicht als Freier, er kam aus einem anderen Grund.

Die Turmuhr der Marktkirche schlug sechs Mal. Ein leichter Schneegriesel löste sich aus dem Nebel, der Clausthal mit der Dunkelheit vor ungebetenen Blicken verbarg. Er richtete den Kragen seines Mantels auf und durchquerte den schmalen Vorgarten. Dreimal klopfte er mit den Knöcheln seiner zur

Faust geschlossenen Hand an die Haustür. Schritte näherten sich von drinnen, dann wurde die Tür geöffnet. Eine füllige, aber ansehnliche Frau stand in der Türöffnung und musterte ihn mit misstrauischem Blick.

»Dich kenne ich nicht. Ich bediene nur Stammkundschaft. Verschwinde!«, fauchte sie ihn an und warf die Tür zu. Er stellte rasch seinen Stiefel auf die Schwelle, drückte die Tür auf und trat ein.

»Ich komme nicht als Kunde«, sagte er, »ich möchte mich mit dir unterhalten.«

Luise Röger trat einige Schritte von ihm zurück. »Du raubst mir meine Zeit. Ich brauche jetzt keine Unterhaltung«, erwiderte sie.

»Ich suche Johanna, sie war bei dir«, behauptete er und schritt weiter auf sie zu. Sie wich zurück.

»Was hast du mit Johanna zu schaffen?«, fragte sie überrascht.

»Dasselbe wie mit dir. Ich möchte mit ihr reden.«

»Worüber in Gottes Namen?«

»Über deinen Bruder«, sagte er.

Luise Röger schaute ihn eine Weile an. »Mein Bruder ist tot.«

»Er hätte reden sollen, deshalb musste er sterben«, entgegnete der Mann.

Luise Röger wurde aschfahl. »Wer sind Sie, und was wollen Sie von mir?«, fragte sie und machte noch einige Schritte rückwärts, bis sie an die Wand stieß.

»Ich bin nur ein Gesandter und will wissen, wo die Erzbibel ist und wo Johanna sich aufhält.«

»Woher wissen Sie von dem Buch?«, fragte Luise.

»Ich bin beauftragt, es für die Nachkommen des Grafen von Honstein zu finden und zurückzubringen.«

»Sie gehört uns, der Familie Röger«, machte Luise klar.

»Bücher werden keineswegs geschrieben, um sie zu verstecken, sondern aus der Lektüre Nutzen zu ziehen, sonst ist der Besitzstand verwirkt«, entgegnete er belehrend. »Deswegen gehört euch das Buch nicht länger. Ich rate dir, das Versteck zu nennen.«

»Wenn ich wüsste, wo dieser Schatz liegt, müsste ich dann ein solches Leben führen?«, fragte sie herausfordernd.

Der Mann schnellte mit zwei Schritten auf sie zu, packte sie am Kinn und drückte ihren Kopf gegen Wand.

»Willst du wohl reden?«, drohte er und zog mit einer blitzschnellen Handbewegung ein Messer aus dem Stiefel. Sein Gesicht spiegelte sich in dem blanken Stahl, den er an ihre Kehle hielt. Luise gab unverständliche Laute von sich. »Wolltest du etwas sagen?«, fragte er hämisch und lockerte seinen Griff etwas.

Luise röchelte mit angstverzerrtem Gesicht: »Ich weiß es nicht.«

»Dann sag mir, wo Johanna ist und wie ich sie erkenne, oder du schweigst für immer«, zischte er sie an.

»Sie war hier, dieser Hinkefuß, und suchte Zuflucht«, heulte Luise. »Ich habe sie rausgeschmissen und seitdem nicht wieder gesehen.«

Der Mann drückte ihr das Messer fest an die Kehle und zog es ruckartig über ihren Hals. Die Klinge drang schmatzend in das Fleisch. Luise sank augenblicklich in sich zusammen und lag vor seinen Füßen. Das Blut quoll aus der klaffenden Wunde und dem Mund. In Todespanik riss sie die Augen weit auf und japste wie ein Karpfen nach Luft – dann, nach einer Weile, erstarrte ihr geöffneter Mund. Der Mann wischte den Dolch an ihrer Kleidung ab, stieg über die Leiche hinweg und durchquerte das Haus zum Hinterausgang, wo der Nebel und die Nacht ihn verschlangen.

Montag, 24. März 1834
Clausthal

⚒

Karl hatte die Nacht kein Auge zubekommen. Jeder Laut und jedes unregelmäßige Atemgeräusch von Clara hielt ihn unter Anspannung. Ein paar Mal war er die Nacht aufgestanden, hatte seiner Schwester Tee gemacht und ihr den Schweiß von der Stirn getupft. Auch die Mutter war einige Male hereingekommen, um nach ihr zu sehen.

Als die Glocke der Königshütte sechs geschlagen hatte, hielt es Karl nicht mehr im Bett. Er beugte sich über Claras Krankenlager. Sie war ein jammervoller Anblick. Ihre Wangenknochen drückten sich unter ihrer blassen Haut hervor und die Augen lagen tief. Karl erkannte seine Schwester kaum wieder. *Wie lange hält ein kleiner Mensch diese Krankheit aus,* ging ihm durch den Kopf und er kämpfte die aufkommenden Tränen nieder.

»Weinst du, Karl?«, fragte sie zart.

»Warum sollte ich weinen, Häkchen? Ist nur vom Schlaf«, redete er sich heraus und wischte sich mit dem Ärmel über die feuchten Augen. »Ich mache dir einen Tee und Mutter wird dir eine Suppe bringen«, sagte er.

»Ich habe keinen Hunger«, hauchte sie.

»Du musst etwas essen, damit du zu Kräften kommst. Wir wollen doch bald auf den Heikenberg zum dicken Baum«, sagte Karl. Clara schloss die Augen und antwortete nicht darauf, sie war zu schwach.

Karl verließ auf Zehenspitzen das Zimmer und schloss die Tür hinter sich. In der Stube schürte sein Vater gerade das Feuer und die Mutter setzte den Suppentopf auf den Herd. »Sie schläft«, flüsterte Karl. Keiner von beiden antwortete. Karl bemerkte, dass sie seinem Blick auswichen, aber ihre geröteten Augen entgingen ihm nicht.

»Du wolltest doch Otto in Göttingen suchen«, fragte sein Vater, »hast du ihn gefunden und mit ihm gesprochen?«

Die Frage musste irgendwann kommen, dachte Karl, *aber warum ausgerechnet jetzt, wo sie genug Sorgen quälten?* Er mochte es seinen Eltern zurzeit auf keinen Fall sagen. Clara brauchte im Moment die ganze Aufmerksamkeit der Familie, außerdem konnte niemand mehr etwas für Otto tun.

»Ich würde euch das gerne später erzählen, weil wir uns im Augenblick ausschließlich um Clara kümmern sollten«, wich Karl einer Lüge aus.

»Du hast schlechte Nachrichten«, sagte seine Mutter geradeheraus und in ihren Augen erkannte Karl die Angst vor der Antwort.

»Ich werde auf Rat von Doktor Ritscher eine Heilerin in Clausthal aufsuchen. Sie ist vielleicht unsere letzte Hoffnung für Clara«, sagte Karl ausweichend.

Sein Vater sah ihn streng an und Karl wusste, dass er sich nicht um die Wahrheit drücken konnte. »Antworte und weich nicht aus!«, sagte sein Vater mit Nachdruck.

Karl wischte sich die Augen und eröffnete ihnen bedrückt: »Es gab ein Feuer in der Anstalt.« Seine Mutter schluchzte und drückte sich beide Hände vor den Mund, aber Karl hörte ihren innerlichen Schrei. Er nahm ihre Hand. »Es wird eine Untersuchung geben, erst dann wissen wir, ob Otto etwas zugestoßen ist«, sagte er und bemühte sich, seine Stimme zuversichtlich klingen zu lassen. Betretene Stille erfasste die Stube. »Wir müssen uns um Clara kümmern«, sagte Karl nach einer Weile. »Wie viel Geld könnt ihr mir geben? Ich möchte die Postkutsche nehmen, damit es schneller geht.

»Wir haben gerade noch einen Taler, aber den brauchen wir für ihre Medizin und essen müssen wir auch«, sagte sein Vater. Karls einziger Hoffnungsschimmer löste sich in Luft auf. Am Liebsten hätte er seine Enttäuschung herausgeschrien, doch dann kam ihm ein vermessener Gedanke.

»Ich werde sehen, ob ich mir Geld borgen kann«, sagte er.

»Wir haben uns noch nie Geld geborgt«, gab sein Vater zu bedenken.

»Der Tod stand auch noch nie so nah vor unserem Haus«, erwiderte Karl, zog augenblicklich seine Jacke an und ging. Vielleicht würde ihm Brothuhn einen weiteren Vorschuss geben. Karl machte sich sogleich auf den Weg.

*

»Du hast sie wohl nicht mehr alle? Ich bezahle dich für deine Arbeit, nicht für Privatreisen«, blaffte Brothuhn ihn an, als er ihn um eine Vorauszahlung gebeten hatte. »Wenn du Geld brauchst, such dir einen anderen Dummen. Aber vorher erledigst du die Arbeit, die ich dir aufgetragen habe«, schleuderte er noch hinterher und knallte ihm die Tür vor der Nase zu.

Karl wusste für einen Augenblick keinen Ausweg mehr und starrte auf die geschlossene Tür. Sein Kopf fühlte sich leer an. *Warum hatte ihn das Glück gänzlich verlassen? Alles wurde ihm genommen, seine Arbeit in der Königshütte, sein Bruder ... und nun sollte er auch noch seine Schwester hergeben.* »Nein!«, schrie er und hieb mit der Faust gegen die Tür, dass es im Haus donnerte. Wütend und mit schmerzender Hand drehte er sich um, verließ strammen Schrittes das Grundstück und wollte schnellstens nach Hause. Gedankenversunken, fast instinktiv, stakste er den Weg zurück und wurde sich erst wieder bewusst, als er auf der Schanzenbrücke stand und weit über das Geländer gebeugt auf die vorbeihüpfenden Wellen der Oder starrte. *Wasser ist wie das Leben,* dachte er, *unnahbar und endlos, voller Bewegung und Ruhe, Kraft und Sanftmut.* Er fühlte sich davon angezogen. Es würde ihm alle Sorgen nehmen. Karl richtete sich erschrocken auf. *Was rede ich mir da ein,* rügte er sich selbst. Das würde Clara am Wenigsten helfen. In dem Moment schlug die Kirchturmuhr acht Mal. Da schoss es ihm wie ein erlösender Blitz durch den Kopf. *Pastor Gerstacker! Warum hatte er nicht gleich daran gedacht?* Es gab durch ihn einen letzten Hoffnungsschimmer. Karl eilte zum Pfarrhaus.

»Es ist mir verboten, Geld auszuleihen«, sagte Pastor Gerstacker, »überleg doch mal, wenn ich eine Ausnahme mache, rennen mir alle möglichen Leute die Türen ein. Die Kirche ist kein Geldverleih, Karl Wiegand, so leid es mir tut.«

Karl fühlte sich erneut niedergeschlagen. Selbst die Kirche, die sich als Verkünder der Nächstenliebe verstand, wies ihn zurück. »Ich verstehe gar nichts mehr«, sagte Karl tonlos, wand sich ab und ging zur Tür.

»Warte!«, rief ihm der Pastor nach. Karl drehte sich um. Pastor Gerstacker schaute ihn mitleidig an. »Ich persönlich kann dir Geld borgen«, sagte er. »Was ich mit meinem eigenen Geld mache, geht selbst die Kirche nichts an.«

Karl blieb wie angewurzelt stehen. Hoffnung keimte auf. »Das würden Sie machen, Herr Pastor?«, fragte er ungläubig.

»Wie viel brauchst du?«, wollte der Pastor wissen.

Karl zögerte. Er kam sich als Bittsteller schäbig vor, aber es kämpfte um das Leben seiner kleinen Schwester.

»Vier Taler?«, sagte er schließlich.

»Vier Taler!«, rief Gerstacker erzürnt, »dafür muss ein Bergmann zwei Wochen arbeiten.«

»Die Kutsche, Unterkunft, und wer weiß, was die Heilerin verlangt. Ich ...«

Der Pastor hörte nicht mehr hin und verschwand nach nebenan in seine Arbeitsstube.

»Ich werde hart arbeiten, um es Ihnen zurückzuzahlen«, rief Karl ihm nach.

Pastor Gerstacker kam kurz darauf zurück und zählte Karl vier Taler in die Hand. »Ich werde Gott in meinen Gebeten bitten, deiner Schwester beizustehen«, sagte er.

Karl ergriff die Hand des Pastors und küsste sie. »Danke, Herr Pastor«, sagte er unterwürfig, »vielen Dank!« Karl steckte das Geld ein und rannte los.

»Wage es nicht, irgendjemandem davon zu erzählen«,

hörte er Gerstacker noch im Hintergrund rufen.

*

Um die Mittagszeit stand die Postkutsche abfahrbereit auf dem Postplatz. Unruhig zerrten die vier Pferde am Geschirr und schienen darauf zu warten, endlich lostraben zu können. Die Kutsche fuhr alle zwei Tage von Lauterberg über St. Andreasberg nach Clausthal. Der Kutscher, ein klein gewachsener, dicklicher Mann in blauer Uniform und roter Schirmmütze, musterte Karl skeptisch. *Hat er an mir etwas auszusetzen?,* dachte Karl und blickte prüfend an sich herunter. Wahrscheinlich störte sich der Dicke an dem unpassenden Lederhut zu seiner Kleidung, die ihn als einfachen Bergmann auswies, denn Leute aus der Arbeiterklasse nahmen nur in Ausnahmefällen eine Reisekutsche.

»Gepäck?«, fragte er knapp.

»Nur den Rucksack«, antwortete Karl.

»Hinten in den Kofferkasten«, gab er befehlend zurück. Karl verstaute ihn dort. »Einen Taler und fünf Pfennige«, verlangte der Kutscher und hielt fordernd die Hand hin. »Sie haben Glück, ein Fahrgast hat gerade abgesagt«, bemerkte er und steckte das Geld weg.

Ist das ein Zeichen?, überlegte Karl, *nach all den Enttäuschungen.* Er stieg ein. Zwei nobel gekleidete Herren und eine elegante Frau mit Hut und bunt bestickter Handtasche saßen bereits drinnen und sahen ihn ebenso taxierend an wie der Kutscher. »Glückauf«, grüßte Karl und nahm neben einem der Herren Platz. »Guten Morgen«, grüßten sie zurück. Der Wagen schaukelte, als der dicke Kutscher schwerfällig auf den Bock kletterte. Ein Peitschenknall schallte über den Platz, und mit einem Ruck setzte sich das Gespann in Bewegung.

Karl schaute aus dem Fenster und sah die Landschaft wie ein abrollendes Bild vorüberziehen. Die rauchenden Meiler am Flößwehr im Odertal und bald darauf die Erlen, die den

Lauf der Sperrlutter säumten. Die Fahrgäste schienen an einer Unterhaltung kein Interesse zu haben. Der Mann neben ihm, der ungefähr sein Alter hatte, las gedankenversunken in einem Buch, der ältere Herr guckte gelangweilt nach draußen. Die Frau hatte gleich nach der Abfahrt ein Fadenknäuel aus ihrer Handtasche gekramt und begann zu häkeln. Karl schielte immer wieder in das Buch seines Nachbarn, der seine Neugierde bemerkte.

»Technische Mechanik«, erklärte er den Buchtitel. »Ich studiere an der Bergschule in Clausthal«, fügte er noch hinzu.

»Oh«, sagte Karl bewundernd, »das muss sehr interessant sein.«

»Wie man`s nimmt«, meinte der Mann, »auf jeden Fall schwer, besonders die Mathematik.«

Karl schaute ihn neidisch an. »Leider ist unsereinem eine solche Ausbildung verwehrt«, bedauerte er. Sein Nachbar zuckte nur mit den Schultern und vertiefte sich erneut in sein Fachbuch.

Beim ersten Halt in St. Andreasberg wurden die Pferde getränkt, mit Heu gefüttert und zwei von ihnen gewechselt. Dann ging es mit frischem Gespann zügig weiter.

Am späten Nachmittag hielt die Kutsche vor der Marktkirche in Clausthal. »Endstation«, rief der Kutscher, zog den Bremshebel an und kletterte vom Kutschbock herunter. Es lag noch alter Schnee auf den Straßen und Plätzen und nasskalte Luft empfing Karl, als er aus der stickigen Kutsche stieg. Die anderen Fahrgäste kamen hinterher, streckten ihre steifen Glieder und nahmen ihr Gepäck entgegen, das ihnen der dicke Postkutscher aus dem Kofferkasten reichte. Sie verabschiedeten sich und gingen ihrer Wege.

»Schönen Aufenthalt und alles Gute«, sagte der Student zu Karl.

»Kennen Sie eine günstige Herberge«, fragte Karl noch rasch.

»Bergmannsruh, ein Stück die Goslarsche Straße[39] hoch, am Bergamt vorbei, dann rechts in einer Seitengasse, ist leicht zu finden«, antwortete er und ging.

»Vielen Dank. Ich heiße Karl Wiegand«, rief er ihm nach.

»Philipp Bremke«, gab er zurück.

Karl schulterte seinen Rucksack und sah sich um. Er war noch nie in Clausthal gewesen, wusste aber um die Bedeutung der Stadt. Von hier aus wurden die Geschicke des Harzer Bergbaus gelenkt, und beim Anblick des Amtshauses, das auf der gegenüberliegenden Straßenseite lag, dachte er mit Wehmut an seine Zeit in der Knollengrube zurück. Das Gebäude hatte er sich viel kleiner vorgestellt. *Wie viele Beamte mochten hinter diesen Fenstern in ihren Amtsstuben arbeiten,* fragte er sich. Die Ansicht der Fassade mit dem Balkon über dem Eingang beeindruckte ihn. Aber weit mehr faszinierte ihn der Anblick der Bergschule, die er gegenüber der Kirche am Rande des Marktplatzes entdeckte. Wie oft hatte er davon geträumt, dort auf der Schulbank zu sitzen? Nun stand er davor und schaute sehnsüchtig auf die beiden schieferbehangenen Giebelfassaden, in deren Mitte das hohe Eingangsportal ihn vermeintlich einlud, einzutreten. Karl fühlte sich klein und unbedeutend angesichts dieser bedeutenden Lehranstalt, die für ihn unerreichbar zu sein schien. Hauptsächlich schickten wohlhabende Familien ihre Söhne zur Ausbildung hierher. Obwohl auch besonders talentierte Bergleute manchmal ein Stipendium bekamen, hatte Karl gehört. *Aber reichten sein Hang zur Mathematik und seine spinnerten Ideen dafür aus? Und wer interessierte sich schon für Karl Wiegand, der unrühmlich seine Arbeit verloren hatte?*

Er verließ den Marktplatz in der Richtung, in der er das Wirtshaus Bergmannsruh finden sollte. Es musste nicht weit laufen, nur ein Stück die leicht ansteigende Straße hinauf, dann sah er in der engen Gasse das Schild mit dem Schriftzug

39 Heute: Adloph-Römer-Straße

schon aus der Ferne.

Karl betrat den überhitzten Schankraum der kleinen Herberge, die vom Tabakqualm vernebelt war und ungewohnt roch. Der Wirt hinter der Theke sowie die wenigen Gäste schauten neugierig zu ihm herüber. Karl hielt geradewegs auf den Tresen zu. »Ich brauche für zwei oder drei Nächte ein Zimmer«, sagte er zu dem Wirt, der unentwegt mit einem Tuch auf dem Schanktisch herum wischte.

»Dreißig Pfennige pro Nacht. Frühstück für zehn«, sagte er und reichte ihm einen Schlüssel. »Treppe hoch«, fügte er noch hinzu, dann wischte er eifrig weiter.

Das Zimmer war klein und niedrig. Karl zog vorsichtshalber den Kopf ein, um sich nicht an den Deckenbalken zu stoßen. Er schnallte den Rucksack ab und setzte sich auf das Bett. Es fühlte sich hart an, aber für ein paar Nächte würde es gehen, schließlich kannte er das einfache Leben ohne Komfort. Die kurze Ruhepause brachte sofort die quälenden Gedanken an Clara zurück. *Wie es ihr wohl geht,* dachte er. Gleich morgen Früh würde er Jolanda aufsuchen. Hoffentlich konnte sie ihr helfen. Es blieb wenig Zeit. Im Gepäck fand er noch ein letztes Käsebrot, das er ohne Appetit aß, nur damit es nicht verdarb.

Die Dämmerung zog auf und Karl ging in die Gaststube hinunter, um einen Tee zu trinken und nach Jolanda zu fragen. Er wählte einen kleinen Tisch neben dem Fenster mit einer brennenden Kerze darauf.

»Ich hätte gerne einen Tee«, rief er dem Wirt zu.

»Wir haben nur Harzer Kräutertee«, rief er zurück.

Karl nickte ihm zu. »Ist recht.«

Am Tresen stand ein Mann, der Karl durch seine ungewöhnlich langen Haare auffiel. Er trug einen gepflegten Vollbart, war groß und kräftig, mit harten Zügen und einem finsteren Blick. In der Hand hielt er einen Bierkrug, aus dem er ab und zu nippte. Der Gastwirt kam mit einem dampfenden Becher zurück und stellte ihn vor Karl auf den Tisch. »Dein

Tee«, sagte er, »ein Pfennig.«

Karl gab ihm das Geld. »Wo finde ich die Heilerin Jolanda?«, fragte Karl, bevor der Mann zurückging.

»Du meinst die Berghexe?«, vergewisserte sich der Wirt mit einem Grinsen im Gesicht.

»Genau die«, bestätigte Karl.

»Die wohnt in der Rollstraße, fast am Ende. Ein kleines schiefes Haus, du kannst es nicht verpassen«, sagte der Mann und stakste wieder hinter seinen Schanktisch.

Karl trank schlürfend einen Schluck von dem heißen Tee. Er spürte, wie die Wärme im Bauch ausstrahlte, und es tat ihm gut. Ungewollt schweifte sein Blick erneut zu dem Mann am Tresen, der jetzt mit dem Wirt redete. *Seltsamer Kauz,* dachte Karl. Er sah nicht aus wie ein Bergmann oder Hüttenarbeiter, schon gar nicht wie ein Beamter. *Wer mag das sein, und was hatte dieser Kerl in Clausthal zu schaffen? Vielleicht ein fliegender Händler, der Waldarbeiter beliefert,* dachte Karl und glaubte, richtig zu liegen. Die Stimmen am Tresen wurden etwas lauter. Karl drehte seinen Kopf zur Seite, dass er einiges mitbekam. »Sie soll hinken«, hörte er den Mann mit genervter Stimme sagen.

»Wir haben hier mehrere Frauen, die etwas hinken«, erwiderte der Gastwirt. »Wie soll sie heißen?«

»Johanna«, sagte der Mann.

Karl spitzte die Ohren, als er den Namen hörte, und schob seinen Kopf weiter in Richtung Tresen. *Hatte er das gerade richtig gehört? Johanna? Meinte er am Ende Johanna Röger? Was wollte dieser Mann von Johanna, und warum suchte er sie ausgerechnet in Clausthal?*

»Die ist mir noch nicht über den Weg gelaufen. Und ich kenne die ganze Stadt«, versicherte der Wirt und fing wieder an zu putzen.

Karl nahm den Teebecher zwischen beide Hände und ging zu dem Mann hinüber. »Entschuldigung, ich habe ungewollt ihr Gespräch mitangehört«, sagte Karl, »suchen Sie etwa

Johanna Röger?«

Der Mann stellte seinen Bierkrug ab und wandte sich Karl zu. »Kennen Sie die Frau?«

»Ich kenne eine, die so heißt und auch etwas hinkt. Sie kommt aus Lauterberg, wie ich auch. Darf ich fragen, was Sie von ihr wollen?«

»Das geht dich nichts an«, wies er ihn brüsk ab. »Weißt du, wo sie ist?«

»Nein«, sagte Karl. »Sie hat Lauterberg verlassen, seit ihr Vater auf mysteriöse Weise ums Leben kam.«

Der Wirt legte den Putzlappen beiseite und sah den langhaarigen Mann an. »Ist diese Johanna eine Verwandte von Luise Röger, der Prostituierten aus der Büttnerstraße?«, fragte er neugierig weiter.

»Davon weiß ich nichts und es interessiert mich auch nicht«, antwortete der Mann. »Ich muss diese Frau finden, mehr braucht ihr nicht zu wissen«, erklärte er.

»Dann sind Sie vom Nachlassgericht«, glaubte Karl erraten zu haben.

»Ich sagte bereits, es geht dich nichts an«, gab er scharf zurück, er trank den Rest seines Bieres und verschwand nach oben.

Konnte diese Luise Röger wahrhaftig eine Verwandte von Johanna sein? Eine Prostituierte? Dieser Gedanke behagte ihm ganz und gar nicht. Er nippte an seinem Tee und überlegte, ob er diese Frau einfach aufsuchen sollte. *Fragen kostet nichts und wenn sie eine Verwandte ist, hatte sie vielleicht eine Idee, wo Johanna sein könnte,* dachte er. »Wo genau finde ich diese Luise Röger?«, fragte Karl den Wirt.

Der grinste breit und antwortete: »Die spreizt ihre Beine nur für betuchte Herrschaften und du scheinst mir keiner von denen zu sein. Aber wenn dir deine Hose im Schritt zu eng wird, dann wüsste ich jemand anderes für dich.«

Es war ihm unangenehm, wie der Wirt seine Frage auffasste, aber wie sonst sollte er sie verstehen. »Was geht dich meine Hose an, also, wo wohnt die Frau?«, setzte Karl nach.

»Du hast es gehört. In der Büttnerstraße. Ein kleines Haus mit roter Tür, unübersehbar«, sagte der Wirt und grinste immer noch.

Karl trank den Tee aus, nahm seinen Hut und verließ das Gasthaus.

Montag, 24. März 1834
Clausthal, Büttnerstraße

⚒

Frauke Bölling sah noch den Mann mit dem auffälligen Hut davoneilen. *So früh am Abend schon der erste Freier,* dachte sie und musste schmunzeln.

»Luise?« Frauke Bölling klopfte und lauschte. Sie wunderte sich, dass die Haustür einen Spalt offen stand. »Luise? Ich bringe dir das Salz zurück«, rief sie in den Flur hinein. Frauke Bölling hatte ihre Nachbarin am Vortag gefragt, ob sie ihr vielleicht mit etwas Gewürz aushelfen könne. Beide hatten schon oft irgendwelche Sachen hin und her getauscht, wenn etwas im Haushalt fehlte, wie Nachbarn das eben tun. *Warum meldet sie sich nicht?,* wunderte sie sich und klopfte erneut. Die Stille beunruhigte sie. »Luise!«, rief sie noch einmal energischer und drückte die Tür weiter auf. Totenstille. Langsam ging sie den Flur entlang und lugte in die Wohnstube. Der Raum war kalt. *Warum hatte Luise den Ofen ausgehen lassen?* Der Winter machte längst keine Anstalten, Clausthal zu verlassen. Niemand ließ in dieser Jahreszeit das Feuer ausgehen. Es musste etwas passiert sein. »Luise«, rief sie ein letztes Mal, und ihr Ruf mündete in einen Schrei des Entsetzens. Vor ihr lag ihre Nachbarin in einer Blutlache. Die Totenaugen blickten ins Leere und der Mund stand offen, als sei ihr ein Schrei im Hals stecken geblieben. Das Blut und die Schnittwunde bildeten einen grausigen Kontrast zu dem kalkweißen Gesicht.

Taumelnd rannte Frauke Bölling auf die Straße und rief um Hilfe.

*

Polizeihauptmeister Lentin kramte hastig auf seinem Schreibtisch herum, bis er endlich den Notizblock fand. Er steckte ihn ein, warf den Uniformmantel über und sah sich nach seinem Helfer, Polizeimeister Bertram, um. Der stand bereits in voller Montur an der Tür und wartete mit einer Laterne in der Hand. »Also dann los«, sagte Lentin und beide stürmten aus der Polizeistation in der Marktstraße. Lentin kannte die Prostituierten der Stadt, die alle registriert sein mussten, somit auch Luise Röger.

»Dort drinnen«, rief ihnen Frauke Bölling entgegen und zeigte aufgeregt auf das Haus. Die beiden Polizisten gingen hinein. Lentin schluckte einen Schrecklaut hinunter, als er die Leiche in der Blutlache liegen sah. Einen solchen grausamen Mord hatte er bisher noch nie untersuchen müssen, aber er wusste, was zu tun war.

»Bertram!«, rief er seinen Helfer zu sich, »hol Doktor Brockmann, er muss sich das ansehen und den Totenschein ausstellen. Ich kümmere mich derweil um die Spuren.« Bertram eilte sofort los. »Und sag den Nachbarn, sie sollen sich für eine Befragung bereithalten«, rief er ihm noch nach.

Lentin schritt um die Leiche herum und begutachtete sie eingehend. Sie machte nicht den Eindruck, als sei sie missbraucht worden. Ihre Kleidung schien unberührt. Einen Kampf konnte er allem Anschein nach ebenfalls ausschließen, denn die Möbel standen ordentlich an ihrem angestammten Platz und die Hände der Getöteten zeigten keinerlei Verletzungen. Die Frau wurde ohne Vorwarnung überwältigt und ermordet, schloss er daraus. Dann entdeckte er Blutflecken, die von Stiefelsohlen weitergetragen wurden. Sie führten ins Nebenzimmer und schwächer werdend weiter bis nach draußen in den Garten, wo nur Schleifspuren im Schnee zu erkennen waren. Der Flüchtende hatte offenbar versucht, die Fußabdrücke durch einen schlurfenden Gang undeutlich zu machen, was in seiner Eile nicht vollständig gelungen war. Ein Abdruck zeigte im Absatz des linken Stiefels ein charakteristisches Muster: Ein Kreuz, das von einem Kreis umschlossen war. Lentin zog seinen Notizblock aus der Tasche und fertigte davon eine Skizze an. Bevor er zurück ins Haus ging, leuchtete er nochmals um den Hintereingang herum und entdeckte im Schnee weitere Fußspuren. Sie zeigten ein normales Stollenprofil, wie er es von Bergmannsschuhwerk kannte. Er folgte den Abdrücken, die seitlich am Haus vorbei bis zum vorderen Eingang führten.

Garade kam Wachtmeister Bertram mit Doktor Brockmann zurück. »Hier entlang«, sagte Bertram und führte den Doktor ins Haus zu der toten Frau. Brockmann, der als Mediziner einiges gewohnt sein musste, schaute beklommen auf den leblosen Körper und schluckte.

»Man weiß ja, im Prostituierten-Milieu geht es nicht gerade zimperlich zu, aber das hier.« Er schüttelte den Kopf.

»Vielleicht wurde einer ihrer Freier oder gar ihr Zuhälter zum Mörder«, meinte Bertram.

»Wir dürfen keine voreiligen Schlüsse ziehen, sonst geht uns der wahre Täter durch die Lappen«, korrigierte Lentin seinen Kameraden. »Im Schnee habe ich verschiedene Fußspuren entdeckt, mach davon bitte Gipsabdrücke. Später werden wir die Nachbarn befragen, wer alles hier ein und aus ging.«

Doktor Brockmann beugte sich über die Leiche und sah sich die Verletzung aus der Nähe an. »Luise Röger«, sagte er, und es klang betroffen.

»Kannten Sie die Frau?«, fragte Lentin.

»Sie war eine Patientin von mir«, antwortete er. »Seltsam«,

sagte er nachdenklich, »seit einiger Zeit haben wir ein neues Hausmädchen. Sie heißt Johanna Röger.« Er schaute Lentin eine Weile gedankenversunken an. »Muss keine Verwandtschaft sein«, meinte er noch.

»Wir werden mit ihr sprechen«, sagte Lentin.

Brockmann erhob sich wieder. »Der Kehlenschnitt war auf jeden Fall tödlich«, stellte er fest und ergänzte: »Ob er auch todesursächlich war, lässt sich nur durch eine Obduktion klären.«

Lentin schaute Brockmann verständnislos an. »Das verstehe ich jetzt nicht«, gab er zu.

»Na ja, vielleicht war sie vorher schon tot«, gab Brockmann zu bedenken.

»Hmm«, überlegte Lentin, kam aber zu keinem plausiblen Ergebnis. »Warum sollte der Täter ihr dann die Kehle durchschneiden?«

»Um eine falsche Spur zu legen. Sie könnte ja vergiftet worden sein.«

Hauptwachtmeister Lentin legte die Hand ans Kinn. »Können Sie das feststellen?«, fragte er.

»Ich kann sie aufschneiden und ihren Mageninhalt auf Pilze, Tollkirsche, Fingerhut oder Arsen prüfen.«

Lentin stellte sich den Anblick im Gedanken vor und zog den Mund schief. »Können Sie auch den Todeszeitpunkt bestimmen?«, fragte Lentin.

»Ja, aber nicht auf die Stunde genau«, erklärte der Arzt.

»Sie als Amtsarzt sollten das tun«, stimmte er zu.

»Gut, lassen Sie die Leiche in mein Labor bringen«, sagte Brockmann und verließ das Haus.

Frauke Bölling stand kreidebleich im Hausflur und zitterte. Lentin nahm sie am Arm und führte sie in die Stube. »Setzen Sie sich erst einmal«, sagte er und schob ihr einen Stuhl heran.

»Ich habe den Mörder gesehen«, wimmerte sie.

»Können Sie ihn beschreiben? Wie sah er aus?«, fragte Lentin.

»Es war ja bereits dunkel, aber er trug einen Hut mit breiter Krempe«, antwortete sie.

»Viele Männer tragen einen Hut. Würden Sie ihn wiedererkennen?«

»Wenn ich ihn sehe, ganz bestimmt.«

»Warum denken Sie, dass es der Mörder war?«, wollte Lentin wissen.

»Der Mann kam von hinten um das Haus herum und hatte es sehr eilig«, antwortete sie.

»Danke, Frau Bölling«, sagte der Hauptwachtmeister, »wir werden nach dem Mann suchen. Weit kann er noch nicht sein. Sie können jetzt nach Hause gehen.«

Dienstag, 25. März 1834

Ein fremd klingender Glockenton weckte Karl. Er zählte mit: Sieben Mal und kurz danach noch zwei Mal in höherer Tonlage. *Halb acht,* registrierte er und sprang aus dem Bett. Sein Rücken schmerzte von der harten Unterlage. Aus der blechernen Waschschüssel schöpfte er sich mit den Händen eiskaltes Wasser ins Gesicht und war sogleich hellwach. Von einem Moment auf den anderen tauchte Clara vor seinem geistigen Auge auf. Die Ohnmacht, wenig gegen die Lungenentzündung ausrichten zu können, machte ihn wütend. Wütend auf die Welt, auf die Krankheit und auf seine Machtlosigkeit. Karl fand den Gedanken, Häkchen zu verlieren, unerträglich. Er rang mit den Tränen, aber er durfte nicht heulen, denn gerade jetzt brauchte er einen klaren Kopf. Die Zeit drängte und deshalb wollte er sofort zu Jolanda aufbrechen. Jede Stunde früher konnte entscheidend sein. Karl spürte vor Anspannung sein Herz rasen und den Drang zur Eile, sonst nichts, weder Hunger noch Durst. Er schlüpfte in seine Sachen, zog die Jacke über und sprang mit weiten Sätzen die Treppe hinunter.

Kalter Nebel empfing ihn vor dem Haus. Er schlug den Jackenkragen hoch und eilte mit hastigen Schritten die Goslarer Straße hinunter. Die Rollstraße brauchte er nicht lange zu suchen, sie verlief unterhalb des Marktplatzes in östliche Richtung. Das schräge Fachwerkhaus, das ihm der Gastwirt beschrieben hatte, fiel ihm sofort ins Auge. Es stand ausgesprochen windschief, dass man glaubte, es würde jeden Moment umkippen. Karl klopfte an die Haustür. Fast im selben Augenblick wurde ein Fensterflügel aufgerissen.

»Ich hoffe für dich, du hast einen dringenden Grund, so früh am Morgen zu stören«, keifte eine Frau heraus.

»Sehr dringend sogar, wenn Sie Jolanda die Heilerin sind«, sagte Karl.

»Wer soll ich sonst sein? Jeder kennt mich«, antwortete sie.

»Darf ich hereinkommen?«, fragte Karl bittend. Sie sah ihn einen Moment misstrauisch an und schlug unvermittelt das Fenster zu, ohne zu antworten. Karl fühlte sich abgewiesen und starrte brüskiert auf das geschlossene Fenster. Als nichts weiter geschah, wandte er sich ab und schlich tief enttäuscht davon. Ein paar Schritte nur, dann blieb er stehen. Nein, so einfach durfte er sich nicht abwimmeln lassen und beschloss, es gleich noch einmal zu versuchen. Gerade wollte er ein weiteres Mal anklopfen, als die Haustür schon aufgestoßen wurde. Eine große, schlanke Frau in einem bunten Kleid stand in der Tür. *Das ist Jolanda, die bekannte Berghexe?*, staunte Karl. Eine Heilerin hatte er sich anders vorgestellt als diese Frau. Älter, mit langen, grauen Haaren, nicht mit einem Igelschnitt wie sie. *Die ist ja dürr wie eine Vogelscheuche,* kam ihm in den Sinn. Sie winkte ihn herbei. Als Karl neben ihr stand, stellte er fest, dass sie ihn um einen halben Kopf überragte.

Jolanda führte ihn in die Stube. Die Luft hier drinnen roch fremdartig und kratzte im Hals, dass er husten musste. »Du wirst dich gleich daran gewöhnen und es schätzen lernen«, sagte sie. »Setz dich!« Sie ging an den Schrank und hantierte darin umher. Karl nutzte die Zeit und schaute sich um. Unter den Möbelstücken lagen Hölzer, um den schiefen Fußboden auszugleichen. Ansonsten glaubte er, sich im Hinterzimmer einer Apotheke zu befinden, wo Medikamente, Tinkturen und Essenzen hergestellt wurden. An den Wänden hingen Büschel von getrockneten Kräutern und die Regale bogen sich unter der Last von unzähligen Gläsern und Tontöpfen. Überall lagen Bücher und Papiere mit Zeichnungen wild durcheinander.

Jolanda kam mit einer brennenden Kerze und einem Bündel Stäbchen zurück, von denen sie einige über der Kerzenflamme entzündete. Der Rauch verströmte ein angenehmes Aroma und verdrängte den strengen Raumduft. Karl fühlte sich auf einmal leicht und entspannt.

»Was ist dir so dringend?«, fragte Jolanda.

»Clara, meine kleine Schwester, liegt seit Tagen mit einer schweren Lungenentzündung im Bett«, begann er zu berichten. »Sanitätsrat Ritscher in Lauterberg kann nichts mehr für sie tun und schickt mich zu Ihnen.«

»Ahh, Ärzte«, knurrte sie, »Quacksalber, alle, wie sie sind.« Sie sah Karl einen Augenblick nachdenklich an. »Ritscher kenne ich, der ist anders«, sagte sie versöhnlich.

»Bitte, können Sie Clara gesund machen?«, flehte Karl, »ich bezahle, was Sie verlangen.«

»Ich verlange gar nichts. Ich helfe ... oder ich helfe nicht«, gab sie barsch zurück.

»Entschuldigung«, sagte Karl kleinlaut. »Werden Sie ihr helfen?«

»Wo, sagst du? In Lauterberg?«

»Ja, ich würde Sie in der Postkutsche mitnehmen«, schlug Karl vor.

»Hmm«, brummte sie, »müsste eh mal mit Ritscher reden.« Karl fiel ein Stein vom Herzen. »Aber eines sollst du wissen«, setzte sie nach, »ich kann nicht heilen. Niemand kann das.«

Karl dachte in dem Augenblick, er falle ins Bodenlose. *Was hatte das jetzt zu bedeuten? War sie eine Heilerin oder nicht?* »Wie meinen Sie das?«, fragte er entsetzt.

»Jeder Kranke muss sich selbst heilen, ich gebe nur die Anleitung dafür«, erklärte sie.

»Es ist mir egal, wenn sie nur wieder gesund wird«, erwiderte er.

»Komm zu mir, wenn du aufbrichst. Und nun geh.« Sie bekräftigte ihre Forderung mit einer abweisenden Handbewegung.

Karl trat hinaus in den Nebel. Erst morgen würde eine Postkutsche zurück nach Lauterberg fahren. Aber den ersten wichtigen Schritt hatte er getan. Ein Funken Hoffnung glimmte auf, und zuversichtlich schlenderte er die Rollstraße zurück. Es fühlte sich gut an, und damit stellte sich auch der Hunger ein. Gestern bei der Ankunft hatte er oberhalb des Amtshauses einen Kaufmannsladen gesehen. Dort würde er sicher ein halbes Brot und Käse bekommen.

Die helle Türbimmel schellte, als er den kleinen Laden betrat und fast mit einer Frau zusammenstieß, die ihm mit einer großen Tasche entgegenkam. »Passen Sie doch ...« Die Frau blieb mitten im Satz stecken und starrte Karl einen kurzen Moment wie versteinert an. Karl erwiderte ihren Blick und war sogleich in ihren blauen Augen gefangen.

»Johanna«, rief er laut, dass sich die Leute im Laden zu ihnen umdrehten. »Johanna«, wiederholte er leise.

»Du bist es?«, staunte sie lächelnd. »Renn mich bloß nicht schon wieder um.« So freundlich hatte er Johanna noch nie lächeln gesehen.

Sein Herz stolperte und schien einige Schläge auszusetzen. »Wo gehst du hin?«, fragte er.

»Nach Hause, zu den Herrschaften, denen ich als Hausmädchen diene«, sagte sie. Karl vergaß seinen Hunger und begleitete sie nach draußen. »Es ist inzwischen viel passiert, Johanna. Können wir irgendwo ungestört reden?«

Johanna überlegte kurz und sagte: »Bei mir zu Hause. Die Herrschaften sind in Osterode und kehren erst heute Abend zurück. Aber niemand darf uns sehen, Herrenbesuche sind mir verboten.«

»Ich werde mich unsichtbar machen«, versprach Karl, nahm ihr die Einkaufstasche ab und begleitete sie in die Bergstraße, wo ihre Dienstherrschaften wohnten.

»Komm etwas später durch den Garten. Ich schließe die hintere Tür auf«, sagte sie, nahm die Tasche und huschte ins Haus.

Karl schlenderte ein Stück die Straße entlang und achtete darauf, dass ihn möglichst niemand sah, als plötzlich zwei Frauen vor ihm aus der Nebelwand auftauchten. Er wechselte die Straßenseite. Die Damen beachteten ihn nicht und liefen schwatzend vorüber. Karl wartete einen Augenblick, überquerte die Straße und sprang mit einem Satz über den Zaun. Vorsichtshalber schaute er sich noch einmal um und lauschte, dann schlich er hinter das Haus. Der Nebel verbarg ihn vor ungebetenen Blicken. Johanna wartete bereits an der Tür und winkte ihn herein.

»Hast du Hunger?«, fragte sie.

»Und wie, du hast mich schließlich vom Einkauf abgehalten«, scherzte Karl. Johanna führte ihn in die Stube und stellte ihm Brot und Wurst auf den Tisch und kochte Kaffee. »Geht es dir gut?«, fragte Karl.

»Die Leute behandeln mich, als sei ich ihr eigenes Kind, ich hatte Glück, sie zu treffen«, sagte Johanna und erzählte ihm, wie es dazu kam und über die Ermordung ihre Tante Luise vor zwei Tagen. »Aber was führt dich nach Clausthal?«, wollte sie wissen.

Karl berichtete ihr ausführlich, was in der Zwischenzeit geschehen war.

»Das ist ja schrecklich. Bist du sicher, dass dein Bruder in dem Feuer umkam?«, fragte sie sichtlich betroffen.

»Ich habe das Feuer gesehen. Nur durch ein Wunder

hätte jemand diesen Flammen entkommen können«, antwortete Karl.

Johanna legte ihre Hand auf seine Schulter. »Jolanda kann deiner Schwester ganz bestimmt helfen. Man erzählt, sie habe schon viele Menschen geheilt, bei denen die ärztliche Kunst versagte«, berichtete sie und versprach, für Clara zu beten. Als Karl fertig gegessen hatte, setzte sich Johanna neben ihn und goss etwas Kaffee nach. »Ich freue mich, dich zu sehen«, sagte sie, »ich denke oft an Lauterberg.«

Karl lächelte und trank einen Schluck. Der Tod ihres Vaters, die Ermordung ihrer Tante sowie der mysteriöse Mann aus dem Wirtshaus beschäftigten Karl unentwegt. Je länger er darüber nachdachte, je mehr festigte sich sein furchtbarer Verdacht.

»Worüber denkst du nach?«, fragte Johanna nach einer Weile des Schweigens.

»Wie wurde sie getötet?«, wollte Karl wissen.

»Ich weiß es nicht und möchte es auch gar nicht wissen«, antwortete Johanna mit gebrochener Stimme. »Das Schlimme ist, sie liegt hier im Haus. Deshalb bin ich froh, dass du hier bist.«

»Was?«, rief Karl erschrocken.

»Ja, im Keller, in seinem Labor. Mein Dienstherr, Doktor Brockmann, forscht an Körperteilen und untersucht manchmal Leichen für die Gendarmerie. Ich habe furchtbare Angst vor Toten.«

»Kann ich die Leiche sehen?«, fragte Karl. Er hatte zwar ebenfalls eine Abscheu vor dem Anblick toter Körper, aber wer im Bergbau arbeitete, kam daran kaum vorbei.

»Bist du verrückt. Ich gehe da nicht runter!«

»Musst du auch nicht. Ich gehe allein. Ich muss wissen, wie sie ermordet wurde.«

Johanna zögerte, gab ihm dann eine Laterne und beschrieb ihm den Weg zum Labor. Den Schlüssel verwahrte Brockmann unter einer Schädelnachbildung in seinem Arbeitszimmer. Johanna führte Karl zum Kellerabgang und blieb dort stehen.

Karl war mulmig zumute, nachdem er die Kerze angezündet hatte und die Kellertreppe hinunterstieg. Unten in dem finsteren Gewölbe fühlte er sich beinah wie in der Knollengrube. Langsam tastete er sich den Gang entlang. An dessen Ende tauchte im flattrigen Licht der Kerze eine Tür auf. Dahinter musste das Labor sein. Mit einem flauen Gefühl im Bauch drehte er den Schlüssel und schwenkte die Tür nach innen auf. Er hielt die Kerze höher, um den Raum besser auszuleuchten. Dann trat er ein. Das Labor war nicht viel größer als seine Kammer zu Hause. Ringsum standen Vitrinen mit Fläschchen und glänzenden Instrumenten, ähnlich, wie er sie bei Doktor Ritscher gesehen hatte. Es roch nach Äther und Salbe. In der Mitte des Labors, auf einem Tisch, lag ein menschlicher Körper. Die Füße ragten unter dem Laken hervor, mit dem er abgedeckt wurde. Karl schauderte es. Langsam ging er zum Kopfende, nahm das Leichentuch mit zwei Fingern, zögerte jedoch, es aufzudecken. Mit geschlossenen Augen atmete er zweimal tief durch, fasste Mut und zog es vorsichtig zurück. Er erschrak beim Anblick der grausam zugerichteten Frau, in deren Hals eine breite Wunde klaffte. Rasch zog er das Tuch wieder vor, eilte hinaus und drückte die Tür ins Schloss. Er lehnte sich mit dem Rücken dagegen und atmete hektisch. Das Herz schien ihm aus der Brust zu springen. Sein Verdacht hatte sich bestätigt. *Es musste derselbe Mörder sein, der auch Hans Röger getötet hatte, und der verstand sein Handwerk. Opfer mit durchgeschnittener Kehle können nicht mehr schreien.*

Johanna wartete oben am Kellerabgang. »Sag es mir bitte nicht«, rief sie ihm entgegen.

Karl stieg die Treppe hinauf und nahm ihre Hand. »Ich bin sicher, dass derselbe Täter auch deinen Vater umgebracht hat«, sagte Karl.

Johannas feuchte Augen flackerten im Licht der Laterne. »Wie kommst du darauf?«, fragte sie.

»Sie wurden beide auf dieselbe Weise ...« Karl sprach es nicht aus.»Ich will dich nicht unnötig ängstigen, Johanna, aber ich glaube, du bist in großer Gefahr«, sagte er.

»Du machst mir aber Angst damit«, wimmerte sie, »was macht dich so sicher?«

»Ich hatte gestern im Wirtshaus eine merkwürdige Begegnung«, begann er zaghaft zu erklären, »ein Mann fragte nach dir. Hast du eine Ahnung, wer das sein könnte?«

»Ein Mann? Nein, ich kenne hier keinen Mann«, antwortete sie.

»Denk bitte nach«, forderte Karl sie auf.

»Also, zumindest keinen, der nach mir fragen würde«, erklärte sie.

Karl ließ nicht locker: »Dein Vater ist ermordet worden und auf die gleiche Art auch deine Tante, und ein fremder Mann sucht nach dir. Was kann er wollen? Überleg bitte noch einmal.«

Johanna schaute ihn eine Weile nachdenklich an, dann sagte sie: »Tante Luise fragte nach einer Erzbibel, die sich offenbar in unserem Familienbesitz befand und seit Langem verschollen ist. Dieses Buch scheint außerordentlich begehrt zu sein. Könnte darin der Grund für die Morde zu finden sein?«

Karl schoss ein Gedanke wie ein Blitz durch den Kopf: *War das Buch, das er im Kirchturm gefunden hatte, am Ende die mysteriöse Erzbibel?* »Allmählich fügt sich das Bild zusammen«, sagte er. »Ich habe einen furchtbaren Verdacht.«

Johanna sah ihn ängstlich an. »Was für einen Verdacht?«

»Es tut mir leid, ich darf nicht darüber sprechen, weil ich mein Ehrenwort gegeben habe, aber ich glaube, ich weiß, wo sich diese Erzbibel befindet.«

Johanna starrte ihn mit großen Augen an.

»Du?«, sagte sie staunend.

Karl nickte. »Der Mann, der hinter dir her ist, schreckt nicht einmal vor Mord zurück, um dieses Buch zu bekommen. Er ist sogar bei Pastor Gerstacker gewesen und hat ihn schlimm zugerichtet.«

»Oh nein«, rief Johanna bestürzt.

»Wir müssen sofort zur Polizei gehen, bevor weiteres Unheil passiert. Du brauchst Schutz.«

*

Polizeihauptmeister Lentin lehnte sich in seinem Bürostuhl zurück und sah Karl und Johanna an, die ihm gerade alles erzählt hatten. »Ich werde Amtmann Schuster in Scharzfels verständigen«, sagte er. »Sie, Fräulein Röger, brauchen Personenschutz. Am besten bleiben sie vorläufig bei uns, bis Ihre Herrschaften zurück sind.«

»Ich würde Fräulein Röger morgen mit nach Lauterberg nehmen«, schlug Karl vor, »da können wir sie verstecken, bis der Mörder gefasst ist.«

»Sind Sie damit einverstanden, Fräulein?«, fragte Lentin.

»Hier in Clausthal habe ich Angst um mein Leben«, antwortete sie. Lentin nickte beipflichtend.

»Ich werde mit Doktor Brockmann reden«, versprach er.

»Morgen früh hole ich dich dann ab«, sagte Karl.

Johanna umarmte ihn flüchtig. »Danke! Bis morgen.«

Karl verließ das Polizeigebäude. Der Nebel schien dichter geworden zu sein. Auf dem Weg zurück achtete er penibel auf alle Stiefelabdrücke im Schnee. Lentin hatte ihm die Skizze sowie den Gipsabdruck der Fußspur aus Luises Garten gezeigt, nachdem Karl den Mann genau beschrieben hatte. Aber den verdächtigen Abdruck konnte er unter den zahlreichen Fußspuren nicht herausfinden.

Als er die Bergschule erreichte, blieb er einen Moment vor dem Eingangsportal stehen. *Nur einmal hineinschauen,* dachte er und sprang kurz entschlossen die Stufen hinauf. Eine hohe und ausladende Eingangshalle öffnete sich ihm. Angespannt ging er einige Schritte weiter hinein. Niemand war zu sehen, offenbar lief der Lehrbetrieb in allen Klassenräumen. Karl glaubte, die angespannte Lernatmosphäre förmlich zu spüren. An einer Wand hing eine lange Tafel mit allerlei Aushängen. Karl nahm sie neugierig in Augenschein und fand Stundenpläne sowie Termine für verschiedenste Veranstaltungen. Unter einer dicken Überschrift *Prüfungen* entdeckte er Blätter mit Mathematikaufgaben und deren Lösungen. Einige Aufgaben verstand er, andere waren ihm gänzlich fremd. Vertieft in seine Betrachtung, hörte er plötzlich Schritte in der Halle. Ein herrschaftlich gekleideter Mann mit Zylinder kam von draußen herein, stellte sich neben Karl und betrachtete ebenfalls die Aushänge. Karl schielte zu ihm und erkannte Oberbergrat Julius Albert. Er schien Karl nicht weiter zu beachten.

»Es muss Sinus heißen, nicht Cosinus«, sagte Karl laut.

»Bitte was?«, fragte der Herr nach.

»Die Aufgabe fünf ist falsch«, behauptete Karl.

»Tatsächlich?«, staunte der feine Herr und schaute genauer hin. »Studieren Sie hier?«, erkundigte er sich.

»Nein«, antwortete Karl.

»Woher haben Sie dann Ihre Kenntnisse?«, wollte er wissen.

»Ich habe viel gelesen und mag die Mathematik, weil sie einfach und klar ist«, sagte Karl. Der Mann schaute ihn von oben bis unten ungläubig an.

»So, so«, sagte er, »bemerkenswert, äußerst bemerkenswert.«

Abermals vernahm Karl Schritte in der Halle. »Entschuldigung Herr Oberbergrat, ich hatte Sie so früh nicht erwartet«, hörte Karl eine Stimme aus der Tiefe des Ganges. Er drehte sich um und erblickte einen Herrn, der aus dem angrenzenden Flur eilig auf sie zukam. Der Mann gab dem Oberbergrat die Hand, ohne Karl zu beachten.

»Ich glaube, wir haben hier einen befähigten jungen Mann, den es sich zu fördern lohnen könnte, Herr Doktor

Zimmermann«, sagte Albert.

»Ein Mann aus dem Volk? Kann er das Studium bezahlen?«, gab Zimmermann zu bedenken.

»Wir brauchen begabten Nachwuchs«, erwiderte der hohe Beamte, »wenn er die Aufnahmeprüfung besteht, sorge ich für seine Förderung. Gerade in diesen Zeiten, wo die Harzer Berge ihre Schätze nicht mehr großzügig freigeben, brauchen wir Männer, die dem Fortschritt dienen.«

»Sie haben recht, Herr Oberbergrat«, sagte Zimmermann und wandte sich an Karl. »Wollen Sie denn überhaupt ein Studium bei uns absolvieren?«, fragte er ihn. Karl fühlte sich von dem Gespräch vollends überrumpelt und brauchte einen Moment, um zu antworten.

»Ja, mein Herr«, sagte er schließlich, »das würde ich wirklich gerne tun, aber ich muss vorher noch einige Dinge zu Hause regeln. Ich komme aus Lauterberg.«

»Natürlich«, sagte Doktor Zimmermann verständnisvoll. »Sie könnten sowieso frühestens zum Wintersemester beginnen, falls Sie die Prüfung bestehen. Seien Sie um vier Uhr wieder hier, damit ich mir ein Bild von Ihnen machen kann.« Die beiden Herren ließen ihn stehen und verschwanden in dem langen Flur, der die Halle kreuzte.

Karl wusste nicht, wie ihm geschah. Schon wieder meinte es das Glück gut mit ihm. Sollte nun doch noch sein großer Traum wahr werden und sich alles zum Guten wenden? Er versuchte, fest daran zu glauben, und verließ frohen Mutes die Schule. Die Kirchturmuhr zeigte zehn Minuten nach zwölf. Karl verspürte etwas Hunger und schaute noch einmal in dem kleinen Laden vorbei, um etwas Brot und Wurst zu kaufen, bevor er zum Gasthaus ging.

Der Wirt stand hinter dem Schanktisch und wischte nach wie vor darauf herum.

Karl sprach ihn an: »Der Mann, der sich gestern nach Johanna Röger erkundigt hatte, ist der noch da?«
Der Wirt ließ den Wischlappen ruhen und antwortete: »Der

hat sich gestern Abend noch eilig davon gemacht.«

Was hatte das zu bedeuten, überlegte Karl, fand aber keine Erklärung. »Danke«, sagte er und ging auf sein Zimmer. Nachdem er das Brot gegessen hatte, ließ er sich aufs Bett fallen und starrte gedankenversunken an die Decke. Clara, Johanna und die Prüfung schwirrten ungeordnet in seinem Kopf herum.

*

Viel zu früh betrat Karl die große Eingangshalle der Bergschule, in der jetzt reger Betrieb herrschte. Junge Männer liefen redend und gestikulierend an ihm vorüber. Einige Studenten standen in Gruppen zusammen, andere schauten konzentriert auf die Aushänge. Karl wartete an der Ecke, wo der lange Gang abzweigte. Von hier aus hatte er die Uhr im Blick, die hoch über der Aushangtafel angebracht war. Die Zeiger schienen still zu stehen. Doch dann war es endlich so weit, vom hinteren Ende des Flurs kam pünktlich Doktor Zimmermann auf ihn zu. Karl fühlte, wie sein Herzschlag beschleunigte.

»Kommen Sie mit«, sagte Zimmermann knapp und eilte voraus. Er führte Karl in den gegenüberliegenden Korridor und öffnete ihm eine Tür. *Doktor Zimmermann,* las Karl auf dem Türschild. Das Büro war vollgestopft mit Büchern, selbst auf der Fensterbank und dem Fußboden stapelten sich die Bände. Der Doktor schaffte rasch Platz auf seinem Schreibtisch und dem Stuhl, auf dem Karl sich setzen sollte. Auf einer Kommode entdeckte er einige Modelle von Bergwerksmaschinen, die er noch nie vorher gesehen hatte. Er bestaunte die Erfindungen und Entwicklungen, die von dieser Schule ausgingen. Sein Herz pochte noch heftiger. Er dachte an die Prüfung bei seinem ehemaligen Steiger Walter Franke zurück, die ein Scheideweg für ihn geworden war. *Jede Prüfung bäumt sich wie ein Hindernis auf, das man überwinden muss, um weiterzukommen,* dachte Karl. Ihm wurde heiß und er wischte sich die feuchten Hände an der Hose ab.

Doktor Zimmermann setzte sich hinter seinen Schreibtisch und legte Karl mehrere Blätter und einen Stift vor.

»Warum sind Sie in Clausthal und nicht auf Ihrer Arbeit?«, wollte er wissen.

Karl schluckte. Mit dieser Frage hatte er nicht gerechnet und befürchtete, wenn er ihm von seinem Rauswurf aus der Königshütte erzählen würde, wäre die Prüfung beendet, bevor sie begann. *Irgendwann kommen Lügen immer ans Licht,* überlegte er und fühlte sich ausgeliefert. Er musste die Wahrheit riskieren, um seine Selbstachtung zu wahren, und erzählte freimütig, was passiert war.

»Das spricht nicht gerade für Sie«, sagte Zimmermann, nachdem er aufmerksam zugehört hatte. Karl spürte, wie seine Wangen heiß wurden. »Ich vermag Ihre Schuld nicht zu beurteilen«, ergänzte er, »allerdings überzeugt mich Ihre Ehrlichkeit. Sie hätten mir stattdessen eine Lügengeschichte auftischen können.« Karl antwortete nicht.

»Beginnen wir also«, sagte der Wissenschaftler und ließ Karl zuerst einige geometrische Figuren und Körper zeichnen, was er problemlos bewältigte. Die Aufgaben wurden jedoch von mal zu mal schwieriger. Mit hitzigem Gesicht brütete er über den Lösungen, an deren Richtigkeit er manchmal zweifelte. Mit der Zeit stellten sich Kopfschmerzen ein und er sehnte das Ende der Prüfung herbei, doch Zimmermann ließ nicht locker und schob immer neue Aufgaben über dem Schreibtisch. Karl verlor jegliches Zeitgefühl und kämpfte verbissen weiter. »Ich denke, das genügt«, sagte der Doktor endlich. Es fiel Karl wie eine Last von den Schultern. »Sie bekommen mit der Post Bescheid von uns«, sagte er.

»Vielen Dank, Herr Doktor. Glückauf.« Karl verließ den Raum, er wollte nur noch raus und frische Luft atmen. Ein paar Züge sog er die neblige Clausthaler Luft in sich hinein. Es tat ihm gut und vertrieb die Kopfschmerzen. Zurück im Gasthaus legte sich ausgebrannt ins Bett und schlief sofort ein.

Mittwoch, 26. März 1834
Clausthal

⚒

Karl hoffte flehentlich, rechtzeitig nach Lauterberg zu kommen, um Clara helfen zu können. Das war sein erster Gedanke, als er die Augen aufschlug. An diesem Morgen brauchte er kein Frühstück. Die Ungewissheit und Angst um seine Schwester ließen kein Hungergefühl aufkommen.

Unten im Gastraum bezahlte er die Rechnung und ging hinaus. In der Nacht war Wind aufgekommen, hatte den Nebel vertrieben und gab den Himmel für die junge Märzsonne frei. Karl hatte gehofft, die dichten Schwaden würde ihr Vorhaben weiterhin verdecken, denn er befürchtete, dass der Mörder durch die Gassen schlich und nach Johanna Ausschau hielt. Auf keinen Fall durfte er ihre Abreise mitkriegen. Eiligen Schrittes hatte er Jolanda von zu Hause abgeholt und ging mit ihr die Rollstraße hinunter zur Haltestelle der Postkutsche, die bereits wartend auf dem Marktplatz stand. Davor sah er Johanna, zusammen mit einer Dame und einem Herrn stehen. Der kleine, rundliche Kutscher zupfte prüfend am Geschirr der Pferde herum.

»Glückauf«, grüßte Karl.

»Glückauf«, erwiderte Johanna den Gruß. »Ich möchte dir meine Herrschaften, Frau Jette Brockmann und Doktor Heinrich Brockmann, vorstellen«, sagte sie.

»Guten Morgen«, grüßte Doktor Brockmann freundlich und gab Karl die Hand. »Polizeihauptmeister Lentin hat uns ausführlich unterrichtet. Passen Sie gut auf Johanna auf. Wir wollen sie möglichst bald wieder haben«, sagte er.

»Sie können sich darauf verlassen«, versprach Karl.

»Bitte einsteigen«, rief der dicke Uniformträger, nahm das Fahrgeld entgegen und öffnete die Tür. Sie waren heute die einzigen Fahrgäste auf dieser Haltestelle. Sie wollten gerade zusteigen, als ein Ruf aus der Ferne herüberschalte: »Moment, warten Sie!« Alle drehten sich nach der Stimme um. Karl sah zwei Polizisten und eine Frau mit eiligen Schritten auf sie zukommen. Als sie die Gruppe der Fahrgäste erreicht hatten, wandte sich einer der Polizisten an den Kutscher. »Ich bin Polizeihauptmeister Lentin. Sie dürfen noch nicht abfahren!«, ordnete er an. Der Postillon zog die Feststellbremse an. Dann richtete sich der Polizist an die Frau. »Ist das der Mann, den Sie gesehen haben?«, fragte er und zeigte auf Karl.

Die Frau musterte Karl eingehend. »Ich habe sein Gesicht nicht gesehen, aber er trägt den Hut, an den ich mich erinnern kann. Ich erkenne ihn an der eingerissenen Krempe. Sehen Sie hier«, sagte sie und zeigte auf den Riss.

Karl war für den Moment vollkommen irritiert. *Sollte das gerade eine Gegenüberstellung gewesen sein?* »Erklären Sie mir bitte, was das zu bedeuten hat?«, fragte er den Polizisten.

Der baute sich vor Karl auf. »Die Fragen stelle ich«, machte er harsch klar. »Wer sind Sie wirklich und wo wollen Sie hinfahren?«, fragte er kühl.

»Sie kennen mich doch. Ich bin immer noch Karl Wiegand aus Lauterberg und auf dem Weg nach Hause«, antwortete er.

»Sie fahren nirgendwohin. Ich verhafte Sie wegen des Verdachtes, Luise Röger ermordet zu haben. Die Hände nach hinten!«, befahl er.

Es traf Karl wie ein Schock. *Hatte er das gerade richtig verstanden? Er, ein Mörder?* Er schaute zu Johanna und den anderen, die regungslos dastanden, als wäre gerade der Blitz eingeschlagen. »Der Mörder läuft hier in Clausthal frei herum und ist eine Bedrohung für Fräulein Röger«, erwiderte Karl.

Doktor Brockmann trat nach vorn. »Ich verstehe nicht, Herr Lentin. Können Sie mir das bitte erklären?«, sagte er.

»Die Beweislage hat sich durch die Zeugenaussage von Frau Bölling geändert. Dieser Mann steht unter dringendem Verdacht«, antwortete er.

Der andere Polizist richtete nun eine Pistole auf Karl. »Los, die Hände auf den Rücken!«, brüllte er. Karl streckte die Arme nach hinten und der Polizeihauptmeister legte ihm Handfesseln an.

Karl schlug das Herz bis zum Hals, und er hatte nur einen Gedanken: *Wenn er Jolanda heute nicht zu Clara bringen kann, muss seine Schwester sterben. Außerdem wird der Mörder Johanna solange nachstellen, bis er sein Ziel erreicht hat. Sie muss aus Clausthal weg.* »Nein«, schrie Karl wütend, »ich muss Jolanda zu meiner Schwester bringen. Sie ist todkrank und nur Jolanda kann ihr helfen. Bitte, ich bin kein Mörder.« Die beiden Polizeibeamten packten Karl an den Armen und führten ihn ab. Karl schaute zurück und rief immer wieder: »Jolanda, Johanna, ich bin unschuldig. Bitte, glaubt mir.«

»Ich kann nicht länger warten«, rief der Kutscher ungeduldig, »ich habe noch andere Haltestellen anzufahren.« Er löste die Bremse, ließ die Peitsche knallen und fuhr ab. Die drei Frauen und Doktor Brockmann blieben wie versteinert auf dem Marktplatz zurück.

*

Die Zellentür fiel schwer ins Schloss und wurde unbarmherzig verriegelt. Von den Ereignissen überrumpelt, stand Karl wie betäubt in der engen Gefängniszelle und starrte auf die Tür mit der kleinen Gitterluke. Noch immer konnte er nicht begreifen, was mit ihm geschehen war. Ängstlich sah er sich in diesem Verlies um. Kahle Wände, eine Holzpritsche mit einer Decke, ein Tisch, ein Stuhl, mehr nicht. Ein ebenfalls vergittertes Fenster, das zu hoch lag, um herausgucken zu können, ließ nur wenig Licht herein. Es war kalt hier drinnen, und es roch muffig. *Würde er aus diesem Loch jemals wieder herauskommen? Clara brauchte ihn dringend, heute, jetzt.* Langsam versuchte er, Ordnung in seine verwirrten Gedanken zu bringen. *Luise Röger war ermordet worden, und er war gestern Abend an ihrem Haus gewesen. Obwohl Vorder- und Gartentür offen standen, hatte er das Haus nicht betreten. Die Frau, die mit den Polizisten zur Postkutsche kam, hatte ihn offenbar dort gesehen. Klar, dass die beiden Beamten ihn für den Mörder hielten. Aber dieser Irrtum musste sich doch aufklären lassen.*

Karl pochte an die Tür. »Macht auf, ich will eine Aussage machen. Ich kann alles erklären, bitte«, rief er durch die Luke in den Gang hinaus, aber sein Ruf verhallte im Nichts. Karl schlug fester gegen das Holz. »Aufmachen. Ich bin kein Mörder. Lasst mich raus.« Er trommelte an die Tür, bis ihm die Hand schmerzte. Keine Antwort, kein Geräusch, selbst von draußen drang kein Laut zu ihm durch. Er war plötzlich allein auf der Welt. Schließlich gab er auf, ließ sich auf den Stuhl sinken und vergrub das Gesicht in den Händen. Dann sah er Clara vor sich, blass und eingefallen. Er wollte nicht weinen, aber das Wasser drückte unaufhaltsam aus seinen Augen heraus. »Gott, hilf meiner Schwester. Sie ist noch so jung, so unschuldig, so lebensfroh. Sie ist auch dein Kind, lass sie leben«, murmelte er wieder und wieder leise vor sich hin. Bald verlor er jegliches Zeitgefühl, und irgendwann waren die Tränen zu Ende.

Plötzlich schreckte er auf. Die Gitterluke in der Tür klappte herunter. Ein Blechtablett wurde hereingereicht. Karl nahm es entgegen und drückte sein Gesicht in die Öffnung, um jemanden zu sehen, aber sofort wurde die Klappe zugeschlagen. »Bitte lasst mich raus. Ich bin unschuldig. Ich werde alles erklären«, rief er durch das Gitter. »Das sagen alle«, kam als Antwort. Schritte entfernten sich, dann wurde es wieder still. Auf dem Tablett fand Karl ein Stück Brot und einen Becher Wasser. Er ließ es unberührt stehen.

Mit der untergehenden Sonne wurde es in der Zelle rasch stockfinster. Karl legte sich auf die harte Holzpritsche und rollte sich in die Decke ein, die die Kälte kaum abhalten konnte. Seine Gedanken hingen unentwegt an Clara, und die Angst um sie ließ ihn nicht zur Ruhe kommen.

Clausthal, 27. März 1834

Karl war froh, als endlich der Morgen graute. *Ein neuer Tag, was würde er bringen?*, ging ihm durch den Kopf, als er auf dem Gang Schritte hörte. Der Riegel vor seiner Zellentür wurde aufgeschoben, die Tür schwenkte knarrend auf und Wachtmeister Bertram erschien. »Mitkommen!«, befahl er in eisigem Ton. Karl erhob sich und wurde in die Amtsstube der Polizeistation geführt. Die Morgensonne, die den schlicht eingerichteten Raum erfüllte, blendete Karl für einen Moment und die Wärme des Ofens entspannte seine Verkrampfung.

»Setzen!« Hauptwachtmeister Lentin wies auf den Stuhl vor seinem Schreibtisch. Wachtmeister Bertram stellte sich neben seinen Vorgesetzten. »Ziehen Sie ihre Stiefel aus«, forderte Lentin. Karl gab ihm seine Schuhe, deren Sohlen der Beamte mit einem Gipsabdruck verglich. »Das ist der Beweis, dass Sie bei Luise Röger gewesen sind. Warum haben Sie sie ermordet?«

»Ich habe niemanden ermordet«, verteidigte sich Karl. »Ja, ich war bei ihr, gegen acht Uhr. Ich wunderte mich, dass beide Türen offen standen, habe aber das Haus nicht betreten. Sie hat auf mein Rufen nicht geantwortet, da bin ich zurück in das Gasthaus Bergmannsruh gegangen. Das ist die Wahrheit. Sie müssen nach dem Mann mit den langen Haaren suchen.«

»Das werden wir auch, aber die Indizien und Zeugenaussagen entlasten Sie trotzdem nicht, und deshalb bleiben Sie vorerst in Gewahrsam.«

»Herr Hauptwachtmeister, ich bin nach Clausthal gekommen, um Jolanda zu bitten, meiner kleinen Schwester zu helfen, die an Lungenentzündung erkrankt ist. Bitte, ich muss nach Hause, vielleicht liegt sie bereits im Sterben.«

Lentin legte ungläubig den Kopf schräg. »Das soll ich Ihnen glauben. Ihre Schwester ist todkrank und Sie suchen das Vergnügen mit einer Hure?«, erwiderte er.

»Nein!«, rief Karl verbittert, »ich wollte sie fragen, ob sie mit Johanna Röger verwandt ist und weiß, wo sie sich aufhält. Einen Tag später lief mir Johanna über den Weg. Aber das wissen Sie doch längst alles.«

Lentin schlug mit der Faust auf den Tisch. »Schluss mit den Lügen, sagen Sie endlich die Wahrheit, Wiegand«, brüllte er.

Wachtmeister Bertram reckte auf einmal seinen Hals zum Fenster, als hätte draußen jemand seine Neugier geweckt. »Doktor Brockmann kommt«, gab er seinem Vorgesetzten Bescheid. Kurz darauf betrat der Arzt den Amtsraum.

»Guten Morgen, die Herren«, grüßte er und nickte Karl flüchtig zu. »Luise Röger starb am Sonntag in den Abendstunden, das hat die Leichenschau zweifelsfrei ergeben. Soviel ich weiß, ist Karl Wiegand am Montagnachmittag in Clausthal eingetroffen. Er kann also nicht der Mörder sein«, erklärte er sachlich und wandte sich zu gehen. »Ich habe noch Patienten«, rechtfertigte er sich und verschwand.

Karl spürte nach diesen Worten eine tiefe Erleichterung und seine Augen füllten sich mit Tränen. Er stand auf.

»Moment, nicht so voreilig«, wiegelte Lentin ab. »Gibt es dafür Zeugen?«

»Ja«, sagte Karl, »Philipp Bremke. Er studiert an der Bergschule und saß mit in der Kutsche.«

»Bertram! Suchen Sie diesen Bremke und lassen sich das bestätigen!«, forderte er ihn auf. Bertram setzte seine Schirmmütze auf und lief hinaus. Die Bergschule lag nicht weit von der Polizeistation entfernt. Nach ungefähr zwanzig Minuten kehrte der Wachtmeister zurück. »Ja, Philipp Bertram hat es bestätigt, sogar schriftlich«, sagte er und legte Lentin einen Zettel auf den Tisch.

Lentin warf Karl die Schuhe vor die Füße. »Sie können gehen«, sagte er. Karl bekam noch seinen Rucksack ausgehändigt, und kurz darauf stand er wie ein Ausgestoßener in der Marktstraße vor dem Polizeigebäude. Er war frei, aber freuen konnte er sich nicht, die Angst um Clara lähmte alle weiteren Empfindungen. Als wären seine Sinne vernebelt, schlurfte er die Straße entlang, ohne Geld, ohne Ziel, ohne auf den Weg zu achten. »Pass doch auf, du Affe«, blaffte ihn jemand an, den er unachtsam angerempelt hatte. Karl sah sich erschrocken um und stellte fest, dass er vor der Eingangstreppe der Bergschule stand. Hier wollte er zunächst bleiben. Sie war der einzige Ort, zu dem er sich noch hingezogen fühlte. Wo sonst sollte er hingehen? Er setzte sich auf die Stufen, stützte seinen Kopf in die Hände und beobachtete gedankenverloren die Menschen auf dem Marktplatz.

»Ist das nicht unser talentierter Mathematikus?«, vernahm Karl eine Stimme, die im bekannt vorkam.

Er blickte zu dem Mann auf, der neben ihm auf der Treppe stand. Karl sprang mit einem Satz auf. »Herr Oberbergrat Albert. Entschuldigung, ich habe Sie nicht kommen sehen«, sagte er und bemühte sich um Haltung.

»Wollten Sie nicht zeitig zurück nach Lauterberg?«, fragte Albert.

Karl berichtete dem Oberbergrat, was ihm zugestoßen war. »Ja, ich habe von dem schrecklichen Mord gehört«, sagte Albert betroffen. »Tut mir leid, dass Sie Unannehmlichkeiten hatten. Was haben Sie jetzt vor?«, erkundigte er sich.

»Ich muss dringend nach Hause, aber ohne Geld ...«, antwortete Karl zögerlich.

»Sie haben Glück. Ich bin auf dem Weg zur Königshütte, muss mit Beermann reden. Ich kann Sie mitnehmen«, bot er an.

»Wirklich?« Karl konnte es kaum glauben. »Das ist zu freundlich von Ihnen. Vielen Dank, Herr Oberbergrat.« Karl verneigte sich dankbar.

»Dort drüben steht meine Kutsche. Steigen Sie ein.« Ein Stück weiter, nahe der Goslarer Straße, stand eine leichte Zweispännerkutsche. Albert ging voraus und ließ Karl einsteigen, dann gab er dem Kutscher Anweisungen und stieg zu.

Ein Peitschenknall durchzuckte den Morgen und das Gespann setzte sich schaukelnd in Bewegung. Karl erhaschte einen letzten Blick auf die Bergschule, bevor die Kutsche vom Marktplatz abbog. Am Stadtrand tauchten Wiesen mit grasendem Vieh auf. Vorbei am Gaipel[40] der bekannten Dorothea mit ihren Zechenhäusern ging es weiter am Sperberhaier Damm den Bruchberg hinauf in Richtung Sonnenberg.

In leichtem Trab rollte die Kutsche zügig über die Schotterpiste. Der Oberbergrat erwies sich als kurzweiliger Gesprächspartner, der Karl einen interessanten Einblick in seine Arbeit gewährte. Allerdings war Karl nicht immer bei der Sache, er musste unentwegt an Clara denken, was seine Aufmerksamkeit allzu oft von den Gesprächen ablenkte. *Würde er seine Schwester noch lebend wiedersehen?* Die Angst vor der Antwort steigerte sich mit jedem Meter, den sie sich Lauterberg näherten. Dieser quälende Gedanke begleitete ihn wie eine ungute Vorahnung. Erst der kurze Halt in St. Andreasberg löste vorübergehend seine innere Anspannung. Albert ließ die Pferde tränken, bevor sie zur letzten Etappe bergab nach Lauterberg aufbrachen. Als die Kutsche anfuhr, begann Karl leicht zu zittern. Er spürte, wie sich ein feuchter Film auf seiner Stirn bildete.

»Ist dir nicht gut?«, fragte Albert.

»Geht schon. Ist nur die lange Fahrt, das bin ich nicht gewohnt«, redete Karl sich heraus.

---

40 Gaipel nannte man das über der Schachtöffnung stehende Gebäude.

Donnerstag, 27. März 1834
Zurück in Lauterberg

⚒

Am späten Nachmittag polterte das Gespann schließlich über das Kopfsteinpflaster der oberen Hauptstraße. »Lauterberg«, rief der Kutscher und hielt die Pferde aus dem Trab zurück in den Schritt. Albert verriet, dass er am liebsten im Hotel Ratskeller logierte, wenn er in Lauterberg zu Gast war. Karl kannte das Haus nur von außen und hatte großen Respekt vor dieser noblen Herberge, in der sogar Johann Wolfgang von Goethe übernachtet hatte. Der Kutscher brachte die Schimmel direkt vor dem Eingang zum Stehen. Mit müden und steifen Beinen kletterte Karl aus dem Sitz und bedankte sich herzlich bei Albert für die Hilfsbereitschaft.

»Alles Gute. Falls du die Prüfung bei Zimmermann bestanden hast, sehen wir uns sicher in Clausthal wieder«, verabschiedete er sich und verschwand im Foyer des Logierhauses.

Karl schulterte seinen Rucksack, ging durch die Schmiedestraße, dann weiter Unter den Linden und stand bald darauf auf der Oderbrücke, von der aus er sein Elternhaus bereits sehen konnte. Mit Herzklopfen verharrte er einen Augenblick. *Drei Tage war er unterwegs gewesen, um Hilfe für Clara zu holen. Jolanda wäre ihre allerletzte Chance gewesen. Nun stand er da, mit leeren Händen. Er hatte all das geliehene Geld ausgegeben und trotzdem nichts erreicht. Wie sollte er das seinen Eltern erklären?* Er fühlte sich wie ein Versager.

Rauch stieg flatterhaft aus dem Schornstein des kleinen Fachwerkhauses und alles schien wie immer zu sein, doch Karl wusste es besser und war auf das Schlimmste gefasst. Er hatte nur noch Clara im Kopf und begann vor Aufregung erneut zu zittern. Zögerlich setzte er seinen Weg fort und betrat schließlich mit schwerem Herzen das Haus.

»Mutter! Vater!«, rief er in den Flur. Die Stubentür schwenkte auf und ein Schwall strengen Knoblauchgeruches wehte ihm entgegen. Seine Mutter stand auf der Schwelle und sah ihn stumm an. Karl hätte sie fast nicht erkannt, so aufgezehrt sah sie aus. Ihre Augen blickten ihn aus tiefen Höhlen an und ihr Mund war nur noch ein Strich. Karl erschrak und fiel ihr in die Arme. »Clara«, sagte er mit gebrochener Stimme.

Seine Mutter schluchzte und flüsterte: »Ich weiß nicht, ob sie diese Nacht noch übersteht.«

Sie lebt, ging es ihm wie ein Freudenschrei durch den Kopf und Hoffnung keimte erneut auf. Es war in diesem Moment die beste Nachricht für ihn. Er ließ seine Mutter spontan aus der Umarmung und lief in sein Zimmer. Dort verharrte er augenblicklich fassungslos. Jolanda stand neben Claras Bett.

»Jolanda, Sie?« Es kam wie ein Freudenschrei aus ihm heraus.

Jolanda drückte ihren Finger auf den Mund: »Psst!«

Karl trat näher heran und schaute auf Clara herunter. Wie ein Püppchen lag sie da und schlief. Er lauschte ihrem rasselnden Atem und strich ihr sanft über das schweißnasse Haar.

»Lass mich mit ihr allein«, sagte Jolanda und machte eine abweisende Handbewegung. Karl verließ die Kammer.

»Johanna und Jolanda kamen gestern an und haben uns erzählt, was dir in Clausthal zugestoßen ist. Ich hoffe, deine Unschuld hat sich inzwischen erwiesen«, sagte seine Mutter.

»Ja, sei unbesorgt. Aber wie sind die beiden Frauen hierher gekommen?«, wollte Karl wissen.

»Doktor Brockmann hat sie mit seiner Kutsche hergebracht. Johanna ist sicherheitshalber bei der Gendarmerie untergekommen, bis wir eine Bleibe für sie gefunden haben«, berichtete seine Mutter.

»Warum riecht es so streng nach Knoblauch?«, fragte Karl.

»Jolanda meinte, das würde Clara helfen. Sie gab uns klare Anweisungen. Leichte Suppe mit vier feingehackten Zehen pro Teller. Und viel Tee, aber kalt, forderte sie ausdrücklich.«

»Du solltest dich ausruhen. Ich werde Jolanda unterstützen«, sagte Karl und drückte seine Mutter sanft auf den Stuhl. »Wann kommt Vater von der Arbeit?«

»Er kommt später. Sie hatten einen Streckeneinsturz«, gab sie zur Antwort.

»Ist jemand zu Schaden gekommen?«

»Nein, zum Glück nicht«, antwortete sie. »Übrigens«, sagte sie nach einer Weile, »wir haben immer noch keine amtliche Todesnachricht von Otto.«

»Das wird sicher eine Zeit dauern, bis alle Opfer eindeutig identifiziert sind. Ich denke, das ist ein gutes Zeichen«, sagte Karl, um sie nicht zusätzlich zu beunruhigen.

Nach etwa einer Stunde kam Jolanda in die Stube. »Sie ist wach«, sagte sie, »gebt ihr so viel wie möglich von der Suppe und lasst sie reichlich trinken. Ich bleibe die Nacht hier.«

»Wir haben oben noch ein Zimmer, dort mache ich Ihnen das Bett fertig«, bot Frieda an.

»Ich bin nicht zum Schlafen gekommen, sondern um dem Mädchen dabei zu helfen, gesund zu werden«, erwiderte sie schroff.

»Was soll ich tun?«, fragte Frieda.

»Ruh dich aus. In dem Zustand bist du keine Hilfe für deine Tochter«, machte Jolanda ihr klar.

»Sie hat recht, Mutter. Ich gehe Jolanda zur Hand«, sagte Karl. Er füllte etwas Suppe, die Frieda aus Fleischbrühe zubereitet hatte, in eine Schüssel und ging nach nebenan. Sie roch streng nach Knoblauch.

»Sieh mal Häkchen, die wirst du jetzt essen«, sagte er, richtete das Kopfkissen auf und brachte Clara in eine steilere Lage.

»Karl«, flüsterte sie kaum hörbar, »ich habe die Wiesenfee gesehen.«

»Nein, Häkchen«, lächelte Karl, »das war Jolanda. Sie wird dir helfen, gesund zu werden. Vertrau ihr.« Karl führte den

Löffel an ihren Mund. »Bitte, Clara, trink, es wird dir guttun.«

Clara schlürfte einen Schluck herunter und fing an zu husten. Karl stützte sie und wartete, bis der Reiz nachließ. Er probierte es erneut. Clara verzog den Mund und drehte ihren Kopf zur Seite.

»Weißt du, was wir als Erstes machen, wenn du gesund bist?«, versuchte Karl sie abzulenken. Sie antwortete nicht und sah ihn aus ihren blassen Augen an. Karl führte den Löffel an ihren Mund und sprach weiter: »Wir gehen zu unserem dicken Baum, oben auf dem Heikenberg.« Karl kippte den Löffel etwas und benetzte ihre Lippen. Sie leckte die Brühe herunter. »Und dann?«, fragte Clara. »Ich verrate dir das Geheimnis sofort«, sagte er und schob dabei die Löffelkante zwischen ihre Lippen. Sie trank etwas ab.

Jolanda kam mit einer Schüssel herein und machte Clara frische Wadenwickel. Karl schöpfte wieder etwas Brühe aus dem Topf und bot sie seiner Schwester an. »Welches Geheimnis?«, hauchte sie und trank.

»Ich nehme mein Messer mit und schnitze ein wunderschönes Herz in seine Rinde. Dann ist er für immer dein Baum.«

Clara schlürfte einen weiteren Schluck. »Wirklich?«, fragte sie.

»Wirklich«, bestätigte er.

Jolanda sah Karl an und nickte ihm zufrieden zu. Karl erzählte Clara von der Fahrt nach Clausthal, von den Pferden und dem dicken Kutscher, von Johanna und der Prüfung in der Bergschule. Sie nickte zwischendurch immer wieder kurz ein. Aber es gelang ihm, ihr einige Löffel Suppe zu verabreichen, bevor sie tief einschlief.

Jolanda schicke Karl aus dem Zimmer und vollzog erneut eine Zeremonie hinter verschlossener Tür. *Hauptsache es hilft*, dachte Karl. Er hatte bisher wenig übrig für solchen *Hokuspokus*, wie er es nannte, bis er in der Bibliothek von Pastor Gerstacker ein Buch über Selbstheilungskräfte des Körpers gelesen hatte. Nun war er froh, dass er jemanden hatte, der diese Kräfte in Gang bringen konnte.

Seine Mutter lag in der Stube auf dem Sofa und schlief. Sie musste völlig erschöpft sein. Karl holte eine Decke, legte sie über sie und setzte sich an ihre Seite. Es war still im Haus. Karl schloss die Augen, faltete die Hände und sprach leise ein Gebet.

Das Geräusch der Haustür holte ihn aus seiner Andacht. Der Vater kam herein. Er sah abgespannt und schmutzig aus. Der schweißgetränkte rote Staub der Grube klebte auf seinem Gesicht und zeichnete Spuren der schweren Arbeit. Karl hielt einen Finger vor seinen Mund und deutete auf seine schlafende Mutter.

»Wie geht es Clara?«, flüsterte er.

»Sie hat etwas Suppe gegessen. Jolanda ist bei ihr«, sagte Karl.

Wilhelm streifte seine Mooskappe vom Kopf und wischte sich mit der Hand übers Gesicht, dann ging er hinaus zur Pumpe, um sich zu waschen.

Karl schob vorsichtig die Hände unter seine schlafende Mutter, nahm sie hoch und trug sie ins Bett. Sie war leicht wie eine Feder und Karl spürte ihre spitzen Knochen. »Geh du auch ins Bett«, sagte Karl zu seinem Vater, als er zurückkam, »ihr braucht beide Schlaf. Ich kümmere mich um Clara.«

Es wurde für Karl und Jolanda eine kurze Nacht. Beide wechselten sich ab. Sie legten Clara Wadenwickel an, verabreichen ihr Tee sowie Brühe und spendeten ihr Trost.

Frühmorgens, Clara schlief noch tief und fest, sagte Karl: »Sie sehen abgespannt aus, Jolanda. Ich mache uns einen Tee.«

»Siehst du vielleicht besser aus?«, gab sie grob zurück.

Der Duft von Kräutertee konnte den Knoblauchdunst kaum überwinden.

»Wird sie wieder gesund?«, fragte Karl, als sie beide am Tisch saßen und an den Tassen nippten.

»Woher soll ich das wissen«, fauchte sie ihn an. »Ich bin

Heilerin, keine Hellseherin. Wenn ich gewusst hätte, wie schwach sie ist, wäre ich zu Hause geblieben. Wunder kann auch ich nicht vollbringen.«

Karl stützte verzweifelt seinen Kopf in die Hände. *Sollte alles umsonst gewesen sein?* »Sie glauben nicht, dass sie durchkommt?«, fragte Karl, ohne aufzublicken.

»Ich habe geglaubt, dass sie das Morgenlicht kaum noch erblickt, und habe mich geirrt. Alles Weitere liegt bei ihr«, antwortete sie.

Jolanda verließ noch am Vormittag das Haus, um Doktor Ritscher aufzusuchen. Danach wollte sie zurück nach Clausthal fahren. Sie verlangte keine Bezahlung und Karl hätte ihr auch kein Geld geben können. Stattdessen gab Frieda ihr etwas zu essen mit auf den Weg.

Karl brachte sie nach draußen, und sah ihr solange nach, bis sie außer Sicht war. *Was für eine schrullige, aber dennoch selbstlose Frau,* dachte er und blickte dankbar zum Himmel, an dem lockere Wolken vorüberzogen. Die Luft roch wie Frühling, im Vorgarten schoben sich bunte Krokusse durch das Erdreich. Er liebte die Frische dieser Jahreszeit, die Menschen lachten mehr und Lauterberg wurde bunter. Doch genießen konnte er dieses Gefühl nicht, zu bedrückend quälten ihn die Sorgen um seine Schwester, um Otto und um Johanna.

Karl atmete tief durch und ging zurück ins Haus. Seine Mutter saß auf Claras Bett und gab ihr löffelweise die mit Knoblauch angereicherte Brühe. Clara sah jämmerlich aus, aber sie aß. Karl berührte ihre Stirn. *Bildete er sich das nur ein, oder fühlte sie sich kühler an? Sie hatte die Nacht überstanden, nur das war jetzt wichtig.*

Seufzend ließ sich Clara ins Kissen zurückfallen und schlief ein. Karl und Frieda schlichen auf Zehenspitzen in die Stube.

»Karl?«, sagte sie und sah ihn einen Moment lang schweigend an, »wir haben keinen Pfennig Geld mehr.«

»Es ist noch schlimmer«, antwortete Karl, »ich habe von

Pastor Gerstacker vier Taler geliehen, um Jolanda zu holen.«

Frieda wandte sich wortlos ab und ging in die Kammer zu Clara. Karl hatte ihren Blick verstanden und fühlte sich mies, weil er die Familie in eine tiefe Krise gebracht hatte. Er musste erst einmal raus, brauchte Luft zum Atmen, um einen freien Kopf zu bekommen. Er zog seine Jacke über und trat vors Haus.

*

Über der Königshütte lag der schwarze Rauch des Hochofens. Karl blickte wehmütig auf die Rauchsäule und hatte vertraute Bilder vor Augen, seine Kameraden, die Wasserräder, die Gießhalle und die Maschinenfabrik. *Wie weit Rathmann wohl mit der Planung des Drahtwalzwerkes vorangeschritten war?* Die Hüttenglocke erklang aus der Ferne und brachte Karl von seinen schwermütigen Gedanken ab. Er musste Johanna jetzt sehen und machte sich sogleich auf den Weg zur Polizeistation.

»Fräulein Röger kann auf keinen Fall länger hierbleiben«, empfing ihn Hauptwachtmeister Schneider abweisend, als Karl die Amtsstube betrat und den Türgriff noch in der Hand hielt. Er schloss die Tür. »Wir sind keine Herberge. Heute Nacht war eine Ausnahme«, wetterte der Polizeibeamte weiter. Johanna saß neben dem Kanonenofen und hatte eine Tasse in der Hand. Karl stellte sich zu ihr.

»Sie muss auf jeden Fall die nächste Zeit versteckt wohnen, bis der Mörder gefasst ist«, entgegnete Karl.

»Langsam, Herr Wiegand. Es muss noch bewiesen werden, ob der Mann, den Sie gesehen haben, der Mörder von Luise Röger ist.«

»Und von ihrem Vater«, fügte Karl sofort hinzu.

»Zunächst sind das nur Verdächtigungen«, stellte Schneider richtig.

»Allerdings begründete, die Ihr Kollege Lentin in Clausthal übrigens teilt«, erwiderte Karl.

»Mischen Sie sich gefälligst nicht in unsere Arbeit ein. Wir wissen, was zu tun ist«, gab er verärgert zurück.

»Entschuldigung«, lenkte Karl ein, »aber Johanna muss beschützt werden, bis der Fall geklärt ist.«

Schneider lehnte sich in seinem Stuhl zurück und schien nachzudenken. »Die Gattin von Sanitätsrat Ritscher hat vor Kurzem mit den Krankenschwestern ein Sanatorium gegründet, in dem Kranke mit Ritschers Wassergüssen behandelt werden. Fragen Sie sie, ob Fräulein Röger dort unterkommen kann«, schlug er vor.

Das Haus lag unterhalb des Weinbergs in der Schulstraße, nicht weit von Ritschers Wohnhaus entfernt. Eine junge Frau mit weißer Kopfhaube und Schürze erschien in der Tür und sah Johanna und Karl brav an.

»Ist die gnädige Frau Ritscher zu sprechen?«, fragte Karl.

»Moment, warten Sie«, sagte sie und verschwand im Haus. Bald danach kam eine resolut wirkende Dame mit aufgekrempelten Hemdsärmeln und hochgesteckten Haaren an die Tür. Sie trug eine Nickelbrille, die weit vorne auf der Nase saß, sodass sie über den oberen Rand hinwegblickte. »Was möchten Sie bitte?«, fragte sie.

Karl erklärte sein Anliegen. Währenddessen betrachtete Frau Ritscher Johanna eingehend.

»Kommen Sie herein«, sagte sie und trat zur Seite. Als Karl mitgehen wollte, stellte sie sich ihm in den Weg. »Sie nicht. Männer haben keinen Zutritt.«

»Aber besuchen darf ich sie doch?«, fragte Karl.

»Nur an Wochenenden«, gab sie zur Antwort und drückte die Tür zu. Karl ging mit einem unguten Gefühl zurück. Er konnte jetzt nur abwarten und musste auf der Hut sein, denn bald würde der Mörder durch Lauterberg schleichen. Dessen war er sich absolut sicher.

Sonntag, 30. März 1834
Lauterberg, im Hüttenweg

⚒

Claras Zustand änderte sich kaum. Das Fieber ging rauf und runter und niemand wusste, ob das ein gutes oder schlechtes Zeichen war. Karl und seine Mutter wechselten sich mit der Nachtwache ab. Der Vater wurde davon verschont, er musste schließlich arbeiten und brauchte seine Nachtruhe. Bald waren Karl und seine Mutter derart übernächtigt, dass ihnen bei jeder Gelegenheit die Augen zufielen. Beide konnten kaum noch klar denken, sie handelten zunehmend instinktiv.

Dazu die stetige Angst und die Geldsorgen, die das tägliche Leben zum täglichen Überleben machten, seit Otto und Karl als Mitverdiener ausgefallen waren. Die Kaninchen hatte Wilhelm bereits geschlachtet, nur die Hühner wollte er der Eier wegen schonen. Zum Glück halfen die Nachbarn hin und wieder aus. Mal ein Stummel Wurst, ein andermal eine Handvoll Kartoffeln oder ein Stück Brot. Auch sie mussten sich strecken, um über die Runden zu kommen.

Montag, 31. März 1834

Am nächsten Morgen, Karl hatte sich kurz auf sein Bett gelegt, um auszuruhen, hörte er Claras Stimme. »Ich hab Hunger.«

Karl schlug die Augen auf und sprang im selben Augenblick aus dem Bett. Clara stand vor ihm. Er nahm sie sofort auf den Arm, legte sie wieder hin und fühlte ihre Stirn. Sie war kühl. Karl wollte es nicht glauben und fasste noch einmal hin. »Mutter«, rief er, lauter, als es notwendig war. Frieda kam sofort ins Zimmer gestürmt. »Sie hat kein Fieber mehr«, sagte Karl. Frieda tastete Claras Stirn und Wangen ab, dann drückte sie ihre Tochter an sich und weinte still vor sich hin.

Ein Glücksgefühl erfasste auch Karl, und er hatte Mühe, die Fassung zu bewahren.

»Ich hab Hunger«, wiederholte Clara.

Die Mutter lachte. »Ich glaube, du hast es geschafft, Häkchen«, sagte sie, »ich mache dir Haferflocken, aber du bleibst noch im Bett liegen.«

Clara ging es von Stunde zu Stunde besser. Sie bekam ihre rosigen Wangen zurück und war kaum sattzukriegen. Am nächsten Tag beim Essen meinte Karl mit einem hintergründigen Lächeln: »Was ist bloß mit mir los? Ich habe gar keinen Appetit mehr. Magst du das vielleicht noch aufessen, Clara?«

Clara angelte sich sofort seinen Teller. »Mir geht es genauso«, stimmte Frieda ein, »das muss am Frühlingswetter liegen.« Sie schob Clara ihren halb vollen Teller über den Tisch und guckte Wilhelm dabei an.

Der erwiderte finster ihren Blick. »Ihr braucht gar nicht so scheinheilig zu tun«, meckerte er gespielt, »aber nur solange, bis sie wieder bei Kräften ist.« Sie nickten zufrieden und lachten lauthals los. Wie lange hatten sie nicht mehr so herzlich gelacht?

Clara erholte sich rasch. Eines Abends, nach getaner Arbeit, saß Wilhelm am Tisch und rauchte seine Pfeife. Frieda flickte kaputte Kleidungsstücke. Karl hockte auf der Bank vor dem Fenster und dachte darüber nach, wie er Pastor Gerstacker das Geld zurückzahlen könnte. Er brauchte unbedingt Arbeit und wollte es noch einmal bei Brothuhn versuchen. In der Forst wurden auch ab und an zusätzliche Leute gebraucht, besonders im Frühjahr, wenn aufgeforstet wurde. Jeder Pfennig war jetzt wichtig, um die Schulden abtragen zu können.

»Ich muss mal«, rief Clara, die auf dem Fußboden mit ihrer Puppe spielte. Sie stand auf und trat von einem auf das andere Bein. »Ganz nötig«, drängelte sie.

»Karl, gehst du eben mit?«, fragte die Mutter. Clara traute sich nicht im Dunkeln, allein über den Hof zum Klo zu gehen.

Einer musste immer mitgehen und vor der Tür Wache stehen.

»Na komm, du Bangeschisser«, sagte Karl, nahm den Kerzenhalter und ging voraus. Das Plumpsklo mit dem Herz in der Tür befand sich im Durchgang unter dem Stallgebäude, der zum Garten führte.

»Karl, bist du noch da?«, rief sie alle paar Augenblicke.

»Ja, aber nicht mehr lange, wenn du weiter trödelst. Ich will wieder rein, mir ist kalt«, brummelte Karl.

»Bin gleich fertig«, rief sie. Kurz darauf kam sie heraus und rannte vor, um rasch ins Haus zu kommen.

Plötzlich gellte ein markdurchdringender Schrei über den Hof. Karl erschrak und stierte angestrengt in die Nacht, aber die Kerze konnte gegen die Dunkelheit nicht viel ausrichten.

»Clara? Was ist?«, rief Karl.

»Da ist wer«, kreischte Clara durch die Finsternis, kam auf ihn zugelaufen und umklammerte ängstlich sein Bein.

»Wo ist jemand?«, fragte Karl.

»Da.« Sie zeigte zum Haus. Karl hielt die Kerze höher und ging langsam darauf zu. Clara krallte sich in sein Hosenbein und versteckte sich hinter ihm. Im schwachen Lichtschein der Kerze tauchte eine Gestalt an der Hauswand auf. Ein Mann, groß, mit breiten Schultern. Er hielt die Hände vors Gesicht, um nicht von der Kerze geblendet zu werden, die Karl jetzt in Kopfhöhe hielt.

»Ich bin es«, sagte der Mann, und die Stimme kam Karl vertraut vor.

»Otto?«, fragte Karl zaghaft. Der Mann nahm die Hände herunter. »Otto«, rief Karl, ließ den Kerzenhalter fallen und umarmte seinen Bruder.

Frieda und Wilhelm kamen aus dem Hinterausgang in den Hof. »Warum hat Clara so geschrien? Ist etwas passiert?«, fragte Frieda.

»Otto ist wieder da«, sagte Clara.

Wilhelm kam mit einem Kerzenhalter näher heran. Otto lächelte in den Kerzenschein und seine ungleichen Zähne leuchteten aus einem bärtigen Gesicht. Frieda riss ihn an sich, drückte ihren Kopf an seine Schulter und schluchzte heftig.

Lasst uns ins Haus gehen«, sagte Wilhelm mit weicher Stimme und schniefte die Nase.

Otto sah heruntergekommen aus. Er war abgemagert, sodass die Wangenknochen deutlich hervorstanden. In seinem Gesicht wucherte ein dichter Bart und er roch unangenehm. Frieda holte das letzte Stück Brot und den Rest vom Gänseschmalz. Otto schlang alles in sich hinein, ohne lange zu kauen. Er musste wohl tagelang gehungert haben.

»Hat dich jemand in Lauterberg gesehen?«, fragte Karl.

»Ich, ich glaube nicht«, sagte Otto.

»Niemand darf erfahren, dass du wieder zu Hause bist. Du giltst für die Polizei immer noch als ..., du weißt schon.« Er sprach es im Beisein von Clara nicht aus, um sie nicht zu erschrecken. »Du wirst im Haus bleiben, egal was passiert«, sagte Karl mit Nachdruck. Dann wand er sich an Clara. »Otto ist jetzt unser großes Geheimnis. Du weißt doch, was das bedeutet?«

»Klar«, antwortete sie, »das weiß doch jedes Kind. Man darf niemals darüber reden.«

»Niemals«, wiederholte Karl.

Plötzlich klopfte es an der Haustür.

»Otto, geh rasch nach oben«, sagte Wilhelm. Otto stieg die Treppe hinauf. Als er oben angekommen war, öffnete Wilhelm die Tür. Karl lauschte.

»Wir haben einen lauten Schrei bei euch gehört. Ist etwas Schlimmes passiert?« Die Stimme gehörte Hedwig Müller, der neugierigen Nachbarin.

»Nein«, erwiderte Wilhelm, »was soll denn sein? Clara war auf dem Klo und hat sich vor einer Katze erschreckt. Aber danke, dass du gefragt hast.«

»Man weiß ja nie«, sagte sie.

»Schönen Abend noch«, wünschte Wilhelm und schloss die Tür.

»Ich mache dir die Wanne fertig, du brauchst ein Vollbad«, sagte Frieda und holte den großen Wassertopf, den sie im Herbst zum Einwecken benutzte, um Badewasser zu erhitzen. Otto erzählte inzwischen, wie er dem Feuer entkommen konnte.

Er war noch in der Zwangsjacke gefesselt gewesen, als die Flammen außen an seinem Fenster emporzüngelten, und hatte laut gerufen, doch niemand machte die Zelle auf. Mit Anlauf hatte er mehrmals die Zellentür gerammt, an der das Feuer bereits vom Flur her genagt hatte, bis sie aufsprang. Die Aufseher und Schwestern waren panisch über die Flure gehetzt, um ins Freie zu kommen. Überall im Gebäude hatte Otto leblose, verbrannte Körper gesehen. In Todesangst lief er nach draußen und verkroch sich in einer Hecke hinter dem Stallgebäude. Erst als das Feuer ausgebrannt und die Menschenmenge abgezogen war, traute er sich aus dem Versteck. An einer Mauerecke hatte er mit dem Rücken so lange gescheuert, bis die Verschnürung der Jacke aufging. Er wusste nicht, wo er war, und irrte tagelang umher. Aus Hühnerställen hatte er Eier gestohlen, um seinen Hunger zu stillen, und in Heuschobern und Schuppen übernachtet, bis ihn ein Bauer entdeckte und davonjagte. Danach hatte er sich zwei Tage im Wald versteckt, bis ein Fuhrmann mit Langholz vorbei kam und ihn bis nach Herzberg mitnahm. Von dort aus ging er zu Fuß weiter.

Das Badewasser dampfte, und Wilhelm trug den Topf in die Waschküche, wo Frieda den Holzzuber aufgestellt hatte. Sie brachte ihm saubere Wäsche und erschrak, als sie seinen von Schlägen zerschundenen Rücken sah. Vorsichtig wusch sie ihn und half, den Bart abzurasieren. Otto war kaum wiederzuerkennen, als er geschniegelt aus der Waschküche zurückkam.

Dienstag, 1. April 1834

Ottos Appetit schien grenzenlos zu sein. Er hatte einiges nachzuholen, um wieder zu Kräften zu kommen. Eigentlich brauchte er deftiges Essen, aber das Geld fehlte und die Vorräte gingen zu Ende.

Clara lief gegen Mittag in den Hühnerstall und kam mit drei Eiern zurück. »Wenigstens etwas«, freute sich Frieda, schaute noch einmal in die Speisekammer und brachte ein Glas Zwetschgenmus mit. »Das ist das Letzte. Unsere Vorräte sind aufgebraucht und Vater bekommt erst am Freitag seinen Lohn«, sagte sie. Sie briet die Eier und teilte sie auf. Clara löffelte das Zwetschgenmus.

»Ich werde zu Brothuhn gehen«, versprach Karl, »er hat sicher noch Arbeit für mich. Vielleicht können wir vorerst im Laden anschreiben lassen.«

»Das wäre mir unangenehm. Was sollen nur die Leute denken?«, klagte Frieda, »außerdem dürfen wir keinen Verdacht aufkommen lassen. Die Leute reden schon, besonders Hedwig fragt dauernd nach Otto.«

Otto sprang mit einmal auf. »Karl, komm«, sagte er und zerrte ihn am Ärmel.

»Wo willst du hin?«, fragte Karl.

»Komm, ich zeige dir was«, sagte Otto und lief aus dem Hinterausgang zum Hof hinaus. Karl folgte ihm. Otto stieg die steile Holztreppe am Schuppen zum Dachboden hinauf, wo noch Heureste von den Kaninchen lagen und allerlei Gerümpel herumstand. An der Giebelseite stand ein alter Holzschrank, in dem Wilhelm alte Farbdosen, Wagenschmiere und Schusterwerkzeuge aufbewahrte, die er nur selten brauchte. Otto fasste links und rechts an die Seitenteile und schwenkte den Schrank wie eine Tür von der Wand ab. »Mein Ge- Geheimversteck«, erklärte er, zwängte sich hinter das Möbelstück und kramte einen Jutesack hervor, den er unter dem

Dachfenster ausschüttete. Es klimperte und schepperte, als der Inhalt zu Boden fiel. Bunte Steine und Kristalle, die Karl und sein Vater irgendwann aus der Knollengrube mitgebracht hatten, glänzende Blechdosen, Löffel und Glasmurmeln lagen vor seinen Füßen.

»Das wolltest du mir zeigen?«, fragte Karl und machte ein verständnisloses Gesicht. Er wusste, dass Otto gerne glänzende und glitzernde Dinge sammelte.

»Nein«, entgegnete Otto aufgeregt, steckte seinen Arm in den Sack und fingerte darin herum. Er griente auf einmal und zog ein angekohltes Stoffteil mit Metallknöpfen hervor.

»Hier«, sagte Otto und drückte es Karl in die Hand, der es auseinanderbreitete und eingehend betrachtete. Es handelte sich um eine alte zerrissene Arbeitsjacke, wie sie die Hüttenleute trugen. *Sollte das die Jacke sein, nach der Kommissar Schuster suchte?*

»Wo hast du die her?«, fragte Karl.

Otto brauchte wieder eine Weile, um die richtige Antwort zu finden. »Au – aus der Schlackengrube«, stotterte er.

Karl sah seinen Bruder fest an. »Wirklich wahr«, sagte Otto.

»Hast du gesehen, wer sie dort hineingeworfen hat?«, fragte Karl.

»Nein, aber die Knöpfe sind noch dran«, freute sich Otto.

Auf der Innenseite des Kragens fand Karl die Initialen G.M. eingestickt. »Go- Gottfried Mehmke«, meinte Otto.

Karl nickte. »Könnte sein«, sagte er. »Ich muss die Jacke zur Polizeistation bringen.«

*

Hauptwachtmeister Schneider machte große Augen, als er den Stofffetzen an die Jacke anhielt. »Passt genau zusammen«, stellte er fest, »derselbe Stoff, dieselben Knöpfe. Könnte man passend wieder zusammennähen. Wo haben Sie die her?«

Karl durfte dem Hauptwachtmeister nicht die volle Wahrheit sagen, jedenfalls nicht, bevor die Unschuld von Otto bewiesen war. »Habe ich zufällig in Ottos Klüngel gefunden. Er sammelt alles, was irgendwie glänzt oder glitzert. Die Metallknöpfe haben ihn interessiert.«

»Aber warum ist die Jacke angesengt? Haben Sie dafür eine Erklärung?«, fragte Schneider.

»Jemand hat sie in die Schlackengrube geworfen, wahrscheinlich um ein Beweisstück zu verbrennen. Otto kam gerade zur rechten Zeit und hat sie mit der Lanze herausgeholt«, mutmaßte Karl.

Schneider verschränkte die Hände auf dem Rücken und lief im Stationskontor auf und ab. »Das würde auch die verkohlte Bruchstelle der Lanze erklären.«

»Es fügt sich alles zusammen«, meinte Karl.

Schneider kratzte sich am Kopf. »Kennen Sie die Initialen G.M.?«

»Vielleicht Gottfried Mehmke, der Erste Schmelzer«, vermutete Karl.

»Wer weiß. Ich werde der Sache nachgehen. Vielen Dank, Wiegand.« Er setzte sich hinter seinen Schreibtisch.

»Glückauf«, grüßte Karl und verließ die Station.

Bevor er jedoch den Weg zurück nach Hause nahm, wollte er Pastor Gerstacker noch kurz über die Geschehnisse in Clausthal sowie die Rückkehr von Otto berichten – oder besser beichten. Dann dürfte er wegen des Beichtgeheimnisses nicht darüber sprechen. Es begann zu regnen und Karl eilte die Hauptstraße entlang in Richtung Andreaskirche.

Dienstag, 1. April 1834, früher Abend Lauterberg, Pfarrhaus

Jemand klopfte kräftig an die Tür des Pfarrhauses. Besuch um diese späte Stunde?, dachte Frederike und ging nach vorn. Ein stattlicher Herr in schwarzem Amtsrock und Schirmmütze stand vor dem Pfarrbüro. Friederike schaute zu ihm auf. Er trug eine Brille mit feiner Metallfassung. Der volle Oberlippenbart verdeckte beinah vollständig seinen Mund und ein schmaler Kinnbart verlieh ihm ein hintergründiges Aussehen. »Wen wünschen Sie zu sprechen?«, fragte sie höflich.

»Ich würde gerne ihr Taufregister einsehen«, sagte er.

Friederike glaubte eine ähnlich raue Stimme schon einmal gehört zu haben. »Es ist schon spät. Zu welchem Zweck, wenn ich fragen darf?«

»Nun, es geht um eine Erbschaftsangelegenheit. Ich muss den Verwandtschaftsgrad überprüfen«, erklärte der Mann. Er zog einen Brief aus der Jackentasche, faltete ihn auf und ließ Friederike einen Blick darauf werfen. Es schien ein amtliches Dokument zu sein, in Englisch geschrieben, mit Stempel und Unterschrift.

»Das muss Pastor Gerstacker entscheiden. Wenn Sie bitte mitkommen wollen, aber treten Sie sich die Schuhe ab.« Friederike führte den Amtmann zum Arbeitszimmer ihres Mannes, klopfte kurz an und öffnete die Tür. »Carl Christian, dieser Herr möchte in das Taufregister Einblick nehmen«, sagte sie.

Pastor Gerstacker musterte den Besucher kurz. »Kommen Sie herein«, forderte er ihn auf. »Wer schickt Sie und aus welchem Grund wollen Sie das Register einsehen?«, wollte der Pastor wissen.

»Mein Name ist Rufus. Ich bin wegen einer Erbschaftsangelegenheit der Familie Röger vom Amt geschickt worden.«

Friederike schreckte auf, als sie den Namen hörte und bemerkte, wie auch der Pastor aufhorchte. Rufus erklärte weiter: »Die Nachkommen von Hans Röger sind seine Kinder, Lorenz, Albin und Johanna. Die beiden Brüder sind vor einigen Jahren nach Amerika ausgewandert. Albin, der sehr vermögend war, ist vor acht Wochen ums Leben gekommen. Da er selber keine Familie hat, fällt das Erbe seinem Bruder Lorenz und seiner Schwester Johanna zu gleichen Teilen zu. Mein Auftrag ist, die Identität und den Verwandtschaftsgrad zu prüfen, um das Erbe zu verteilen.« Er legte dem Pastor das Papier vor.

»Meine Englischkenntnisse sind beschränkt«, gab Gerstacker zu. »Einen Augenblick, ich hole Ihnen die Registerkladde.« Er ging zum Schrank und zog eine Schublade auf. »Sie können sich an den Tisch setzen«, bot er an und legte die Kladde dort ab.

»Vielen Dank. Übrigens, es würde die Sache beschleunigen, wenn ich den Aufenthaltsort von Fräulein Röger wüsste«, sagte Rufus. »Wissen Sie, wo sie sich derzeit aufhält?«

»Ja, sie ist zurzeit im Frauenhaus unseres Sanatoriums untergebracht«, sagte der Pastor. Rufus blätterte derweil in dem Buch herum.

Friederike verließ das Arbeitszimmer und ärgerte sich über die Fußspuren, die der Mann auf den Dielen hinterlassen hatte, obwohl sie ihn zum Schuhabputzen ermahnt hatte. Da sie penibel auf Sauberkeit achtete, lief sie in die Küche, um Eimer und Scheuerlappen zu holen. Als sie sich bückte, um die Spuren zu aufzuwischen, blieb ihr fast das Herz stehen. Diese Stiefelabdrücke hatte sie schon einmal gesehen. Sie zeigten einen Kreis mit einem Kreuz darin. Die gleichen Abdrücke waren ihr aufgefallen, als der gewalttätige Mann den Pastor zusammengeschlagen hatte. Seine Stiefel hatten dasselbe Profil, und er hatte ebenfalls nach Johanna gefragt. Es fiel Friederike wie Schuppen von den Augen – *das war derselbe Mann.* Johanna, der Pastor und sie selbst waren in Lebensgefahr. Ihr Puls schnellte nach oben. *Jetzt nur nicht die Nerven verlieren,* pochte es ihr durch den Kopf.

Sie versuchte, ihre Aufregung zu verbergen, und ging ins Arbeitszimmer zurück. »Carl Christian, ich müsste mit dir kurz die Besorgungsliste durchgehen. Darf ich dich einen Moment bitten?« Pastor Gerstacker guckte seine Frau verdutzt an. »Es ist wichtig«, sagte sie.

»Na gut, wenn es wichtig ist.« Er ging mit ihr hinaus in den Flur. Friederike zog die Tür hinter sich zu.

»Das ist der Mann, der dich geschlagen hat«, flüsterte sie. »Ich habe seine Fußabdrücke wiedererkannt. Was sollen wir jetzt machen?«

»Bist du sicher?«, wollte Gerstacker bestätigt haben.

»Absolut«, sagte sie leise.

Der Pastor überlegte einen Moment. »Er wird von hier aus zum Frauenhaus gehen. Johanna ist in Gefahr, hol sie hierher. Du musst vor ihm dort sein. Geh durch den Hinterausgang. Sag den Schwestern, sie sollen vorerst die Türen verschlossen halten. Wenn ihr zurück seid, versteck Fräulein Röger rasch in der Abstellkammer. Pass auf, dass euch niemand sieht.«

»Oder soll ich sie besser zur Gendarmerie bringen?«, fragte Friederike.

»Nein, das ist zu weit. Er könnte euch einholen«, gab er zu bedenken.

Friederike wollte gerade gehen, als die Tür vom Arbeitszimmer aufging und Rufus auf der Schwelle stand. Friederike lächelte verlegen.

»Gut, Frau, du kannst dann gehen«, sagte der Pastor. Friederike war froh, dass ihr Mann geistesgegenwärtig reagierte und die Lage entspannte. Sie eilte nach nebenan in die Küche und hörte noch, wie Rufus sagte: »Ich habe alles gefunden, was ich brauche. Vielen Dank für Ihre Unterstützung. Wo finde ich das Sanatorium?«

Lautlos schlich sie zum Hinterausgang hinaus und lugte um die Hausecke. Rufus kam gerade durch die Zaunpforte und bog nach links in die Hauptstraße ein. Obwohl er es eilig haben musste, bewegte er sich unbeholfen und wankend. Seine Eile wirkte gequält, fiel Friederike auf. Als er hinter dem Kirchengebäude verschwand, nutzte sie die Gelegenheit, huschte zur Schulstraße hinüber und rannte zum Frauenhaus, das unterhalb des Weinberges nahe der Schule lag. Sie musste ihm unbedingt zuvorkommen, um die Frauen noch rechtzeitig zu warnen. Rufus durfte auf keinen Fall mitbekommen, dass Friederike ihn erkannt hatte. Sie schaute immer wieder ängstlich zurück, aber er war nicht zu sehen. Offenbar hatte ihr Mann ihm den Umweg über die Hauptstraße beschrieben. Friederike lief so schnell sie konnte und bekam bald heftige Seitenstiche. Mit ihrer fülligen Figur und den kurzen Beinen war sie für einen Dauerlauf schlecht gerüstet. Außer Atem erreichte sie schließlich das Haus. Bevor sie klopfte, hielt sie abermals Ausschau nach dem Kerl, der Johanna nach dem Leben trachtete. Er konnte jeden Augenblick auftauchen. Dann pochte sie stürmisch an die Tür, bis geöffnet wurde.

»Wollen Sie die Tür einschlagen?«, empfing sie eine Frau in der Tracht des Schwesternordens, der das Frauenhaus betreute. Friederike zwängte sich an der Schwester vorbei und schloss die Tür. »Moment, ich hatte Sie nicht hereingebeten«, beschwerte sich die Ordensfrau.

»Ich muss Johanna Röger dringend ins Pfarrhaus bringen«, sagte Friederike kurzatmig. »Ein Mörder ist auf dem Weg hierher. Machen Sie auf keinen Fall die Tür auf.« Die Ordensfrau schaute skeptisch. »Es ist keine Zeit für Erklärungen«, drängte Friederike, »rufen Sie Fräulein Röger.«

»Johanna? Kommst du mal eben?«, rief die Schwester nach hinten ins Haus hinein. Johanna kam sogleich nach vorne. Sie hatte die Ärmel hochgeschlagen und ihre Schürze war mit feuchten Wasserflecken besprenkelt. Sie trocknete sich ihre nassen Hände an dem Kleidungsstück ab.

»Wir müssen schnellstens ins Pfarrbüro. Beeil dich!«, sagte Friederike hektisch. Johanna blickte verstört drein. »Schnell, schnell«, drängelte Friederike, »dein Leben ist in Gefahr.« Johanna warf sich ihren Umhang über, da klopfte es laut an der Tür. Friederike zuckte zusammen. »Das ist er«, flüsterte sie.

»Lauft rasch nach hinten«, sagte die Schwester. Es klopfte erneut. »Los, verschwindet«, hauchte sie im Befehlston und schubste die beiden Frauen ein wenig vor sich her. Johanna führte Friederike den Flur entlang zum Gartenausgang. Friederike huschte nach draußen, drückte sich an der Hauswand entlang und lugte um die Ecke herum zur Schulstraße. Neben dem Frauenhaus, an der Grenze zum Nachbarn, befand sich der Wäscheplatz, auf dem die Laken und Tücher der Wasseranwendungen getrocknet wurden. Sie boten einen guten Sichtschutz zur Straße. Friederike winkte Johanna herbei, fasste sie an der Hand und zog sie hinter sich her. Das Grundstück zum Nachbarn war mit einem niedrigen Staketenzaun begrenzt. Johanna stieg als Erste hinüber und half Friederike nachzukommen. Sie bekam ihr Bein nicht hoch genug und blieb mit dem Kleidsaum an einer Zaunlatte hängen. Kurzerhand griff sie den Stoff mit beiden Händen und zerrte mit einem kräftigen Ruck daran. Das Kleid riss auf und gab sie frei. Beide rannten weiter und schlichen an der Giebelseite des Nachbarhauses zur Straße. Friederike, fest an die Hauswand gedrückt, peilte die Lage. Nur wenige Leute waren zu dieser Abendstunde noch unterwegs. Rufus konnte sie nirgends ausmachen. »Komm!«, sagte sie und rannte mit Johanna an der Hand los. Die beiden Frauen hasteten die Straße hinunter zum Pfarramt. Bald keuchte Friederike vor Luftmangel, aber Johanna war mit ihrem verkürzten Bein ebenfalls nicht viel schneller. Immer wieder schauten sie zurück, ob Rufus ihnen bereits folgte. *Hoffentlich haben die Schwestern im Frauenhaus ihren Rat befolgt,* dachte Friederike voller Sorge. Erst als sie das Pfarrhaus auf der Rückseite erreichten, spürte sie etwas Erleichterung. Rasch schlüpften beide hinein. Friederike schob den Riegel vor, sank kraftlos in die Hocke, um kurz zu verschnaufen. Ihre Lungen brannten, als hätte sie heiße Luft geatmet. Auch Johanna stützte sich vorgebeugt auf die Knie und rang nach Sauerstoff.

Nach einigen tiefen Atemzügen hatte sich Friederike etwas erholt und deutete mit dem Finger auf dem Mund an, Johanna solle sich still verhalten. Friederike schlich in die Küche und spähte zum Fenster hinaus. Die Dämmerung hatte eingesetzt. Dann sah sie den Mann in dem schwarzen Uniformrock und der Schirmmütze wütenden Schrittes die Hauptstraße herunter kommen. Er bog in den Kirchplatz ein. Friederike erstarrte. *Er kommt zurück,* schoss es ihr durch den Kopf. Sie bebte vor Angst und ihr Herz schien aus der Brust zu springen.

»Carl Christian, er kommt, schließ die Tür ab!«, rief sie laut durchs Haus, dass es durch die Wände schallen musste. Sie hörte gerade noch, wie der Pastor zur Haustür eilte, um abzuschließen, aber es war zu spät. Lautes Poltern und Krachen ließ auf das Bersten der Türverriegelung schließen. »Nein«, krächzte Friederike hinter vorgehaltener Hand. Schritte trappelten über den Flur. Der Pastor stöhnte laut auf.

»Du hast wohl gedacht, du könntest mich an der Nase herumführen, du Pfaffe«, hörte sie Rufus brüllen. »Wo ist Johanna Röger? Machs Maul auf!«, schnauzte er.

Friederike drückte ihre Hände fester auf dem Mund, um den Entsetzensschrei zurückzuhalten. *Johanna durfte auf keinen Fall im Haus bleiben, hier war sie nicht sicher. Aber wo sollte sie Johanna verstecken?* Friederike schlich zurück. »Er ist im Haus«, flüsterte sie.

Johanna schlug die Hände vors Gesicht. »Oh Gott«, wimmerte sie und begann zu zittern.

Dann kam Friederike der erlösende Gedanke: *Die Sakristei. Warum hatte sie nicht gleich daran gedacht?* »Komm rasch, du musst dich in der Sakristei verstecken. Dann hole ich die Gendarmerie. Mehr können wir im Augenblick nicht tun«, meinte Friederike, nahm Johanna an die Hand und führte sie durch den Hinterausgang hinaus, dann ums Haus herum und in der Deckung des Kirchturms zur Hauptstraße. Von hier betraten sie die Kirche, die erst nach Sonnenuntergang abgesperrt wurde. Im Kirchenraum war es bereits dunkel. Friederike tastete sich mit Johanna an der Hand durch die Bankreihen zum Altar, hinter dem sich die Tür zur Sakristei befand. »Verhalt dich absolut ruhig und schließ die Tür hinter mir ab«, wies Friederike sie an und ließ Johanna allein. Draußen lauschte sie noch, bis sie den Schlossriegel zuschnappen hörte, dann eilte sie hinaus.

Ihr Herz pumpte heftig, dass sie jeden Schlag im Hals spürte. *Was würde dieser skrupellose Mensch jetzt mit ihrem Mann anstellen?* Ein schmerzlicher Gedanke, der sie antrieb, aber zum Rennen fehlte ihr die Kraft. Mit ausladenden Schritten eilte sie die Hauptstraße hinunter, der Polizeistation entgegen. Etwa auf halbem Weg kam ein Mann auf sie zu, den sie zu kennen glaubte. Als er näherkam, erkannte sie Karl Wiegand, der es offensichtlich ebenfalls eilig hatte.

»Friederike«, rief er ihr von Weitem zu, »Sie haben es aber eilig.«

Friederike blieb stehen und wischte mit dem Ärmel den Schweiß von der Stirn. »Der Mörder ist beim Pastor. Johanna versteckt sich in der Sakristei, ich hole die Gendarmerie zur Hilfe«, stammelte sie unter Atemnot.

»Gendarmerie? Da komme ich gerade her«, sagte er und lief unvermittelt los. »Ich laufe zum Pfarrhaus voraus. Die sollen sich beeilen«, rief er ihr zu und rannte weiter.

»Sei vorsichtig, der Mann ist gefährlich«, warnte Friederike.

*

Minuten später näherte sich Karl dem Kirchplatz. Es war inzwischen dunkel geworden und es regnete leicht. Auf der Hauptstraße und dem Platz war niemand zu sehen. Karl verlangsamte seinen Schritt und schlich auf die Eingangstür des Pfarrhauses zu, die offen stand. Die Verriegelung des Schlosses war ausgebrochen. Leise, wie auf Zehenspitzen und dicht an die Außenwand gezwängt, tippelte er um das Haus herum und spähte mit einem Auge in die Fenster. Im Arbeitszimmer und der angrenzenden Bibliothek waren die Vorhänge zugezogen. Weiter konnte er nichts Auffälliges entdecken. Die Tür auf der Rückseite stand ebenfalls einen Spalt offen. Er schlüpfte hinein. Es war stockdunkel und seine Augen brauchten eine Weile, um wenigstens schemenhaft etwas erkennen zu können. Aus dem Hintergrund drang unverständliches Stimmengemurmel herüber. Er tastete sich weiter voran und fühlte einen Türgriff. Vorsichtig öffnete er die Tür und lauschte. Die Stimmen kamen aus einem anderen Zimmer, höchstwahrscheinlich aus der Arbeitsstube. Karl huschte in den Raum hinein. Es roch nach Gewürzen und Brot. Es mussten die Küche sein. Sie hatte einen direkten Zugang zur Amtsstube, soweit kannte sich Karl in diesem Haus inzwischen aus. Er tastete sich Schritt für Schritt an den Schränken entlang weiter zur Tür. Plötzlich stieß er mit der Hand gegen einen Krug oder Ähnliches. Das Gefäß rutschte über die Kante der Arbeitsplatte. Wie ein Blitz zuckte Karl zusammen und versuchte mit der anderen Hand nachzufassen, aber das Tongefäß entglitt seinem Griff und fiel scheppernd zu Boden. Karl erstarrte augenblicklich zur Statue. Im selben Moment wurde die Tür vom Arbeitszimmer aufgerissen. Vor dem diffusen Kerzenlicht tauchte der Schatten einer Gestalt auf, packte Karl am Arm und zog ihn nach nebenan. Mit einem kräftigen Schlag gegen die Brust wurde er auf einen Stuhl gestoßen. Der Mann drehte ihm die Hände nach hinten. Es schmerzte höllisch, als bräche das Handgelenk. Alles passierte so rasch, dass Karl keine Gelegenheit zur Gegenwehr hatte. Beim Versuch, sich aus dem Griff herauszuwinden, verdrehte der Mann die Hand weiter, sodass er vor Schmerzen rasch aufgab. Flugs zog der Mann eine Schnur aus dem Uniformmantel und fesselte Karl an den Stuhl. Erst jetzt bemerkte er Pastor Gerstacker, dessen Hände ebenfalls hinter einer Stuhllehne festgebunden waren. Er stöhnte, vor Schmerzen, vielleicht sogar aus Todesangst.

»Wo ist Johanna Röger?«, brüllte der Mann. Karl erkannte

die Stimme, sie passte zu dem Mann, den er in Clausthal im Gasthaus Bergmannsruh getroffen hatte. Er hatte seinen Bart verändert und die Haare gekürzt. *Ja, es ist der Mann,* war Karl jetzt sicher.

»Was um Himmels willen wollen Sie von Fräulein Röger?«, wimmerte der Pastor.

»Wenn sie der Frau auch nur ein Haar krümmen, dann schwöre ich bei Gott, dann ...«

Er ließ Karl nicht ausreden. »Was dann?«, unterbrach er ihn, zückte sein Messer aus dem Stiefel und hielt es ihm an den Hals. »Zum letzten Mal, wo ist dieses hinkende Weib?«, fauchte er, und seine Augen schienen aus dem geröteten Kopf herauszuquellen. *Das ist das kaltblütige Gesicht eines Mörders,* dachte Karl bei dem Anblick, der ihn erschaudern ließ. Der Mann drückte die Klinge fester an die Kehle und Karl spürte, wie die Schneide in seine Haut eindrang. Der Stahl musste scharf wie ein Rasiermesser sein. »Na, wird`s bald?« Karl zitterte und sein Herz raste. Ausweichend neigte er seinen Kopf weiter zurück, spürte aber bereits das warme Blut in den Kragen hineinlaufen.

»In der Sakristei«, rief Pastor Gerstacker verzweifelt und ließ den Kopf auf die Brust sinken. Karl schloss in diesem Augenblick mit dem Leben ab.

*

»Pastor Gerstacker!«, rief plötzlich jemand ins Haus hinein. Ungestüme Schritte näherten sich. Die Tür zum Arbeitszimmer flog auf und zwei uniformierte Männer stürmten herein. Rufus, scheinbar irritiert, drehte sich kurz zu den Polizeibeamten um. Karl hob in dem Moment blitzschnell beide Beine an und trat Rufus mit ganzer Kraft in den Unterbauch. Der Stuhl kippte dabei nach hinten um. Karl schlug mit dem Kopf auf die Dielen. Ein heftiger Schmerz durchzuckte ihn. Rufus stolperte rückwärts gegen Hauptwachtmeister Schneider, der ihn sofort umklammerte, aber nicht richtig zu fassen bekam, weil er selbst durch die Wucht ins Wanken geriet. Dadurch konnte Rufus mit dem Messer in der freien Hand nach hinten zustechen und traf den Polizeibeamten in die Schulter. Schneider stieß einen Schmerzensschrei aus und stürzte zu Boden. Rufus schwang mit einer weiten Armbewegung die Klinge herum und traf den anderen Beamten am Arm. Der fasste sich rasch auf die Wunde und sank in die Knie. Rufus rannte aus dem Zimmer.

»Johanna«, brüllte Karl aus vollem Hals, als ginge es um sein eigenes Leben.

Kurz darauf kam Friederike japsend herein und kreischte erschrocken auf, als sie ihren gefesselten Mann und die blutenden Polizeibeamten am Boden sah.

»Schneid uns los und sieh in der Besenkammer nach Johanna«, sagte der Pastor.

»Ich habe sie in der Sakristei versteckt«, antwortete sie.

»Du hast was?«, schrie der Pastor seine Frau an.

»Ich habe den Mann dort hingeschickt, in dem Glauben, Johanna sei in der Besenkammer.«

»Schneiden Sie mich sofort los!«, rief Karl bestimmend.

Friederike kramte aus dem Arbeitstisch eine Schere hervor und schnitt Karls Fessel auf. »Ich dachte, sie sei dort sicherer«, jammerte sie. Karl stürzte hinaus.

*

Johanna hörte die Kirchentür knarren und kurz darauf ins Schloss fallen. Sie lauschte angestrengt. Nichts rührte sich. Einen Moment später hallten Schritte durch das Kirchenschiff, die rasch lauter wurden. Jemand kam auf die Sakristei zu. Es waren Schritte, wie sie schwere Stiefel verursachten, glaubte sie zu erkennen. Ihr Herz schlug schneller. Die Angst lähmte ihre Gedanken. Instinktiv drückte sie sich mit dem Rücken an den Schrank, der gegenüber der Tür stand. Sie hörte den

Türgriff quietschen. Johanna fingerte in der Dunkelheit die Ablagefläche des Schrankes ab und ertastete ein Kruzifix aus Metall. Sie umklammerte es fest und hielt es zur Abwehr wie einen Hammer nach oben. Johanna horchte. Gespannte Stille erfasste die Kirche. Johanna erschrak, als plötzlich an der Tür geruckelt wurde. Sie klammerte sich an das Kruzifix. Dann wurde es wieder still. Nur einen Moment. Dann schallte Johannas Schrei durch das Kirchenschiff, als krachend die Tür aus der Verriegelung brach und gegen die Wand knallte. Sie erstarrte, ihr Puls jagte und ihre Armmuskeln spannten sich krampfartig, um jeden Moment zuschlagen zu können. Ihre Augen hatten sich bereits an die Dunkelheit gewöhnt und sie erkannte schemenhaft die Gestalt eines Mannes, der sich auf sie zubewegte. Als er dicht vor ihr stand, schlug sie mit dem Kruzifix zu, doch der Mann duckte sich reflexartig zur Seite und der Hieb sauste dicht an seinem Kopf vorbei ins Leere. Bevor sie ein weiteres Mal ausholen konnte, packte der Mann sie mit hartem Griff am Hals und drückte sie gegen den Schrank. Sie röchelte nach Luft und wollte schreien, als die Messerklinge kurz vor ihrem Gesicht auftauchte.

»Wo hast du die Erzbibel?«, fletschte er hervor.

»Ich ...« Johanna konnte kaum sprechen und rang nach Luft. »Ich habe sie nicht. Ich ...«

Der Mann drückte fester zu und holte zum entscheidenden Todesschnitt aus. Johanna schnellte blitzartig das Kreuz vor ihr Gesicht und die Klinge kreischte über das Metall. Funken zuckten durch die Dunkelheit. Gerade holte er ein weiteres Mal aus, als er plötzlich nach hinten stürzte. Stöhnend schlug er wie ein zentnerschwerer Sack auf dem Boden auf. Das Messer schildderte klirrend über den Steinboden. Johanna sah, wie sich ein zweiter Mann auf ihn warf und beide sich im Kampf am Boden wälzten. An dem Stöhnen und Schmerzenslauten erkannte sie Karls Stimme heraus, konnte die beiden Männer aber im Kampfgetümmel nicht auseinanderhalten. Einer lag bald am Boden, der Andere kniete auf seiner Brust und schlug mit den Fäusten auf ihn ein. Der Unterlegene schien sich nicht mehr wehren zu können. Johanna glaubte, es sei der Mörder, der auf Karl eindrosch. Sie hielt das Kreuz noch in der Hand und schlug mit dem stumpfen Fuß zu. Der Mann verharrte kurz und fiel dann wie ein Sack zur Seite um.

Flackerndes Licht erhellte plötzlich die Sakristei. Friederike stand mit einem Kerzenhalter in der Tür. Johanna war erleichtert, als sie Karl erkannte, der am Boden lag und sie ansah. Sie beugte sich über ihn, um zu sehen, ob er verletzt war. Bis auf eine leicht blutende Wunde am Hals schien er in Ordnung zu sein.

»Wie geht es dir?«, hauchte sie.

Er lächelte. »Jetzt geht es mir gut«, flüsterte er. Johanna nahm seine Hände und half ihm aufzustehen, dann fiel sie ihm vor Dankbarkeit in die Arme. Er hatte ihr das Leben gerettet. Sie drückte sich fest an ihn und er erwiderte die Umarmung. Sie hatte sich lange nicht mehr so geborgen und glücklich gefühlt.

»Was machen wir mit diesem Satan hier?«, fragte Friederike und brachte Johanna abrupt aus ihrem Glücksgefühl heraus.

»Wir müssen ihn fest verschnüren, bevor er aufwacht«, meinte Karl.

Friederike ging zum Altar und kam mit einem Schmuckband zurück. »Das wird reichen«, sagte sie. »Der Herrgott wird uns den Frevel an seinem Tisch verzeihen.«

»Herr Pastor sicher auch«, fügte Karl hinzu.

Sie lachten. Karl fesselte den Mann an Händen und Füßen. Sie ließen ihn auf dem Boden liegen und liefen hinüber zum Pfarrhaus. Pastor Gerstacker hatte inzwischen Sanitätsrat Ritscher geholt, der die beiden verletzten Polizisten versorgte. Die Stichwunde in der Schulter von Hauptwachtmeister Schneider stellte sich als nicht gravierend heraus. Ritscher hatte einen großen Verband angelegt und war gerade dabei, die Schnittwunde im Arm des anderen Polizisten zu verbinden.

»In der Sakristei liegt jemand mit einer Kopfverletzung«, sagte Karl.

Mittwoch, 16. April 1834
Scharzfels, Neuer Hof

⚒

Die Zuhörerbänke im eigens eingerichteten Saal des Amtsgerichtes Scharzfels im »Neuen Hof« waren voll besetzt. Karl, Johanna, Otto, Pastor Gerstacker sowie die beteiligten Kameraden und Vorgesetzten der Königshütte waren zur Anhörung geladen. Sie saßen auf der Zeugenbank. Daneben, auf einem separaten Stuhl, hatte Baron von Feldmann, Rufus` Dienstherr, Platz genommen. Das verhaltene Murmeln der Zuhörer verebbte, als Rufus wie auch Gottfried Mehmke von je zwei Polizeibeamten hereingeführt wurden. Die Ketten, mit denen die Männer an Händen und Füßen gefesselt waren, machten schaurige und schleifende Geräusche, als die beiden zur Anklagebank geführt wurden. Wenig später betrat Richter Hartel mit zwei Beisitzern den Saal. Alle Anwesenden erhoben sich und blieben stehen, bis die drei Männer in den schwarzen Roben hinter dem Richtertisch Platz genommen hatten.

»Rufus Steinbart und Gottfried Mehmke, erheben Sie sich«, forderte der Richterbeamte die Angeklagten auf. Mit versteinerter Miene folgten sie der Anweisung und starrten mit gesenkten Köpfen zu Boden. »Rufus Steinbart, Sie werden des Mordes an Hans und Luise Röger sowie der schweren Körperverletzung und versuchten Mordes an Johanna Röger beschuldigt. Bekennen Sie sich dazu, um ihr Gewissen zu erleichtern, oder kann dieses Gericht Ihre Unschuld feststellen?« Rufus antwortete nicht und blieb bewegungslos stehen. »Sie sollten reden, Rufus Steinbart. Wir haben Mittel, ihre Zunge zu lösen. Wollen Sie diese Prozeduren über sich ergehen lassen?«, drohte der Richter.

Rufus stand wie eine Statue. Folter wurde zwar kaum noch angewendet, aber um Aussagen zur Wahrheitsfindung zu erzwingen, konnten Täter oder Zeugen in schmerzhafte Beugehaft genommen werden. *Was mag in diesem Menschen vor sich gehen*, überlegte Karl. *Warum hatte er diese grausamen Morde begangen?*

»Ich will wissen, was in jener Nacht in der Königshütte wirklich geschah«, machte der Richter eindringlich klar. Er wandte sich Gottfried Mehmke zu, der durch den Fund seiner Jacke wegen Mordverdacht festgenommen worden war, und stellte ihm die gleiche Frage: »Gottfried Mehmke, Sie werden ebenfalls des Mordes an Hans Röger beschuldigt. Bekennen Sie sich dazu, um Ihr Gewissen zu erleichtern, oder kann dieses Gericht Ihre Unschuld feststellen?«

Gottfried Mehmke erhob seinen Kopf und sah den Richter an. »Ich schwöre bei Gott, dass ich Hans Röger nicht getötet habe«, versicherte er.

»Die Indizien, insbesondere Ihre Arbeitsjacke, sprechen eher für Ihre Schuld oder zumindest Mittäterschaft«, sagte der Richter herausfordernd. »Was geschah in der Nacht zum achtzehnten Oktober letzten Jahres in der Königshütte?«

Karl beobachtete, wie die Blicke der Hüttenleute sich auf Gottfried Mehmke richteten.

Gottfried spielte nervös mit seinen Fingern und bekam rote Wangen. »Ich ging zu den Wasserrädern und suchte meinen Schwager August Fricke, der als Grabenwärter arbeitet. Ich wollte ihm sagen, dass eine Möllerkarre repariert werden müsse, und außerdem brauchte ich frische Luft. Dann hörte ich Hans nach mir rufen. Die Stimme kam aus dem Kohlenschuppen.

Viel sehen konnte ich nicht, es war Nacht, und Licht ist im Schuppen wegen der Brandgefahr verboten. Aber da hörte ich noch eine fremde, raue Männerstimme. So eine, wie dieser Mann hat.« Er zeigte auf Rufus. Der verzog keine Miene.

»Worüber wurde gesprochen?«, fragte der Richter.

»Viel konnte ich nicht verstehen. Von einer Erzbibel war die Rede und wo sie versteckt sei, wollte der Mann mit der rauen Stimme wissen. Er schien außer sich vor Wut zu sein und brüllte: *Ich bringe dich um.* Dann rutschte plötzlich die Steilwand der Kohle in sich zusammen. Ein Schrei mischte sich unter das Scheppern der Kohle. Wegen des Staubes lief ich hinaus. Auf einmal kam Hans Röger stöhnend aus dem Schuppen getorkelt. Ich war geschockt, eine Lanze steckte in seinem Bauch. Sogleich lief ich zu ihm. Panisch krallte er sich an meine Jacke, sank auf die Knie und riss dabei ein Stoffteil heraus. Ich war starr vor Schreck. Hans wankte zum Steg bei den Wasserrädern, stolperte und schrie auf. Ich sah den anderen Mann, der jetzt aus dem Schuppen kam, sich über Hans beugte, ihm ein Messer über den Hals zog und dann mit den Füßen von dem Steg herunter stieß. Danach lief er seltsam wankend, aber ohne Eile, den kalten Born hinauf, wo er in der Dunkelheit verschwand. Ich hatte furchtbare Angst, versteckte mich im Schuppen und stolperte über den abgebrochenen Holzstiel. Dann kam Otto um die Ecke, ich drückte ihm den Stiel in die Hand und lief auf die Möllerbühne. Ich schwöre, so war es.«

Der Richter sowie die beiden Beisitzer schauten skeptisch. »Warum haben Sie bei der Anhörung durch Amtmann Schuster etwas anderes erzählt und Otto Wiegand belastet?«, fragte er.

»Mir wurde kurz darauf klar, dass ich für dieses Verbrechen in Verdacht geraten würde. Jeder wusste, dass ich auf Hans Röger nicht gut zu sprechen war. Er hatte mir die Beförderung zum Ersten Schmelzer vor der Nase weggeschnappt. Ich hatte oft heftigen Streit mit ihm. Was in dieser Nacht geschehen war, hätte mir niemand abgenommen. Außerdem glaubte ich, dass sonst keiner weiter den Mann gesehen hatte.« Gottfried Mehmke schaute zu Otto Wiegand hinüber. »Ich hatte Angst, alles zu verlieren. Es war falsch, Otto zu belasten. Es tut mir leid«, sagte er und senkte beschämt den Kopf.

»Darüber wird noch zu sprechen sein«, bemerkte der Richter und blickte zur Zeugenbank. »Hat jemand von Ihnen den Mann in der Nacht dort gesehen?«, fragte er. Die Zeugen sahen sich gegenseitig an, aber niemand meldete sich.

Der Richter wandte sich Rufus Steinbart zu, als Otto plötzlich seine Hand hob. »Haben Sie etwas zu sagen?«, fragte er.

»Ja«, antwortete Otto.

»Wer sind Sie?«

»O - Otto. Otto Wiegand.«

»Was haben Sie zu sagen?«, fragte der Richter.

Otto ballte seine Hände zu Fäusten und schloss die Augen. »Ich - ich habe den Mann gesehen«, sagte er.

»Wo genau?«, wollte der Richter wissen.

»Neben dem Kohlenschuppen. Jawohl.«

»Was hatten Sie da zu tun?«, bohrte der Richter nach.

»Ich habe gepinkelt«, sagte Otto. Gelächter wallte auf.

»Ruhe!«, rief der Richter und schlug mit dem Holzhammer auf den Tisch. »Ruhe habe ich gesagt!«

»Es war Nacht und es gab keine Beleuchtung.« Der Richter zeigte auf Rufus. »Sind Sie gewiss, dass Sie diesen Mann gesehen haben?« Otto nickte. »Was macht Sie so sicher?«, fragte der Richter skeptisch.

Otto guckte eine Weile auf Rufus Steinbart, der keine Regung zeigte. »Dieser Mann ka - kann nicht rennen. Er kann nicht schnell laufen. Das habe ich gesehen«, gab er schließlich zur Antwort.

Rufus schaute plötzlich auf und sah mit finsterem Blick zu Otto hinüber. Der Richter war von Ottos Antwort sichtlich überrascht. »Er kann nicht rennen?«, wiederholte er. »Erklären Sie das bitte!«

Otto ballte erneut die Hände und machte die Augen zu. »Er wollte weglaufen«, erklärte Otto, »aber er ha - hat Schmerzen beim Laufen, deshalb kann er nicht. Das habe ich gesehen.«

Der Richter und seine beiden Beisitzer tauschten fragende Blicke aus und zuckten mit den Schultern. Keiner von ihnen hatte offenbar verstanden, was Otto damit sagen wollte.

»Wir können es überprüfen«, schlug einer der Beisitzer kurz danach vor.

Richter Hartel schien zu überlegen, dann wandte er sich an einen der Bewacher und sagte: »Nun gut. Herr Wachtmeister, nehmen Sie dem Mann die Fußketten ab!« Der Beamte bückte sich und schloss die Fessel auf. »Rufus Steinbart, gehen Sie bis zur Zeugenbank und laufen so schnell es geht zur anderen Seite!«, forderte der Richter ihn auf. Rufus blieb wie angewurzelt stehen. »Wir können das auch anderweitig erzwingen und einen Hund auf Sie hetzen. Also, wie hätten Sie es lieber?«, donnerte er aus sich heraus.

Rufus schlurfte bedächtig zur Zeugenbank und baute sich genau vor Otto auf. »Du dreckiger Hund. Du bist der Nächste, dem ich den Hals umdrehe«, schrie er ihn an, schlang unverhofft die Kette der Handfessel um Ottos Hals, kreuzte sie und zog sie zu. Otto schnappte nach Luft, packte Rufus` an den Händen und versuchte sie zusammenzudrücken, um die Kettenschlinge zu lockern. Ottos Kopf lief von der Anstrengung puterrot an. Langsam entspannte sich die Kette. Rufus hatte der Kraft seines Gegners nicht genug entgegenzusetzen. Schließlich gelang es Otto, die Schlinge über seinen Kopf zu streifen. Dann hämmerte er Rufus seine Stirn ins Gesicht, sodass er der Länge nach auf den Boden krachte. Ein lautes Raunen kam aus dem Publikum. Erst jetzt schienen die beiden Wachmänner sich dem Bann dieses Schauspiels entziehen zu können, rannten herbei, legten Rufus erneut die Ketten um die Füße und führten ihn vor den Richtertisch.

»Ich denke, es ist Zeit für ein umfassendes Geständnis, Rufus Steinbart«, fauchte Richter Hartel ihn an.

Rufus` Gesicht glühte, und er schnaubte wie ein verletzter Stier. Er brauchte eine Weile, um zur Besinnung zu kommen. Dann sagte er: »Ja, es stimmt. Ich habe einen Hüftschaden, der mir Schmerzen bereitet, sobald ich schnell laufe. Seit vielen Jahren stehe ich in Diensten von Baron von Feldmann.« Er blickte zu seinem Dienstherrn hinüber. »Er hat mich damit beauftragt, die Erzbibel zu finden und die Familie Röger, als rechtmäßige Eigentümer, zum Schweigen zu bringen.«

Baron von Feldmann sprang wie ein aufgeschrecktes Kaninchen auf. »Du solltest sie mit Geld zum Schweigen bringen, aber das hat deine Gier geweckt. Du hast es mir gestohlen und dafür zwei Menschen umgebracht. Der Teufel soll dich holen«, fluchte er lauthals.

»Aber vorher wird ihn der Henker holen«, rief Johanna in den Saal. Sie weinte laut auf. Karl legte seinen Arm um sie.

Richter Hartel lehnte sich in seinem Sessel zurück und ließ Baron von Feldmann vortreten. »Was hat es mit dieser Erzbibel auf sich, dass Sie sie unbedingt haben wollten?«, fragte er.

»Das ist eine lange Geschichte«, sagte von Feldmann, »wollen Sie sie im Ganzen hören?«

»Wenn ich bitten darf. Ich möchte den Ursprung dieses Verbrechens verstehen«, verlangte der Vorsitzende.

Baron von Feldmann räusperte sich und begann: »Es mag sich wie eine Legende anhören, aber die Geschichte ist wahrhaftig genauso geschehen.« Von Feldmann sah den Richter abwartend an.

»Ja, erzählen Sie!«, forderte der Richter ihn auf.

»Alles nahm seinen Anfang im Kloster Walkenried. Die Mönche betrieben damals im 13. Jahrhundert auch Bergbau im Harz. Kupfer und Silber waren die begehrten Metalle. Aber nicht nur die Mönche suchten nach Erzen, auch fremde Leute schürften in den Bergen des Harzes nach Erzen und Mineralien. Sie kamen aus Italien, erzählte man sich.«

»Sie meinen die, die man Venediger nannte?«, unterbrach der Richter.

»Genau die«, fuhr der Baron fort. »Almantis, ein Laienbruder aus wohlhabendem Hause, suchte ebenfalls im Harz nach neuen Erzlagerstätten und traf eines Tages mit diesen Leuten zusammen. Da Almantis die Sprache der Fremden beherrschte, gewann er bald ihr Vertrauen. Es hieß, die Venediger dokumentierten ihre Entdeckungen in geheimen Schriften, die wir Walenbücher[41] nennen, und kennzeichneten die Fundstätten mit seltsamen Zeichen auf Klippen und Steinen. Oft Mönchsköpfe oder Schriftzeichen, aber Walenbücher tauchten nirgend auf. Almantis jedoch zeichnete die Fundstellen penibel auf. Niemand hatte zu jener Zeit – und es heißt sogar bis heute – umfangreichere Kenntnisse über die Geologie dieser Region wie er. Die Ergebnisse seiner Erkundungen und auch die der Venediger'schrieb er akribisch in ein Erzkataster auf, das später wegen seiner Bedeutung *Erzbibel* genannt wurde.« Er unterbrach und sah den Richter an.

»Ich habe davon gehört, allerdings galt diese Geschichte auch unter Fachleuten als Legende. Wenn ich Sie recht verstanden habe, gibt es diese Erzbibel tatsächlich?«, wunderte sich der Richter.

Der Baron setzte seine Erklärungen fort: »Anfang des 16. Jahrhunderts gaben die Zisterziensermönche ihre Bergwerke auf. Almantis verfügte im Testament, dass das Buch in den Besitz seiner Familie übergeht. Es war eine reiche Tuchhändlerfamilie aus Goslar, die Röger hieß.«

»Ich erkenne noch nicht die Verbindung zu den Ermordeten und Johanna Röger«, unterbrach der Richter erneut.

»Moment, Sie werden es gleich verstehen«, fuhr von Feldmann fort, »die Rögers sind deren Nachkommen. Im 30-jährigen Krieg verlor die Familie ihr Handelshaus. Die Mitglieder

41 Walen leitet sich von »Welsche« ab und bedeutet »Ausländer«, gemeint waren die Venediger.

lebten fortan als einfache Leute, später auch als Bergleute. Das Buch ist eine wertvolle Schatzkarte des Harzes und führte durch Habgier und Missgunst die Familie an den Rand des Zerwürfnisses. Irgendein Familienmitglied versteckte das Buch schließlich und es geriet in Vergessenheit. Allerdings hat sich der Mythos bis heute erhalten.«

»Was war denn Ihre Begehrlichkeit an dem Erzkataster?«, fragte der Richter.

Baron von Feldmann wirkte etwas nervös nach dieser Frage. »Wie Sie wissen, Herr Amtsrichter, ist das Königshaus Hannover Eigentümer des Bergbaus und vieler Hütten hier im Harz. Es gibt Gerüchte, dass der König wegen sinkender Rentabilität den Bergbau privatisieren will. Die Erzbibel soll reiche Silberadern verzeichnet haben. Da wäre es von unschätzbarem Vorteil, diese neu zu erschließen und auszubeuten. Daran wollte ich mich beteiligen.« Der Baron machte eine Pause und schluckte. »Deshalb ließ ich dieses Buch suchen, um die Rechte daran den lebenden Nachkommen der Rögers abzukaufen. Dass Rufus, dem ich vertraut hatte, mein Geld veruntreut und Menschen dafür umbringt, hat mich erschüttert.«

Der Richter fingerte am Kinn herum. »Haben Sie eine Ahnung, wo das Buch heute sein könnte?«, fragte der Richter. Der Baron schüttelte den Kopf. »Nein, ich weiß es nicht«, antwortete er.

»Aber ich weiß es«, rief jemand aus der Zeugenreihe. Pastor Gerstacker erhob sich. Karl spürte die Spannung im Raum.

»Sie?«, fragte der Richter überrascht.

»Die Erzbibel steht unversehrt in meiner Bibliothek«, sagte Pastor Gerstacker und schaute durch die Reihen. Dann ruhte sein Blick auf Karl. »Zufällig wurde das wertvolle Stück bei Reparaturarbeiten im Kirchturm gefunden. Unserem Gemeindemitglied Karl Wiegand war dieser Glücksfall vergönnt.« Die Zuhörer lauschten regungslos, als hätten sie gerade den Segen empfangen. Selbst der Richter schien in sich gekehrt zu sein und schaute gebannt auf den Pastor.

Karl war sprachlos. Das Buch, das er im Fußboden des Kirchturms gefunden hatte, war die legendäre Erzbibel. Er fühlte sich, als wäre er erleuchtet worden. *Ein Schatz von beträchtlichem Wert, und er gehörte Johanna allein. Sie war auf einmal reich.* Karl blieb in diesem Gedanken stecken. *Was würde das mit ihr machen? Was würde das verändern?*

»Das heißt, Fräulein Röger ist rechtmäßige Erbin dieses Buches, das Sie Erzbibel nennen. Ist das richtig?«, fragte der Richter Baron von Feldmann.

»Das ist richtig«, bestätigte der Baron.

»Gut, dann haben wir das auch geklärt«, sagte der Vorsitzende. »Dann zieht sich das Gericht zur Urteilsfindung zurück.« Richter Hartel und seine Beisitzer verließen den Raum.

»Ich gratuliere, Johanna«, sagte Karl.

»Danke«, antwortete sie, ohne sich sichtlich zu freuen.

»Freust du dich nicht?«, wunderte sich Karl.

»Das Buch hat unserer Familie leider kein Glück gebracht«, sagte sie.

»Vielleicht bringt es Ihnen Glück«, mischte sich von Feldmann ein, »ich würde Ihnen gerne ein Angebot unterbreiten.«

»Sehr freundlich, Euer Hochwohlgeboren«, antwortete Johanna standesgemäß höflich, »aber ich würde lieber noch einmal darüber nachdenken.«

»Wie Sie meinen«, sagte er, »lassen Sie mich Ihre Entscheidung wissen.« Er setzte sich zurück auf seinen Platz.

Alle Anwesenden erhoben sich und warteten angespannt auf das Urteil, als der Richter mit seinem Gefolge in den Gerichtssaal zurückkehrte. Eine bleierne Stille erfasste den Saal.

»Im Namen seiner Majestät, König Wilhelm IV., verkünde ich folgendes Urteil: Rufus Steinbart aus Braunschweig wird des Mordes an Hans Röger sowie an dessen Schwester Luise Röger, des versuchten Mordes an Johanna Röger und der Körperverletzung für schuldig befunden. Er wird dafür mit dem Tode durch den Strang bestraft. Das Urteil wird zeitig vollstreckt.«

Gottfried Mehmke wurden die Ketten abgenommen. Er machte Anstalten, das Gerichtszimmer zu verlassen.

»Moment, Herr Mehmke«, rief der Richter ihm zu, »Sie werden sich noch der falschen Aussage und Beschuldigung verantworten müssen. Dazu werde ich eine neue Verhandlung anberaumen. Halten Sie sich also zur Verfügung.« Mehmkes Gesicht glühte auf. Mit hängendem Kopf trottete er aus dem Raum.

Sonnabend, 19. April 1834
Lauterberg, Hüttenweg

»Wenn das stimmt, dann können wir bald einpacken und auswandern«, sagte Wilhelm beim Morgenessen. »Überall wird rumerzählt, der Bergbau stecke in einer Krise und das Bergamt täte sich schwer, die Leute weiter zu beschäftigen. Wo soll das noch hinführen, wir kommen ja jetzt kaum über die Runden.« Er machte eine darbietende Handbewegung über dem Tisch, auf dem nur etwas Brot und Schmalz standen. Wurst, Käse und Fleisch konnten sie sich kaum leisten. Jetzt wo Otto zurück war und Karl bloß als Tagelöhner unregelmäßig einige Groschen beisteuern konnte, war das Leben härter denn je.

»Es staut sich erneut Unmut bei den Arbeitern an. Ich hoffe nicht, dass sie sich irgendwann in Wut entlädt«, meinte Karl. »Aber ich denke, Eisenerz wird weiterhin gebraucht«, versuchte er den Vater zu beruhigen, der offensichtlich um seinen Arbeitsplatz bangte.

»Sicher«, sagte Wilhelm, aber es klangen Zweifel in seiner Stimme.

Energisches Klopfen an der Haustür unterbrach ihre Unterhaltung. Clara sprang auf. »Ich seh nach«, rief sie und rannte in den Flur hinaus. Kurz darauf kam sie zurück. »Da ist ein Mann, der Karl sprechen möchte.«

Karl ging, um nachzusehen. Vor der Tür stand ein uniformierter Postbeamter. »Ich habe einen Brief für Karl Wiegand«, sagte der Beamte.

»Das bin ich«, antwortete Karl. Der Postmann durchsuchte seine Ledertasche und zog ein Formularblatt heraus.

»Sie müssen mir den Empfang bestätigen«, forderte er.

Karl unterschrieb und bekam einen versiegelten Brief ausgehändigt, bedankte sich und ging hinein. Verwundert betrachtete er das Schriftstück mit dem roten Siegel. Er hatte noch nie ein amtliches Schreiben bekommen.

»Nun mach schon auf«, quengelte Clara ungeduldig.

Karl brach das Wachssiegel durch, entfaltete das Papier und las still. »Das gibt es doch nicht«, sagte er nach einer Weile und stieß einen Jubelschrei aus.

»Nun red schon«, drängte jetzt auch seine Mutter.

»Ich habe die Aufnahmeprüfung an der Bergschule bestanden.« Karl konnte es kaum glauben und las den Brief gleich noch einmal laut vor. »Im Wintersemester kann ich beginnen und bekomme vom Bergamt ein Stipendium. Ist das nicht großartig?«

Frieda umarmte und küsste ihn. »Du hast es verdient«, sagte sie, »wir sind alle stolz auf dich.«

»Ich bin gleich zurück«, rief er, warf sich die Jacke über und rannte in die Schulstraße zum Sanatorium von Doktor Ritscher. Er musste seine Freude sofort mit Johanna teilen.

»Johanna ist nicht mehr bei uns. Sie ist abgeholt worden.«, sagte die Frau, die ihm die Tür am Frauenhaus geöffnet hatte.

»Abgeholt? Von wem?« Karl sah die Frau verdutzt an.

»Ich kenne die Herrschaften nicht, aber Johanna hat eine Nachricht für Sie hinterlassen. Warten Sie!« Sie ging ins Haus und kam nach kurzer Zeit mit einem Blatt Papier zurück. Karl setzte sich vor dem Eingang auf die Trittstufe und las:

Lieber Karl,
meine Dienstherrschaften haben mich überraschend nach Clausthal zurückgeholt. Ich hätte mich gerne persönlich von dir verabschiedet, aber dazu blieb keine Gelegenheit. Wir hatten zu wenig Zeit, uns richtig kennenzulernen, trotzdem vermisse ich dich und hoffe, dass wir uns bald wiedersehen. Ich werde dir umgehend schreiben.
Deine Johanna

Er ging enttäuscht zurück.

Gegen Mittag bekam Karl erneut Besuch. Hauptwachtmeister Schneider stand vor der Tür und bat, hereinkommen zu dürfen. »Ich bin von der Polizeiinspektion Göttingen gebeten worden, Ihnen eine Belohnung auszuzahlen«, erklärte er.

»Eine Belohnung? Wofür?«, wunderte sich Karl.

»Durch Ihren beherzten Einsatz am 21. März in Göttingen konnte die Polizei ein lang gesuchtes Betrügerpaar festnehmen, auf das eine Belohnung ausgesetzt war«, antwortete Schneider. Er zog einen Geldbeutel aus der Uniformtasche und zählte zehn Taler auf den Tisch. Dann legte er ein Papier daneben. »Sie müssen hier quittieren«, sagte er.

Zehn Taler, dachte Karl und wusste nicht, wie ihm geschah. Das würde ihre Notlage auf einen Schlag lindern. Karl unterschrieb die Quittung. »Das ist mein Glückstag heute«, sagte er und lachte.

Der Hauptwachtmeister blieb jedoch ernst und räusperte sich, als wäre es ihm unangenehm. »Da ist noch etwas«, druckste er verstohlen und machte eine Denkpause. »Es liegt noch eine Anzeige gegen Sie vor.«

Karl sah ihn verstört an. »Eine Anzeige? Wieso denn?« Er fühlte sich auf einmal wie vor den Kopf gestoßen.

»Was für eine Anzeige?«

»Wegen Sabotage und Sachbeschädigung in der Königshütte«, erklärte Schneider. »Ich habe sie mit Rücksicht auf Ihre Familie, wegen des Mordverdachtes gegen Ihren Bruder, zurückgehalten, aber inzwischen wird von der Hüttenleitung nachgefragt. Es tut mir leid.«

Karl musste sich setzen. Seine Freude über die gute Nachricht verflog wie ein Rauchwölkchen aus der Pfeife.

»Ich habe mir nichts vorzuwerfen«, sagte er. »Man hat mich denunziert.«

»Darüber wird ein Gericht entscheiden müssen«, erklärte Hauptwachtmeister Schneider.

Karl spürte kalten Schweiß auf seiner Stirn. *Er – vor Gericht, was für eine Schande für die ganze Familie, und das Studium an der Bergschule wäre mit einem solchen Makel unmöglich.* »Mit welchem Strafmaß müsste ich rechnen, falls man mich für schuldig befindet?«

Schneider schien es peinlich zu sein, darauf zu antworten. »Mit einigen Monaten müssten Sie schon rechnen«, sagte er zögerlich. Er steckte rasch die Quittung ein und machte Anstalten, zu gehen.

Karl spürte, wie ihm der Kopf heiß wurde und er fühlte sich zu elend, den Polizisten nach draußen zu begleiten.

Dienstag, 22. April 1834
Lauterberg, im Kummelweg

⚒

»Oh Gott, was ist denn nur mit ihm?«, wimmerte Amalie Fricke, als zwei Hüttenarbeiter mit einem Handwagen vor dem Haus im Kummelweg standen. Auf der Pritsche lag ihr Mann.

»Bringt ihn in die Schlafkammer«, sagte sie und ging voraus. Die Männer hoben August Fricke, der wie ein Mehlsack in ihren Händen hing, von der Pritsche, trugen ihn ins Haus und legten ihn ins Bett. August schien davon kaum etwas mitzubekommen. Er grunzte laut vor sich hin. Amalie zog ihm die Schuhe und den schmutzigen Arbeitsanzug aus und deckte ihn zu. »Was ist mit ihm?«, fragte sie, brauchte jedoch nicht auf eine Antwort zu warten, denn inzwischen hatte sich in der Kammer Alkoholdunst ausgebreitet. »Hätt` ich mir ja denken können«, schimpfte sie, »der ist schon wieder sturzbesoffen.«

»Er ist vor der Schlackengrube plötzlich zusammengebrochen. Fast wäre er hineingefallen«, erklärte der eine Kollege.

»Das wäre für ihn und mich besser gewesen«, keifte Amalie, »ich hab`s satt mit diesem Säufer. Unsere letzten Groschen bringt er lieber ins Wirtshaus als zu mir nach Hause.«

»Es ist nicht nur der Branntwein, der ihn umgehauen hat, sieh ihn dir doch an«, sagte der Kollege. Amalie schaute auf ihren Mann hinunter. Sein Gesicht war aschfahl, fast gelb, und die Augen glasig. Er atmete schwer und zitterte am ganzen Körper.

»Du solltest Doktor Ritscher holen lassen«, schlug der Kollege vor, »bevor er uns noch stirbt.«

»Meinst du, dass es so schlimm ist?«, fragte Amalie verunsichert.

»Es kann nicht schaden«, sagte der andere Kollege, »ich frage deine Nachbarin, ob sie ihn holen würde. Wir müssen wieder an unsere Arbeit.« Die beiden Männer verließen die Kammer. »Halt ihn möglichst wach, er darf nicht einschlafen«, forderte der eine Kollege sie auf, dann verschwanden beide.

Amalie stellte einen Eimer vor das Bett, wie sie es immer tat, wenn ihr Mann torkelnd nach Hause kam. Sie kochte einen Malzkaffee von dem kleinen Rest, den sie noch aus der Dose herauskratzen konnte, und versuchte ihm etwas davon einzuflößen. Wenn er die Augen schloss, klatschte sie ihm mit der Hand auf die Wangen. Er murmelte unverständliche Worte.

Amalie wunderte sich, dass er den Eimer nicht brauchte, denn das kam fast nie vor, wenn er volltrunken im Bett lag.

Nach etwa einer Stunde klopfte ihre Nachbarin an der Wohnungstür und führte Doktor Ritscher herein.

»Danke, Herr Sanitätsrat, dass Sie gekommen sind. Es geht ihm sehr schlecht.« Sie brachte ihn in die Schlafkammer. Die Nachbarin machte einen langen Hals und lugte hinterher. »Danke, Emmi«, sagte Amalie. Die Nachbarin warf ihren Kopf in den Nacken und ging. Amalie schaute genau zu, wie Doktor Ritscher ihren Mann untersuchte. Er horchte Augusts Brust ab, zog die unteren Augenlider herunter und schaute in die Augen. Ritscher machte ein besorgtes Gesicht, während er den Puls fühlte. »Der ist nur voll bis zum Rand, Herr Sanitätsrat. Ich kenne ihn, morgen säuft er wieder weiter.«, sagte Amalie kaltherzig.

»Ich will Ihnen nichts vormachen, gute Frau«, sagte Ritscher, »ihr Mann hat eine Alkoholvergiftung. Das allein ist lebensbedrohlich. Hinzu kommt, dass seine Leber mit dem Alkohol nicht mehr fertig wird. Es sieht nicht gut aus.«

»Es musste ja so weit kommen. Er konnte von dem Zeug einfach nicht lassen«, zeterte sie.

»Ich gebe ihm eine Injektion, das wird ihn zu Bewusstsein bringen«, sagte der Sanitätsrat. Er kramte aus seiner Doktortasche eine Spritze sowie ein Fläschchen hervor.

August reagierte kaum, als die Nadel in seinen Unterarm eindrang. Nach kurzer Zeit weitete er die Augen und schaute Amalie an. »Ich will ...«, er stockte, »den Pastor ...«

»Der kann ihm jetzt besser helfen als ich«, sagte Ritscher, packte seine Instrumente in die Tasche und stand auf. »Ich werde ihn schicken«, sagte er und verließ das Haus.

Pastor Gerstacker kam bald herbeigeeilt und trat an das Krankenbett. Er nahm Augusts Hand und sprach eine kurze Führbitte.

»Werde ich ... sterben ..., Herr Pastor?«, fragte August stockend.

»Damit musst du noch warten. So betrunken kannst du nicht vor deinen Schöpfer treten. Was soll der von dir halten?«, antwortete der Pastor, »aber wenn du schon mal dein Gewissen erleichtern willst, höre ich dir gern zu.«

»Ja«, sagte August. Seine Stimme klang erschöpft. Pastor Gerstacker beugte sich näher zu ihm herunter. »Sprich, damit Gott dir vergeben kann.«

August atmete ein paar Mal tief durch. »Ich habe Schuld auf mich geladen«, sagte er langsam, aber flüssig. »Mit Gottfried habe ich ...« Er musste erst ein paar Mal tief Luft holen, schloss die Augen bis er ruhig atmete, dann redete er schwerfällig weiter. Pastor Gerstacker beugte sich über ihn und hielt sein Ohr dicht vor Augusts Mund. Amalie hörte ihn nur zischeln, ohne ein Wort zu verstehen.

Nach einer Weile richtete der Pastor sich auf und legte seine Hand auf die Stirn des Todkranken: »Gott wird dir vergeben.«

August öffnete noch einmal die Augen und sagte: »Erzählen Sie alles Ludwig Rathmann.«

»Das werde ich«, sagte Pastor Gerstacker, sprach den Segen und verabschiedete sich. Amalie setzte sich auf die Bettkante. August schloss die Augen und schlief ein.

Donnerstag, 24. April 1834
Auf der Königshütte

⚒

Clara hatte gerade das Tischgebet beendet, als leise die Hüttenglocke herüberschallte. *Mittagspause,* dachte Karl mit Wehmut und hatte die Hüttenschenke vor Augen, in die jetzt die Kameraden hineinströmten. Über die Anzeige hatte Karl seinen Eltern kein Wort erzählt. Er schämte sich davor, aber irgendwann würde er es ihnen sagen müssen.

Auf dem Tisch standen gebratene Eier und dampfende Kartoffeln. Gerade hatten sie mit dem Essen begonnen, als jemand an die Tür klopfte. Clara sprang auf. »Ich gehe«, rief sie und lief zur Haustür. Kurz darauf brachte sie Karls Arbeitskameraden, Christian Knocke, mit in die Stube. Karl freute sich über den Besuch seines alten Kameraden, den er lange nicht gesehen hatte.

»Du sollst nach der Mittagspause zu Rathmann kommen«, sagte Christian.

»Zu Rathmann?«, wunderte sich Karl. »Was will der denn noch von mir?«

»Das hat er mir nicht verraten, aber wenn der Hüttenmeister ruft, dann sollte man besser folgen«, meinte Christian.

»Dann lass uns gleich gehen«, sagte Karl und warf sich seine Jacke über.

»Willst du nicht erst aufessen?«, fragte die Mutter mahnend.

»Teilt euch meine Portion«, sagte er und lief mit Christian hinaus.

Wenig später betrat Karl nach langer Zeit erstmalig wieder den Hüttenhof und er hatte das Gefühl, der Brunnen würde lauter als sonst plätschern und ihn freudig begrüßen. Die Geräusche und der Geruch auf dem Platz weckten alte Erinnerungen. Quer über den Hof surrte das Antriebsseil, das vom Wasserrad kommend in die Maschinenhalle hineinlief. *Also funktioniert es doch,* stellte er selbstzufrieden fest.

Mit Herzklopfen betrat Karl das Faktoreigebäude und stand wenig später vor dem Kontor von Ludwig Rathmann, der ihn vor einigen Wochen rausgeworfen hatte. *Was mochte er von ihm wollen? Vielleicht wegen der Anzeige?* Zaghaft klopfte er an.

»Herein!«, schallte Rathmanns forsche Stimme auf den Flur hinaus. Karl trat ein. An dem runden Besprechungstisch saßen außer Rathmann Hauptwachtmeister Schneider und zu seiner Überraschung Pastor Gerstacker. Sie lächelten ihm freundlich zu, was Karl unter diesen Umständen nur noch mehr irritierte.

»Setz dich«, forderte Rathmann ihn auf. »Wir haben dich zu unrecht beschuldigt, das Drahtseil sabotiert zu haben. August Fricke hat, kurz bevor er starb, sein Gewissen bei Pastor Gerstacker erleichtert und alles gestanden, auch, dass die Idee mit dem Antrieb von dir stammt. Du wirst ab morgen wieder hier arbeiten«, sagte er mit gewohnt fester Stimme.

»Die Anzeige wird zurückgenommen«, fügte Hauptwachtmeister Schneider hinzu.

»Und meine Bibliothek steht dir nach wie vor zur Verfügung«, ergänzte der Pastor.

Karl war überwältigt. War das jetzt Wirklichkeit oder wieder nur ein Traum? Seine Gedanken überschlugen sich, aber im nächsten Augenblick dachte er an das Studium an der Bergschule.

»Danke«, sagte er lächelnd, »allerdings ist da noch etwas zu klären.«

»Was gibt es da zu klären?«, polterte Rathmann dazwischen.

»Ich will nicht undankbar sein, Meister, aber ich bekomme ein Stipendium für die Bergschule in Clausthal. Das ist eine einmalige Chance für mich.« Er zog das Schreiben aus der Jackentasche und überreichte es Rathmann.

»Das weiß ich doch. Bis zum Wintersemester ist Zeit, und solange brauche ich dich hier.«

»Was ist mit meinem Bruder Otto, der wurde auch zu Unrecht bestraft«, machte Karl klar und blickte zu Schneider hinüber.

»Den bringst du gleich mit!«, bestimmte Rathmann. »Du meldest dich Morgen bei Apel. Das wäre alles.«

Karl verließ das Kontor. Hatte er das gerade geträumt oder wirklich erlebt? Er trat vor das Gebäude und schaute über den Hüttenhof. Nein, es war kein Traum, er war zurück auf der Hütte.

- E N D E -

Heute
Auf der Königshütte

⚒

Die Königshütte mit dem Südharzer Hüttenmuseum präsentiert sich gegenwärtig dem Besucher als ein beeindruckendes Industriedenkmal und zeugt von der Kunstfertigkeit der Hüttenleute und Eisengießer.

Der Hochofen wurde 1733 erstmals angeblasen und schmolz Harzer Eisenstein zu Roheisen, das vielerorts für die industrielle Entwicklung gebraucht wurde. Die Schmelzöfen lieferten 268 Jahre lang Guss- und Schmiedeeisen für einen unaufhaltsamen technischen Fortschritt. Erst im Jahr 2001 wurden die beiden Kupolöfen letztmalig abgestochen, und das Erzfeuer erlosch. Seitdem ruht der Betrieb, als halte er nur einen Dornröschenschlaf.

Wer heute auf dem Hüttenhof verweilt, hat unweigerlich das Gefühl, in eine längst vergangene Zeit einzutauchen. Man spürt förmlich die Atmosphäre jener Epoche, die hier für immer konserviert zu sein scheint. Nur der Hüttenbrunnen inmitten des Platzes plätschert erhaben wie eh und je, als hüte er die bewegte Geschichte dieses Ortes. Wenn man die Augen schließt und lauscht, glaubt man, das verklungene Echo der Hütte zu hören. Das Planschen der Wasserräder, das Fauchen des Hochofens und den Ton der Hüttenglocke. Und manchmal, so könnte man meinen, klingt leise noch ein Gruß der Harzer Bergleute herüber:

»Glückauf!«

GLÜCK
AUF

Danksagung

Ich danke ganz herzlich Herrn Dr. Wilfried Ließmann, wissenschaftlicher Mitarbeiter am Institut für Mineralogie der TU Clausthal, dass er das Manuskript aus seiner Expertensicht und als Kenner des Harzer Bergbaues kritisch durchleuchtet hat. Sein Buch »*Historischer Bergbau im Harz*« sowie seine Hinweise und Ratschläge waren für mich von großem Wert.

Ebenso herzlich danke ich Herrn Hans-Heinrich Hillegeist, Vorsitzender des Förderkreises Königshütte Bad Lauterberg e.V., für seine freundliche Unterstützung und Sichtung des Manuskriptes. Die von ihm erstellte Chronik »*Die Königshütte in Bad Lauterberg und das Südharzer Eisenhüttenmuseum*« als auch seine Vorschläge und Richtigstellungen haben mir geholfen, die Historie der Königshütte besser zu verstehen.

Weiterhin danke ich Herrn Volker Puhrsch, Geschäftsführer der Königshütte Industriedenkmal UG, recht herzlich für seine Unterstützung und freundliche Genehmigung, diese fiktive Geschichte mit der Königshütte zu verbinden.

Die Archivgemeinschaft Bad Lauterberg hat mich freundlicherweise mit zahlreichen Informationen und Schriftstücken über den Flecken Lauterberg im 19. Jahrhundert unterstützt. Vielen Dank dafür.

Allen Personen, denen ich zum Gelingen dieses Buches zu danken habe, sollen nicht für bestehende Unkorrektheiten verantwortlich gemacht werden. Die habe ich als Autor alleine zu vertreten.

Über den Autor

Urwüchsige Natur, Bergbau und Mythen haben den Harz und seine Menschen geprägt und bieten eine ideale Kulisse für Fantasy, aber auch für Krimis und historische Romane. **Hans-Joachim Wildner** hat bereits einige Kinderbücher verfasst und zwei Jugend-Fantasyromane geschrieben. Mit »Endstation Brocken« gibt er 2017 seinen Einstand im Krimigenre.

Der Autor ist erreichbar über:

HANSJOACHIMWILDNER@GMX.DE

HARZKRIMIS.DE

FACEBOOK.COM/HANSJOACHIMWILDNER.AUTOR

Mehr von Hans-Joachim Wildner

2. Aufl. 01/2019, 288 Seiten
Taschenbuch 12,5 x 19 cm
ISBN 978-3-947167-39-5
€ 12,95 (inkl. 7% MwSt.)
auch als eBook erhältlich

1. Aufl. 05/2018, 332 Seiten
Taschenbuch 12 x 18,5 cm
ISBN 978-3-947167-21-0
€ 12,95 (inkl. 7% MwSt.)
auch als eBook erhältlich

1. Aufl. 05/2019, 298 Seiten
Taschenbuch 12 x 18,5 cm
ISBN 978-3-947167-56-2
€ 12,95 (inkl. 7% MwSt.)
auch als eBook erhältlich

1. Aufl. 03/2020, 412 Seiten
Taschenbuch 12,5 x 19 cm
ISBN 978-3-947167-82-1
€ 16,00 (inkl. 7% MwSt.)
auch als eBook erhältlich

1. Aufl. 10/2021, 428 Seiten
Taschenbuch 13,5 x 21,5 cm
ISBN 978-3-96901-025-9
€ 16,00 (inkl. 7% MwSt.)
auch als eBook erhältlich

HARZ TEUFEL
HARZTEUFEL
Wer mit Wölfen spielt
MORDS ERBE
HARZMAGIE
ERZ FEUER
ZINNOBER TOD
Rüdiger A. Glässer
PANDORAS ERBEN
MORD auf dem BERGBAUERN-MARKT
BARBARA MERTEN
BIKER DAY
harzkrimis.de
NICHTS LOS IM HARZ? VON WEGEN!